文心雕龙

[南朝梁] 刘勰 ◎ 著

霍振国 ◎ 译注

江苏人民出版社

图书在版编目（CIP）数据

文心雕龙 /（南朝梁）刘勰著；霍振国译注 . —— 南京：江苏人民出版社，2022.9
ISBN 978-7-214-26993-5

Ⅰ . ①文… Ⅱ . ①刘… ②霍… Ⅲ . ①文学理论—中国—南朝时代②《文心雕龙》—译文③《文心雕龙》—注释 Ⅳ . ① I206.2

中国版本图书馆 CIP 数据核字 (2022) 第 005880 号

书　　　名	文心雕龙
著　　　者	［南朝梁］刘勰
译　　　注	霍振国
责 任 编 辑	胡海弘
装 帧 设 计	凤凰含章
出 版 发 行	江苏人民出版社
地　　　址	南京市湖南路 1 号 A 楼，邮编：210009
印　　　刷	文畅阁印刷有限公司
开　　　本	710 mm×1 000 mm　1/16
印　　　张	24
插　　　页	4
字　　　数	307 000
版　　　次	2022 年 9 月第 1 版
印　　　次	2022 年 9 月第 1 次印刷
标 准 书 号	ISBN 978-7-214-26993-5
定　　　价	55.00 元

（江苏人民出版社图书凡印装错误可向承印厂调换）

序言

　　成书于齐末梁初的《文心雕龙》，是中国第一部系统的文学理论专著，迄今已一千五百余年，在中国文学理论批评史上占有十分重要的地位。

　　刘勰（约465—约532），字彦和。祖籍东莞郡莒县（今山东莒县）。西晋末年永嘉之乱，其祖先避难南奔，移居京口（今江苏镇江）。刘勰的高祖父刘爽和曾祖父刘仲道，都做过县令。他的祖父刘灵真，是南朝宋司空刘秀之的弟弟。父亲刘尚做过越骑校尉。父亲去世后，刘勰与母亲相依为命，萧索度日。刘勰从小喜爱读书，但生活贫困，没有娶妻结婚。母亲去世后，他到定林寺（在今南京紫金山）依附著名僧人僧祐，和僧人生活在寺庙里。刘勰这时二十多岁，除协助僧祐整理经卷外，还认真学习儒家书籍，可能也读了历代不少文学作品。

　　《文心雕龙》的完成，大约在南齐（499—502）末年。刘勰在《时序》篇中历述唐虞以来的文学，只至齐代止，显然那时梁武帝萧衍还没有称帝。据清代刘毓崧《书文心雕龙后》一文考证，《文心雕龙》当在南齐和帝时（501）写成，也较可信。当时刘勰三十六七岁，一般人并不知道他，"未为时流所称"。《梁书·刘勰传》记载：刘勰很重视自己的这部著作，想请当时正做着大官的"一代文宗"沈约鉴定一下。刘勰亲自背负着书稿，乔装卖书商贩，等候沈约出门，到车驾前求见，呈上书卷。沈约读了这部书稿十分赞赏，他非常看重这本书，经常摆在自己的书案上。由此，《文心雕龙》始得为世人所知，刘勰在文坛上的声誉也日益增长，他也借此有了离寺出仕的"晋身之阶"。

　　刘勰将近四十岁时步入仕途，那时南朝已由齐代换为梁代。梁武帝天监（502—519）初年，刘勰担任奉朝请。天监三年左右，刘勰做梁武帝萧衍之弟、中军将军、临川王萧宏的记室，主管文书。次年十月萧宏北伐，刘勰改任车骑仓曹参军，管理粮食和武器的出入账目。外放担任太末（今浙江龙游）县令时，政绩清正廉洁。天监十年，刘勰任梁武帝的第四子、仁威将军、南康王萧绩的记室，掌文书。若干年后，刘勰兼任梁武帝长子、昭明太子萧统的东宫中的通事舍人，主管章奏。昭明太子爱好文学，对他很是爱护，与他亲近。萧统编纂的《文选》一书，内容多与《文心雕龙》相通，当是受到刘勰文学观的影响。后刘勰升迁为步兵校尉，执掌宫廷卫戍，像以前一样兼任舍人。

天监十七年，定林寺高僧僧祐以七十四岁高龄圆寂。刘勰早就受命与僧智等三十人一起在定林寺里编撰《众经要抄》。中大通三年（531），昭明太子卒，刘勰奉敕再入定林寺，协助僧人慧震整理佛经。后来，刘勰对仕途不再抱有希望，就在寺里出家为僧，改名慧地。不到一年，刘勰就去世了。除《文心雕龙》外，刘勰的著作，据《梁书·刘勰传》载，"勰为文长于佛理，京师寺塔及名僧碑志，必请勰制文"，曾"有文集行于世"。今虽已散失，但仍有《灭惑论》《梁建安王造剡山石城寺石像碑》等文，以及一些有关名僧碑志和经藏序录的题名和片断，散见于史传之中。

《文心雕龙》共五十篇，三万七千余言，用精美的骈文写成。《文心雕龙》全书分上、下编。上编二十五篇，前五篇是总论，后二十篇是文体论。下编二十五篇，包括创作论、文史论、批评论二十四篇和总序一篇。除末篇《序志》为自序外，全书的基本内容大致可分"文之枢纽""论文叙笔""剖情析采"三大部分。

自《原道》至《辨骚》五篇为第一部分，是全书的"总论"，提出了指导写作的总原则。刘勰在《序志》篇中，把这部分称为"文之枢纽"。这五篇中，《原道》《征圣》《宗经》三篇关系密切，道、圣、经三位一体，提出"文原于道"的原则，说明圣人之文（指《易》《书》《诗》《礼》《春秋》"五经"）表现了至高无上的道，是文章的典范，所以写作必须学习儒家圣贤的经典。《正纬》《辨骚》两篇，认为"纬书"不可信，某些奇诡内容背离了"五经"的轨道，作文应当"倚雅颂，驭楚篇"，即以《诗经》为根本，吸取楚辞的文采。

自《明诗》至《书记》二十篇为第二部分，即"论文叙笔"部分，分别论述诗歌、辞赋、论说、书信等三十多种文体，这部分被称为"文体论"。刘勰说："若乃论文叙笔，则囿别区分，原始以表末，释名以章义，选文以定篇，敷理以举统。上篇以上，纲领明矣。"就是诠释每种文体的名称和特征，说明它们的起源和演变，评论作家作品的优缺点，指出写作的方法。其中"敷理以举统"一项，从指导写作角度指明各体文章的体制特色和规格要求，是各篇结穴所在，地位最重要，刘勰称为"纲领之要""大要"等，认为写作时应该首先抓住。

自《神思》至《程器》二十四篇为第三部分，即"剖情析采"部分，泛论写作方法。按刘勰叙说之层次，这部分可以"一分为二"。其中，从《神思》至《总术》共十九篇，主要包括三个方面的内容：一是论写作构思和风格基调问题，二是论文章的体制构成和布局谋篇问题，三是论炼字、修辞、造句和各种写作技法。从《时序》至《程器》五篇，属于杂论性质。其中《时序》《物色》两篇论文学同时代、自然景物的关系，《才略》《程器》两篇评论历代作家的才能与品德，《知音》论文学批评的态度和方法。

《文心雕龙》的最后一篇，是刘勰的"长怀《序志》"。《序志》篇作为全书的总序，按"古人之序皆在后"之例，被置诸书末，起着"以驭群篇"的统领作用，可以作为进入《文心雕龙》"体大而虑周"的宏伟门庭的钥匙和向导。《序志》说明了这部书的名称、写作的动机、全书的基本内容、对过去一些文论的意见、对后代读者的期望，等等。

为了帮助读者更好地阅读和了解国学经典，我们精心注译了这本《文心雕龙》。此次注译《文心雕龙》各篇，原文以王利器《文心雕龙校证》为底本，并参考范文澜《文心雕龙注》、周振甫《文心雕龙今译》等现代研究、整理成果。为使读者更好地理解和把握《文心雕龙》各篇的内容和意义，在每篇之前都有一段题解，题解力求简明扼要，不作深入阐释和发挥。对于某些难字、僻字，注释中也都作了注音。注释之后是译文，译文以直译为主，个别地方采用意译。在注译过程中，我们参考了不少专著、译注的有关内容，特此说明，并深表谢意。若有不当之处，敬请批评指正。

目录

原道 第一

题解

《原道》的"原"，意为本、根源，"道"指"自然之道"。"原道"即文章根源于"自然之道"。所谓"自然之道"，刘勰用来指宇宙间万事万物的自然规律。本篇探讨"文"的本原，指出"文"本于"道"，至高无上的"道"的体现之一就是"文"。首先，"文"普遍存在于天地间，特别是人类社会。日月山川、龙凤虎豹、云霞草木等均有文。"文"表现为形态色泽之美，也表现为音响声韵之美。它们都是自然而然地形成的，是"道"的体现。所谓"有道之文"，大多源于万物的文采。宇宙万物皆有"文"，人亦有"文"。"文"是自然之道决定的，或者说"文"即本原于自然之道。古代帝王、圣人，秉承道心，取法天文地文，逐步制成"六经"。"六经"是人文的典范，不但具有形态和声韵的语言文字之美，而且在政治教化方面发挥巨大作用。刘勰认为，圣人之道即由自然之道演绎而成，古代的圣人是根据自然之道的基本精神来著述的，自然之道是通过古代圣贤的文章来得到阐明的。只有这样的文章，才能起到教化天下的作用。

原文

文之为德也大矣[1]，与天地并生者，何哉？夫玄黄色杂[2]，方圆体分[3]，日月叠璧[4]，以垂丽天之象[5]；山川焕绮[6]，以铺理地之形：此盖道之文也[7]。仰观吐曜[8]，俯察含章[9]，高卑定位[10]，故两仪既生矣[11]。惟人参之[12]，性灵所钟，是为三才[13]。为五行之秀气，实天地之心[14]。心生而言立，言立而文明，自然之道也[15]。旁及万品，动植皆文：龙凤以藻绘呈瑞，虎豹以炳蔚凝姿[16]；云霞雕色，有逾画工之妙；草木贲华[17]，无待锦匠之奇。夫岂外饰，盖自然耳。至于林籁结响，调如竽瑟[18]；泉石激韵，和若球锽[19]。故形立则章成矣，声发则文生矣。夫以无识之物，郁然有彩[20]，有心之器，其无文欤？

注释

① 文：泛指花纹、文采、文章、文学、文明、文化等。广义即天地万物（包括人类）的颜色、形状、声音、文采。德：文所具有的属性，即事物的形状、颜色、纹理、声韵等。广义"文"包含上述所有含义。大：广大、普遍，此处意为深广。

② 玄黄：指天和地的颜色，玄为天色，黄为地色。玄，幽远、神妙，借指黑红色。杂：混合，交错。

③ 方圆：指地和天的形状。古人误以为天圆地方。

④ 日月叠璧：日月曾经像璧玉那样叠合起来。

⑤ 垂丽天之象：展示附在天空的景象。

⑥ 焕：光彩。绮（qǐ）：有花纹的丝织品，引申为华美、绮丽。

⑦ 铺：铺展，分布。理地：使大地有纹理。道：其含义相当复杂，意释为"大自然""自然之道"。结合上下文，这里指"大自然"。道之文，即显现自然规律的文。

⑧ 吐曜（yào）：即发光，指日、月、星。

⑨ 含章：含有文章，即蕴含着美，多指地理风光。"章"也指花纹、文采。

⑩ 高卑定位：指天与地的既定方位。

⑪ 两仪：指天和地。

⑫ 参：参伍，相配。

⑬ 性灵：指天地自然和人的天性灵气。钟：聚集，集中。三才：天、地、人三者的合称。

⑭ 五行：金、木、水、火、土，古人认为它们是构成天地万物的五种基本元素。秀气：灵秀之气。天地之心：指作为"五行之秀气"的人。

⑮ 文明：内心光明，文采光明。自然之道：即事物本然的道理，事物本身的规律。

⑯ 藻绘：文饰彩绘，此处指龙凤鳞羽的光彩。炳蔚：光彩亮丽繁盛，此处指虎豹皮毛的斑斓。

⑰ 贲（bì）华：开花。贲，修饰，文饰，美饰，含美化之义。华，花。

⑱ 籁（lài）：风吹孔窍所发出的声音。竽：像笙，吹奏乐器，其形如笙。瑟：弹奏乐器，其形似琴。

⑲ 球：玉磬，敲击乐器。锽（huáng）：钟声。

⑳ 郁然：草木茂盛的样子，形容文采丰富。

译文

　　"文"作为万物所具有的属性真是普遍而深广啊，它是与天地一起产生的，为什么这么说呢？天玄地黄色彩交错，天圆地方形状各异，日月重叠如璧玉，高悬于天空，显示出天空的弧度；山川光彩绮丽像灿烂的锦绣，铺陈于大地，显示出大地的肌理：这些都是与天地并生的大自然的"文"。仰望天空日月星辰发出耀眼的光芒，俯视大地山川万物蕴涵着丰富的文采，天高地卑的位置确定了，于是产生了天地"两仪"。只有人可以与天、地相配并列为三，因为他身上凝聚着天地的性灵，这就是我们所说的天、地、人"三才"。人是五行的灵秀之气的凝聚，实际上是天地之心而生。心灵产生了，有了思想活动，语言才得以跟着确立，然后文采才得以表现鲜明，这是事物本然的道理。推广到万物，动物植物都有"文"：龙凤以美丽的鳞羽来呈现祥瑞，虎豹以斑斓的皮毛来展现雄姿；云霞敷以彩色，胜过画工设色的巧妙；草木花朵的开放，不需要织锦匠人的神奇手艺。这些难道是外加的修饰吗？不过是它们本身自然形成的罢了。至于风吹山林发出的声响，如吹竽鼓瑟般协调；泉水激石形成音韵，像击磬鸣钟般和谐。所以事物的形体确立了文采就自然形成了，声音发出来韵律也就随之产生了。那些无知的自然之物都有丰富的文采，那么，富有智慧的人，怎么会没有自己的"文"呢？

原文

　　人文之元①，肇自太极②，幽赞神明③，《易》象惟先④。庖牺画其始⑤，仲尼翼其终⑥。而《乾》《坤》两位，独制《文言》⑦。言之文也，天地之心哉⑧！若乃《河图》孕乎八卦⑨，《洛书》韫乎九畴⑩，玉版金镂之实⑪，丹文绿牒之华⑫，谁其尸之⑬？亦神理而已⑭。自鸟迹代绳，文字始炳⑮。炎皞遗事⑯，纪在《三坟》⑰，而年世渺邈，声采靡追⑱。唐、虞文章，则焕乎为盛⑲。元首载歌⑳，既发吟咏之志；益稷陈谟㉑，亦垂敷奏之风㉒。夏后氏兴㉓，业峻鸿绩㉔，九序惟歌㉕，勋德弥缛㉖。逮及商、周㉗，文胜其质㉘，《雅》《颂》所被，英华日新㉙。文王患忧㉚，《繇辞》炳曜㉛；符采复隐㉜，精义坚深。重以公旦多材㉝，振其徽烈，制《诗》缉《颂》㉟，斧藻群言㊱。至夫子继圣㊲，独秀前哲㊳，镕钧"六经"㊴，必金声而玉振㊵；雕琢性情㊶，组织辞令，木铎启而千里应㊷，席珍流而万世响㊸，写天地之辉光，晓生民之耳目矣！

注释

① 人文：人类的文采，指文章、礼仪等。元：初始。

② 肇：开端，开始。太极：指原始混沌之气。

③ 幽赞：深刻阐明。幽，深。赞，明，明白通晓。神明：神奇的道理。

④ 《易》象：《易经》的卦象。

⑤ 庖牺：即伏羲，传说中的三皇之一。

⑥ 仲尼：孔子字仲尼。翼：这里是指相传孔子所作的解释《易经》的《十翼》。

⑦ 《乾》《坤》两位：指《易经》中代表天与地的《乾》《坤》两卦。《文言》：《十翼》中专门阐释《乾》卦和《坤》卦的篇章。

⑧ 天地之心：此处指天地自身的本性、基本规律，即天地自然具有文采的本性。

⑨ 《河图》：相传上古伏羲氏时，有龙马从黄河出现，背负《河图》，献给伏羲。伏羲依此而演成八卦，被视为《周易》的来源。

⑩ 《洛书》：相传大禹治水时，神龟于洛水中献书，故为《洛书》。大禹依此治水成功，遂划天下为九州。韫（yùn）：藏。九畴（chóu）：指传说中天帝赐给禹治理天下的九类大法。

⑪ 玉版：用玉制作、雕刻的书版。传说尧在水边得到玉版，上有天地图形。金：金色。镂（lòu）：雕刻。

⑫ 丹文绿牒：传说黄帝时黄河出图，洛水出书，是"绿文赤字"。牒，书写用的竹简。

⑬ 尸：主宰；执掌，主持。古人祭祀时用人充当神，称尸。

⑭ 神理：神奇的天然之理，即自然之道。

⑮ 鸟迹：鸟迹般的古字。相传黄帝的臣子仓颉仿照兽蹄鸟迹的形状创造了文字。代绳：代替了结绳记事。炳：明显。

⑯ 炎：炎帝神农氏。皞（hào）：太皞伏羲氏。

⑰《三坟》：传说中记载上古三皇（伏羲、神农、黄帝）的书。坟，大道。三皇时代的书称被为“坟”，大概是书的材质为土陶及石刻，也可以解释为有文字的泥版。

⑱ 渺邈（miǎo）：久远，渺茫。靡追：无法追寻。

⑲ 唐：唐尧。虞：虞舜。文章：指礼仪典章制度。焕：鲜明。

⑳ 元首：指舜。载歌：开始唱歌。歌，即相传虞舜和臣子皋陶（yáo）作歌唱和。

㉑ 益稷（jì）：禹臣伯益与后稷的并称。伯益和后稷，均为舜时人。陈谟（mó）：陈述计谋。

㉒ 垂：流传。敷奏：臣下向帝王进言。

㉓ 夏后氏：古部落名，相传禹为其领袖，其子启继位，确立王位世袭制。

㉔ 业峻鸿绩：事业宏伟，功绩巨大。业、绩，功业，勋绩。峻、鸿，高，大。

㉕ 九序：此指治理天下的各项政事都井然有序。九，虚数，指一切。

㉖ 弥：更加。缛（rù）：繁盛。

㉗ 逮：到。

㉘ 胜：胜任，能相配。

㉙《雅》《颂》：《诗经》中的《雅》诗和《颂》诗。被：及，指影响。英华：原指美好的花木，后指优异的人或物；精华或精英。

㉚ 文王患忧：指周文王被殷纣王囚禁。

㉛ 繇（zhòu）辞：卦兆（占卜所得的预示吉凶的征象）的占词。炳曜：发出光采。

㉜ 符采：玉石上的横纹。复隐：内容丰富而含蓄。

㉝ 公旦：周公姬姓，名旦，也叫周公姬旦，周文王之子，周武王之弟。

㉞ 徽烈：美好的功业。徽，美。烈，功业。

㉟ 缉：辑，辑录。《诗》：《诗经》。《颂》：指《周颂》。

㊱ 斧藻：删削、修饰。斧，删正。藻，修饰，润色。群言：指各种典籍、各家之说。

㊲ 夫子：孔子，是孔子门下的学生对孔子的尊称。

㊳ 独秀：指超越。

㊴ 镕钧：陶铸，加工。此指修订、整理编订经典。六经：指《易》《诗》《书》《礼》《乐》《春秋》六种经典著作。

㊵ 金声而玉振：指集大成。古代奏乐时，开始击钟，结束击磬，用集音乐的大成来比喻孔子集历代圣贤著作之大成。

㊶ 雕琢：陶冶，修炼。

㊷ 木铎（duó）：以木为舌的大铃。古代宣布政教法令时，巡行振鸣以引起众人注意。此处喻指孔子所施的教化。

㊸ 席珍：坐席上的珍宝。意指儒者讲席上有珍贵的道德学问供别人请教。席，坐具，指传教讲学的讲席。流：流行传播。响：响应。

译文

人类之文的开端，起始于混沌之气，深刻地阐明这个神奇之理的，要数《易经》中的卦象为最先。伏羲画的八卦图象是《易经》之始，孔子写的解说八卦的《十翼》是《易经》的完成。而对其中的《乾》《坤》两卦，孔子还专门作了《文言》来加以阐释。可见语言的文采，正是天地之心性的表现啊！至于说《河图》中蕴含着八卦，

《洛书》中蕴藏着九畴，玉石书版上镂刻着金色图文的内容，绿色书简上写着丹红文字的文采，这些又是谁主宰制作的呢？不过是神奇的天然之理而已。

　　自从仓颉仿照鸟兽的形迹创造出文字代替结绳记事，文字的作用开始彰显起来。炎帝神农氏、太皞伏羲氏遗留下来的事迹，记录在古书《三坟》中，但因为年代久远，那些声韵文采已无从追寻了。唐尧、虞舜时代的文章，文采焕然兴盛一时。虞舜所作的歌，已经开始吟咏抒发自己的情志；伯益和后稷所献的计谋，也流传下进言陈述的风气。夏后氏大禹兴起，事业宏伟而功绩巨大，各项工作都有秩序而受到歌颂，因而歌颂功德的文章更加繁盛。到了商朝、周朝，丽辞雅义相得益彰，在《雅》诗和《颂》诗的影响下，文采如花木之美显得日益新颖。周文王被囚受难，身处忧患，写出的《易经》的卦爻辞光彩照耀，文采像玉石上的花纹一样丰富而又含蓄，精妙的义理坚实而又深刻。再加上周公多才多艺，发扬文王的美好功业，创作诗歌，辑录《周颂》，删正并修饰各种典籍的文辞。到了孔子更是继承圣人之业，且又超过了前代圣哲，他整理编订"六经"，正如音乐上集各种乐器声音的大成似的集历代圣贤著作之大成；他雕琢提炼那些表现人们情志本性，也就是思想感情的内容，组织好美妙的文辞，这些经典所施的教化如木铎振动而千里响应，又像儒者讲席上的珍宝一般流布而万世传扬，真可以说是写出了天地的光辉，启发了世人的聪明才智啊！

原文

爰自风姓①，暨于孔氏②，玄圣创典③，素王述训④，莫不原道心以敷章⑤，研神理而设教；取象乎《河》《洛》⑥，问数乎蓍龟⑦，观天文以极变，察人文以成化⑧，然后能经纬区宇⑨，弥纶彝宪⑩，发挥事业，彪炳辞义⑪。故知道沿圣以垂文，圣因文以明道，旁通而无涯⑫，日用而不匮⑬。《易》曰："鼓天下之动者存乎辞。"⑭辞之所以能鼓天下者，乃道之文也。

注释

① 爰（yuán）：于是。风姓：传说中伏羲氏就是风姓，此处指伏羲。

② 暨（jì）：及，到。

③ 玄圣：远古圣人，前贤先圣，此指伏羲等人。玄，远。

④ 素王：有王者之德而无王位的人，此处指孔子。素，空。

⑤ 道心：指自然之道的基本精神。敷：布，施。

⑥ 取象：取法。《河》：即《河图》。《洛》：即《洛书》。

⑦ 数：此处指未来的命运，占卜认为命运的吉凶和一定的数有关。蓍（shī）龟：蓍草和龟甲，均为占吉凶时所用。

⑧ 天文：日月星辰等天体分布、运行的现象，泛指天地运行的规律。人文：主要指《诗》《书》《礼》《乐》等，泛指人类社会的文明礼仪及各种文化现象。

⑨ 经纬：织布时经线、纬线交织。此处引申为治理。区宇：区域空间，指疆土；天下。

⑩ 弥纶：弥合经纶，编织，有包罗、统括、完善之意。彝（yí）宪：常法，经久不变的大经大

法。彝，古代盛酒的器具，亦泛指古代宗庙常用的祭器。宪，法令，宪章。

⑪ 彪炳：像虎纹般光彩鲜明。

⑫ 旁通：广通，处处相通。

⑬ 匮（kuì）：竭，缺乏。

⑭ 鼓天下之动者存乎辞：鼓舞天下奋动振作的存于卦爻辞之中。

译文

于是从伏羲到孔子，远古圣王创制典章，后世素王阐述发挥，没有不是根据自然之道的本心，也就是根据精神来从事著述的，也没有不是钻研神明的自然之理来设置教化内容的。他们取法《河图》《洛书》，问运数于蓍草龟甲来占问吉凶；观测天体形象以穷尽事物的各种变化，考察过去的典籍及人间世事来完成教化；然后才能治理天下，制定出恒久的宪章法典，发挥光大圣人的事业，使文辞义理光彩鲜明发出光辉。由此可知，自然之道通过圣人而表现为著述文章，圣人通过文章才得以阐明自然之道。它通达处处，无边无涯，天天都运用也不会匮乏。《周易·系辞上》说："能够鼓舞、振动天下的东西，就存在于文辞之中。"文辞之所以能够鼓动天下，就因为它是符合自然之道的文采。

原文

> 赞曰①：道心惟微，神理设教。光采玄圣，炳耀仁孝②。龙《图》献体，龟《书》呈貌③。天文斯观，民胥以效④。

注释

① 赞：助，明。《文心雕龙》各篇后面均有四句"赞"，用以概括说明全篇大意。

② 玄圣：此指孔子。仁孝：泛指古代圣贤提出来的伦理道德，即作为教化内容的伦理道德。

③ 图：指《河图》。书：指《洛书》。

④ 天文：此指《河图》《洛书》这些上天所赐的文章。胥（xū）：全都。

译文

赞词说：自然之道的本心是精深微妙的，根据这种神妙的道理来设置教化。它既使伟大的圣人孔子发出光辉，又使仁孝之类的伦理道德发扬光大。黄河里龙马负《图》献出八卦的形体，洛水中神龟负《书》呈现九畴的相貌。对天地自然的文采变化之理的这些观察穷究，世人都要效法、学习。

征圣 第二

　　《征圣》的"征"是验证的意思，"圣"是圣人。"征圣"，就是验证于圣人，即以圣人为师，以儒家圣人从事著作的态度为验证，向这种态度学习。本篇主旨在说明写作文章，必须以圣人的作品及其指导性言论为依据。首先指出，古代帝王圣人，在论述诸如进行政治教化、外交、个人修养等方面，都重视运用文辞和文化措施。而经书中言及的"志足而言文，情信而辞巧"更是对文章的内容、形式的基本要求。由于圣人掌握了自然之道，所以经书的文辞，在不同场合表现出不同风貌，或简或繁，或明或隐，但都运用恰当，足为师范。其次援引《论语》《易传》《尚书》等圣人的言论，阐发"正言"与"立辨""体要"与"成辞"的辩证关系，强调"征圣立言"，要求文章写得雅正和切实扼要。最后指出圣人文章的特点是既雅且丽，华实兼备，堪为准则。

原文

　　夫作者曰"圣"，述者曰"明"①。陶铸性情，功在上哲②。夫子文章，可得而闻③，则圣人之情，见乎文辞矣。先王声教，布在方册④；夫子风采，溢于格言⑤。是以远称唐世，则焕乎为盛⑥；近褒周代，则郁哉可从⑦：此政化贵文之征也。郑伯入陈，以文辞为功⑧；宋置折俎，以多文举礼⑨：此事绩贵文之征也⑩。褒美子产，则云"言以足志，文以足言"⑪；泛论君子，则云"情欲信，辞欲巧"⑫：此修身贵文之征也。然则志足而言文，情信而辞巧，乃含章之玉牒⑬，秉文之金科矣⑭。

注释

① 夫作者曰"圣"，述者曰"明"：语出《礼记·乐记》。

② 陶铸：陶冶，熔铸，指对人们的教化。上哲：指古代贤哲。哲，有智慧的人。

③ 夫子文章，可得而闻：语出《论语·公冶长》。

④ 声教：声威教化。布：分布。方册：指书籍，古代的著作刻写在方牍简册上。

⑤ 格言：指含有教育意义可以作为准则的话。

⑥ 焕乎：形容光彩灿烂。焕，鲜明，文中指文化。

⑦ 郁哉可从：形容文采丰富繁盛。郁，富有文采。

⑧ 郑伯入陈，以文辞为功：《左传·襄公二十五年》载，郑国攻打陈国，而对盟主晋国的质问，因子产应对的言辞顺理成章，获得晋国认可。孔子因此称赞子产"非文辞不为功"。

⑨ 宋置折俎（zǔ），以多文举礼：《左传·襄公二十七年》载，宋平公以"折俎"之礼接待贵宾，宴会上宾主的发言都富有文采，得到了孔子的称赞。

⑩ 事绩：此处指国事活动中的功绩。

⑪ 子产：郑国大夫公孙侨的字，春秋时著名的政治家。足：成。

⑫ 情欲信，辞欲巧：语出《礼记·表记》。

⑬ 含章：含蕴文采，指写作有文采的文章。玉牒：原指重要文书，此处为重要法则之意。

⑭ 秉文：执掌、驾驭文章的写作。金科：贵重的条例、法则、法规之意。

译文

　　能够依据自然之道而进行创作的叫作"圣"，能够理解圣人著作而加以阐述其学说的称为"明"。用礼乐教化及著述来陶冶人的德性情操，古代贤哲有很大的功绩。孔子的学生子贡说，"孔子的文章是可以看得到的"。就是说圣人的思想感情，就表现在这些著作里。古代圣王的声威教化，记载在典籍里面；孔子的风度神采，充溢于那些富于教导人的格言之中。所以，孔子称颂遥远的唐尧之世，说那时的文化"多么

光彩兴盛啊！"褒扬较近的西周时代的文章，说"多么丰富多彩啊，十分值得遵从效法！"：这些都是在政令教化方面重视文章的例证。春秋时郑国攻打陈国，郑国的子产因善于言辞而立下了功劳。宋国以"折俎"之礼接待贵宾，宾主言辞都很有文采，孔子十分赞赏而让弟子记录下来：这些是国事活动方面注重文辞的例证。孔子赞美子产，说他"不仅用语言充分表达他的情志，而且用文采充分修饰他的语言"；孔子一般谈到有才德的人，就说他们"情感应该真实可信，文辞应该巧妙精美"：这些都是在个人修养方面重视文采的例证。由此可见，思想要充实而言辞要有文采，情感要真实而文辞又要巧妙，这就是写作文章的重要法则了。

原文

> 夫鉴周日月①，妙极机神②；文成规矩③，思合符契④。或简言以达旨，或博文以该情⑤，或明理以立体⑥，或隐义以藏用⑦。故《春秋》一字以褒贬⑧，丧服举轻以包重⑨：此简言以达旨也。《邠诗》联章以积句⑩，《儒行》缛说以繁辞⑪：此博文以该情也。书契断决以象《夬》⑫，文章昭晰以象《离》⑬：此明理以立体也。"四象"精义以曲隐⑭，"五例"微辞以婉晦⑮：此隐义以藏用也。故知繁略殊制，隐显异术；抑引随时，变通适会⑯。征之周、孔，则文有师矣。

注释

① 鉴：识鉴，观察。周：全，遍。日月：指天地宇宙。
② 妙：精妙。机神：神妙精微的预兆。机，同"幾"，事物细微的迹兆。
③ 规矩：法则。规，画圆形的工具；矩，画方形的工具。
④ 思合符契：思想与文采完全相合有如符契。
⑤ 该：周全，完备；包括。
⑥ 立体：确立文章的体制。体，主体，体要，要点。
⑦ 隐义：含蓄不露的隐晦意思。藏用：蕴含着的作用，即含蓄地表现写作的用意。
⑧ 《春秋》一字以褒贬：《春秋》中常见的一种笔法。如《郑伯克段于鄢》，只用一个"克"字，既指责郑伯把弟当敌人，也指责共叔段与兄为敌。
⑨ 丧服举轻以包重：古代穿丧服有轻重之别，根据孝者和死者亲疏关系的不同而穿轻重不同的丧服，父母及君主的丧服最重。同时，古人认为服丧期间不能参加宗庙祭祀这类祭礼活动。
⑩ 《邠（bīn）诗》：指《诗经·豳风·七月》。邠，同"豳"。
⑪ 《儒行》：指《礼记》中的《儒行》篇。儒行，儒者的行为规范，孔子曾在该篇中指出过十六种儒行规范。缛（rù）：繁盛。
⑫ 书契：指古代记事的文字。断决：决断。《夬》（guài）：《夬》卦，《易经》六十四卦之一，表示决断之意。

11

⑬ 昭晰（zhé）：光明，明朗，清晰。《离》：《离》卦，《易经》六十四卦之一，表示像火一样明亮之意。

⑭ 四象：一说指春、夏、秋、冬四时。体现于卦象上，则指少阳、老阳、少阴、老阴四种爻象。一说指金、木、水、火。体现于卦上，则为实象、假象、义象、用象四种，称"四象"。

⑮ 五例：据杜预《春秋左氏传序》，《春秋》记事有五种条例：一曰微而显，二曰志而晦，三曰婉而成章，四曰尽而不污，五曰惩恶而劝善。微辞：精微、深刻之文辞。

⑯ 抑引：指对写作方法的运用。变通：随情况的变化而变动。适会：因应时机，适应当时的实际情况。

译文

　　圣人能够全面考察自然万物，并深入其中精深奥妙的地方去；这样才能写成堪称楷模的文章，其表达的思想也才能与客观事物相吻合。圣人的著作有时用较少的语言来表达其主要思想，有时用较多的文辞来详尽地抒发情意；有时用明白的道理来建立文章的主体，有时用含蓄的思想而不直接显示文章的作用。如像《春秋》就常用极少的文字来赞扬或批评，《礼记》里常用轻的丧服来概括重的丧服：这就是"简言以达旨"的例证。又如《诗经·豳风·七月》是用许多章句联结成篇的，《礼记·儒行》也常用复杂的叙述和丰富的辞句来记载：这就是"博文以该情"的例证。此外，有的文章讲得像《夬》卦所说的那样决断干脆，有的文章写得像《离》卦所说的那样清楚透彻：这就是"明理以立体"的例证。还有《易经》中的四种卦象，道理精深，意义迂回曲折；《春秋》所运用的五种记事条例，也常是委婉隐晦，意义婉转：这就是"隐义以藏用"的例证。由此可知，各种文章在表现手法上，有繁缛和简略、隐晦和明显的区别，对这些不同体制和不同手法，或者抑制，或者援发，都随着时机而定；写作时的千变万化，既要注意融会贯通圣人写作的经验，又要适应具体情况的变化灵活运用。以周公、孔子的文章作为标准，写文章就有所师从了。

原文

　　是以论文必征于圣，窥圣必宗于经①。《易》称："辨物正言，断辞则备②。"《书》云："辞尚体要，弗惟好异③。"故知正言所以立辨，体要所以成辞④；辞成无好异之尤，辨立有断辞之美⑤。虽精义曲隐，无伤其正言；微辞婉晦，不害其体要。体要与微辞偕通⑥，正言共精义并用；圣人之文章，亦可见也。颜阖以为："仲尼饰羽而画，徒事华辞。"⑦虽欲訾圣，弗可得已⑧。然则圣文之雅丽，固衔华而佩实者也⑨。天道难闻，犹或钻仰⑩；文章可见，胡宁勿思⑪？若征圣立言，则文其庶矣⑫。

注释

① 窥：此处指对圣人的旨意或做法探索、了解。宗：以……为主。

② 辨：辨明，分辨。正言：直言。正，雅正。断辞：用言辞明断事物，判断吉凶。备：完备。

③ 体要：切实扼要地表述。弗惟：不能只是。

④ 成辞：组织运用文辞。

⑤ 尤：弊病，过失。

⑥ 偕通：和谐相通。偕，共同。

⑦ 颜阖，战国时鲁国人。

⑧ 訾（zī）：毁谤非议。

⑨ 衔华：口中衔着花朵，喻指形式华美。佩实：身上佩戴着果实，喻指内容充实。

⑩ 天道：即自然之道。钻：钻研。仰：仰慕。

⑪ 胡宁：为什么。

⑫ 庶：庶几，近乎，差不多。

译文

　　所以谈论文章的写作一定要以圣人为标准来进行验证，探求圣人的旨意和做法必须以经典著作为根据。《易·系辞下》说："辨明事物并给以恰当的说明，就有了判断吉凶的言辞。"《尚书·周书·毕命》说："文辞贵在切实扼要，不应只是追求奇异。"由此可知，必须有恰当的说明才能表达出文章的论点，必须抓住要点才能安排好文章的辞采。倘能这样安排文辞，就能避免单纯追求奇异的毛病；这样建立起来的论点，也就能得到辞句明确的益处了。那么即使内容精深曲折，但不会影响到它说明的恰当；虽然文辞微妙宛转，但不会妨害它能抓住要点。文章要抓住要点和辞句写得微妙并无矛盾，说明的恰当和内容的精深也可同时并存；这些情形，在圣人的文章里都可以看到。颜阖认为："孔子的文章就像在天生华美的羽毛上再涂上色彩彩饰一样，只是追求华丽的辞藻。"他虽然想以此来指责圣人，但是事实上是做不到的。因为圣人的文章内容雅正而又文辞绚丽，本来就兼有动人的文辞和充实的内容。自然之道那么难以弄懂，尚且要钻研；圣人的文章是显而易见的东西，为什么不去思索探究呢？如果能根据圣人的著作来进行写作，那么写出的文章就相差无几了。

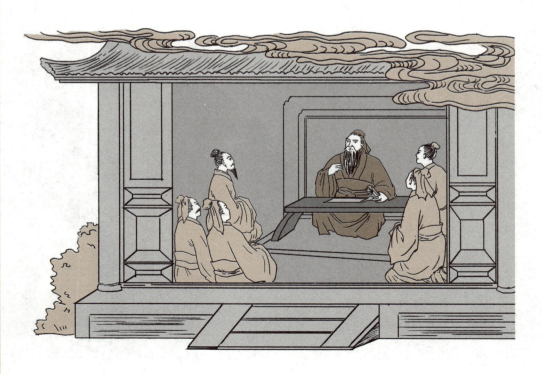

原文

> 赞曰：妙极生知，睿哲惟宰①。精理为文，秀气成采②。鉴悬日月，辞富山海③。百龄影徂，千载心在④。

注释

① 妙：妙悟；精妙。极：极境。生知：生而知之的人，即圣人。睿（ruì）哲：智慧的圣人。宰：主宰，引申为掌握、具有。

② 气：指作者的气质及其体现在创作中而成为某些篇章的特点。这里是指圣人的气质。

③ 鉴：镜子，引申为察看，这里指观察事物而形成的主张和见解。

④ 百龄：百岁，指终生，指圣人的一生。影徂（cú）：形影消亡，指逝世。徂，往。

译文

　　赞词说：能懂得精妙道理的只有圣哲，他们具有特出的聪明才智。用精妙的道理写成文章，以灵秀的气质构成文采。识鉴明彻犹如日月高悬，文辞丰富就像山高海深。百岁圣人虽然如影逝去，千载之后精神依然存在。

宗经 第三

题解

《宗经》的"宗"，是宗祖效法的意思。"经"，指圣人阐明"自然之道"的著作。"宗经"，即文章写作要宗祖、效法"五经"。本篇首先指出，经书表现了恒久不变之道，它们起源于邃古，绵延久远，传下来的经孔子编订，而成《易》《书》《诗》《礼》《春秋》"五经"（"六经"中的《乐经》是乐谱，经秦火失传，故此处不论），它们内容深奥，文辞典范。接着指出"五经"各自的性质和内容特色，在文辞表现上，则着重就隐显两方面立论，意见和《征圣》篇相通。再次指出经书对后代文章产生巨大影响，举例说明后代论、说、辞、序等二十种主要文体，分别渊源于"五经"，经书是后代各体文章取之不竭的源泉。最后指出作文如能宗法"五经"，则文章可以取得"六义"之美，即"情深而不诡""风清而不杂""事信而不诞""义贞而不回""体约而不芜""文丽而不淫"，其中情深、事信、义贞三者指思想内容，风清指风貌，体约、文丽指形式和语言风格，它们是刘勰在"宗经"前提下为文章树立的六条标准。

原文

三极彝训，其书曰"经"①。"经"也者，恒久之至道，不刊之鸿教也②。故象天地，效鬼神，参物序，制人纪，洞性灵之奥区，极文章之骨髓者也③。皇世《三坟》④，帝代《五典》⑤，重以《八索》，申以《九丘》⑥；岁历绵暧，条流纷糅⑦。自夫子删述，而大宝启耀⑧。于是《易》张《十翼》⑨，《书》标"七观"⑩，《诗》列"四始"⑪，《礼》正"五经"⑫，《春秋》"五例"⑬。义既埏乎性情，辞亦匠于文理⑭；故能开学养正，昭明有融⑮。然而道心惟微，圣谟卓绝⑯，墙宇重峻，吐纳自深⑰。譬万钧之洪钟，无铮铮之细响矣⑱。

注释

① 三极：三才，指天、地、人。彝（yí）：常。训：道理。

② 至道：至高无上的道理。不刊：不可磨灭，不可改动。刊，削去。鸿教：伟大的教诲。

③ 性灵：性情，心灵。奥区：精微深奥之处。骨髓：此指文章的精华、精髓。

④ 皇：三皇。《三坟》：相传为三皇之书。孔安国《尚书传序》：伏羲、神农、黄帝之书，谓之以"三坟"。

⑤ 帝：五帝。《五典》：相传为五帝之书。孔安国《尚书传序》：少昊、颛顼、高辛、唐、虞之书，谓之"五典"。

⑥ 重：加上。《八索》：相传是关于八卦的书。索，探索。《九丘》：相传关于九州的书。

⑦ 绵暧（ài）：年代久远，模糊不明。纷糅（róu）：纷繁杂乱。

⑧ 大宝：比喻最珍贵的东西，这里指古代经典。启：都。

⑨ 《易》：指《易经》。张：张开，指阐述、发挥。

⑩ 《书》：指《尚书》。标：标立，标示。七观：《尚书大传》记孔子说过，从《尚书》的部分篇章中可以看到义、仁、诚、度、事、治、美七个方面的内容。

⑪ 《诗》：指《诗经》，又称《诗三百》，先秦时称为《诗》，西汉时被儒家尊为经典，始称《诗经》。列：陈列，分出。四始：《毛诗序》称《诗经》中的《国风》《小雅》《大雅》《颂》四部分为"四始"。始，王政兴衰的开始。

⑫ 《礼》：指《礼记》，由西汉礼学家戴德和其侄戴圣编定。正：明确，确定。五经：指《礼记》确定的五种礼仪。

⑬ 五例：指《春秋》的五种记事条例。

⑭ 义：义理，指内容。埏（shàn）：以水和土来制陶器，此处意同陶冶，比喻文章的陶冶教化作用。匠：匠心，指切合文理技巧。

⑮ 开学：开启，学习。昭明有融：明朗，显豁。

⑯ 道心：指自然之道。圣谟（mò）：典谟，指经书。也指圣人的议谋或见解。

⑰ 墙宇：孔子的学生子贡曾以"夫子之墙数仞"来比喻孔子的道德学问高深。重：深。峻：高。吐纳：犹吐语，即言论，这里指著作。

⑱ 万钧：千万斤重。钧，中国古代重量单位，三十斤为一钧。铮铮：金属互击的声音。

译文

　　讲述天、地、人三者常理的这类书叫作"经"。所谓"经"，是恒久不变的根本道理，不可改变的伟大教导。所以经书是取法于天地，征验于鬼神，参究万物排列的秩序，制定出人伦纲纪，洞察人类心灵奥秘，极尽文章精髓的著作。三皇时的《三坟》、五帝时的《五典》，加上《八索》《九丘》这些传说中的古书，由于年代久远而无从查考，其枝条流派纷纭杂糅。自从经过孔子的删削整理，这些宝贵的经书便都焕发了光彩。于是《易经》辅以《十翼》来发挥，《尚书》被标举出"七观"，《诗经》分列为"四始"，《礼记》确定了五种主要的礼仪，《春秋》被归纳出"五例"。这些经书的内容能陶冶人的性情，文辞也合乎文理；所以能启发学习，培养正道，成为文章的典范，光明而又长久。然而自然之道的本心精微难测，圣人的经书卓越高深，他们的道德学问就如高墙深宅，他们的著作自然蕴藏着深刻的自然之道，犹如千万斤重的大钟，决不会发出细微的响声一样。

原文

　　夫《易》惟谈天，入神致用，故《系》称旨远辞文，言中事隐①。韦编三绝②，固哲人之骊渊也③。《书》实记言，而诂训茫昧④，通乎《尔雅》⑤，则文意晓然。故子夏叹《书》，"昭昭若日月之代明，离离如星辰之错行"⑥，言照灼也⑦。《诗》主言志，诂训同《书》，摛《风》裁兴⑧，藻辞谲喻⑨，温柔在诵，故最附深衷矣⑩。《礼》以立体，据事制范，章条纤曲，执而后显⑪。采掇片言，莫非宝也。《春秋》辨理，一字见义，"五石""六鹢"⑫，以详略成文⑬；"雉门""两观"⑭，以先后显旨⑮。其婉章志晦，谅以邃矣⑯。《尚书》则览文如诡，而寻理即畅⑰；《春秋》则观辞立晓，而访义方隐⑱。此圣文之殊致，表里之异体者也⑲。至根柢槃深，枝叶峻茂，辞约而旨丰，事近而喻远⑳。是以往者虽旧，余味日新，后进追取而非晚，前修久用而未先㉑。可谓太山遍雨、河润千里者也㉒。

注释

① 谈天：讲述天地变化之理。入神：达到精深微妙的境界。中（zhòng）：中肯，合理。

② 韦编三绝：用来编竹简的牛皮绳断了三次。韦，牛皮绳。三，虚指，言其多。绝，断裂。

③ 骊渊：黑龙潜藏的深渊。骊，黑龙。

④ 诂训：即训诂，解释古文字，此处指《尚书》中的古文字。茫昧：不明。

⑤ 《尔雅》：我国最早解释词义的工具书，专门解释语辞和名物术语。

⑥ 子夏：姓卜，名商，字子夏，一般认为是春秋末晋国温人，孔子的弟子。昭昭：明亮。离离：历历分明，清楚。

⑦ 照灼：明显、明亮。

⑧ 摛（chī）：传布，写作。裁：制，取。兴：指比兴，为《诗经》重要的表现手法。

⑨ 藻辞：富有文采的文辞。谲（jué）：变化。谲喻，委婉曲折的比喻。

⑩ 温柔：指儒家的诗教原则"温柔敦厚"。附：切合。

⑪ 立体：此处指建立社会上各种体统制度。制范：建立规范。纤曲：细致周到。

⑫ 五石：《春秋·僖公十六年》载："陨石于宋五。"意即陨石落在宋国有五块。六鹢（yì）：《春秋·僖公十六年》载："六鹢退飞过宋都。"意为六只鹢鸟倒飞着经过宋国都城。

⑬ 详略：此处所谓详略当指此。

⑭ 雉（zhì）门：鲁宫的南门。两观：宫门外左右二台上的楼。

⑮ 先后：首先起火的是两观，但《春秋》记载时先说雉门，因为两观附属于雉门，雉门重要，两观次要。

⑯ 婉章志晦："婉而成章""志而晦"是《春秋》写作的五项条例中的两条。谅：确实。邃：深远。

⑰ 诡：奇异。寻理：探寻道理。

⑱ 访义：寻觅意义。访，探求。

⑲ 圣文：儒家经典。殊致：独特的情致。表里：这里指形式和内容。

⑳ 柢（dǐ）：根。槃（pán）：同"盘"，弯曲，回绕。峻茂：高大茂盛。

㉑ 后进：后世的学者。前修：前贤。

㉒ 太山遍雨：泰山的云气使雨水遍洒天下。太山，即泰山。

译文

《易经》专门论述天道，精妙入神通于人事而致实用，因此《系辞下》说："它的旨意远深，言辞有文采，它的语言中肯符合实际，它讲的事理隐晦难懂。"孔子读《易经》，编竹简的皮绳断过多次，可见《易经》本是圣人探索深奥道理的宝库。《尚书》实是以记言为主的著作，但其文字难以解释清楚，如果通晓《尔雅》，那么文意也就明白了。所以子夏赞叹《尚书》说："《尚书》的论事，像日月那样明亮，像星辰那样清晰。"这就是说《尚书》的记载很清楚明白。《诗经》主要抒发情志，它的文字解释和《尚书》一样要靠《尔雅》，《诗经》传布《风》《雅》，创制比、兴，文辞藻饰，设喻多变，诵读起来能够体会到温柔敦厚的风格，所以最切合内心的情感。《礼经》用来建立礼仪体制，它根据具体事务制定各种规范，章程条款细致缜密，执行起来功效才显著。从中任意采摘片言只语，没有不宝贵的。《春秋》辨明事理，往往一个字便体现作者的深意。"陨石从天上落下，落在宋国有五块"，"六只水鸟倒着飞过宋国都城"，记录这两件事发生的时间，有详与略的不同，以示性质不同，"雉门和两观发生火灾"，先说雉门，后说两观，以示分别主次的用意。《春秋》文字的婉曲，用意的含蓄，确实是很深邃的。《尚书》的文字读来令人费解，而一寻究其道理，便立即明白晓畅；《春秋》则一看文字马上明白，而探索它的意义才觉得隐奥艰深。这是由于圣人文章不同的表达方式，造成了文字形式和内容含义呈现出不同的风貌。可见经书犹如大树，根深柢固，枝高叶茂，文辞简约而意旨丰富，叙事浅近而喻意深远。因此，经书虽然古旧，但回味起来可以天天有新的感受，后辈求索得益并不嫌晚，前人长久运用未必先得。经书真像泰山之云，使广阔地区都降雨水，又如黄河之水，让千里土地得到润泽。

原文

　　故论、说、辞、序，则《易》统其首①；诏、策、章、奏，则《书》发其源②；赋、颂、歌、赞，则《诗》立其本③；铭、诔、箴、祝，则《礼》总其端④；纪、传、盟、檄，则《春秋》为根⑤：并穷高以树表，极远以启疆⑥，所以百家腾跃，终入环内者也⑦。若禀经以制式⑧，酌雅以富言⑨，是即山而铸铜，煮海而为盐也⑩。故文能宗经，体有六义⑪：一则情深而不诡⑫，二则风清而不杂，三则事信而不诞⑬，四则义贞而不回⑭，五则体约而不芜，六则文丽而不淫。扬子比雕玉以作器⑮，谓"五经"之含文也。夫文以行立，行以文传。"四教"所先⑯，符采相济。迈德树声⑰，莫不师圣，而建言修辞，鲜克宗经。是以楚艳汉侈⑱，流弊不还。正末归本，不其懿欤？

注释

① 论、说、辞、序：四种文体名称。统：总。

② 诏、策、章、奏：四种文体名称。《书》：《尚书》。

③ 赋、颂、歌、赞：四种文体名称。

④ 铭、诔（lěi）、箴（zhēn）、祝：四种文体名称。

⑤ 纪、传、盟、檄：四种文体名称。

⑥ 穷：至，极。表：通"标"，规范、准则。极：最。启疆：开拓疆域，指拓展文体的范围。

⑦ 环：范围。环内，指《五经》范围之内。

⑧ 禀：持，根据，接受。制式：制定体式。

⑨ 酌：斟酌择取。雅：正，指经书雅正的语言。

⑩ 即：靠近。

⑪ 体：此指文章的形式和内容。六义：六个优点，六美。义，同"宜"，引申为优点。

⑫ 诡：诡诈，指虚假。

⑬ 信：真实可信。诞：虚妄、荒诞。

⑭ 贞：正。回：邪曲。

⑬ 体：风格，此处指体制规模。约：简练。芜：繁杂。

⑭ 淫：浮靡，过分。

⑮ 扬子：扬雄，西汉末文学家。

⑯ 四教：指孔子用以教育学生的四项原则：文、行、忠、信。符采：指玉石的花纹。相济：相辅相成。

⑰ 迈德：力行道德。迈，勉，行。建言修辞：指作文。鲜：少。

⑱ 楚艳：指楚辞中一部分单纯追求辞藻华丽的作品。末：指舍本逐末的淫丽文风。本：指《五经》的雅正文风。懿：美。

译文

所以论、说、辞、序之类的文体，是从《周易》开始的；诏、策、章、奏之类的文体，是从《尚书》发源的；赋、颂、歌、赞之类的文体，是以《诗经》为根本的；铭、诔、箴、祝之类的文体，是由《礼记》发端的；纪、传、盟、檄之类的文体，《春秋》是它们的根源：这些经书都给后世文章树立了极好的表率，为各种文体的发展开拓了最广阔的领域，所以诸子百家无论怎样腾跳飞跃，终究无法超出经书的范围。如果根据经书的体式去制定各种体裁的文章格式，参照"五经"雅正的词汇来丰富写作的语言，那么写文章就像靠近矿山冶炼、在海边熬煮海水制盐一样。所以作文如能以经书为楷模，则所作之文便可具备六种优点：一是情感深挚而不虚诡；二是风貌清朗而不繁乱；三是记事信实而不荒诞；四是思想正直而不邪曲；五是体制要约而不芜杂；六是文辞华丽而不浮靡。扬雄曾经以玉不雕不成器，来说明"五经"必然有文采。文采辞章靠德行来树立，德行靠文采辞章来传布。所以孔子从"文""行""忠""信"四个方面实施教育，而以"文"为先，正如美玉有精美的花纹，四教中的"行""忠""信"也须有"文"配合才能相得益彰。人们在勉励德行、建立功名方面，没有不以圣人为师的，可是立言为文，却很少能效法经书。因此楚辞艳

丽，汉赋侈靡，后人顺着这一趋势发展，弊病更多，难以克服。纠正弊端，回归到经书的正道上来，不是很好吗？

原文

> 赞曰：三极彝训，训深稽古①。致化惟一，分教斯五②。性灵熔匠，文章奥府。渊哉铄乎，群言之祖③。

注释

① 稽古：考察古代典籍。稽，查究，考究。
② 致：达到。斯：则。五：指《五经》。
③ 渊：深。铄（shuò）：同"烁"，光亮，灿烂，辉煌。

译文

赞词说：天、地、人三者的常理至为深奥，必须从古代的经书中去探求钻研。达到教化的目的只有一个，而从不同角度分别教育则分为五种经书。"五经"是熔铸灵魂的工匠，又是文章的深奥宝库。真是深远美好啊，它们是一切文章言论的始祖。

正纬 第四

《正纬》的"正"是纠正的意思，"纬"是谶（chèn）纬。"正纬"即纠正纬书纰缪之意。本篇首先指出保存在儒家经典中的河图、洛书是"圣人则之"的，而经书之外的类似说法，就真假难辨了。接着"按经验纬"，以经比纬，指出了纬书虚假的四个表现，揭露了纬书的虚假和荒诞。之后说明纬书多出自汉代喜谈伎数者之手，内容侈陈阴阳灾异，荒诞不经，为东汉一些博学有识之士所抨击。刘勰认为，汉儒托名孔子的纬书造成了很坏的影响，最重要的是搅乱了经书。光武帝"笃信"谶纬之说，造成了"乖道谬典"的严重后果，因此遭到桓谭、尹敏、张衡、荀悦等人的强烈反对。但纬书中所包含的某些古代传说和自然界现象的记载，写文章时可从中汲取养料，因而不能一概否定。刘勰虽然揭露、批判了"鸟鸣似语，虫叶成字"等虚妄、怪诞之说，却并不完全否定源自远古的神话传说。

原文

> 夫神道阐幽①，天命微显②，马龙出而大《易》兴③，神龟见而《洪范》耀④。故《系辞》称"河出图，洛出书，圣人则之"⑤，斯之谓也。但世夐文隐⑥，好生矫诞⑦，真虽存矣，伪亦凭焉。

注释

① 神道：自然之道，即《原道》篇中的神理。阐：阐明。幽：深。

② 天命：自然界的法规。微：幽深。显：显现。

③ 马龙出：远古传说中像马的龙负着图（即河图）从黄河里出来。

④ 见：同"现"。《洪范》：《尚书》篇名。

⑤ 则：准则，引申为效法。

⑥ 夐（xiǒng）：久远。世夐，年代久远。文隐：文辞隐晦。

⑦ 好生：容易产生。矫诞：假托。

译文

神明之道幽深须阐明，上天意旨精微要显示，于是龙马献图而出黄河，《易经》因此兴起，神龟负书现于洛水，《洪范》由此产生。所以《易·系辞上》说"黄河出图，洛水出书，圣人效法它们"，指的就是这些事。只是年代久远，文献记载不清，容易生出虚妄荒诞的假托，真的虽然保存了，假的也依托于此而存在。

原文

　　夫"六经"彪炳①，而纬候稠叠②；《孝》《论》昭晰③，而《钩》《谶》葳蕤④。按经验纬，其伪有四：盖纬之成经，其犹织综⑤，丝麻不杂，布帛乃成。今经正纬奇，倍摘千里⑥，其伪一矣。经显，世训也；纬隐，神教也。世训宜广，神教宜约，而今纬多于经，神理更繁，其伪二矣。有命自天，乃称符谶⑦，而八十一篇⑧，皆托于孔子，则是尧造绿图⑨，昌制丹书⑩，其伪三矣。商、周以前，图箓频见⑪，春秋之末，群经方备，先纬后经，体乖织综⑫，其伪四矣。伪既倍摘，则义异自明⑬。经足训矣，纬何预焉⑭？

注释

① 彪炳：光彩鲜明。

② 纬候：因配合《尚书》的纬书有《尚书中候》，故此处称纬书为纬候。稠叠：重复繁杂。

③ 《孝》：《孝经》。《论》：《论语》。昭晰（zhé）：光明。

④ 《钩》：配合《孝经》的纬书有《钩命诀》。谶（chèn）：配合《论语》的纬书有《比考谶》等。葳蕤（wēi ruí）：草木茂盛的样子，这里是指谶纬众多纷乱。

⑤ 成经：即配经，指纬书与经书相配。织综（zèng）：织布机上使经线交错着上下分开以便梭子通过的装置，这里指织机。

⑥ 倍摘：违背。倍，通"背"。摘，通"適"，抵牾之意。

⑦ 符谶：符命图谶，即天降祥瑞和托为天命的预言。

⑧ 八十一篇：据《隋书·经籍志》载，谶纬之书有八十一篇。

⑨ 尧造绿图：据《尚书中候·握河纪》，尧得到了黄河龙马所负的"赤文绿地"的甲图。

⑩ 昌制丹书：据《尚书中候·我应》，周文王姬昌得到了赤雀衔来的"丹书"。

⑪ 图箓（lù）：即图谶、符谶，如《河图》《洛书》之类。

⑫ 乖：违背。

⑬ 义异：指经书与纬书的差异。

⑭ 训：教导。预：参与。

译文

"六经"光彩鲜明，与之相配的纬书却杂乱重复；《孝经》《论语》讲得很明了，而有关的谶纬则芜杂烦琐。依照经书来验证纬书，有四点可证明纬书是伪托的：大致说来，纬书的配合经书，犹如纺织时的纬线配合经线，并且用丝用麻不能混杂，这样才能织成麻布或丝帛。如今经书规正，纬书奇异，两者相去千里，这是纬书为伪托的第一个证据。经书内容明显，因为是对世俗的训示；纬书内容隐奥，因为是神灵的教导。对世俗的训示应该详细，而神灵的教导应该简约，如今纬书多于经书，神灵显示的精妙之理更显繁杂，这是纬书为伪托的第二个证据。天命降自上天，才可称为符谶，可是八十一篇谶纬都托名于孔子，这就好比说唐尧造了绿图，姬昌制作丹书一样荒谬，这是纬书为伪托的第三个证据。商朝、周朝以前，符命图谶已经频繁出现，而到春秋末年经书才齐备，先有纬书，后有经书，体例上也有悖于经纬交织时先经后纬的一般规律，这是纬书为伪托的第四个证据。伪托的纬书既然与经书相违背，那么它们意义上的不同便不言自明了。经书已足以训导世人，纬书又何必参预其事呢？

原文

原夫图箓之见①，乃昊天休命②，事以瑞圣③，义非配经。故河不出图，夫子有叹④，如或可造，无劳喟然。昔康王《河图》，陈于东序⑤，故知前圣符命，历代宝传⑥，仲尼所撰，序录而已。于是伎数之士⑦，附以诡术，或说阴阳⑧，或序灾异，若鸟鸣似语⑨，虫叶成字⑩。篇条滋蔓，

必假孔氏⑪。通儒讨核，谓伪起哀、平⑫。东序秘宝，朱紫乱矣⑬。至光武之世，笃信斯术⑭，风化所靡，学者比肩⑮，沛献集纬以通经⑯，曹褒撰谶以定礼⑰，乖道谬典，亦已甚矣⑱。是以桓谭疾其虚伪⑲，尹敏戏其浮假⑳，张衡发其僻谬㉑，荀悦明其诡托㉒。四贤博练，论之精矣。

注释

① 原：推究。

② 昊（hào）天：上天。休命：美好的旨意。休，美好。

③ 瑞：祥瑞。

④ 夫子有叹：《论语·子罕》载，孔子曾因"吾道不行"而叹："凤鸟不至，河不出图，吾已矣夫！"

⑤ 康王：周成王的儿子，周康王姬钊。东序：东厢房。

⑥ 符命：古代认为帝王受命登位前出现的某些现象是天降祥瑞，所以叫符命。历代宝传：指以河图为宝物而代代相传。

⑦ 伎数之士：古称医、卜、占等人为方伎或术数之士。

⑧ 附以诡术：以诡诈的方法穿凿附会。

⑨ 鸟鸣似语：《左传·襄公三十年》载，有鸟鸣声像"嘻嘻"，宋国发生大火，宋伯姬去世，诡称为不祥之兆。

⑩ 虫叶成字：《汉书·五行志》载，汉昭帝时，上林苑中有虫吃柳树叶，形成"公孙病己立"字样。昭帝崩后，继位的昌邑王被废，宣帝立。"公"指汉昭帝；"孙"指汉宣帝，"病己"是汉宣帝的名字，以此说暗示立他为帝是天意。

⑪ 篇条：指名目繁多的纬书。

⑫ 通儒：博学通达之儒。哀平：西汉末哀帝刘欣、平帝刘衍。

⑬ 朱紫乱矣：此处以朱喻真正的符谶，以紫喻伪谶纬。朱紫，此处喻指邪正、真假。

⑭ 光武之世：指东汉第一个皇帝刘秀时代。笃：深。

⑮ 风化：风气。靡：披靡，指影响。比肩：并肩，形容人多。此处喻指学者之多。

⑯ 沛献：光武帝次子刘辅为沛献王。集纬：收集纬书。通经：解释经书。

⑰ 曹褒：东汉章帝时人，奉敕定礼制。

⑱ 乖道：背离正道。谬典：违背经典。

⑲ 桓谭：东汉学者，积极反对谶纬迷信，险遭杀害。疾：憎恶。

⑳ 尹敏：东汉学者，反对谶纬迷信。

㉑ 张衡：东汉学者、文学家，曾上书论证谶纬的虚妄。发：揭露。僻：邪。谬：错误。

㉒ 荀悦：东汉学者，著《汉纪》三十篇，曾在其著作《申鉴·俗嫌》中辨明纬书之伪。

译文

推究符命图谶的出现，是美好天命的体现，这事作为圣人的祥瑞，本来并不配合经书。所以黄河不再出现河图，孔子曾为之叹息，如果这类祥瑞可以编造，孔子就无须叹息了。从前周康王将《河图》陈列在东厢房，可见前代的符命后人当作珍宝历代相传，孔子的撰述，不过是对此加以叙录而已。而那些方技术数之士，则用诡异的方法加以附会，有的用阴阳之术解释，有的用灾祸变异叙说，如解释鸟鸣像人语、虫蛀树叶成文字之类。谶纬之书名目繁多，滋长蔓延，且一概托名于孔子。博学通达的学者对此探讨核实，证明这种造伪之风始于汉哀帝、汉平帝时代。至此，《河图》之类历代相传的珍宝和那些伪造的谶纬混杂在一起真伪难辨了。到了光武帝时，光武帝深信谶纬之术，影响所及，学习谶纬的人多得摩肩接踵，沛献王汇集谶纬之说来解释经书，曹褒选取谶书内容制定礼制，违反正道，背离经典，也太过分了。因此桓谭痛恨它的弄虚作假，尹敏嘲笑它的浮浅不实，张衡揭露它的邪僻荒谬，荀悦证明它的诡诈伪托。这四位贤儒，学识精博，他们的论述已非常精辟了。

原文

> 若乃羲、农、轩、皞之源①，山渎、钟律之要②，白鱼、赤乌之符③，黄金、紫玉之瑞④，事丰奇伟，辞富膏腴⑤，无益经典，而有助文章。是以后来辞人，采摭英华⑥。平子恐其迷学，奏令禁绝⑦；仲豫惜其杂真，未许煨燔⑧。前代配经，故详论焉。

注释

① 羲：伏羲。农：神农。轩：轩辕，即黄帝。皞（hào）：少皞，黄帝子。

② 山渎（dú）：山岳河流。钟律：钟的音律，指音乐。要：重要。

③ 白鱼、赤乌：《史记·周本纪》载，周武王伐纣时，渡黄河至中流，有白鱼跃入舟中，武王取以祭。渡河之后，又有火从上而降，在武王屋上变为赤色乌鸦。符：祥瑞的征兆。

④ 黄金、紫玉：纬书《礼·斗威仪》载，君主乘金德而为王，治理天下太平，即将有黄金紫玉的祥瑞出现。

⑤ 膏腴（yú）：土壤肥沃，借喻丰富华美的文采。膏，肥，土壤肥沃叫作膏。腴，肥美、肥沃。

⑥ 采撷（zhí）：采集拾取。采，一本作"捃"（jùn）。

⑦ 平子：即张衡，字平子。

⑧ 仲豫：即荀悦，字仲豫。煨燔（fán）：焚烧。

译文

至于伏羲、神农、轩辕、少皞的传说来源，山河、钟律的重要记载，白鱼、赤乌之类的征兆，黄银、紫玉之类的祥瑞，纬书的这些内容丰富奇特，语言又富于文采，虽然无益于理解经书，却有助于文章的写作。所以后来的作者，从中采用华美的辞藻典故。张衡担心它会使求学者迷失正道，奏请皇帝下令禁绝；荀悦则惋惜其中夹杂着有价值的真实内容，因而不主张焚毁。前代用纬书来配合经书，所以这里对纬书加以详细论述。

原文

赞曰：荣河温洛，是孕图纬①。神宝藏用，理隐文贵②。世历二汉，朱紫腾沸③。芟夷谲诡，采其雕蔚④。

注释

① 荣河：指黄河泛出光彩。温洛：指洛水有温暖之意。图纬：此指《河图》《洛书》。

② 藏：蕴藏。

③ 二汉：指西汉、东汉。朱紫腾沸：喻指经书与纬书严重混淆。

④ 芟（shān）夷：除去，平整。谲诡：诡诈，虚假。雕蔚：富有文采。

译文

赞词说：放射光芒的黄河，变得温暖的洛水，它们孕育了《河图》《洛书》。这些神奇的珍宝蕴藏着巨大的作用，道理深奥而文辞宝贵。时代经过两汉，真正的符谶被大量伪托的谶纬所混淆。应该除去那些虚假诡诈的内容，采择其中华美的典故辞藻。

辨骚 第五

题解

《辨骚》的"辨"，是辨析、辩解的意思，"骚"原指《离骚》，后泛指楚辞，也泛指屈原、宋玉的作品。本篇首先赞叹《离骚》等作为《诗经》以后的"奇文郁起"，有着"取熔经意，自铸伟辞"的创造性。接着通过引证汉代学者对《离骚》的评论，说明了对《离骚》的赞扬和指责都不合实际。对楚辞的思想内容有褒有贬，有的雅正同于风雅，有的则夸诞失实，背离经书文风。之后论述了《离骚》《九章》等篇章各自的艺术风貌和特色，又称道楚辞抒情真挚深刻，写景生动真切，对后代辞赋作者产生深远的影响。认为以《离骚》为代表的这种新兴文体，上承《风》《雅》之传统，下开辞赋之先河。最后指出作文应当倚靠雅颂，驾驭楚辞，即应以《诗经》雅正文风为根本，酌取楚辞的奇辞异采，做到奇正结合，华实相扶。

原文

自《风》《雅》寝声①，莫或抽绪②，奇文郁起③，其《离骚》哉！固已轩翥诗人之后，奋飞辞家之前④，岂去圣之未远⑤，而楚人之多才乎？昔汉武爱《骚》，而淮南作《传》⑥，以为《国风》好色而不淫，《小雅》怨诽而不乱⑦，若《离骚》者，可谓兼之。蝉蜕秽浊之中，浮游尘埃之外，皭然涅而不缁⑧，虽与日月争光可也。班固以为⑨：露才扬己，忿怼沉江⑩；羿、浇、二姚⑪，与左氏不合⑫；昆仑悬圃⑬，非经义所载；然其文辞丽雅，为词赋之宗，虽非明哲⑭，可谓妙才。王逸以为⑮：诗人提耳，屈原婉顺⑯，《离骚》之文，依经立义；驷虬乘鹥⑰，则时乘六龙⑱；昆仑流沙⑲，则《禹贡》敷土⑳。名儒辞赋，莫不拟其仪表㉑，所谓"金相玉质，百世无匹"者也㉒。及汉宣嗟叹，以为皆合经术㉓，扬雄讽味，亦言体同《诗·雅》㉔。四家举以方经，而孟坚谓不合《传》㉕。褒贬任声，抑扬过实，可谓鉴而弗精，玩而未核者也㉖。

注释

① 《风》《雅》：指《诗经》中的《国风》《大雅》《小雅》。寝：平息，停息。
② 抽绪：抽引余绪，像抽丝相继不绝。此处意为继续写下去。绪，丝端。
③ 郁起：繁盛兴起。郁，繁盛。
④ 轩翥（zhù）：高飞的样子，指作家积极从事创作的活动。诗人：指《诗经》的作者。辞家：指汉代的辞赋作家。
⑤ 圣：指孔子。未远：从孔子逝世至屈原出生不远，只不过有一个多世纪。
⑥ 汉武：汉武帝刘彻。淮南：淮南王刘安，西汉宗室。《传》：指刘安《离骚传》，已失传。
⑦ 好色：指《国风》多写男女恋情。不淫：不过度。怨诽：指《小雅》里有许多写哀怨之事和讽刺时政的诗篇。不乱：不违礼作乱。
⑧ 蜕：蜕壳。秽浊：指污泥。皭（jiào）：洁白。涅：黑色染料，此处引申为染黑。缁（zī）：黑色。
⑨ 班固：东汉史学家、文学家，著有《汉书》。
⑩ 怼（duì）：怨恨。
⑪ 羿：后羿，夏部落有穷国的国君。浇：过浇，寒浞（羿所亲信的国相）与羿妻所生之子。二姚：夏代有虞氏国君的两个女儿，姓姚。
⑫ 左氏：指《左传》。不合：不同。班固本指刘安之《离骚传》，刘勰误以为是指《离骚》。
⑬ 昆仑：山名。悬圃：昆仑之巅。

⑭ 丽雅：艳丽雅正。明哲：明智的人。

⑮ 王逸：东汉学者，著有《楚辞章句》。

⑯ 提耳：提着对方的耳朵训诫。婉顺：顺从。

⑰ 驷（sì）：四匹马驾的车，此作动词。虬（qiú）：龙的一种。鹥（yī）：凤凰的一种。

⑱ 时乘六龙：语出《易传·乾·彖辞》："时乘六龙以御天"。

⑲ 流沙：沙漠。

⑳《禹贡》：《尚书》篇名。敷：分别治理。

㉑ 仪表：榜样，形式。

㉒ 金相玉质：金玉般的质地。相，质地。匹：匹敌。

㉓ 汉宣：汉宣帝刘询。嗟叹：称赞。

㉔ 讽味：讽诵玩味。

㉕ 四家：指上述淮南王刘安、王逸、汉宣帝刘询、扬雄四人。举：皆。方经：与经书相比附。
  孟坚：班固字。《传》：《左传》。

㉖ 任声：任意谈论。玩：玩味。核：核实。

译文

　　自从《风》《雅》之声随王道衰落而停息以后，没有人再继续写那样的诗了，此后奇妙的作品蔚然兴起，要数《离骚》了！它确实高翔在《诗经》作者之后，奋飞于辞赋作家之前，难道不是因为离圣人时代不远，而楚人又多才华吗？从前汉武帝喜爱《离骚》，命淮南王刘安作《离骚传》，刘安《离骚传》认为：《国风》好色但不过分，《小雅》怨刺而不出格，像《离骚》这样的作品，可谓兼有两者的长处。屈原如蝉蜕壳于污泥之中，浮游在尘土之外，洁白得染也染不黑，即使与日月比光明也完全可以。而班固则以为：屈原显露才干，炫耀自己，结果怀怨投江；《离骚》写到后羿、过浇、二姚，与《左传》的有关记载不符；写到昆仑悬圃，也是经书中没有记载的；然而《离骚》的文辞华丽典雅，为后来辞赋所宗法，屈原虽然不是明智的人，也可称是奇妙之才。王逸则认为：《诗经》有提着对方耳朵训诫的诗句，相比之下屈原委婉和顺得多，《离骚》的文字，常常是依据经书写的：如说驾龙乘凤，就是依据《周易》中乘六龙巡天的说法；提到昆仑、流沙，又是依据《尚书·禹贡》中禹分治九州的记载。后世名家的辞赋，无不模拟屈原作品的形式，真可谓具有金玉般的美质，是百代无双的作品。到汉宣帝叹赏《楚辞》，认为它都合于经书；扬雄诵读回味，也说其体制和《诗经》的《雅》诗相同。以上有四家推崇《楚辞》，将它和经书相比，而班固则说它与《左传》不符。这些赞扬或贬责都信口而言，无论贬低还是抬高，都超过了实际，可以说鉴别得都不够精当，只是玩赏而未能核实。

原文

　　将核其论，必征言焉①。故其陈尧、舜之耿介②，称禹、汤之祗敬③：典诰之体也④。讥桀、纣之猖披⑤，伤羿、浇之颠陨⑥：规讽之旨也。虬龙以喻君子⑦，云蜺以譬谗邪⑧：比兴之义也。每一顾而掩涕⑨，叹君门之九重⑩：忠怨之辞也。观兹四事，同于《风》《雅》者也⑪。至于托云龙⑫，说迂怪⑬，驾丰隆求宓妃⑭，凭鸩鸟媒娀女⑮，诡异之辞也。康回倾地⑯，夷羿毙日⑰，木夫九首⑱，土伯三目⑲，谲怪之谈也。依彭咸之遗则⑳，从子胥以自适㉑，狷狭之志也㉒。士女杂坐，乱而不分㉓，指以为乐；娱酒不废，沈湎日夜㉔，举以为欢：荒淫之意也。摘此四事，异乎经典者也。

注释

① 征：验证。
② 尧、舜之耿介：唐尧和虞舜真是伟大光明。耿，光明。介，大。
③ 禹、汤之祗（zhī）敬：商汤、夏禹谨严而敬戒。
④ 典：指《尚书·尧典》。诰：指《尚书·汤诰》。
⑤ 桀、纣之猖披：夏桀和殷纣狂妄放纵。猖披，任意妄为。披，邪僻。
⑥ 颠陨：覆亡坠落，指羿、浇被杀。
⑦ 虬龙：有角的龙。
⑧ 云蜺：恶气。比喻不正派的人。蜺，同"霓"。谗邪：小人。
⑨ 每一顾而掩涕：《哀郢》中说每次回顾故国都掩面流涕。
⑩ 叹君门之九重：《九辩》中叹息君门深重，君王难见。
⑪ 兹：此。《风》《雅》：代表经书，这里当兼指《诗经》《尚书》。
⑫ 托云龙：《离骚》有"驾八龙""载云旗"之语。
⑬ 迂怪：迂阔怪诞。
⑭ 丰隆：云神。一说雷神。宓（fú）妃：神女。一说洛水之神。
⑮ 鸩（zhèn）鸟：一种羽毛有毒的鸟。娀（sōng）：即有娀，古国名，故址在今山西运城一带。
⑯ 康回倾地：《天问》中说共工康回碰断了天柱使地向东南倾斜。
⑰ 夷：羿的姓。羿：后羿，夏代有穷之君，名羿，因居东夷，故称。
⑱ 木夫九首：《招魂》中说拔木的大力士有九个脑袋。木夫：拔木的力士。
⑲ 土伯三目：《招魂》中说土地神有三只眼睛。土伯：土地神。
⑳ 彭咸：殷代贤大夫，谏君不听，投水自杀。遗则：留下的榜样，指投水。
㉑ 子胥：伍子胥，春秋楚国人。自适：顺从自己的心意。
㉒ 狷：狷介，耿直，不肯同流合污。狭：胸襟狭隘。狷狭之志，耿直不容邪恶的心胸。
㉓ 士女杂坐，乱而不分：《招魂》中说男女混坐一起，位子散乱不分彼此。
㉔ 不废：不停。沈：同"沉"，沉湎，沉醉。

译文

　　要核实他们的评论，必定要以《楚辞》中的话来验证。《离骚》陈述唐尧和虞舜的光明正大，称赞夏禹、商汤的谨严敬戒，这些都合乎《尚书》中《尧典》《汤诰》等篇的内容。《离骚》讥讽夏桀、殷纣的放纵恣肆，痛惜后羿、过浇的覆灭：这些是规劝讽刺的旨趣。《涉江》里用虬龙喻君子，《离骚》中以云霓比坏人，这些是《诗经》中比兴的手法。《哀郢》中述说回望故土，便叹息流泪，《九辩》里慨叹宫禁森严，思君而不见，这些是忠而怀怨之辞。看这四个方面，是和《风》《雅》相一致的。而像《离骚》假托驾八龙、载云旗之类的话，叙述荒诞的事情，如派丰隆去找宓妃，让鸩鸟为媒去向娀女求婚之类：全是怪异之辞。《天问》里说共工撞断地柱使大地倾斜，后羿射落九个太阳，《招魂》里说九头人拔起千棵树，土地神长有三只眼，全是奇谈怪论。《离骚》中说要效法彭咸的榜样，《悲回风》说要追随伍子胥以顺适自己的心愿，这是狷介狭隘的情志。《招魂》把男女杂坐、混而不分当作快乐；日夜饮酒、沉湎其中视为欢娱，这是荒淫的意思。所举这四个方面，是和经典不合的。

原文

> 故论其典诰则如彼，语其夸诞则如此①。固知《楚辞》者，体宪于三代②，而风杂于战国，乃《雅》《颂》之博徒③，而词赋之英杰也。观其骨鲠所树④，肌肤所附⑤，虽取镕经旨，亦自铸伟辞。故《骚经》《九章》⑥，朗丽以哀志；《九歌》《九辩》⑦，绮靡以伤情；《远游》《天问》⑧，瑰诡而慧巧⑨；《招魂》《大招》⑩，耀艳而深华⑪；《卜居》标放言之致⑫，《渔父》寄独往之才⑬。故能气往轹古⑭，辞来切今⑮，惊采绝艳，难与并能矣。

注释

① 典诰：经典诰册，指《尚书》，这里兼指《诗经》。

② 宪：效法。三代：指夏、商、周三代。这里代指经书，主要指《尚书》《诗经》。

③ 博徒：赌徒，浪子，此处指低贱之人。暗指《离骚》不是《风》《雅》正统继承者。

④ 骨鲠（gěng）：同"骨鲠"，骨干，喻内容，指作品中的主要成分。

⑤ 肌肤：喻辞采。

⑥ 《骚经》：即《离骚》。王逸尊称《离骚》为《离骚经》。《九章》：屈原的作品。

⑦ 《九歌》：经屈原加工改写的楚国民间祭神曲。《九辩》：宋玉作的长篇抒情诗。

⑧ 《远游》：旧说屈原作，近人疑是汉代作品。《天问》：屈原作品。

⑨ 瑰：奇伟。诡：怪异。慧巧：灵活精巧。

⑩ 《招魂》：一般认为是屈原所作。《大招》：旧说屈原作，一说景差作。

⑪ 耀艳：光彩华丽。深华：内在的美。

⑫ 《卜居》：旧传为屈原作。标：显出。放：放纵不受拘束。放言，放纵不羁的话。

⑬ 《渔父》：旧传为屈原作。独往：遗世独立。

⑭ 轹（lì）：车轮辗轧，指超过。

⑮ 切今：绝后的意思。

译文

　　所以论及《楚辞》合于经典则可举前述四个方面，谈到《楚辞》夸张荒诞又可指出这四个方面。可以肯定，《楚辞》内容上效法三代的经书，但也夹杂着战国的风气，比起《雅》《颂》来，它不过是低贱的博徒，而在辞赋之中，它可算是英雄豪杰了。看构成它骨干的内容情感，以及附在骨干上作为肌肤的辞藻，虽然有些地方熔铸了经书的旨趣，却也独创了奇伟的文辞。所以《离骚》《九章》，明朗艳丽以表达哀怨的情志；《九歌》《九辩》，绮丽细腻以抒发伤感的情怀；《远游》《天问》，瑰丽奇异而又构思巧慧；《招魂》《大招》，光彩照耀而又内蕴华美；《卜居》显出纵言不拘的情致，《渔父》寄托遗世独立的才情。因此，《楚辞》气势超越了古人，辞采切合于今世，惊人的文采，卓绝的艳丽，很难有作品能和它比美。

原文

　　自《九怀》以下①，遽蹑其迹②；而屈、宋逸步，莫之能追。故其叙情怨，则郁伊而易感③；述离居，则怆怏而难怀④；论山水，则循声而得貌；言节候，则披文而见时。是以枚、贾追风以入丽⑤，马、扬沿波而得奇⑥；其衣被词人⑦，非一代也！故才高者菀其鸿裁⑧，中巧者猎

其艳辞⑨，吟讽者衔其山川⑩，童蒙者拾其香草⑪。若能凭轼以倚《雅》
《颂》⑫，悬辔以驭楚篇⑬，酌奇而不失其贞⑭，玩华而不坠其实⑮；则
顾盼可以驭辞力⑯，欬唾可以穷文致⑰，亦不复乞灵于长卿⑱，假宠于子
渊矣⑲。

注释

① 《九怀》：《楚辞》篇名，汉代王褒所作。

② 遽（jù）：急。蹑（niè）：追踪。迹：足迹。

③ 郁伊：形容抑郁。

④ 怆怏（chuàng yàng）：形容悲愁失意。

⑤ 枚：枚乘。贾：贾谊。

⑥ 马：司马相如。扬：扬雄。

⑦ 衣被：喻加惠于人，使人受益。

⑧ 菀（wǎn）：通"剜"（wàn），取。鸿裁：大义，宏伟体制。

⑨ 中巧者：心巧的人。

⑩ 吟讽者：吟咏诵读的人。衔：口含，喻不断诵读体味。

⑪ 童蒙者：学童，指初学者。香草：喻指屈赋中漂亮的字眼。

⑫ 轼：车前横木。倚《雅》《颂》：以《雅》《颂》为依据和标准。

⑬ 悬：提着。辔：马缰。驭：驾驭。楚篇：指《楚辞》。

⑭ 酌奇：酌取奇异的想象，代指《楚辞》奇异、夸饰的特点。贞：正。

⑮ 玩：玩味。华：艳丽的辞藻。坠：抛弃。实：果实，引申为文章内容情感的
真实。

⑯ 顾盼：目光流转，指极短的时间。辞力：文辞气力。

⑰ 欬（kài）：同"咳"，咳嗽。唾：吐口水。欬唾，一欬唾之
间，形容时间短。

⑱ 乞灵：乞求灵感，犹求教。长卿：司马相如
的字。

⑲ 假宠：假借别人而获得宠爱。子渊：王褒的字。

译文

　　《楚辞》中《九怀》以下的汉代作品，都
追随屈原、宋玉的足迹；但屈原、宋玉超绝的
步伐，没有人能追得上。屈原、宋玉抒写怨

情，使人抑郁而易受感动；叙述离情，令人悲愁而难以为怀；谈及山水，能循着声情而想见山川形貌；说到节候，则观览文辞便可见时令变迁。所以枚乘、贾谊追随屈、宋的风格而趋向华丽，司马相如、扬雄沿着屈、宋的余波而得其奇伟；《楚辞》之加惠于后世作家，远不止一代啊！因此，才能高的人从中学得宏大的体制，心思巧的人猎取其中华艳的辞句，诵读的人玩味于写景之辞，初学的人采摘有关漂亮的字句。如果写作能像乘车靠着车前横木那样倚靠《雅》《颂》，能像驱车拉着马缰那样驾驭《楚辞》，酌取奇伟而不丧失雅正，玩味华艳而不失去朴实，那么马上便能驱遣辞情才力，很快就可穷尽文章情致，也不必向司马相如讨教、向王褒求助了。

原文

赞曰：不有屈原，岂见《离骚》? 惊才风逸，壮采烟高。山川无极，情理实劳。金相玉式[①]，艳溢锱毫[②]。

注释

① 相：质。金相，金质。式：形式。玉式，玉质。

② 锱（zī）毫：极细微处，指作品的细节。

译文

　　赞词说：没有屈原，怎见《离骚》？惊人的才情像长风飘逸，壮伟的文采如云烟高远。楚国的山河无限广阔美好，诗人的情思实在宽广遥远。以金为质，以玉为饰，片言只语，艳采四溢。

明诗 第六

题解

《明诗》篇阐明诗歌的名义、源流等，主要论述对象是四言诗和五言诗。本篇首先认为诗歌就是用语言表达出蕴藏在心里的思想、愿望。接着讲述上古的诗歌和《诗经》《离骚》，论述汉、魏、两晋以至刘宋初年的诗。认为诗歌既要"言志"，又要"缘情"，强调诗歌的艺术感染力。刘勰肯定夏朝《五子之歌》"顺美匡恶"，《离骚》为刺"，肯定汉初韦孟的《讽谏诗》，魏代应璩《百一诗》"辞谲义贞"，很重视诗歌的政治讽喻作用。在论述汉魏至南朝诗时也提到少数四言诗（如韦孟《讽谏诗》）、七言诗（如《柏梁诗》），但重点放在五言诗方面。指出四言诗、五言诗风格各有偏重，各个诗人也各有所长，只有像曹植、王粲那样少数作者兼长四言、五言。认为写诗时应根据自己的才性所长，选择合适的体裁和风格来加以表现。

原文

大舜云："诗言志，歌永言。"①圣谟所析②，义已明矣。是以"在心为志，发言为诗"③，舒文载实④，其在兹乎？诗者，持也，持人情性⑤；三百之蔽，义归"无邪"⑥，持之为训，有符焉尔。

注释

① 大舜：虞舜。

② 圣谟：典谟，此指《尚书·舜典》。

③ 在心为志，发言为诗：语出《诗·大序》。

④ 舒：发布。舒文：铺陈文辞。载实：记载、表达真实的思想、愿望。

⑤ 持：持守，把握，不使有失，有引导、劝诫、教育的意思。

⑥ 三百：指《诗经》三百篇。蔽：总结、概括。

译文

《尚书·舜典》中大舜曾说过："诗是思想感情的表达，歌是把诗的语言音节加以拉长来咏唱的。"经过经书中圣人的分析，诗歌的意义已很清楚了。所以郑玄的《毛诗·序》说"人蕴藏在心里的思想感情是志，用语言表达出来便是诗"，发布文辞，用以表达情志，诗的意义就在此吧？诗，是扶持端正的意思，要端正人的性情；《诗经》三百篇用一句话来概括归结到了"没有邪念"上面，扶持端正的解释，正合乎这个意义。

原文

人禀七情①，应物斯感，感物吟志，莫非自然。昔葛天乐辞，《玄鸟》在曲②；黄帝《云门》③，理不空弦④。至尧有《大唐》之歌⑤，舜造《南风》之诗⑥，观其二文，辞达而已。及大禹成功，九序惟歌⑦；太康败德，五子咸讽⑧，顺美匡恶，其来久矣。自商暨周，《雅》《颂》圆备，四

明诗　第六

41

始彪炳，六义环深⑨。子夏监绚素之章⑩，子贡悟琢磨之句⑪，故商、赐二子⑫，可与言《诗》。自王泽殄竭⑬，风人辍采⑭；春秋观志，讽诵旧章，酬酢以为宾荣⑮，吐纳而成身文⑯。逮楚国讽怨，则《离骚》为刺。秦皇灭典，亦造仙诗⑰。

注释

① 禀：接受，引申为禀性，即生来具有。

② 葛天：即葛天氏，传说中的氏族首领。玄鸟：即燕子。

③ 《云门》：黄帝时的乐舞。相传为歌颂黄帝的一首乐歌。

④ 空弦：有曲无辞。

⑤ 《大唐》：尧时乐名。

⑥ 《南风》：舜时诗歌，载《孔子家语·辩乐解》，相传是虞舜所作。

⑦ 九序：九项重大的政事有条不紊。九，虚数。序，通"叙"。

⑧ 太康：夏禹的孙子，夏代国君。五子：一说指太康之弟五观，一说指太康的五个兄弟。

⑨ 六义：指《诗大序》所谓赋、比、兴、风、雅、颂六义。环深：周密而深厚。

⑩ 子夏：孔子的学生，姓卜名商。监：通"鉴"，借鉴，参考。绚素之章：指《诗经》中的"素以为绚兮"的诗句，这是《论语·八佾》记载的逸诗，现存《诗经》中无此句。

⑪ 子贡：姓端木名赐，春秋末期卫国人，孔子的得意门生。琢磨之句：即"如切如磋，如琢如磨"，语出《诗经·卫风·淇奥》。

⑫ 商：子夏名。赐：子贡名。

⑬ 王泽：指周朝王室的政绩德泽。殄（tiǎn）：断绝。

⑭ 风人：指采集民间歌谣的官吏。辍：停止。

⑮ 酬酢（zuò）：饮宴时主客互相敬酒，主敬客叫酬，客敬主叫酢。

⑯ 吐纳：此指诵诗。身文：自身的文采，指文化修养。

⑰ 灭典：指秦始皇焚烧古籍。仙诗：秦始皇曾使博士作《仙真人诗》。

译文

　　人生而具有喜、怒、哀、惧、爱、恶、欲七种感情，这七种感情受外物的刺激而感发，为外物所感而吟唱出内心的情志，这无非是自然的流露。从前葛天氏的乐辞，《玄鸟》等八曲是配上乐曲的，黄帝时的《云门》之乐，按理也不会有曲无辞。到尧时有《大唐》之歌，舜时制《南风》之诗，看这两篇诗歌的文字，不过是文辞达意而已。到了大禹功业完成，九项政事有条不紊，加以歌颂；而太康则败坏道德，五个弟弟都怨而作歌：用诗歌颂扬美德，纠正恶行，由来已久了。从商朝到周朝，《雅》《颂》的体制已经完备，《诗经》的四始光采照耀，"六义"周密深厚。子夏从"素以为绚兮"的诗句中得到启发，子贡对"如切如磋，如琢如磨"的诗句有所领悟，所以孔子说可以和他们两人论《诗》。自从周王的教化衰竭，采诗的人便停止了从民间采诗；春秋时的赋诗言志，所诵读的都是旧有之诗。应酬时诵诗是对宾客的敬意，能够得体地诵诗也是自身修养的显示。到了战国楚人怀怨讽谏，便用《离骚》来进行讽刺。秦始皇焚灭典籍，也还曾命博士作《仙真人诗》。

原文

汉初四言，韦孟首唱①，匡谏之义，继轨周人。孝武爱文，柏梁列韵②，严、马之徒③，属辞无方。至成帝品录，三百余篇，朝章国采，亦云周备，而辞人遗翰④，莫见五言，所以李陵、班婕妤见疑于后代也⑤。按《召南·行露》，始肇半章⑥；孺子《沧浪》，亦有全曲⑦；《暇豫》优歌，远见春秋⑧；《邪径》童谣，近在成世⑨。阅时取证，则五言久矣。又《古诗》佳丽，或称枚叔⑩，其《孤竹》一篇，则傅毅之词⑪。比采而推，两汉之作乎？观其结体散文⑫，直而不野，婉转附物，怊怅切情，实五言之冠冕也⑬。至于张衡《怨》篇⑭，清典可味；《仙诗》《缓歌》⑮，雅有新声。

注释

① 韦孟：西汉初人，曾作四言《讽谏诗》讽谏楚王戊。
② 柏梁列韵：汉武帝与群臣在柏梁台上联句成《柏梁台》诗，诗每句七字，句句押韵。
③ 严：严忌。一说严助，严忌之子，均为西汉文学家。马：司马相如。
④ 遗：留下。翰：笔，此处代指诗歌作品。
⑤ 李陵：西汉将领，相传五言《与苏武诗》三首为其所作。班婕妤：西汉女子，相传五言《怨歌行》为班婕妤所作。
⑥ 肇：始。半章：诗章的一半、一部分。
⑦ 孺子：孩子。
⑧ 《暇豫》：《暇豫歌》。
⑨ 《邪径》：《邪径谣》。
⑩ 《古诗》：汉代无名氏五言诗。指《古诗十九首》。枚叔：西汉文学家枚乘，字叔。
⑪ 《孤竹》：即《古诗》中《冉冉孤生竹》。傅毅：东汉初文学家。
⑫ 体：风格，指《古诗十九首》所构成的风格。散文：敷文，铺陈文辞，指《古诗十九首》行文所表现出来的文采特点。
⑬ 怊怅：惆怅。切：切合。冠冕：古代帝王、官员的礼帽，此处引申为最为杰出、首屈一指的意思。
⑭ 《怨》篇：指张衡所作四言《怨诗》。
⑮ 《仙诗》《缓歌》：无考。《缓歌》疑指乐府古辞中的《前缓声歌》。

译文

汉初的四言诗，韦孟是最早创作的，他的《讽谏诗》匡正劝谏的意义，继承了周朝人讽谏的传统。孝武帝爱好文学，柏梁台上君臣联句成诗。严忌、司马相如等人，作诗没有一定规格。到汉成帝时品评叙录，共列三百多篇诗歌，朝臣的篇章和各地的民歌，也可称完备了。但诗人留下来的作品中，不见五言诗歌，所以李陵、班婕妤的五言诗的真伪为后人所疑。考证《诗经·召南·行露》，已开始有半章的五言；《孟子》中记孩子唱的《沧浪歌》，也已是全篇五言；优施唱的《暇豫歌》，早见于春秋时代；儿童唱的《邪径谣》，近在汉成帝时代。检视各代诗歌并从中取证，则五言诗的产生已经很久了。又《古诗》的佳篇丽制，有人说有枚乘的作品，而其中《冉冉孤生竹》一篇，则是傅毅的手笔。比较这些诗的文采来推断，想来是两汉时代的作品吧？从其诗体结构和敷陈辞采的特点看，风格质直而不粗鄙，比附事物婉转贴切，抒发情感惆怅动人，确实可称是五言诗的第一流的作品。至于张衡的《怨诗》，清丽典雅，可以回味；仙诗缓歌，颇有新调。

原文

暨建安之初①，五言腾跃，文帝、陈思，纵辔以骋节②；王、徐、应、刘③，望路而争驱，并怜风月，狎池苑，述恩荣，叙酣宴，慷慨以任气，磊落以使才④。造怀指事，不求纤密之巧，驱辞逐貌，唯取昭晰之能：此其所同也。及正始明道⑤，诗杂仙心，何晏之徒⑥，率多浮浅。唯嵇志清峻⑦，阮旨遥深⑧，故能标焉。若乃应璩《百一》⑨，独立不惧，辞谲义贞⑩，亦魏之遗直也。

注释

① 建安：东汉献帝年号。

② 文帝：魏文帝曹丕，曹操的长子。陈思：曹丕弟曹植，封陈王，谥思。辔：缰绳。节：节制。

③ 王、徐、应、刘：指王粲、徐幹、应玚（yáng）、刘桢，为"建安七子"中四人。

④ 磊落：错落分明，引申为直率洒脱。

⑤ 正始：三国魏废帝齐王曹芳年号。道：指道家学术。

⑥ 仙心：指道家老庄思想。何晏：正始时期谈玄的领袖人物。

⑦ 嵇：嵇康。

⑧ 阮：阮籍。

⑨ 应璩（qú）：应玚之弟。他的《百一》诗讥切时事，有讽谏之意。"百一"即"百虑一失"之意。

⑩ 辞谲：言辞委婉。贞：正。

译文

到了建安初期，五言诗创作空前活跃，曹丕、曹植驰骋诗坛，王粲、徐幹、应玚、刘桢，奋力争先，他们都爱怜风月，游玩池苑，记述恩宠荣耀，叙写酣饮宴集，激昂慷慨地纵任意气，洒脱直率地驱使才情。抒怀叙事，不求细密之巧，遣辞写物，只取清晰之效：这是他们的共同之处。到了正始时期老庄之道流行，诗歌中也夹杂了道家思想，何晏之流，诗作大多肤浅。只有嵇康的诗志意清远峻烈，阮籍的诗旨趣渊远幽深，所以能高出众人之上。至于像应璩的《百一》诗，卓尔独立，不畏权势，辞

婉义正，意含讽谏，也可称是魏代正直的遗风了。

原文

晋世群才，稍人轻绮。张、潘、左、陆①，比肩诗衢，采缛于正始，力柔于建安，或析文以为妙②，或流靡以自妍③，此其大略也。江左篇制④，溺乎玄风，嗤笑徇务之志⑤，崇盛忘机之谈⑥。袁、孙已下⑦，虽各有雕采，而辞趣一揆⑧，莫与争雄。所以景纯仙篇⑨，挺拔而为俊矣。宋初文咏，体有因革，庄老告退，而山水方滋；俪采百字之偶⑩，争价一句之奇，情必极貌以写物，辞必穷力而追新，此近世之所竞也。

注释

① 张、潘、左、陆：指张载、张协、张亢三兄弟，潘岳、潘尼两叔侄，左思和陆机、陆云两兄弟，他们都是西晋文学家。

② 比肩：并肩。诗衢：诗坛。衢，大道。缛（rù）：繁盛。力：指建安诗歌的风骨。析文：对文辞的讲究雕琢，指运用对偶。

③ 流靡：指文辞音韵的流畅靡丽，协调流利。妍：美。自妍，自以为美。

④ 江左：江东，古人以左为东、右为西，实际是长江中下游的南岸。此处指偏安该地的东晋。

⑤ 徇务：致力于政务。徇，从，从事。

⑥ 忘机：忘却人事的机巧。清谈家认为人事尔虞我诈，所以忘机即出世。

⑦ 袁：袁宏，东晋诗人。孙：孙绰，东晋诗人。

⑧ 揆：道理，此处指玄学。

⑨ 景纯：郭璞，字景纯，东晋诗人。仙篇：指郭璞《游仙诗》。

⑩ 俪：对偶。百字：五言诗二十句一百字，这里指全诗都要对偶。

译文

西晋的文学家们，稍稍流于轻浅绮靡，张华、张载、张协、张亢、潘岳、潘尼、左思、陆机、陆云等人，齐名于诗坛，文采比正始诗歌繁缛，骨力比建安诗歌柔弱，有的以讲求对偶为妙，有的因音韵调和见美，这是西晋诗坛的大致情况。东晋诗歌创作，沉溺于玄言的风气之中，讥笑致力于政务的志趣，崇尚泯除机心的清谈。袁宏、孙绰以下，虽然各有雕饰文采，但文辞旨趣同趋玄言一路，没有人能和他们抗争，所以郭璞的《游仙诗》便显得卓然挺立，拔出流俗而为杰作了。宋初创作，体制上有继承有变革，表现老庄思想的玄言诗退出了诗坛，而山水诗正在崛起；用长篇的骈偶汇集辞藻，以一句的奇特攀比争胜，酝酿情思必定刻画外物以穷尽形貌，驱遣文辞必定竭尽全力来追求新异，这是近代以来诗人们所竞相追求的。

原文

> 故铺观列代，而情变之数可监①；撮举同异，而纲领之要可明矣。若夫四言正体，则雅润为本；五言流调，则清丽居宗；华实异用，惟才所安。故平子得其雅，叔夜含其润②，茂先凝其清③，景阳振其丽④。兼善则子建、仲宣⑤，偏美则太冲、公幹⑥。然诗有恒裁，思无定位，随性适分，鲜能圆通⑦。若妙识所难，其易也将至；忽以为易，其难也方来。至于三六杂言，则出自篇什⑧；离合之发，则萌于图谶⑨；回文所兴，则道原为始⑩；联句共韵，则《柏梁》余制⑪。巨细或殊，情理同致，总归诗囿⑫，故不繁云。

注释

① 铺观：全面观察。情变：情势演变。监：通"鉴"，审察。

② 叔夜：嵇康的字。

③ 茂先：张华的字。

④ 景阳：张协的字。

⑤ 兼善：指上面所说雅、润、清、丽等特点都具备。子建：曹植的字。仲宣：王粲的字。

⑥ 太冲：左思的字。公幹：刘桢的字。

⑦ 裁：制，这里指作品的体裁。分：本分，这里指作者的个性特点。鲜：少。圆通：佛教术语，圆是性体周遍，通为妙用无碍。这里指作诗的全面才能，指作家全面精通。

⑧ 篇什：指《诗经》。因《诗经》中的《雅》《颂》，每十篇为"什"，故曰"篇什"。

⑨ 离合：离合诗，即拆字诗。图谶（chèn）：指古代关于宣扬迷信的预言、预兆的书籍。

⑩ 回文：回文诗，一种倒过来也可读通的诗。道原：可能是人名，所指不详。明代梅庆生《文心雕龙音注》以为"原"字是"庆"字之误，"道庆"指南朝宋代的贺道庆。

⑪ 《柏梁》：《柏梁台诗》。

⑫ 囿：苑囿，古代帝王畜养禽兽的园林，引申为事物萃集之处。诗囿：指诗坛。

译文

　　所以纵观历代作品，诗歌发展演变的规律便可以察知；总结出相同相异之处，那么诗歌创作的原则和要领就可以清楚了。譬如四言诗的正规体制，以雅正润泽为本；五言诗的流行格调，以清新华丽为主；华丽的五言诗和朴实的四言诗，体用各不相同，长于何种体裁要由作者的才情决定。所以张衡的四言诗获得雅正的一面，嵇康的四言诗有润泽的一面，张华的五言诗呈现着清新的特点，张协的五言诗发挥了华丽的特点。各体兼擅的是曹植、王粲，偏长一体的是左思、刘桢。然而诗歌有恒定的体制，情思则无一定的方位，由着各自的情性才能来创作，很少能各体兼长的。如果深切体悟到创作的困难，那么容易的感觉就将来到；如果轻忽地以为创作很容易，那么困难将随之而至。至于像三言、六言、杂言诗，源出于《诗经》；离合诗的产生，萌芽于图谶；回文诗的出现，创始于道原；用一个韵，数人合作的联句诗，则是《柏梁台诗》留下的体制。这些作品大小虽不同，情理却是一致的，都归入诗的范围，所以不再一一详论。

原文

> 赞曰：民生而志，咏歌所含①。兴发皇世，风流二《南》②。神理共契，政序相参③。英华弥缛，万代永耽④。

注释

① 含：内含，指情志。

② 皇世：上皇之世，指远古时代，上古"三皇"时代。风流：流风余韵，这里指诗歌的传统。二《南》：《诗经》中《周南》《召南》，此代指《诗经》。

③ 神理：精妙的道理。契：合。政序：政教秩序。参：参入，在这里有结合的意思。

④ 英华：精华。弥：更。耽：喜爱。

译文

　　赞词说：人生而具有情志，便以诗歌咏唱内心所蕴含的情志。诗歌产生于上皇之世，风教通过《诗经》流播。它和神明之理契合，又和政教秩序配合。作品的文采日益丰富，千秋万代永远爱好。

乐府 第七

题解

《乐府》篇的"乐府"本是西汉政府中掌管音乐的一个机构，后来演变为一种诗与乐合而为一的文学体裁。本篇首先讲述乐府的起源。指出配乐的诗歌，肇端于上古。夏殷之世，因国土辽阔，陆续产生四方之音。《诗经》亦均配乐，从中可见风俗盛衰。接着说西汉乐府机关采集的各地歌诗多是通俗的俚曲。那些祭祀天地、祖宗的《郊祀歌》《房中歌》乐章，也是丽靡不经。俗而不雅的乐曲在汉魏以来的乐府诗中一直盛行。刘勰推崇先秦雅乐，贬责汉魏以来的通俗性乐曲。汉魏两晋流行的俗曲，是乐府中的相和歌辞。以清商三调为主的相和歌辞，长时期来受到人们欢迎，刘勰则竭力贬低，认为它们声节急促，情思哀怨，"诗声俱郑"，背离了中正和平的雅乐轨道。东晋、南朝宋、齐时代，南方又有新的俗曲（吴声歌曲、西曲歌）产生，盛行于世。对这类着重表现男女情爱的乐府诗，刘勰更是鄙薄，不加齿及。最后阐述音乐和诗歌的关系，指出乐府的特点是要用乐曲配合歌辞演唱，"辞繁难节"，因此歌辞贵在写得简约一些。

原文

乐府者，"声依永，律和声"也①。钧天九奏②，既其上帝；葛天八阕③，爰乃皇时。自《咸》《英》以降④，亦无得而论矣。至于涂山歌于"候人"，始为南音⑤；有娀谣于"飞燕"，始为北声⑥；夏甲叹于东阳，东音以发⑦；殷整思于西河，西音以兴⑧。心声推移，亦不一概矣。匹夫庶妇，讴吟土风；诗官采言，乐胥被律⑨；志感丝篁⑩，气变金石⑪。是以师旷觇风于盛衰⑫，季札鉴微于兴废⑬，精之至也。夫乐本心术，故响浃肌髓⑭，先王慎焉，务塞淫滥。敷训胄子⑮，必歌九德⑯。故能情感七始⑰，化动八风⑱。

注释

① 声依永，律和声：语出《尚书·舜典》"诗言志，歌永言，声依永，律和声"。

② 钧天：中央之天。九奏：九曲。

③ 阕：量词，曲。

④ 《咸》：《咸池》，黄帝时乐曲。《英》：《六英》，帝喾时乐曲。以降：以来。

⑤ 涂山：《吕氏春秋·音初》载，禹巡视南方，涂山氏女等候禹时唱了"候人兮猗"的歌，为南音之始。

⑥ 有娀：《吕氏春秋·音初》载，有娀氏二女曾唱"燕燕往飞"的歌，为北音之始。

⑦ 夏甲：《吕氏春秋·音初》载，夏后氏孔甲在东阳（地名）收养的一孩子，不幸被斧所伤而成残疾，孔甲叹惜而作《破斧》之歌，为东音之始。

⑧ 殷整：《吕氏春秋·音初》载，殷王整甲迁居西河，因思念故处而作歌，为西音之始。

⑨ 乐胥：乐官。被律：配乐。

⑩ 丝：弦乐器。簧：管乐器。

⑪ 金：钟。石：磬。

⑫ 觇（chān）：此处有察知、辨别意。风：各地的曲调。

⑬ 季札：《左传·襄公二十九年》载吴公子季札出使鲁国，请观周乐，从各国的乐曲中听出了各国的兴衰状况。

⑭ 浃：通彻。

⑮ 敷：施。胄（zhòu）子：卿大夫子弟。

⑯ 九德：九功之德。九功即九序，九项政事。

⑰ 七始：据王应麟《玉海》附《小学绀珠·律历》，黄钟、林钟、太簇为天、地、人之始，姑洗、蕤宾、南吕、应钟为四时之始。

⑱ 八风：八方风俗。

译文

　　乐府，就是"以五音配合歌咏的声调，用乐律配合五音"。赵简子在天上听到的乐曲，是上帝的音乐；葛天氏时所唱的八支曲子，是上古时代的乐歌。自黄帝《咸池》乐、帝喾《五英》乐以来的乐曲，也无从推论了。至于涂山女唱的"候人兮猗"歌，开始了南方的音乐；有娀女唱的"燕燕往飞"歌，开始了北方的音乐；夏后孔甲在东阳叹惜而作的《破斧》歌，是东方音乐的开始；殷王整甲迁于西河思念故土的歌，是西方音乐的开始。音乐曲调的发展演变，并不是一致的。普通男子妇女，歌唱各地的民歌，采诗官采集歌词，乐官再配上音乐，人们的情志气质便通过弦乐器、管乐器、钟、磬等乐器的演奏而体现出来。所以师旷能从南北歌曲的声调强弱中辨别盛衰，季札通过各国乐曲的细微差别洞知兴亡，真是精妙极了。音乐以人的情感为本，所以乐声能深入人的内心深处，先王对于音乐是很谨慎的，务必要杜绝邪僻无节制的音乐。对贵族子弟施行教育，必定要歌唱有关政治功德的歌曲。所以音乐的情志可以感动天地人和四时，音乐的教化能够影响八方风俗。

原文

　　自雅声浸微①，溺音腾沸②。秦燔《乐经》③，汉初绍复④。制氏纪其铿锵⑤，叔孙定其容典⑥。于是《武德》兴乎高祖⑦，《四时》广于孝文⑧，虽摹《韶》《夏》⑨，而颇袭秦旧，中和之响，阒其不还⑩。暨武帝崇礼，始立乐府⑪，总赵、代之音，撮齐、楚之气。延年以曼声协律⑫，朱、马以《骚》体制歌⑬。《桂华》杂曲，丽而不经⑭；《赤雁》群篇，靡而非典⑮。河间荐雅而罕御⑯，故汲黯致讥于《天马》也⑰。至宣帝雅诗，颇效《鹿鸣》⑱。迄及元、成⑲，稍广淫乐。正音乖俗，其难也如此。暨后汉郊庙⑳，惟杂雅章，辞虽典文，而律非夔、旷㉑。

注释

① 浸：渐渐。

② 溺音：淫靡之音。溺，沉溺，使人沉迷。

③ 燔（fán）：烧。《乐经》："六经"之一，据说是秦始皇时焚毁。

④ 绍：继承。

⑤ 制氏：汉初乐师。

⑥ 叔孙：汉初叔孙通。容：礼容。典：法则。

⑦ 《武德》：乐舞名，汉高祖时作。

⑧ 《四时》：乐舞名，汉文帝时作。

⑨ 《韶》：虞舜时的乐。《夏》：夏禹时的乐。

⑩ 阒（qù）：静寂。

⑪ 乐府：汉武帝时设立的管理音乐的官署。

⑫ 延年：汉武帝时协律都尉李延年。曼声：拉长声音。

⑬ 朱：朱买臣，汉武帝时大臣。马：司马相如。

⑭ 《桂华》：汉高祖时《安世房中歌》里的歌曲，为汉高祖唐山夫人作。不经：不合雅乐。

⑮ 《赤雁》：指《郊祀歌》中的《象载瑜》，为汉武帝行幸东海获赤雁而作。典：典正。

⑯ 河间：汉河间献王刘德曾进献雅乐给朝廷。御：用。

⑰ 汲黯：字长儒，《史记·乐书》记载，汉武帝得到千里马便作《天马歌》，汲黯进谏，认为这些歌没有承祖宗化万民的作用。

⑱ 《鹿鸣》：《诗经·小雅·鹿鸣》。

⑲ 元：汉元帝。成：汉成帝。

⑳ 郊庙：祭天祭祖。

㉑ 律：音律。夔：舜时乐官。旷：晋国乐官师旷。

译文

　　自从雅乐逐渐衰微，淫靡的音乐便纷然而起，秦时烧了《乐经》，汉初要继承恢复雅乐。乐师制氏能记下古乐的音响节奏，叔孙通又制定了宗庙乐的礼容法则，于是《武德舞》在汉高祖时兴起，《四时舞》在汉文帝时推行，虽然摹仿舜的《韶》乐、禹的《夏》乐，却也沿袭了秦代的旧乐，中正和平的音乐，沉寂下去，从此难以恢复了。到了汉武帝尊崇礼乐，开始设立乐府机关，总括赵、代等地的音乐，汇聚齐、楚等地的歌曲。李延年以延长声腔的新变声来配合乐律，朱买臣、司马相如用楚辞体创作歌辞。《安世房中歌》里的"桂华"等乐章，华丽而不合雅正之音；《郊祀歌》中的"赤雁"等篇章，浮靡而不是典正之乐。河间献王进献雅乐但汉武帝很少使用，所以汲黯讥刺武帝作《天马歌》。到汉宣帝时制作的歌功颂德的雅诗，便依《诗经·小雅·鹿鸣》的乐声来歌唱。不久，到汉元帝、汉成帝时代，稍稍推广淫靡之乐，雅乐不合世俗的爱好，推行起来竟如此困难。到东汉祭天祭祖之乐，还杂用雅乐。歌辞虽然典正文雅，而音律已不是夔和师旷时的样子了。

原文

　　至于魏之三祖①，气爽才丽，宰割辞调②，音靡节平。观其"北上"众引③，"秋风"列篇④，或述酣宴，或伤羁戍，志不出于滔荡⑤，辞不离于哀思，虽三调之正声⑥，实《韶》《夏》之郑曲也⑦。逮于晋世，则傅玄晓音⑧，创定雅歌，以咏祖宗；张华新篇⑨，亦充庭《万》⑩。然杜夔调律⑪，音奏舒雅，荀勖改悬⑫，声节哀急，故阮咸讥其离声⑬，后人验其铜尺⑭。和乐精妙，固表里而相资矣。故知诗为乐心，声为乐体；乐体在声，瞽师务调其器⑮；乐心在诗，君子宜正其文⑯。"好乐无荒"，晋风所以称远⑰；"伊其相谑"，郑国所以云亡⑱。故知季札观乐，不直听声而已。若夫艳歌婉娈⑲，怨诗诀绝⑳，淫辞在曲，正响焉生！然俗听飞驰，职竞新异㉑，雅咏温恭，必欠伸鱼睨㉒；奇辞切至，则拊髀雀跃㉓。诗声俱郑，自此阶矣㉔。

注释

① 魏之三祖：魏太祖曹操、高祖曹丕、烈祖曹叡。

② 宰割辞调：分割古调，制作新曲。

③ 北上：指曹操《苦寒行》，其首句为"北上太行山"。引：曲。

④ 秋风：指曹丕《燕歌行》（其一），其首句为"秋风萧瑟天气凉"。

⑤ 惆荡：放荡。

⑥ 三调：《平调》《清调》《瑟调》，周代遗留下来的古调，汉代称为三调。

⑦ 郑曲：春秋时郑国的乐曲，一向被视为淫靡，故后人常以郑声和雅乐相对而言。

⑧ 傅玄：西晋文学家，通晓音乐，曾为晋武帝作祭天地祖宗神灵的雅歌。

⑨ 张华：西晋文学家，曾作宫廷乐歌。

⑩ 庭《万》：宫廷乐舞。语出《诗经·邶风·简兮》"公庭《万舞》"。

⑪ 杜夔：魏代音乐家，为曹操所赏识，受命创制雅乐。

⑫ 荀勖（xù）：西晋音乐家。悬：挂钟磬的架子，此处指乐器。

⑬ 阮咸：西晋文学家。离声：偏离正声。

⑭ 验其铜尺：检验他的铜尺。据《晋书·乐志》说，荀勖改尺后，有人发现周代古尺比荀勖新尺略长。

⑮ 瞽师：乐师。瞽（gǔ），盲。古代常以盲人为乐师。

⑯ 文：指乐曲的歌辞。

⑰ 好乐无荒：语出《诗经·唐风·蟋蟀》。晋风：即唐风，古唐国后改为晋国。

⑱ 伊其相谑：语出《诗经·郑风·溱（zhēn）洧（wěi）》。

⑲ 婉娈（luán）：亲爱的样子。

⑳ 诀绝：决裂。诀，分别。

㉑ 职：执掌，主管，此处引申为专门从事。

㉒ 欠伸：打呵欠，伸懒腰。鱼睨（nì）：像鱼眼那样瞪着，形容目光发呆。

㉓ 拊髀（bì）：拍大腿。雀跃：像雀那样跳跃，形容兴奋。

㉔ 阶：指通向淫靡的阶梯。这里作动词，意为沿着淫靡的阶梯走下去。

译文

　　到了魏太祖曹操、高祖曹丕、烈祖曹叡，气质爽朗，文才富丽，他们分割古调，制作新曲，音调柔靡，节奏平和。看《苦寒行》等曲，《燕歌行》诸篇，有的叙述酣饮宴乐，有的伤叹羁旅征戍，情志不出放荡的范围，辞句不离哀怨的情调，虽然乐调是典正的三调，但文辞不雅，比起真正的雅乐《韶》《夏》来，实在只能算是淫邪的郑声了。到了晋朝，傅玄通晓音乐，创作了雅正的歌曲，来歌咏晋朝的祖宗；张华新作乐歌，也被用于宫廷乐舞。然而魏时杜夔调整乐律，音调节奏舒缓典雅，晋朝荀勖改制乐器，声调高而哀，节奏急促，所以阮咸讥讽他偏离正声，后来又有人用古尺来检验荀勖改的新尺，发现他改得不对。和谐的音乐之所以精妙，本是乐器和乐章相配合的结果。所以知道诗是乐歌的心灵，音声为乐歌的形体；乐歌的形体在于音声，因此乐师务必调谐好乐器；乐歌的心灵在于诗歌，因此作者应该写出雅正的歌辞。"爱好音乐，但不要过度"，晋国的乐歌因此被赞为有深思远见；"男男女女相互调笑"，郑国由此被认为要先灭亡。可见季札观乐，不只是听听声调而已。至于艳情歌曲缠绵的

恩爱，怨恨诗篇决裂的言辞，淫邪的歌辞配上了乐曲，雅正的音乐怎能产生！然而世俗之乐风靡一时，人们纷纷追求新异，雅正的乐歌温和严肃，听了必定打呵欠发呆；奇异的歌辞入耳亲切，听了便兴奋得拍着大腿跳跃起来。歌辞和声调都淫靡，从此更为严重了。

原文

　　凡乐辞曰诗，咏声曰歌，声来被辞①，辞繁难节。故陈思称左延年闲于增损古辞②，多者则宜减之，明贵约也。观高祖之咏《大风》③，孝武之叹"来迟"④，歌童被声，莫敢不协。子建、士衡⑤，咸有佳篇，并无诏伶人⑥，故事谢丝管⑦，俗称乖调⑧，盖未思也。至于轩、岐《鼓吹》⑨，汉世《铙》《挽》⑩，虽戎丧殊事⑪，而并总入乐府，缪、韦所改⑫，亦有可算焉。昔子政品文，诗与歌别⑬，故略具乐篇，以标区界。

注释

① 被：覆，引申为配上。
② 陈思：三国魏曹植。左延年：魏代乐师。闲：通"娴"，熟习。

乐府　第七

③ 高祖：指汉高祖刘邦。大风：汉高祖曾还故乡作歌，首句为"大风起兮云飞扬"。

④ 孝武：汉武帝。来迟：汉武帝的李夫人早死，武帝悲而作诗，诗中有"偏何姗姗其来迟"句。

⑤ 子建：曹植的字。士衡：陆机的字。

⑥ 无诏伶人：没有下令让乐工为这些佳篇制谱配乐。伶人，乐工。

⑦ 事谢丝管：意谓不能用乐器伴奏。谢，不用。丝，弦乐器。管，管乐器。

⑧ 乖：不和谐。

⑨ 轩：轩辕，黄帝的名号。岐（qí）：岐伯，传说是黄帝时主管医药的臣。

⑩ 铙（náo）：指《短箫铙歌》，是由短箫和铙合奏的军乐。挽：指汉代丧乐《挽歌》。

⑪ 戎：军事。丧：丧事。

⑫ 缪：缪袭，三国时魏文学家。韦：韦昭，三国时吴文学家。

⑬ 子政：刘向的字，西汉学者。

译文

　　凡是乐歌的歌辞叫作诗，诗唱出声便叫作歌，音律用来配合歌辞，歌辞繁多便难以配适。所以曹植称赞左延年擅长增减古代歌辞以合乐，歌辞繁多的就应删减，表明歌辞写作贵在简约。看汉高祖歌咏《大风歌》，汉武帝悲叹"来迟"，教歌童唱，没有不合乐的。曹植、陆机，都有好的乐府诗篇，都没有让乐工配乐，所以不能用乐器伴奏，世俗称这些诗篇不合乐调，恐怕没有考虑到这些诗未曾配乐。至于轩辕岐伯的鼓吹乐，汉代的铙歌、挽歌，虽有用于军事和丧事的不同，但都归入乐府诗，缪袭、韦昭所改编的汉代乐府，也有值得注意的。从前刘向分类图书，诗和歌被分开，所以约略地列出《乐府》篇，以标示两者的区别。

原文

　　赞曰：八音摛文，树辞为体①。讴吟坰野，金石云陛②。《韶》响难追，郑声易启。岂惟观乐？于焉识礼。

注释

① 八音：金、石、土、革、丝、木、匏、竹八类乐器。文：指声文。

② 坰（jiōng）：远郊。金石：钟磬类乐器，此指演奏。云陛：刻有云纹的阶石，此处指宫廷。

译文

　　赞词说：用各种乐器演奏音乐，以创作歌辞为主体。有的在乡野歌唱，有的在宫廷演奏。雅正的古乐难以继承，淫靡的俗乐却易发展。音乐岂只听赏而已？从中还可看出礼制教化的盛衰。

诠赋 第八

《诠赋》的"赋"原指《诗经》的"六义"之一，是铺陈描写的表现手法。"诠赋"即诠释论述赋体。本篇首先说明赋的名义和性质。说明赋的特点是通过"铺采摛文"来"体物写志"，是着重从文辞表现特色而言。赋又有不歌而朗诵之义，则是从口头表达时的特色而言。接着论述了赋的源流演变和重要作家作品。指出屈原《离骚》等作（古时也称"屈原赋"），已经开始详细描写事物的声音面貌，呈现出赋体特色。之后谈宋玉、荀况的若干作品，题名为赋，赋体从此确立名称，逐步发展壮大了。并从题材上把赋区分为两大类，各自指陈其内容艺术特色。最后论"立赋之大体"，也就是敷理以举统。认为赋的思想应明雅，文辞应巧丽，雅义与丽词相结合。指出赋的写作应"睹物兴情""义必明雅""辞必巧丽"的基本原则，反对没有教育意义、单纯追求华丽的作品。

原文

《诗》有六义①，其二曰赋。赋者，铺也，铺采摛文，体物写志也。昔邵公称②：公卿献诗，师箴瞍赋③。传云④：登高能赋，可为大夫。《诗序》则同义⑤，传说则异体⑥，总其归涂⑦，实相枝干。故刘向明不歌而颂⑧，班固称古诗之流也⑨。

注释

① 六义：《诗大序》说，《诗》有六义，即风、赋、比、兴、雅、颂。

② 邵公：即召公，周初贵族，姓姬名奭（shì），因封于召（地名），故称召公。

③ 公：公爵。卿：大夫以上的官。师：少师，主管教化的官员。箴（zhēn）：一种用于警戒过失的韵文。赋：诵诗。

④ 传：解释经文叫作传，此处指解释《诗经·鄘风·定之方中》的《毛传》。

⑤ 《诗序》：即《诗大序》。同义：指赋为诗的六义之一。

⑥ 异体：指赋与诗为不同的文体。

⑦ 涂：通"途"。归涂：旨意、旨归。

⑧ 刘向：西汉学者。不歌而颂：语出《汉书·艺文志·诗赋略》"不歌而诵"。颂，同"诵"。

⑨ 古诗之流：语出班固《两都赋序》。

译文

  《诗经》有六义，其中第二项便是赋。赋就是铺陈，铺陈文藻辞采，刻画物象，抒写情志。从前召公曾说，公卿献诗，少师进箴，瞽人赋诗。《毛传》里说，登高能够作赋，可以做大夫。《诗大序》说赋为诗的六义之一，《毛传》的说法则视赋为另一种文体，但寻根究源，赋和诗是枝条和主干的关系。所以刘向说不歌唱而朗诵的是赋，班固称赋是《诗》的一个分流。

原文

  至如郑庄之赋"大隧"①，士艻之赋"狐裘"②，结言短韵，词自己作，虽合赋体，明而未融③。及灵均唱《骚》④，始广声貌。然则赋也者，受命于诗人⑤，而拓宇于《楚辞》也。于是荀况《礼》《智》⑥，宋玉《风》《钓》⑦，爰锡名号⑧，与诗画境。六义附庸⑨，蔚成大国⑩。遂客主以首引⑪，极声貌以穷文，斯盖别诗之原始，命赋之厥初也。

注释

① 郑庄：郑庄公，姬姓。大隧：指郑庄公在地道中与其母相见后所赋诗："大隧之中，其乐也融融。"

② 士艻（wěi）：晋国大夫。狐裘：原意为狐皮衣服，此处指士艻所赋诗句"狐裘尨茸（méng róng），一国三公，吾谁适从"。

③ 融：大明。

④ 灵均：屈原字。《骚》：《离骚》。

⑤ 诗人：指《诗经》的作者。

⑥ 荀况：战国末思想家。《礼》《智》：荀况《赋篇》中的两段。

⑦ 宋玉：战国楚文学家。《风》：宋玉作有《风赋》。《钓》：《钓赋》，据说是宋玉所作。

⑧ 爰：于是。锡：赐予。

⑨ 附庸：附属于诸侯的小国。

⑩ 蔚：繁盛。

⑪ 客主：从荀况的赋到汉大赋，都虚构两人（君臣、主客）对话以展开全篇。

译文

至于像郑庄公的赋"大隧"、士芳的赋"狐裘",用简短的韵语构成篇幅,语句都是自己创作的,虽然合于赋的体制,但仍朦胧不明。到了屈原创作《离骚》,才开始扩大对声音形貌的描写。那么,赋产生于《诗经》的作者,而在《楚辞》中得到了发展。到了荀况的《礼》《智》等赋,宋玉的《风赋》《钓赋》,这才给了它"赋"的名称,从此赋与诗划分了界线。赋由六义的附庸,崛起而成了大国。这时赋常由客主之间的对话开头,引出全篇文字,并极力描写声音形貌以充分显示文采,这是与诗分开的起始,称赋的开端。

原文

秦世不文,颇有杂赋。汉初词人,循流而作:陆贾扣其端①,贾谊振其绪②,枚、马播其风③,王、扬骋其势④,皋、朔已下⑤,品物毕图⑥。繁积于宣时⑦,校阅于成世⑧,进御之赋千有余首⑨。讨其源流,信兴楚而盛汉矣。

注释

① 陆贾:秦汉间文学家,他的赋失传。扣:通"叩",发。端:开端。
② 贾谊:西汉初文学家。振:发扬。绪:端绪。
③ 枚:枚乘,西汉初文学家。马:司马相如,西汉文学家。
④ 王:王褒,西汉文学家。扬:扬雄。
⑤ 皋:枚皋,枚乘之子,西汉文学家。朔:东方朔,西汉文学家。他们的赋已失传。
⑥ 品物:各种物类。
⑦ 宣时:汉宣帝时。
⑧ 成世:汉成帝时。
⑨ "进御"句:据班固《两都赋序》,汉成帝时进献给皇帝的赋有一千多篇。

译文

秦代不崇尚文学,略微有些杂赋。汉初的作家,沿着赋的演变势头纷纷兴起:陆贾开端,贾谊发展,枚乘、司马相如发扬光大,王褒、扬雄顺势驰骋,枚皋、东方朔以下的作者,所有的事物都在赋中加以描写。赋的创作在汉宣帝时兴盛一时,在汉成帝时加以整理,当时进献的赋有一千多篇。探求它的起源和发展,确实是在楚国兴起,而在汉代达到鼎盛。

原文

　　夫京殿苑猎，述行序志，并体国经野①，义尚光大。既履端于唱序②，亦归余于总乱③。序以建言，首引情本④；乱以理篇，写送文势⑤。按《那》之卒章⑥，闳马称"乱"⑦，故知殷人缉《颂》⑧，楚人理赋，斯并鸿裁之寰域⑨，雅文之枢辖也⑩。至于草区禽族，庶品杂类，则触兴致情，因变取会，拟诸形容，则言务纤密；象其物宜，则理贵侧附；斯又小制之区畛⑪，奇巧之机要也。

注释

① 体国经野：语出《周礼·天官》，体国是说营建国中的宫门城阙，经野是说管理郊野的丘甸沟洫。
② 履端：推算历法的开端，此即指开端。
③ 归余：推算历法每年积余的时日，此即指结束。总乱：总结。乱，乐曲的尾声。
④ 情本：情由。
⑤ 写送文势：作品结尾收笔时有不尽之势。
⑥ 《那》：《诗经·商颂》篇名。
⑦ 闳马：闳马父，春秋时鲁国大夫。称"乱"：《国语·鲁语下》载闳马父提到《商颂·那》的最后一章时称它为"乱"。
⑧ 缉：通"辑"。
⑨ 寰域：范围。
⑩ 枢辖：关键。
⑪ 区畛（zhěn）：范围。畛，分界。

译文

　　像汉赋描写京都、宫殿、苑囿、田猎，记述行旅，抒写情志，都事涉国都体制，原野区划，取义在崇尚体制的宏伟盛大。这些赋开首既有序言发端，结尾又有"乱辞"总结。序用来开端，首先引出写赋的情由；乱用来归结全篇，使作品结束时有不尽之势。按《诗经·商颂·那》的最后一章，闳马父称为"乱"，由此可知殷人编辑《商颂》，楚人创作辞赋，都有"乱"这一名称，序和乱都属于大赋的范围，是典雅之文的关键。至于各种草木禽兽，众多事物品类，触物起兴，引起情感，因事物的变化而求取情与物的会合。摹拟外物的形貌，语言务必细致缜密；表现事物的性质，事理贵在侧面比附。这属于小赋的范围，是显示奇巧的关键。

文心雕龙

原文

　　观夫荀结隐语①，事数自环②；宋发夸谈③，实始淫丽。枚乘《菟园》④，举要以会新⑤；相如《上林》⑥，繁类以成艳；贾谊《鵩鸟》，致辨于情理；子渊《洞箫》⑦，穷变于声貌；孟坚《两都》⑧，明绚以雅赡；张衡《二京》，迅拔以宏富⑨；子云《甘泉》⑩，构深玮之风⑪；延寿《灵光》⑫，含飞动之势。凡此十家，并辞赋之英杰也。及仲宣靡密⑬，发端必遒；伟长博通⑭，时逢壮采；太冲、安仁⑮，策勋于鸿规⑯；士衡、子安⑰，底绩于流制⑱；景纯绮巧⑲，缛理有余；彦伯梗概⑳，情韵不匮㉑：亦魏、晋之赋首也。

注释

① 荀：荀况。结：结构。隐语：谜语。指荀况《赋篇》，类似谜语。
② 数：多次。自环：自我回环。
③ 宋：宋玉。夸谈：夸饰之谈。
④ 《菟园》：《菟园赋》。菟园，苑名。
⑤ 会新：富有新意。
⑥ 《上林》：《上林赋》，司马相如代表作。上林，上林苑。
⑦ 子渊：王褒字。
⑧ 孟坚：班固字。
⑨ 迅拔：快利挺拔。
⑩ 子云：扬雄字。
⑪ 玮：深奇。
⑫ 延寿：王延寿，东汉文学家。《灵光》：《鲁灵光殿赋》。
⑬ 仲宣：王粲字，三国魏文学家。
⑭ 伟长：徐幹字，三国魏文学家。
⑮ 太冲：左思字，西晋文学家。安仁：潘岳字，西晋文学家。
⑯ 策勋：记功。此处指建功。鸿规：宏大的规模，指大赋。
⑰ 士衡：陆机字，西晋文学家。子安：成公绥（suí）字，西晋文学家。
⑱ 底绩：获得成绩。流制：流行体制。
⑲ 景纯：郭璞字，东晋文学家。
⑳ 彦伯：袁宏字，东晋文学家。梗概：慷慨。
㉑ 匮：缺乏。

译文

　　看荀况的《赋篇》，文字构成如同谜语，事意在多次回环中显现；宋玉的赋作发出夸饰的言谈，实在是过分艳丽的开端。枚乘的《菟园赋》，描写扼要又富于新意；司马相如的《上林赋》，多列物类以形成艳丽；贾谊的《鵩鸟赋》，致力于情感与哲理的思辨；王褒的《洞箫赋》，详尽于声音和形貌的变化；班固的《两都赋》，明畅绚丽而又典雅富赡；张衡的《二京赋》，快利挺拔而又宏大丰富；扬雄的《甘泉赋》，构成深奇的风格；王延寿的《鲁灵光殿赋》，含有飞动的气势。所有这十家，都是辞赋中的英雄豪杰。到了王粲，他的赋华丽细密，开端必定遒劲有力；徐幹博学通达，他的赋时常可见壮伟的文采；左思、潘岳，在宏大的规模上建立功绩；陆机、成公绥在流行的体制上获得成功；郭璞绮丽巧妙，文采富丽而又富于理趣；袁宏意气慷慨，情思悠长而又韵味无穷：这些都是魏晋赋作的第一流作家。

原文

> 原夫登高之旨，盖睹物兴情。情以物兴，故义必明雅；物以情睹，故辞必巧丽。丽辞雅义，符采相胜[1]，如组织之品朱紫[2]，画绘之著玄黄[3]，文虽杂而有质，色虽糅而有本，此立赋之大体也。然逐末之俦[4]，蔑弃其本，虽读千赋，愈惑体要，遂使繁华损枝[5]，膏腴害骨，无实风轨，莫益劝戒，此扬子所以追悔于雕虫[6]，贻诮于雾縠者也[7]。

注释

① 符采：玉的横纹。

② 组织：布帛之类的织物。这里指丝绸。品：区分。

③ 著：附着，附上。

④ 俦（chóu）：辈。

⑤ 华：花。

⑥ 扬子：扬雄。追悔于雕虫：扬雄早年爱好作赋，后来后悔，他在《法言·吾子》中称赋是"童子雕虫篆刻""壮夫不为"。雕虫篆刻，此喻小技、小道。

⑦ 贻：留下。诮（qiào）：讥讽。雾縠（hú）：一种薄如云雾的轻纱。

译文

推求登高能赋的原因，是因为看到景物兴起情思。情思由于外物而兴起，所以内涵必须明白雅正；外物通过情思来体现，所以文辞必须巧妙绮丽。绮丽的文辞，雅正的内涵，就像美玉及其纹理，相得益彰，好比织物染有朱紫等色彩，绘画施以玄黄等颜色，文采错杂但不失质素，色调丰富而仍具本色，这是作赋的基本要求。然而只追求文采的人，抛弃了赋的根本，即使读了千篇赋，反而更迷惑而不能领悟赋的特点和基本要求，于是就像太多的花朵损伤了枝条，过于肥胖有害于骨力一样，这样的赋不涉及风教法度，无益于勉励鉴戒，这便是扬雄后悔说作赋是雕虫小技，又讥讽作赋犹如织薄纱之徒然耗费精力的原因了。

原文

> 赞曰：赋自《诗》出，分歧异派①。写物图貌，蔚似雕画②。抑滞必扬，言旷无隘③。风归丽则，辞翦荑稗④。

注释

① 歧：叉开。派：水的分流。

② 蔚：繁盛。

③ 抑：压制。滞：停滞。旷：空阔。隘：窘迫。

④ 丽则：既绮丽又合法则。荑（tí）：通"稊"，一种似稗子的草。

译文

赞词说：赋源出于《诗经》，后来与诗分流自成一体。描写外物刻画形貌，文辞繁富好比精雕细画。把板滞之物写得铺张扬厉，使言辞放旷而不局促窘迫。文风要求其绮丽而有法则，应删除芜杂而有害的言辞。

颂 赞 第九

题解

　　《颂赞》的"颂"和"赞"是两种文体。本篇分别论述"颂""赞"两体。首先讲"颂"的含义、性质，原是歌颂人的功德，告于神明。颂体在历史发展中，应用扩大，用于讽刺、歌颂物品，但主要还是颂扬人的功业。又接着和赋、铭两体相比，指出其异同，说明了颂体的特点和写作要求。刘勰所论之"颂"，主要有以下特征：一是"容德底颂"，二是"容告神明"，三是"义必纯美"。其次讲"赞"的含义、起源、发展变化情况。指出"赞"的意义是说明。在《史记》《汉书》两书的自叙传中，对全书各篇均作赞语，帮助评论历史人物和事件。后来郭璞注《尔雅》，对动植物亦加赞语。最后指出赞文体制短小，应叙述简练，文辞明晰。刘勰认为，"赞"是颂体的分支，以赞扬为主。而郭璞的赞"义兼美恶"，亦属变体。

原文

　　四始之至，颂居其极。颂者，容也①，所以美盛德而述形容也②。昔帝喾之世③，咸黑为颂④，以歌《九招》⑤。自《商颂》以下，文理允备。夫化偃一国谓之风⑥，风正四方谓之雅，容告神明谓之颂。风雅序人⑦，故事兼变正⑧；颂主告神，故义必纯美。鲁以公旦次编⑨，商以前王追录⑩，斯乃宗庙之正歌，非宴飨之常咏也⑪。《时迈》一篇，周公所制⑫，哲人之颂，规式存焉。

注释

① 容：仪容，指舞蹈时的形貌。

② 形容：即仪容。

③ 帝喾（kù）：传说中的上古帝王。

④ 咸黑：或作咸墨，帝喾之臣，曾奉帝喾之命作歌。

⑤《九招》：咸黑所作歌之一，用以歌颂帝喾。

⑥ 化偃：教化所及，如风吹草伏。

⑦ 序人：叙写人事。

⑧ 事兼变正：据《诗大序》说，《诗经》中凡治世的《风》《雅》为"正"，衰世的《风》《雅》为"变"。

⑨ 旦：周公名。

⑩ 商：指《商颂》，宋国祭祀先王的颂歌。周朝封商朝后代于宋国，故其祭祀先王的颂称《商颂》。

⑪ 宴飨（xiǎng）：宴会。

⑫《时迈》：《诗经·周颂》篇名。

译文

　　四始是《诗经》的全部内容，而颂居于极为重要的地位。所谓颂，就是舞蹈的仪容，是用舞蹈仪容来赞美伟大的功德。从前帝喾时代，咸黑作颂，就是《九招》的歌辞。《商颂》以后，文章义理实已完备。教化风行一国的诗叫作风，风化能端正天下风尚的诗叫作雅，以雍雅的仪容禀告神灵的叫作颂。风和雅叙述人事，所以因人事有正常和变乱而兼有正和变；颂主要用于禀告神灵，所以意义一定要纯正美好。《鲁颂》是因周公的功勋而依次编成，《商颂》是因追念先王而辑录成篇，这些都是宗庙祭祀时的正式乐歌，不是普通宴会上的寻常歌曲。《周颂》中的《时迈》这一篇，是周公创作的，圣哲作的颂，保存着颂的写作规范。

原文

　　夫民各有心，勿壅惟口①。晋舆之称原田②，鲁民之刺裒韠③，直言不咏，短辞以讽，丘明、子顺，并谓为颂④，斯则野颂之变体⑤，浸被乎人事矣⑥。及三闾《橘颂》⑦，情采芬芳，比类寓意，又覃及细物矣⑧。至于秦政刻文⑨，爰颂其德。汉之惠、景，亦有述容⑩，沿世并作，相继于时矣。若夫子云之表充国⑪，孟坚之序戴侯⑫，武仲之美显宗⑬，史岑之述熹后⑭，或拟《清庙》⑮，或范《駉》《那》⑯，虽浅深不同，详略各异，其褒德显容，典章一也。

注释

① 壅：堵塞。

② 舆：舆人，众人。

③ 韠（bì）：同"韠"，朝服的蔽膝。

④ 丘明：左丘明，《左传》作者。子顺：孔子后裔。

⑤ 野：民间。

⑥ 浸：逐渐。被：加，指用于。

⑦ 三闾：指屈原，因他做过三闾大夫。《橘颂》：屈原作品，《九章》篇名。

⑧ 覃（tán）：延及。

⑨ 秦政：秦始皇嬴政。

⑩ 汉之惠、景：汉惠帝、汉景帝。述容：指舞蹈。

⑪ 充国：赵充国，西汉人，有武功。

⑫ 孟坚：东汉文学家班固字。戴侯：窦融，东汉人，以武功封安丰侯，谥戴，故称戴侯。

⑬ 武仲：东汉文学家傅毅字。显宗：汉明帝庙号。傅毅此颂仅存残句。

⑭ 史岑：东汉文学家。熹后：汉和帝邓皇后，谥熹。

⑮ 《清庙》：《诗经·周颂》篇名。

⑯ 《駉（jiōng）》：《诗经·鲁颂》篇名。

译文

　　老百姓各有自己的想法，不应堵住他们的口不让他们表达。晋国的人们称颂"原田"，鲁国的民众讽刺"麏裘而鞸"，这些都是直接说出，并不歌咏，简短的言辞，用以讽喻，左丘明和子顺都称为颂，这是民间的颂，为颂的变体，渐渐地用于人事了。到屈原作《橘颂》，情感和文采都极美好，用类似的物作比，以寄托自己的情意，于是颂的描写对象又延及细小之物了。到秦始皇时的石刻文，那是歌颂秦的功德。汉代的惠帝、景帝时期，也有乐舞颂歌，相沿而作，代代不绝。如扬雄歌颂赵充国而作《赵充国颂》，班固称述窦融而作《安丰戴侯颂》，傅毅赞美汉明帝的《显宗颂》，史岑颂扬邓皇后的《和熹邓后颂》，有的依照《周颂·清庙》，有的模仿《鲁颂·駉》和《商颂·那》，虽然深浅不同，详略各异，但赞美功德、显扬仪容、合乎颂体的典则是一致的。

原文

　　至于班、傅之《北征》《西征》①，变为序引，岂不褒过而谬体哉！马融之《广成》《上林》②，雅而似赋，何弄文而失质乎？又崔瑗《文学》③，蔡邕《樊渠》④，并致美于序，而简约乎篇。挚虞品藻⑤，颇为精核，至云"杂以风雅"⑥，而不辨旨趣，徒张虚论，有似黄白之伪说矣⑦。及魏晋杂颂，鲜有出辙⑧。陈思所缀，以《皇子》为标⑨；陆机积篇，惟《功臣》最显⑩，其褒贬杂居，固末代之讹体也⑪。

注释

① 班、傅之《北征》《西征》：指班固《车骑将军窦北征颂》，傅毅《西征颂》。

② 马融之《广成》《上林》：马融上《广成颂》讽谏邓太后不宜废武功。《上林颂》今不存。

③ 崔瑗（yuàn）：东汉文学家。《文学》：指崔瑗的《南阳文学颂》。

④ 蔡邕：东汉末文学家。《樊渠》：指蔡邕的《京兆樊惠渠颂》。

⑤ 挚虞品藻：指挚虞《文章流别论》中的有关评论。挚虞，西晋文学批评家。

⑥ 杂以风雅：语见《文章流别论》："傅毅《显宗颂》，文与《周颂》相似而杂以风雅之意。"

⑦ 黄白之伪说：《吕氏春秋·似顺论·别类》中说相剑的人认为白锡与黄铜合铸的剑既坚且韧，而驳者认为白锡不韧，黄铜不坚，合铸不成良剑。此处借以喻指挚虞之说前后矛盾。

⑧ 辙：车轮碾过的痕迹，此喻颂的体制规格要求。

⑨ 陈思：三国魏曹植。缀：连缀，指创作。《皇子》：指《皇太子生颂》。标：标举，突出。

⑩ 陆机：西晋文学家。《功臣》：指陆机所作《汉高祖功臣颂》。

⑪ 末代：指魏晋时代。讹：变化。

译文

　　至于班固的《北征颂》、傅毅的《西征颂》，变成序引一类的文字了，岂不是褒扬过分而违背了颂的正常体制！马融的《广成颂》《上林颂》，虽然典雅却像赋体，何以玩弄文采而失去了颂的本质呢？又崔瑗的《南阳文学颂》、蔡邕的《京兆樊惠渠颂》，都致力于把序文写得华美，而颂文却写得简约。挚虞《文章流别论》对颂的品评，很是精当正确，至于说有的颂"杂以风雅之意"，则不能辨别颂的旨趣，而徒发空论，有点像黄铜白锡铸剑的谬论了。到了魏晋时代的各种颂作，很少有违反颂的体制的。曹植所作的颂，以《皇太子生颂》最为突出；陆机多篇颂作，唯有《汉高祖功臣颂》最为著名，其中有褒有贬，实在是魏晋颂体的讹变了。

原文

　　原夫颂惟典懿①，辞必清铄，敷写似赋②，而不入华侈之区；敬慎如铭，而异乎规戒之域。揄扬以发藻③，汪洋以树义④，虽纤曲巧致，与情而变，其大体所弘⑤，如斯而已。

注释

① 懿：美好。

② 敷：铺展。

③ 揄扬：宣扬，赞扬。

④ 汪洋：深广。

⑤ 弘：致。

译文

推求颂的写作，唯有典雅美好，文辞必须清明光采，铺写时有点像赋，但不入华艳侈靡的范围；恭敬谨慎如铭，却没有规劝戒惧的用意。通过颂扬来发挥辞藻，用深广的内容来树立意义，虽然颂的写作，细微巧妙之处常常随情致变化而不同，但颂的大体写作要求，不过如此而已。

原文

赞者，明也，助也。昔虞舜之祀，乐正重赞①，盖唱发之辞也②。及益赞于禹③，伊陟赞于巫咸④，并飏言以明事⑤，嗟叹以助辞也。故汉置鸿胪，以唱言为赞⑥，即古之遗语也。至相如属笔，始赞荆轲⑦。及迁《史》、固《书》，托赞褒贬⑧，约文以总录⑨，颂体而论辞。又纪传后评⑩，亦同其名；而仲治《流别》，谬称为述⑪，失之远矣。及景纯注《雅》⑫，动植必赞，义兼美恶，亦犹颂之变耳。然本其为义，事生奖叹，所以古来篇体，促而不广⑬，必结言于四字之句，盘桓乎数韵之辞⑭，约举以尽情，照灼以送文⑮，此其体也。发源虽远，而致用盖寡，大抵所归，其颂家之细条乎？

注释

① 乐正：乐官。

② 唱发之辞：指行礼歌唱前的赞辞。

③ 益：舜时人，曾助禹治水有功。赞：佐，助。

④ 伊陟（zhì）：殷帝太戊之相。赞：告。巫咸：殷帝太戊之臣。

⑤ 飏言：高声说话，言辞和声调都有表现力。

⑥ 唱言：即赞拜，臣子朝见君王，司仪宣读行礼的仪式。

⑦ "至相如"二句：司马相如的《荆轲赞》无考，《汉书·艺文志》有《荆轲论》五篇，原注曰司马相如作。

⑧ 迁《史》：司马迁的《史记》。固《书》：班固的《汉书》。托赞褒贬：有褒有贬。

⑨ 总录：总结记录。

⑩ 纪传后评：指《史记》本纪、列传、世家和《汉书》各篇之后的评语。

⑪ 仲治：挚虞字。《流别》：《文章流别论》。
⑫ 景纯：郭璞字，东晋文学家。《雅》：《尔雅》。
⑬ 促：短。广：长。
⑭ 盘桓：环绕、回旋，此处指为文用思的反复推敲。韵：韵文一般两句一韵。
⑮ 照灼：明显。送文：结束文辞。

译文

　　赞，就是说明，就是辅助。从前虞舜的祭祀，乐官郑重地进赞，大约是歌唱前的说明文辞。到益辅佐禹时说的话，伊陟告诉巫咸的话，都高声述说以说明事理，加上感叹以帮助言辞的表达。所以汉代设置鸿胪官职，以大声传话、引导行礼为赞，这就是古代留传下来的说法。到司马相如创作，开始赞美荆轲。到司马迁的《史记》、班固的《汉书》，借助赞辞进行褒扬贬责，用简约的文字来总结记录，有颂的体式、论的文辞；又《史记》《汉书》后面序目中的总评，也等同于"赞"；而挚虞《文章流别论》却误称为"述"，差得远了。到郭璞注《尔雅》，动物、植物必有赞语，内容兼有褒美和斥恶，也就如颂的变体了。但推原赞的本义，产生于对人和事的赞叹，所以自古以来赞的篇幅都短而不长，必定用四言的句式，不超过短短数韵，简约地述说以叙尽情由，明白地总结以结束文字，这就是赞的体制要求了。赞体产生虽早，但实用场合不多，从大致趋向看，是颂的一个细小分支吧？

原文

> 　　赞曰：容德底颂，勋业垂赞①。镂影摛声，文理有烂②。年迹愈远，音徽如旦③。降及品物，炫辞作玩。

注释

① 容德：意即"美盛德而述形容"。垂：流传。
② 烂：光彩。
③ 音徽：徽音，美好的德音，指好的颂、赞。徽，美好。旦：初升的太阳。

译文

　　赞词说：舞蹈仪容赞美盛德，从而产生了颂；功勋业绩流传下来，因而有了赞。雕镂形影，铺写声韵，文采义理，光辉灿烂。年代积累越久，美好的作品仍如初升的太阳。到了降格为物品作颂赞，那是炫耀文辞，当作游戏了。

祝盟 第十

题解

《祝盟》的"祝"和"盟"是两种文体的名称。"祝"是祭祀时向神祷告，"盟"是结盟时向神宣誓。本篇以论述祝文为主，同时讲了与祝文相近的盟文。本篇首先讲祝辞的起源、发展情况。说明祝辞用于向神祇祷祝，以求福佑。在上古时代，用于祈求农业的丰收。春秋以降，其用途扩大，遍及群神，目的也不是为人民的生产和生活，而是为个人幸福。又指出祝文在后代，流为祭告死者的哀策、祭文，内容就和诔文相近了。刘勰认为祷神的祝辞，必须诚恳朴实，不要华侈。其次讲盟文的产生、发展情况。说明它是人们在结盟时向神祇发誓、表明心迹之作。古时结会，虽有口头约誓，但不立盟置辞。汉代以降始有盟辞。但像臧洪、刘琨的盟辞，固然意气雄迈，但实际效果并不佳，那是因为彼此并不真心信任。指出写作盟辞的要领是：叙述当前危机，要求戮力同心，存亡与共，须"感激以立诚，切至以敷辞"。

原文

天地定位①，祀遍群神。六宗既禋②，三望咸秩③，甘雨和风，是生黍稷，兆民所仰④，美报兴焉。牺盛惟馨⑤，本于明德⑥，祝史陈信⑦，资乎文辞。昔伊耆始蜡⑧，以祭八神⑨，其辞云："土反其宅，水归其壑，昆虫毋作，草木归其泽。"则上皇祝文，爰在兹矣。舜之祠田云："荷此长耜⑩，耕彼南亩⑪，四海俱有。"利民之志，颇形于言矣。至于商履⑫，圣敬日跻⑬，玄牡告天⑭，以万方罪己，即郊禋之词也⑮；素车祷旱⑯，以六事责躬⑰，则雩崇之文也⑱。

注释

① 天地定位：天高地卑之位已定，此处指天地已产生。

② 六宗：六种尊祀的神，一说是水、火、雷、风、山、泽，一说是天地四方，一说是四时、寒暑、日、月、星、水旱。禋（yīn）：升烟以祭天，泛指祭祀。

③ 三望：祭泰山、黄河、海。望，遥望而祭。秩：按次序祭祀。

④ 兆：古代以十万为亿，十亿为兆。

⑤ 牲盛（chéng）：祭品。牲，祭祀用的牛、羊、豕。盛，放在祭器中的谷类。馨：香气。

⑥ 明德：美德。古人认为具有明德的人献祭的祭品神灵才会接受并赐福保佑于人。

⑦ 祝史：祭祀时掌祝告的人。

⑧ 伊耆（qí）：上古帝王，一说是神农，一说是尧。蜡（zhà）：年终合祭众神。

⑨ 八神：古代蜡祭的八种神灵。

⑩ 耜（sì）：一种翻土用的农具。

⑪ 南亩：泛指农田。

⑫ 商履：商汤名。

⑬ 圣敬：圣明恭敬之德。跻（jī）：上升。

⑭ 玄牡：黑色公牛。

⑮ 郊禋（yīn）：祭天。

⑯ 素车：无漆饰的车。祷旱：求雨。

⑰ 六事：《荀子·大略》载，商汤在祷辞中用六事责备自己：政不节、使民疾、宫室荣、妇谒盛（内宠多）、苞苴行（贿赂行）、谗夫兴。躬：自己。

⑱ 雩（yú）：求雨祭。禜（yǒng）：求晴祭。

译文

　　自从天地确定了位置，众多神灵普遍地受到祭祀。既尊祭"六宗"之神，泰山、黄河、大海之神也按次序遥祭了，于是风调雨顺，谷物生长，这是万民所仰赖的，美好的报答因此而兴起。祭祀时祭品要馨香，而根本则在于祭者是否有美德，祝史陈述诚心，就要依靠他的祝辞。从前伊耆开始岁末合祭众神，祭祀八种神灵，他的祝辞说："泥土回到它的位置上，水流到山沟里去，害虫不要出现，草木生长到山泽里。"那么上古帝王的祝辞，便在这里了。虞舜的祭田辞说："扛着长耜，耕种南山的土地，与天下百姓都获得丰收。"为民谋利的心意，在言辞中表现得颇为充分。到了商汤，圣明恭敬之德一天比一天高，他用黑牛祭天，把四面八方人的罪过都归到自己身上，这就是他祭天的祝辞；他坐着不加修饰的车子去求雨免旱，用六种错失责备自己，这又是他求雨的祝辞。

原文

　　　　及周之太祝，掌六祝之辞①，是以"庶物咸生"，陈于天地之郊②；"旁作穆穆"③，唱于迎日之拜；"夙兴夜处"，言于祔庙之祝④；"多福无疆"，布于少牢之馈⑤；宜社类祃⑥，莫不有文：所以寅虔于神祇⑦，严恭于宗庙也。春秋已下，黩祀谄祭⑧，祝币史辞⑨，靡神不至。至于张老贺室，致美于歌哭之祷⑩；蒯聩临战，获祐于筋骨之请⑪：虽造次颠沛⑫，必于祝矣。若夫《楚辞·招魂》，可谓祝辞之组丽也⑬。

注释

① 六祝：据《周礼·春官》，六祝为：顺祝（求丰年）、年祝（求福久）、吉祝（求福祥）、化祝（消灾）、瑞祝（求风调雨顺）、筴祝（远罪疾）。

② 天地之郊：指祭天。

③ 旁：广大。穆穆：美好。

④ 祔（fù）：新死者与祖先合享之祭。

⑤ 少牢：用羊、豕作祭品。馈（kuì）：上祭品。

⑥ 宜社：祭土地神。类：祭上帝。祃（mà）：祭军队驻扎地之神。

⑦ 寅虔：敬畏虔诚。神祇（qí）：天地诸神。

⑧ 黩（dú）：轻慢不敬，引申为滥用。谄（chǎn）：谄媚。

⑨ 祝币：祭祀用的币帛，指祭品。史辞：祝祷之辞。

⑩ 张老：晋国大夫张老。

⑪ 蒯聩：卫太子蒯聩。

⑫ 造次：仓促。颠沛：困顿。

⑬ 组丽：华丽有文采。

译文

　　到了周朝的太祝，掌管六种祝祷之辞，因此，用"万物都生长"之类的祝辞祭祀天地；用"广大而又美好"之类的祝辞迎拜日神；用"早起晚睡"之类的祝辞来作新死者与祖先合享之祭；用

"多福无疆"之类的祝辞，作为祭祖献食的言辞；出征时祭土地神、祭上帝、祭军队驻地之神，无不有祝辞：这些都是要对神灵表示敬畏虔诚，对祖先表示庄重恭敬。自春秋以来，过多地祭祀，或祭不当祭的鬼神，祭祀的币帛，祝祷的言辞，以至无神不用。至于张老祝贺宫室落成，称赞它的美好，祝祷主人全族长久安居于此；蒯聩身临战场参战，请求祖先保佑，希望不要伤了自己的筋骨：即使仓促之中、困顿之时，也必定要祝祷了。像《楚辞·招魂》，可称得上是祝辞中文采华丽的了。

原文

汉之群祀，肃其百礼[1]，既总硕儒之议，亦参方士之术。所以秘祝移过[2]，异于成汤之心；侲子驱疫[3]，同乎越巫之祝[4]，礼失之渐也。至如黄帝有祝邪之文[5]，东方朔有骂鬼之书[6]，于是后之遣咒[7]，务于善骂。唯陈思《诰咎》[8]，裁以正义矣。若乃《礼》之祭祝，事止告飨[9]。而中代祭文[10]，兼赞言行，祭而兼赞，盖引申而作也。又汉代山陵[11]，哀策流文[12]。周丧盛姬[13]，内史执策[14]，然则策本书赗[15]，因哀而为文也。是以义同于诔[16]，而文实告神，诔首而哀末，颂体而祝仪，太史所读，固祝之文者也。

注释

① 百礼：众多的礼仪，指各种祭祀。

② 秘祝移过：祝官秘密祷告，将帝王的过失移到臣民身上。

③ 侲（zhèn）子：善童。

④ 越巫：越地巫人。

⑤ 祝邪之文：据《云笈七签·轩辕本纪》说，黄帝于东海滨得神兽，会说话，黄帝乃作"祝邪"文，咒骂邪神。

⑥ 骂鬼之书：东汉王延寿《梦赋·序》称夜梦与鬼物战，得东方朔给他的骂鬼书。

⑦ 咒：驱鬼降妖的口诀。

⑧ 陈思：三国魏曹植。《诰咎》：曹植作《诰咎文》。

⑨ 告飨（xiǎng）：祈告神灵歆享祭品。

⑩ 中代：指汉魏时代。

⑪ 山陵：帝王陵墓。

⑫ 哀策：祭帝王陵墓时颂扬帝王后妃功德的文章。流：流传下来。

⑬ 周：指周穆王。盛姬：周穆王妃子。

⑭ 内史：官名，主管爵禄废置等。策：这里指用来书写随葬物品的简册。

⑮ 策：此处指哀策文。书：书写。赗（fèng）：封赠受祭者的谥号。

⑯ 诔（lěi）：赞美死者德行的哀祭文。

译文

汉代的各种祭祀，恭敬地采用多种礼仪，既汇总了大儒的建议，又参考了方士的法术。所以秘密祝祷，把灾祸转嫁给臣民，这就和商汤承担所有罪责的用心不同；用童子在宫中驱除疫鬼，那又和越巫荒谬无稽的祝祷完全一样了，祝祷之礼开始丧失了。至于像黄帝有祝邪之文，东方朔有骂鬼之书，从此以后的谴责咒文，都尽力追求善于咒骂。唯有曹植的《诘咎文》，能以正当的内容写成。至于《仪礼》所记的祭祀祝辞，内容不过是祝告神灵享用祭品；而汉魏的祭祀文，还赞美死者生前的言行，祭文而兼有赞语，是从祭祀引申出来的。又汉代祭皇帝陵墓，有哀策文流传下来。周穆王的盛姬死后，有内史拿着策文，那么策本是书赠谥号的，因为哀悼而成为哀策文体了。所以哀策的内容和诔相同，只是用于禀告神灵，以诔的形式开头，用表示哀悼来结尾，像颂的体裁，有祝的仪式，汉代太史所读的哀策，原本就是祝祷的文辞。

原文

凡群言发华，而降神务实，修辞立诚，在于无愧。祈祷之式，必诚以敬；祭奠之楷①，宜恭且哀：此其大较也②。班固之《祀涿山》③，祈祷之诚敬也；潘岳之《祭庾妇》④，祭奠之恭哀也：举汇而求，昭然可鉴矣。

注释

① 楷：法式，典范。
② 大较：大致、基本。
③ 班固之《祀涿山》：班固有《涿邪山祝文》，现仅存数句。
④ 潘岳之《祭庾妇》：潘岳有《为诸妇祭庾新妇文》，今文残不全。

译文

凡各类文章务必有文采，但降神的祝文务求朴实，文辞写作要内心真诚，在于毫无惭愧。祈祷文的体式，必须诚恳而恭敬；祭奠文的法式，应该恭敬而哀伤：这是大致的要求。班固《涿邪山祝文》，是祈祷文中合乎诚恳恭敬的例子；潘岳《为诸妇祭庾新妇文》，是祭奠文中合于恭敬哀伤的例子：列举汇集这些文章来推求，祝文的写作要求也就可以清楚地看出了。

原文

盟者，明也。驵牻白马①，珠盘玉敦②，陈辞乎方明之下③，祝告于神明者也。在昔三王，诅盟不及④，时有要誓⑤，结言而退。周衰屡盟，

弊及要劫⑥，始之以曹沫⑦，终之以毛遂⑧。及秦昭盟夷⑨，设黄龙之诅⑩；汉祖建侯⑪，定山河之誓⑫。然义存则克终⑬，道废则渝始⑭，崇替在人⑮，咒何预焉。若夫臧洪歃辞⑯，辞截云蜺；刘琨铁誓⑰，精贯霏霜⑱；而无补汉晋，反为仇雠⑲。故知信不由衷，盟无益也。

注释

① 骍（xīng）旄（máo）：赤色的牛，结盟时杀以祭神。

② 珠盘：用珠装饰的盘，结盟时用来盛血。玉敦（duì）：用玉装饰的敦（一种食器），结盟时用来盛食。

③ 方明：四尺见方的立方木，六面六色，象征上下四方之神。

④ 诅盟：誓约。盟约中的规定，背约者要受到诅咒。此处泛指书面盟约。

⑤ 要（yāo）：结约。

⑥ 要劫：要挟，胁迫。

⑦ 曹沫：春秋时鲁将曹沫。

⑧ 毛遂：战国时平原君门客毛遂。

⑨ 秦昭：秦昭襄王。夷：古代对少数民族的统称。

⑩ 黄龙：据郝懿行《文心雕龙辑注》说，疑为"璜珑"或"黄珑"。当为玉器。

⑪ 汉祖：汉高祖刘邦。建侯：封侯。

⑫ 厉：同"砺"，磨刀石。

⑬ 克：坚持。

⑭ 渝：违背。

⑮ 崇替：尊崇和废除。

⑯ 歃（shà）：歃血，结盟时口含牲血。

⑰ 刘琨铁誓：《晋书·刘琨传》载，刘琨曾与段匹磾（dī）结盟讨石勒，拯救晋朝。

⑱ 霏霜：雪霜。

⑲ 雠（chóu）：义同"仇"。

译文

　　盟，是明的意思。用赤牛白马之类的牺牲祭神灵，以珠盘玉敦之类的食器盛血食，在神像下宣读盟辞，用于向神明祝告，这就是盟。古代夏、商、周三代的帝王，没有盟誓，时常有约誓，约定之后便各自退去。周朝衰微之后，屡屡需要盟誓，其流弊竟致于出现要挟、胁迫现象，开始是鲁将曹沫要挟齐国退还侵地，后来有赵国毛遂胁迫楚王发兵。到秦昭襄王和夷人订立盟约，立有背约则输"黄龙"的盟辞；汉高祖分封诸侯，和他们立下誓言，有山河不变之类的誓辞。然而道义保存就能信守到底，道义废弃便违背先前的盟誓，盟约的遵守和废除在于人，盟辞中的诅咒之语能有什么作用。像臧洪的歃血盟辞，气势可断长虹；刘琨的如铁誓言，精诚能感化霜雪。但他们的誓辞，终究无补于汉室、晋室，而结盟的双方，后来反倒成了仇人。可见信誓旦旦，如果不是发自内心，即使有盟辞也是无用的。

原文

夫盟之大体，必序危机，奖忠孝，共存亡，戮心力^①，祈幽灵以取鉴，指九天以为正^②；感激以立诚^③，切至以敷辞^④，此其所同也。然非辞之难，处辞为难。后之君子，宜存殷鉴^⑤，忠信可矣，无恃神焉。

注释

① 戮（lù）：同"勠"，合力。

② 九天：泛指天。正：同"证"。

③ 感激：有所感动而激发。此处为感情激动之意。

④ 敷辞：遣辞作文，指写盟辞。

⑤ 殷鉴：殷人以夏亡为鉴，此即指借鉴。

译文

盟的大致规格，必定要叙述危机，奖励忠孝之心，约定生死与共，同心协力，请神灵督察，指上天为证；感奋激发以建立诚意，恳切至极以形诸盟辞，这是盟的共同之处。然而文辞并不难写，而照着盟辞做就难了。后来的订盟者，应该引以为戒，忠诚守信便可以了，无须借助神灵。

原文

赞曰：毖祀钦明，祝史惟谈^①。立诚在肃，修辞必甘。季代弥饰，绚言朱蓝^②。神之来格，所贵无惭^③。

注释

① 毖（bì）：谨慎。钦：恭敬。明：明智。谈：指祝、盟的文辞。

② 季：末。弥：更。绚（xuàn）：华丽。

③ 格：至。

译文

赞词说：慎重的祭祀需要恭敬和明智，祝史的职责只是写祝辞。建立诚意在于严敬，祝盟之辞必须美好。晋代以来更重文饰，祝盟文辞写得华丽，面对神灵的降临，贵在内心无愧。

文
心
雕
龙

铭箴 第十一

题解

　　《铭箴》的"铭"和"箴"，都是文体的名称，它们共同的特点是具有警戒作用。本篇论述铭、箴两种文体。首先论述铭的含义、性质和源流。文中指出铭是刻在器物上的韵语，用以鉴戒，也用以记述德泽功绩。铭起源于上古，在春秋和两汉颇为发展。接着列举了不少作者和作品，对班固、张昶、蔡邕、张载诸人的铭文，尤为赞美。其次论述箴的含义、性质和源流。指出箴用以箴戒过失，犹如针石之攻疾防患。箴盛行于夏、商、西周，春秋战国时中衰，至汉代复兴，魏晋作者不绝，其中以扬雄写得最好。最后指出铭、箴两体相近，但因铭兼有褒赞内容，因而风格又应有所不同：箴须确切，铭贵弘润。至于题材须核以辨，文辞须简而深，这是二者都应遵守的。虽然刘勰在考察这两种文体的起源时列举的许多作品是后代伪托，但他论断这两种文体"盛于三代"还是比较正确的。

原文

　　昔帝轩刻舆几以弼违①，大禹勒笋簴而招谏②，成汤盘盂，著"日新"之规③，武王户席，题必戒之训④，周公慎言于金人⑤，仲尼革容于欹器⑥，则先圣鉴戒，其来久矣。铭者，名也，观器必名焉，正名审用，贵乎慎德。

注释

① 帝轩：黄帝轩辕氏。舆：车厢。几：几案，矮或小的桌子。弼违：纠正过失。
② 笋簴（sǔn jù）：悬挂钟、磬的架子，横木为笋，竖木为簴。笋，同"笋"。簴为虡的俗字。也作"笋虡"。

③ 成汤：即商汤，商朝第一个帝王。盘盂：指商汤的《盘铭》。

④ "武王"二句：《大戴礼记·武王践阼》载，周武王曾作《户铭》《席四端铭》，以示谨戒。

⑤ 金人：铜像。

⑥ 欹（qī）器：古人将欹器置于座右作为警戒之物，以戒自满。革容：改变脸色。

译文

从前轩辕皇帝在车上、几案上刻上铭文，以提醒自己纠正过失，大禹在乐器架上刻上铭文，表示愿意接受别人的谏言，商汤王的《盘铭》，写着要"日新"的规戒，周武王的《户铭》《席四端铭》，题有必须自戒的教训，周公在铜像上的铭文中告诫说话要谨慎，孔子见到有警戒作用的欹器便肃然变容，可见先圣们重视鉴戒，由来已久了。铭，就是称述，观看器物必定要有所称述，如实称述审明作用，贵在谨慎德行。

原文

　　盖臧武仲之论铭也①，曰：天子令德②，诸侯计功，大夫称伐。夏铸九牧之金鼎③，周勒肃慎之楛矢④，令德之事也；吕望铭功于昆吾⑤，仲山镂绩于庸器⑥，计功之义也；魏颗纪勋于景钟⑦，孔悝表勤于卫鼎⑧，称伐之类也。若乃飞廉有石椁之锡⑨，灵公有夺里之谥⑩，铭发幽石，吁可怪矣。赵灵勒迹于番吾，秦昭刻博于华山⑪，夸诞示后，吁可笑也！详观众例，铭义见矣。

注释

① 臧武仲：鲁大夫臧武仲。

② 令：美。

③ 九牧：九州之长。金：指铸青铜器的铜、锡等金属。

④ 肃慎氏：古族名，在今黑龙江。

⑤ 吕望：即太公望吕尚，辅佐周武王建立周朝。昆吾：人名，善冶。

⑥ 仲山：仲山甫，周宣王的大臣，辅佐周宣王中兴有功。庸器：记功的铜器，此指窦宪所得之鼎。

⑦ 魏颗：春秋时晋国将领。景钟：指晋景公钟。

⑧ 孔悝（kuī）：春秋时卫国大夫。

⑨ 飞廉：也作"蜚廉"，秦的祖先。椁（guǒ）：外棺。锡：赐。

⑩ 谥（shì）：帝王贵族等死后据生前事迹所得的称号。

⑪ 博：古代一种棋局游戏。

译文

　　臧武仲曾经论铭说，对天子要称颂美德，对诸侯要记述功绩，对大夫要称道征伐之劳。夏禹用九州牧进贡的金属铸成九鼎，周朝在肃慎氏献上的楛木箭上刻字，这便是称颂美德；吕尚在昆吾冶炼的铜版上镂刻功劳，仲山甫在记功的器物上刻下功绩，这便是记述功绩；魏颗的功勋被刻在晋景公的钟上，孔悝的勤劳被铸在卫国的鼎上，这便是称说征伐之劳。至于飞廉掘地获得天赐的石制外棺，卫灵公从地下石制外棺上得到谥号，铭文见于地下石头，唉，真是可怪。赵武灵王在番吾山上刻留自己的游踪，秦昭王在华山上刻画棋局，用夸张荒诞来昭示后人，唉，实在可笑啊！详细观察这些例子，铭文的意义就体现出来了。

原文

　　至于始皇勒岳①，政暴而文泽，亦有疏通之美焉。若班固燕然之勒②，张昶华阴之碣③，序亦盛矣。蔡邕铭思④，独冠古今；桥公之钺⑤，吐纳典谟⑥；朱穆之鼎⑦，全成碑文，溺所长也⑧。至如敬通杂器⑨，准鑂武铭⑩，而事非其物，繁略违中。崔骃品物⑪，赞多戒少。李尤积篇⑫，义俭辞碎，蓍龟神物⑬，而居博弈之下⑭；衡斛嘉量⑮，而在臼杵之末：曾名品之未暇，何事理之能闲哉⑯！魏文九宝⑰，器利辞钝。唯张载《剑阁》⑱，其才清采，迅足駸駸⑲，后发前至，勒铭岷汉⑳，得其宜矣。

注释

① 始皇勒岳：指秦始皇曾在泰山、琅琊山等山岳刻石颂德。

② 班固燕然之勒：《后汉书·窦宪传》载，窦宪北征，大破匈奴北单于，登燕然山，刻石勒功，令班固作铭，即《封燕然山铭》。

③ 张昶（chǎng）：汉末文学家。华阴：指华山。碣（jié）：圆顶碑石。

④ 蔡邕：汉末学者、文学家，长于碑铭文。

⑤ 桥公：桥玄，汉末官僚。钺（yuè），一种似斧的兵器。

⑥ 吐纳：出入，此指模仿。典谟：指《尚书》，因《尚书》中有《尧典》《大禹谟》等。

⑦ 朱穆之鼎：指蔡邕歌颂朱穆的《鼎铭》。朱穆，东汉人。

⑧ 溺：陷。

⑨ 敬通：冯衍字敬通，东汉文学家。杂器：指冯衍的《刀阳铭》《刀阴铭》《杖铭》等作。

⑩ 准矱（huò）：以之为尺度。武铭：指周武王的《席四端铭》等。

⑪ 崔骃（yīn）：东汉文学家。品物：指崔骃的《刀剑铭》《扇铭》等作。

⑫ 李尤：东汉文学家。积篇：指李尤所作众铭文。

⑬ 蓍（shī）：占卦用的蓍草。龟：龟甲。

⑭ 博弈：古代的棋类游戏，指李尤《围棋铭》。

⑮ 衡：秤。斛（hú）：量器名，一斛十斗。嘉：美好，引申为重要。

⑯ 闲：即"娴"，熟悉。

⑰ 魏文：魏文帝曹丕。九宝：曹丕《典论·剑铭》中提到九种宝器，皆为刀、剑之类的利器。此指《剑铭》。

⑱ 张载：西晋文学家。《剑阁》：指张载的《剑阁铭》，剑阁是山名，在今四川。

⑲ 駸駸（qīn）：马跑得快的样子。

⑳ 岷汉：岷山和汉水，此指剑阁山，因其属于岷山山脉的分支，在汉水之南。

译文

到秦始皇刻石山岳，秦政暴虐而文字却有光泽，也有通顺畅达之美。像班固的《封燕然山铭》，张昶的《西岳华山堂阙碑铭》，序也写得美盛。蔡邕的铭文创作，可称古今第一，赞美桥玄的《黄钺铭》，文辞效法《尚书》；歌颂朱穆的《鼎铭》，却完全写成了散体碑文，这是他擅长碑文而不觉陷入其中的缘故。至于像冯衍各类杂器铭，以周武王的铭文为准则，但铭文内容同所写器物有时不相称，详略也不得当。崔骃品评器物的铭，赞美多而鉴戒少。李尤的许多铭文，意义贫乏而文辞琐碎，蓍草龟甲是卜筮用的神灵之物，却列于博具围棋之下；秤和斛是重要的衡量器具，却放在杵臼的后面：连器物的名称品第都未及考虑，怎么谈得上熟知事物之理呢！曹丕写九种宝物的《剑铭》，所写之器锋利而文辞显得钝拙。只有张载的《剑阁铭》，显得文才清丽，犹如快马驰骋，后来居上，把这篇铭文刻在岷山汉水之间，那是很合适的。

原文

　　箴者①，针也，所以攻疾防患，喻针石也。斯文之兴，盛于三代。夏、商二箴，余句颇存。及周之辛甲②，百官箴阙③，唯《虞箴》一篇④，体义备焉。迄至春秋，微而未绝，故魏绛讽君于后羿⑤，楚子训民于在勤⑥。战代已来，弃德务功，铭辞代兴，箴文萎绝。至扬雄稽古⑦，始范《虞箴》，作卿尹、州牧二十五篇⑧。及崔、胡补缀，总称《百官》⑨，指事配位⑩，鞶鉴可征⑪，可谓追清风于前古，攀辛甲于后代者也。

注释

① 箴（zhēn）：劝告，规戒。这里指文体。
② 辛甲：周文王的太史，原为商臣。
③ 箴阙：针砭过失。阙：过失。
④ 《虞箴》：即《虞人之箴》。虞：管理山泽苑囿的官。
⑤ 魏绛：晋国大夫魏绛。后羿：东夷首领，称与传说中射日之后羿，并非一人。
⑥ 楚子：指楚庄王。楚国最早的君主，被周朝封为子爵，故称为"楚子"。
⑦ 扬雄：西汉末文学家。稽古：考古，此指摹拟古人。
⑧ 卿尹、州牧：都是官名。
⑨ 崔、胡：东汉崔骃、崔瑗父子和胡广。
⑩ 事：规戒的内容。位：官位。
⑪ 鞶（pán）：皮做的束衣带。鉴：指衣带上装饰的铜镜。

译文

　　箴，就是针刺，用来治病防患，这是用针石的治病作用来作比喻。这种文体兴盛于夏、商、周三代。夏、商二代的箴文，

铭箴 第十一

79

只保存了一些残句。到周代的辛甲，命令百官作箴以纠正王的过失，其中只有《虞人之箴》这篇，体制和本义都还完备。到了春秋时代，箴文衰落但未断绝，所以魏绛用后羿之事来讽谏晋君，楚王用"民生在勤"的话训示国人。战国以来，鄙弃道德务求功利，铭文代替箴文兴盛起来，而箴文萎缩几乎绝迹。到扬雄摹拟古人作品，开始效法《虞人之箴》，写了卿尹、州牧等《官箴》二十五篇。到崔骃父子和胡广等人又分别补写，总称《百官箴》，根据不同的官位配上相应的规戒内容，就如衣带上的镜子那样可以用作借鉴，真可说是追随古人的清明之风，效法辛甲的后起之秀了。

原文

至于潘勖《符节》①，要而失浅；温峤《侍臣》②，博而患繁；王济《国子》③，引多而事寡；潘尼《乘舆》④，义正而体芜：凡斯继作，鲜有克衷⑤。至于王朗《杂箴》⑥，乃置巾履⑦，得其戒慎，而失其所施，观其约文举要，宪章武铭⑧，而水火井灶，繁辞不已，志有偏也。

注释

① 潘勖（xù）：东汉末人。《符节箴》：今不存。
② 温峤：东晋人，作有《侍臣箴》。
③ 王济：西晋人，作有《国子箴》。
④ 潘尼：西晋人，作有《乘舆箴》。
⑤ 克：能。衷：恰当。
⑥ 王朗：三国时魏国人。
⑦ 巾、履：王朗《杂箴》有《巾箴》《覆箴》等。
⑧ 宪章：效法。武铭：周武王的铭。

译文

至于潘勖的《符节箴》，扼要而失于浮浅；温峤的《侍臣箴》，广博但嫌繁杂；王济的《国子箴》，引用多而内容少；潘尼的《乘舆箴》，意义正确但体式芜杂；所有这些继起之作，很少有能够恰到好处的。至于王朗的《杂箴》，竟然写了《巾箴》《履箴》，规戒谨慎之意虽然有了，但施用在头巾、鞋子上却不妥，看这些作品文辞简要，是学习周武王的铭文的，但只讲水火井灶之类，啰嗦不已，把写箴文的目的意义搞偏了。

原文

夫箴诵于官①，铭题于器，名用虽异，而警戒实同。箴全御过②，故文资确切；铭兼褒赞，故体贵弘润③。其取事也必核以辨④，其摘文也必

简而深⑤，此其大要也。然矢言之道盖阙⑥，庸器之制久沦⑦，所以箴铭寡用，罕施后代。惟秉文君子⑧，宜酌其远大焉。

注释

① 诵：讽诵。

② 御过：抵御、防止过失。

③ 弘润：弘博温润。陆机《文赋》有"铭博约而温润"之说。

④ 核：核实。辨：辨明。

⑤ 摛（chī）：发布。

⑥ 矢言：直言。阙：缺。

⑦ 庸器：记功的铜器。庸，功。

⑧ 秉文：写作。秉，持。

译文

　　箴是官员用来诵读讽谏君主的，铭是题于器物上的，名称和用法虽然不同，但警戒作用实际上是相同的。箴完全用于防止过失，所以文辞依赖准确切实；铭兼有褒扬赞美，所以体制贵在弘大润泽。这两种文章所讲的事情必须核实辨明，所用的文辞必须简练深远，这是它们的大致要求。然而说直话的风气不再流行，用器物记功的制度也久已不存，所以箴和铭变得作用有限，很少为后代所使用了。只是写作文章的君子，应该酌取铭文和箴文的远大作用。

原文

　　赞曰：铭实器表，箴惟德轨。有佩于言①，无鉴于水②。秉兹贞厉③，敬乎言履④。义典则弘，文约为美。

注释

① 佩：铭佩，感念不忘。

② 无鉴于水：语出《书经·酒诰》："人无于水监，当于民监"。

③ 贞：正。厉：勉励。

④ 言履：言语和行动。

译文

　　赞词说：铭是器物的表记，箴是德行的轨范。牢记铭箴中的警戒之言，要以警戒之言为镜，而不要以水为镜只照见形貌。秉持这种正直的勉励，警惕自己的举止行为。铭箴取义典正，作用就大，文辞则以简约为美。

诔碑 第十二

题解

《诔碑》主要讲了"诔"和"碑"这两种文体。诔文是临丧时列举死者德行的文章。碑是石碑，碑文就是刻在石碑上的文章，主要指刻在石碑上记载、歌颂死者功德的文章。本篇首先讲诔的定义、源流和发展情况。先指出诔为陈述死者德行之文，接着列举先秦至魏晋时代不少作家作品，对长于诔文的潘岳，评述较为具体。之后讲诔文的体制特色和写作要求，认为它叙述死者德行，体制像传记；其文辞运用韵语，又似颂，具有艺术感染力。它既表现死者的德行，又抒发了致诔者的哀伤。其次讲碑的定义、产生和发展情况。先指出碑为刻在石碑上的文辞。接着指出后代碑文用于叙述、称颂死者。于众多作家作品中，刘勰特别称道长于碑文的蔡邕的碑文"叙事该而要，缀采雅而泽"。之后提出碑文的体制特色和写作要求，指出碑文前边的序（散文）性质是传记，后边的韵语则是铭文。它应当充分写出死者美好崇高的德行和功业。

原文

周世盛德，有铭诔之文①。大夫之材，临丧能诔。诔者，累也，累其德行，旌之不朽也②。夏、商已前，其词靡闻。周虽有诔，未被于士③。又贱不诔贵，幼不诔长，其在万乘④，则称天以诔之。读诔定谥⑤，其节文大矣⑥。自鲁庄战乘丘，始及于士⑦。逮尼父之卒，哀公作诔⑧，观其慭遗之辞⑨，呜呼之叹，虽非睿作⑩，古式存焉。至柳妻之诔惠子⑪，则辞哀而韵长矣。

注释

① 诔（lěi）：一种哀祭文体，主要表彰死者德行并致哀悼。

② 旌：表彰。

③ 被：加，及。士：先秦时最低级的贵族阶层，位于卿、大夫之下，庶人之上。

④ 万乘（shèng）：一万辆兵车。此指帝王。乘，四马一车为一乘。

⑤ 谥（shì）：帝王贵族和官僚死后表示褒贬的称号。

⑥ 节文：礼节仪式。

⑦ 鲁庄：鲁庄公。

⑧ "逮尼父"二句：《左传·哀公十六年》载，孔子去世后，鲁哀公曾作诔哀悼。

⑨ 愸（yìn）遗之辞：鲁哀公的诔词中有"昊天不吊不愸遗一老"句。愸，宁愿。遗，留下。

⑩ 睿（ruì）：明智。

⑪ 惠子：即柳下惠，春秋鲁国人，即展禽，因居柳下，谥号为惠。

译文

　　周朝有盛大的德泽，产生了铭诔之文。大夫的才干，要求遇有丧事能写出诔文。诔，就是累计，累计死者的德行，加以表彰而使他不朽。夏朝、商朝以前，诔辞尚未听说。周朝虽有诔文，但还没有用在士人身上。另外地位低的不能给高的作诔，小辈也不能给长辈作诔，如果天子死了，只能以上天的名义作诔。宣读诔文、确定谥号，这在礼节仪式上是很重要的。自从鲁庄公在乘丘战败，诔文这才用于士人。到孔子去世，鲁哀公为他作诔，看其中"上天不愿遗留下这位老人"的话，以及"鸣呼哀哉"的悲叹，虽说算不上杰作，但古代诔文的格式还保存着。到柳下惠的妻子为他作诔，就文辞悲哀而韵味悠长了。

原文

暨乎汉世，承流而作。扬雄之诔元后①，文实烦秽，"沙麓"撮其要，而挚疑成篇②，安有累德述尊，而阔略四句乎！杜笃之诔③，有誉前代。《吴诔》虽工，而他篇颇疏，岂以见称光武而顾盼千金哉④？傅毅所制⑤，文体伦序⑥，孝山、崔瑷⑦，辨洁相参，观其序事如传，辞靡律调，固诔之才也。潘岳构意⑧，专师孝山，巧于序悲，易入新切，所以隔代相望，能徽厥声者也⑨。至如崔骃《诔赵》⑩，刘陶《诔黄》⑪，并得宪章⑫，工在简要。陈思叨名⑬，而体实繁缓，《文皇诔》末⑭，百言自陈，其乖甚矣。

注释

① 元后：西汉元帝皇后。
② 沙麓：地名，元后出生的地方。挚：指挚虞。
③ 杜笃：东汉文学家。曾作《大司马吴汉诔》，为光武帝所称赏。
④ 顾盼千金：意谓因光武称美而价值千金。
⑤ 傅毅：东汉文学家，作有《明帝诔》。
⑥ 伦序：伦次，有次序。
⑦ 孝山：东汉文学家苏顺的字。崔瑷：东汉文学家。两人都作有《和帝诔》。
⑧ 潘岳：西晋文学家，作有《皇女诔》。
⑨ 厥：其。声：名。
⑩ 崔骃：东汉文学家。《诔赵》：给姓赵者所作的诔文。
⑪ 刘陶：东汉文学家。《诔黄》：给姓黄者所作的诔文。
⑫ 宪章：法度。
⑬ 叨（tāo）名：不该得而得的名声。
⑭ 《文皇诔》：即曹植的《文帝诔》。

译文

到了汉代，继续沿着前代诔文的发展趋势进行创作。扬雄作的《元后诔》，文辞实际上繁杂芜秽，"沙麓"等句不过是撮举大要而已，但挚虞却误以为是全文，哪有累计德行记述尊荣，却疏阔简略到只有四句的呢！杜笃的诔文，在前代很有声誉。他的《吴汉诔》虽然工致，但其他诔文颇为粗疏，怎能因光武帝曾称赞他的《吴汉诔》而使所有作品都身价百倍呢？傅毅所作的诔，文辞体式整齐有序，苏顺、崔瑷的诔，明辨简洁相结合，看他们的诔文叙事如传记，文辞细腻、音律协调，确实是写诔的高手。潘岳作诔的构思，专学苏顺，巧于叙述悲情，容易显得新颖恳切，所以和苏顺隔代相望，能够获得美好的名声。至于像崔骃的《诔赵》文，刘陶的《诔黄》文，都能得诔文的法度，好在简明扼要。曹植的诔空有虚名，体制实在繁冗松缓，《文帝诔》的最后，竟用百余字述说自己，背离了诔文的意义和要求。

原文

　　若夫殷臣咏汤，追褒《玄鸟》之祚①；周史歌文，上阐后稷之烈②。诔述祖宗，盖诗人之则也。至于序述哀情，则触类而长。傅毅之诔北海③，云"白日幽光，淮雨杳冥④"，始序致感⑤，遂为后式，影而效者⑥，弥取于工矣⑦。详夫诔之为制，盖选言录行，传体而颂文，荣始而哀终。论其人也，暧乎若可觌⑧；道其哀也，凄焉如可伤。此其旨也⑨。

注释

① 祚（zuò）：福祉。

② 史：掌典礼的史官。烈：功绩。

③ 北海：北海王刘兴。傅毅作有《北海王诔》。

④ 淮雨：暴雨。

⑤ 致：表达。

⑥ 影：如影子般地追随。

⑦ 弥：更加。

⑧ 暧（ài）：仿佛。觌（dí）：看见。

⑨ 旨：要旨。

译文

　　像那殷朝臣子歌颂商汤，在《玄鸟》诗中追颂上天赐给的福祉；周朝史官歌赞周文王，在《生民》诗中追念后稷的功业，可见列举陈述祖先的功德，是《诗经》作者的写法。至于叙写哀情，那就要受相关事物的刺激产生联想来加强抒情。傅毅在其《北海王诔》说"日光变得暗淡，暴雨一片昏暗"，一开始叙述便表达哀情，于是便成了后世仿效的模式，那些追随效法的，就越来越工巧了。细究诔的体制，大致是选录死者的言论、记述死者的德行，体裁像史传，文辞又像颂，以称颂死者开端，用表达作者哀悼结尾。诔文在论及死者的为人时，要令人仿佛能看见他；在表示作者的哀惋时，要情辞凄怆令人伤感。这就是诔文的写作要领。

原文

　　碑者，埤也①。上古帝王，纪号封禅②，树石埤岳，故曰碑也。周穆纪迹于弇山之石③，亦古碑之意也。又宗庙有碑，树之两楹④，事止丽牲⑤，未勒勋绩，而庸器渐缺⑥，故后代用碑，以石代金，同乎不朽，自庙徂坟⑦，犹封墓也⑧。自后汉以来，碑碣云起⑨，才锋所断⑩，莫高蔡邕⑪。观《杨赐》之碑⑫，骨鲠训典；《陈》《郭》二文，词无择言⑬；《周》

《胡》众碑，莫非清允⑭。其叙事也该而要，其缀采也雅而泽⑮；清词转而不穷，巧义出而卓立；察其为才，自然至矣。孔融所创⑯，有慕伯喈⑰，《张》《陈》两文，辨给足采⑱，亦其亚也。及孙绰为文⑲，志在于碑，《温》《王》《郗》《庾》⑳，辞多枝杂，《桓彝》一篇，最为辨裁矣㉑。

注释

① 埤（pí）：增加。

② 纪：记功绩。号：告。封：筑坛祭天。禅：辟基祭地。

③ 弇（yǎn）山：即崦嵫（yān zī）山，古代神话中的日没之处。

④ 楹：厅堂前部的柱子。

⑤ 丽：附着，此指拴系。

⑥ 庸器：古代用以记功的铜器。后文的"金"字亦指铜器。

⑦ 徂（cú）：往。

⑧ 封墓：在墓地上堆土加高。

⑨ 碣（jié）：圆顶的石碑。

⑩ 断：绝，承"锋"而言，此引申为达到。

⑪ 蔡邕：汉末文学家，擅长碑文。

⑫ 《杨赐》：指《太尉杨赐碑》。训典：指《尚书》，因《尚书》中有《尧典》《伊训》等篇。

⑬ 《陈》《郭》：指《陈寔碑》《郭泰碑》。择：失当。

⑭ 《周》《胡》：指《汝南周勰碑》《太傅胡广碑》。清允：清晰恰当。

⑮ 缀采：构成辞采。缀，连结。

⑯ 孔融：汉末文学家。

⑰ 伯喈：蔡邕字。

⑱ 《张》《陈》：指《张俭碑》《陈义碑》，后者已佚。辨给：便捷巧慧，善于言辞。

⑲ 孙绰：东晋文人。

⑳ 《温》：《温峤碑》。《王》：《王导碑》。《郗》：《郗鉴碑》。《庾》：《庾亮碑》。

㉑《桓彝》：《桓彝碑》。桓彝，晋明帝时官散骑常侍。辨：明辨简洁。

译文

　　碑，就是"埤"的意思，也就是增加。上古帝王记其功绩告于天地，进行祭天地的封禅仪式，竖立石刻加于山岳之上，所以叫作碑。周穆王在弇山石上记下他的行迹，也是古代碑的意思了。另外宗庙也有碑，树立在东西两柱之间，只是用于祭祀前系牲口，不在上面刻功绩，因为记功的铜器渐渐不用，所以后代就用石碑记功，以石碑代替铜器，同样可以不朽，从用于宗庙到用于坟墓，好像堆土加高了墓地。自从东汉以来，方顶和圆顶的石碑大量涌现，然众多作者的才华所及，却没有超过蔡邕的。看蔡邕的《太尉杨赐碑》，学习《尚书》训典中的刚健词句作为碑文的骨干；《陈寔》《郭泰》二篇碑文，用词没有不当之处；《汝南周勰》《太傅胡广》等碑文，无不精要允当。蔡邕的碑文叙事全面而扼要，措辞典雅而润泽；清丽的词句流转不尽，巧妙的文意突出特立；考察他写碑文的才能，是自然而来的。孔融所作的碑文，摹拟蔡邕的有《卫尉张俭碑铭》《陈义碑》两篇，巧于言辞，文采丰富，也可称是仅次于蔡邕的碑文了。到孙绰作文，有志于碑文的写作，《温峤碑》《王导碑》《郗鉴碑》《庾亮碑》，文辞大多枝蔓芜杂，只有《桓彝碑》一篇，最为明辨简洁而裁剪得当。

原文

> 　　夫属碑之体①，资乎史才②，其序则传，其文则铭。标序盛德③，必见清风之华；昭纪鸿懿④，必见峻伟之烈⑤，此碑之制也。夫碑实铭器，铭实碑文，因器立名，事先于诔，是以勒器赞勋者，入铭之域；树碑述亡者，同诔之区焉。

注释

① 属：连缀，此指创作。
② 资：依靠。
③ 标：突出。
④ 昭：明。鸿：大。懿：美。
⑤ 峻：高。烈：功业。

译文

　　碑文的写作，要有史家的才能，它前面叙事像史传，而后面韵语像铭文。突出地叙述死者盛大的德行，必定要显示出他清明风范的精华；明白地记述死者宏大的美质，一定要体现出他崇高宏伟的功勋，这是碑文的基本写作要求。碑其实是刻铭之器，铭其实是碑的文辞，碑这一文体之名，是因石碑这个器物的出现而确立的，碑的产生先于诔，所以刻石赞颂功勋的，就归入铭文的范围；立碑叙述死者的，就属于诔文的区域。

原文

赞曰：写实追虚，诔碑以立①。铭德纂行，文采允集②。观风似面，听辞如泣。石墨镌华，颓影岂戢③？

注释

① 实：指死者的生平事迹。虚：指死者的精神风貌。
② 纂：编写。允：信，确实。
③ 镌：刻。颓影：指死者留下的影像。戢（jí）：消失。

译文

赞词说：叙述死者的事迹，追怀死者的风貌，诔文碑文由此而生。刻下功德，编写言行，文采确实集中。观看文章的风采就像亲睹容貌，阅读作品的文辞仿佛耳闻哀泣。墨写石刻美好的文辞，死者的形象怎会消失呢？

哀吊 第十三

题解

　　《哀吊》的"哀"和"吊"都是文体的名称，都是对不幸死亡和遭遇灾祸表示哀悼慰问的文体。哀辞多用于对夭折者的哀悼，吊文主要用于对古人的悼念。本篇首先讲"哀"的含义、应用和发展情况。先指出哀辞为对夭折者的悼伤之文。接着论述哀辞的源流，对汉、魏、晋的作家作品进行评价。指出哀辞既是表现对夭折者的哀伤，故其内容、措辞应注意分寸。强调应根据思想情感而撰文，而不应首先追求文辞之藻丽，形成华侈之风。其次讲"吊"的含义及其发展状况。先说明"吊"为因对方有灾难不幸，用言辞吊悼，可以对人，也可对事。接着评述两汉魏晋的作家作品，对贾谊的《吊屈原文》评价特高，誉为事核、辞清准。在写作上，对于过分华靡、形同赋体的作品，表示不满。强调要对前人做具体的分析，再予以赞扬和批评，从而起到发扬封建道德和警戒的作用。

原文

　　赋宪之谥①，短折曰哀②。哀者，依也，悲实依心，故曰哀也。以辞遣哀，盖下流之悼③，故不在黄发④，必施夭昏⑤。昔三良殉秦⑥，百夫莫赎⑦，事均夭枉⑧，《黄鸟》赋哀，抑亦诗人之哀辞乎⑨！暨汉武封禅，而霍嬗暴亡⑩，帝伤而作诗⑪，亦哀辞之类矣。降及后汉，汝阳主亡⑫，崔瑗哀辞⑬，始变前式。然"履突鬼门"，怪而不辞⑭，"驾龙乘云"，仙而不哀。又卒章五言，颇似歌谣，亦仿佛乎汉武也⑮。

注释

① 赋：布。宪：法。谥（shì）：原指帝王贵族死后表示褒贬的称号。此指《逸周书·谥法》。

② 短折：短命而死。

③ 下流：年幼的人。

④ 黄发：老人。

⑤ 夭昏：夭折。昏，生下不满三月而死名为昏。

⑥ "昔三良"句：秦穆公死后，将子车氏的三个儿子奄息、仲行、铖（qián）虎殉葬。

⑦ 百夫莫赎：《诗经·秦风·黄鸟》哀伤子车氏三子"如可赎兮，人百其身"。

⑧ 夭枉：因冤屈而夭折。枉，冤屈。

⑨《黄鸟》：指《诗经·秦风·黄鸟》。抑：句首语助词。诗人：指《诗经》作者。

⑩ 霍嬗（shàn）：西汉武帝时人，霍去病之子，死时尚年轻。

⑪ 帝伤而作诗：据类书引《汉武帝集》，汉武帝曾"自作歌诗"哀悼霍嬗，诗已佚。

⑫ 汝阳主：汝阳公主。

⑬ 崔瑗（yuàn）：东汉文学家。

⑭ 不辞：不讲究文辞，或不足以为文辞，引申为不合情理。

⑮ 汉武：汉武帝。

译文

《逸周书·谥法》中把短命夭折的叫作哀。哀，就是"依"的意思，悲情之情依附于心灵，所以叫作哀。用文辞抒发哀情，因为悼念的是年幼的人，所以不用于老人，必定用于夭折的人。从前，子车氏的三位优秀的年轻人为秦穆公殉葬，即使用一百个人也赎不回他们，他们的死和夭折枉死相同，《诗经·秦风·黄鸟》抒发了对他们的哀悼之情，这也许是《诗经》作者所写的哀辞了！到汉武帝时封禅，随从的霍嬗暴病而死，武帝哀伤而作歌诗，也属于哀辞一类的作品。到了东汉，汝阳公主死了，崔瑗作了哀辞，这才改变以前的格式，但其中说死者"脚步突入鬼门"，怪诞不通，"驾着龙乘着云"，像是入了仙境而不觉有哀。此外最后一段用了五言句式，很像歌谣，也有点像汉武帝悼霍嬗的歌诗。

原文

至于苏顺、张升①，并述哀文，虽发其情华，而未极其心实。建安哀辞，惟伟长差善②，《行女》一篇，时有恻怛③。及潘岳继作④，实钟其美⑤。观其虑赡辞变⑥，情洞悲苦，叙事如传，结言摹《诗》，促节四言，鲜有缓句，故能义直而文婉，体旧而趋新，《金鹿》《泽兰》⑦，莫之或继也。

注释

① 苏顺、张升：均为东汉文学家。

② 伟长：徐幹的字。差：尚，略。

③《行女》：指徐幹的《行女哀辞》，已佚。恻怛（dá）：悲痛，忧伤。

④潘岳：西晋文学家。

⑤钟：聚。

⑥赡：周密。

⑦《金鹿》《泽兰》：指潘岳的《金鹿哀辞》《为任子咸妻作孤女泽兰哀辞》。

译文

　　说到苏顺、张升，他们都写过哀文，虽然显示了哀情和才华，但未能表现出内心的真情实感。汉末建安时期的哀辞，只有徐幹写得略好，他的《行女哀辞》一篇，常常显出哀痛之情。到潘岳的继起之作，确实集中了哀辞写作的优点。看他的哀辞构思周密，文辞多变，情感深沉悲苦，叙事如同传记，遣辞摹拟《诗经》，用音节短促的四言句式，很少有和缓的句子，所以能够意义正直、文辞婉转，体式虽旧但情趣新颖，他的《金鹿哀辞》《泽兰哀辞》，后代无人能及。

原文

　　原夫哀辞大体①，情主于痛伤，而辞穷乎爱惜。幼未成德，故誉止于察惠②；弱不胜务③，故悼加乎肤色。隐心而结文则事惬④，观文而属心则体奢⑤。奢体为辞，则虽丽不哀；必使情往会悲，文来引泣，乃其贵耳⑥。

注释

①原夫：考查，推究。

②成德：成就功德。察惠：聪明智慧。

③务：事务。

④隐：痛。结文：结撰成文。惬（qiè）：惬当。

⑤观文：观赏、玩弄文辞。属心：虚拟心情，即"为文而造情"。奢：浮夸。

⑥情往会悲：指感情的表达引起悲哀的共鸣。文来引泣：文辞表现出来的感情使人感到悲痛欲泣。

译文

　　推求哀辞写作的大致要求，所抒之情主要是悲痛哀伤，而措辞要尽量表达对死者的爱怜痛惜。年幼还未成就德行，所以称誉仅止于聪慧；弱小不曾胜任工作，所以对他的悼念只限于容貌。作者出于悲痛之心而作哀辞，那么文章便会写得恰当，为了追求文辞的观赏性而虚拟悲情，那么文风便会变得浮夸。以浮夸文风写出来的哀辞，虽然华美却不悲哀；必须使情感融入悲哀，文辞写出能令人悲泣，才是可贵的。

原文

　　吊者，至也。《诗》云"神之吊矣"①，言神之至也。君子令终定谥②，事极理哀，故宾之慰主，以至到为言也。压、溺乖道③，所以不吊。又宋水郑火，行人奉辞④，国灾民亡，故同吊也。及晋筑虒台⑤，齐袭燕城⑥，史赵、苏秦⑦，翻贺为吊，虐民构敌，亦亡之道。凡斯之例，吊之所设也。或骄贵而殒身，或狷忿以乖道⑧，或有志而无时，或美而兼累，追而慰之，并名为吊。

注释

① 神之吊矣：语出《诗经·小雅·天保》，意为神灵来到。
② 令终：寿终。定谥：确定死者的封号。
③ 压、溺：被压死、淹死，指非正常死亡，不是寿终。乖：违背。
④ 行人：外交使节。
⑤ 晋筑虒（sī）台：春秋时晋平公修建的虒祁（地名）之宫。
⑥ 齐袭燕城：齐宣王趁燕文公办丧事时攻取燕国十城。
⑦ 史赵：晋国太史。苏秦：战国时的纵横家，主张六国合纵抗秦。
⑧ 狷（juàn）忿：心胸狭窄而躁急易怒。乖：违背。

译文

　　吊，就是到。《诗经·小雅·天保》说"神之吊矣"，是说神来到了。君子寿终之后确定谥号，办理丧事至为悲哀，所以宾客的慰问丧主，便用"至到"为名。被压死、淹死等非正常的死亡，由于不合正常规律，所以不去哀吊。又宋国发大水、郑国遭火灾，各国的使节前往致辞慰问，因为国家遭灾人民死亡，所以使节的致辞慰问和哀吊性质相同。及至晋国筑起虒祁之宫，齐国袭取燕国城邑，史赵、苏秦变祝贺为哀吊，因为筑宫害民，袭燕树敌，也属亡国之道。凡是这些事例，都说明了吊辞的用处。有人因骄傲高贵而丧失性命，有人因躁急忿恨而违背正道，有人拥有远大志向但没有实现的机遇，有人行事显得有才却兼有某种缺点，追念他们并加以慰问，这些都称为吊。

原文

　　自贾谊浮湘，发愤吊屈①，体周而事核②，辞清而理哀，盖首出之作也。及相如之吊二世③，全为赋体，桓谭以为其言恻怆④，读者叹息；及卒章要切⑤，断而能悲也。扬雄吊屈⑥，思积功寡，意深反《骚》⑦，故辞韵沉膇⑧。班彪、蔡邕⑨，并敏于致诘，然影附贾氏，难为并驱耳。胡、阮之吊夷齐⑩，褒而无间⑪；仲宣所制⑫，讥呵实工⑬。然则胡、阮嘉

其清，王子伤其隘⑭，各其志也。祢衡之吊平子⑮，缛丽而轻清；陆机之吊魏武⑯，序巧而文繁。降斯已下，未有可称者矣。

注释

① 浮：渡。吊屈：指贾谊作《吊屈原文》。

② 体周：体式周备、完美。事核：叙事准确、翔实。

③ 相如：司马相如。二世：秦二世胡亥。

④ 桓谭：东汉初学者。恻怆：悲伤。

⑤ 要：扼要。切：切合实际。

⑥ 扬雄吊屈：扬雄曾作《反离骚》吊屈原。

⑦ 意深反《骚》：指扬雄作《反离骚》有意和屈原《离骚》相反。

⑧ 沉膇（zhuì）：指板滞不流畅。沉，沉溺，湿病。膇，脚肿。

⑨ 班彪：东汉文学家。蔡邕：东汉末文学家。

⑩ 胡：胡广，东汉人。阮：阮瑀，东汉文学家。夷齐：伯夷、叔齐。

⑪ 间：批评，非难。

⑫ 仲宣所制：指王粲作《吊夷齐文》。仲宣：王粲字。

⑬ 讥呵（hē）：讥刺。

⑭ 王子：指王粲。隘（ài）：狭隘。

⑮ 祢（mí）衡：汉末文学家。

⑯ 陆机：西晋文学家，有《吊魏武帝文》。魏武：魏武帝曹操。

译文

　　自从贾谊渡湘水时，有所感而激愤地作的《吊屈原文》，体式周备、事情核实，文辞清新而情理悲哀，是最早写作的吊文了。到了司马相如吊秦二世，用的全是赋体，桓谭认为它的语言写得悲伤，读来令人叹惜；最后部分写得扼要切实，能作出评断而能使人哀伤。扬雄吊屈原而作《反离骚》，思索多而效果不大，用意深刻有意与《离骚》观点相反，所以显得文辞音韵板滞凝重。班彪的《悼离骚》、蔡邕的《吊屈原文》，都长于提出责问，但都跟在贾谊后面，难以和他并驾齐驱。胡广的《吊夷齐文》、阮瑀的《吊伯夷文》，对伯夷、叔齐只有称赞没有批评；王粲所作的《吊夷齐文》，讥刺部分写得很好。那么胡广、阮瑀赞许伯夷、叔齐的清高，王粲则伤悼他们的狭隘，也是各有各的志趣。祢衡的《吊张衡文》，文采富丽笔调清新；陆机的《吊魏武帝文》，序写得工巧但吊词繁复。自此以下，就没有可以称道的吊文了。

原文

　　夫吊虽古义，而华辞末造①。华过韵缓②，则化而为赋。固宜正义以绳理③，昭德而塞违④，剖析褒贬，哀而有正，则无夺伦矣⑤。

注释

① 末：末世，指后代。造：制。

② 过：过分。

③ 绳：按一定的标准衡量。

④ 昭：显扬。塞：防止。违：过失。

⑤ 夺：违反。伦：理，此指吊文的写作要求。

译文

吊的意义虽然古老，但华丽的吊辞却是后代出现的。华丽过分、情韵和缓，就演化成赋了。所以本应端正意义，以事理为准绳，显扬德行、防止过失，有所分析并加以褒贬，情感悲哀而有正确的意义，这样就不会违反吊文写作的要求了。

原文

> 赞曰：辞之所哀，在彼弱弄①。苗而不秀，自古斯恸②。虽有通才，迷方失控③。千载可伤，寓言以送④。

注释

① 弱弄：指柔弱好玩的儿童。

② 秀：开花结实。恸（tòng）：极度哀痛。

③ 方：方向。控：控制。

④ 寓：寄寓。送：追吊。

译文

赞词说：哀辞所哀伤的，在于夭折的孩子。夭折的人如幼苗不能开花结实，自古以来都为此而悲痛。有些人虽然有全才，但迷失方向失去控制。这是千古可悲伤的事，所以用吊文来表示哀悼。

杂文 第十四

题解

　　《杂文》的"杂"，是纷杂、众多之意；文，即文章。本篇主要论述了两汉、魏晋期间出现的三种杂体文学作品，即"对问""七发""连珠"。本篇首先说明"对问""七发""连珠"三种文体，分别由宋玉、枚乘、扬雄三人创始，兼及此三文特色，指出它们都是作者闲乐时所为。论述"对问"体，列举两汉魏晋各家的作品，有所褒贬，结尾指出该体是作者发愤表志之作，写作上须表现出高深的情志和光艳的文采。论述"七发"体，评价了两汉魏晋的作品。其中赞美枚乘《七发》"独拔而伟丽"，又批评这类作品往往"先骋郑卫之声"，实际是不满它们流于淫丽。论述"连珠"体，对汉魏时杜笃等四家拟作都致不满，而独肯定陆机的制作。后面指出该体应写得义明词净，事圆音泽。其次是附论，讲上述三种文体以外的其他杂文名目。

原文

　　智术之子①，博雅之人，藻溢于辞，辨盈乎气②。苑囿文情③，故日新殊致④。宋玉含才⑤，颇亦负俗⑥，始造《对问》⑦，以申其志，放怀寥廓⑧，气实使文⑨。及枚乘摛艳，首制《七发》⑩，腴辞云构⑪，夸丽风骇⑫。盖七窍所发⑬，发乎嗜欲，始邪末正⑭，所以戒膏粱之子也⑮。扬雄覃思文阁⑯，业深综述⑰，碎文琐语，肇为《连珠》⑱，其辞虽小而明润矣。凡此三者，文章之枝派⑲，暇豫之末造也⑳。

注释

① 术：学术，学问。
② 盈：充满。气：才气，气势。

95

③ 苑囿（yòu）：聚养禽兽、种植花木的地方。这里作动词，有集中、全面掌握之意。

④ 殊致：不同的情致。

⑤ 宋玉：战国末楚国文学家。含：怀有。

⑥ 负俗：为世俗所讥评。

⑦ 《对问》：即宋玉的《对楚王问》。

⑧ 放怀：畅抒胸怀。寥阔：旷远广阔。

⑨ 使：驱使，驾驭。

⑩ 枚乘：西汉初文学家。艳：指华美的文辞。《七发》：写吴客用音乐、美味、驰射、游观、打猎、观涛和要言妙道来启发有病的楚太子。

⑪ 腴：肥美，此喻文采之盛。云构：云集。

⑫ 夸丽：夸饰宏丽。风骇：如风之四起。骇，起。

⑬ 七窍：指人的眼、耳、口、鼻七孔。

⑭ 始邪：指上述七件事中的前几项嗜欲。末正：指最后以"要言妙道"讽谏"膏粱之子"。

⑮ 戒：警戒。膏粱之子：贵族子弟。膏粱，精美的食物。膏，肥肉。粱，精美的饭食。

⑯ 覃（tán）：深。文阁：指汉代藏典籍的天禄阁。

⑰ 综述：综合前人著作进行著述。

⑱ 肇：始。《连珠》：文章中把一系列的比喻连缀在一起，故曰"连珠"。

⑲ 枝派：细小的分支。枝，树的枝条。派，水的分流。

⑳ 暇豫：空闲娱乐。末造：末世，衰世。此处指文章中的末流。

译文

聪明有学问的人，博学高雅的人，藻采充溢于文辞，论辩饱含着气势。集中掌握写作要领，所以不断创新表现不同的情致。宋玉怀才，也很受世俗的讥评，他首先写了一篇《对楚王问》，用来申明自己的志向，畅抒广阔的胸怀，实在是才气驱遣着文辞。到枚乘铺陈辞藻，首创了《七发》，繁盛华美的文辞云集其中，夸饰宏丽犹如风之四起。人的七窍所表现出来的爱好，都由人的嗜好欲望引发，所以《七发》开始铺写不正当的嗜欲，最后归结到正当的道理，用来告诫贵族子弟。扬雄曾在天禄阁中潜心思索，深深致力于综述前人著作，而用短小琐碎的文辞，首创了《连珠》，文辞虽然短小，却明朗而又圆润。以上这三种文体，是文章的分支，闲暇娱乐的末流之作。

原文

　　自《对问》以后①，东方朔效而广之②，名为《客难》③，托古慰志④，疏而有辨⑤。扬雄《解嘲》⑥，杂以谐谑⑦，回环自释⑧，颇亦为工。班固《宾戏》⑨，含懿采之华；崔骃《达旨》⑩，吐典言之裁⑪；张衡《应间》⑫，密而兼雅；崔寔《答讥》⑬，整而微质⑭；蔡邕《释诲》⑮，体奥而文炳⑯；郭璞《客傲》⑰，情见而采蔚⑱：虽迭相祖述⑲，然属篇之高者也⑳。至于陈思《辩问》㉑，辞高而理疏；庾敳《客咨》㉒，意荣而文悴㉓。斯类甚众，无所取才矣。原夫兹文之设㉔，乃发愤以表志。身挫凭乎道胜㉕，时屯寄于情泰㉖，莫不渊岳其心㉗，麟凤其采㉘，此立体之大要也。

注释

① 《对问》：此处指宋玉《对楚王问》。

② 效：效法。广：推广。

③ 《客难》：指东方朔的《答客难》。

④ 慰志：自我慰谕。

⑤ 疏：通畅。辨：明辨。

⑥ 《解嘲》：扬雄借托有人嘲笑他官位低下，作《解嘲》以答。

⑦ 谐谑：诙谐戏谑。

⑧ 回环自释：指《解嘲》用战国和汉代、世乱和世治对比，反复解释。

⑨ 《宾戏》：指《答宾戏》。

⑩ 崔骃（yīn）：东汉文学家。《达旨》：写有人讥笑他太玄静，他回答自己"甘于谦退"。

⑪ 典言：雅正之言。裁：体制，此指作品。

⑫ 《应间（jiàn）》：东汉张衡的作品，回应离间之人。

⑬ 崔寔（shí）：东汉文学家。《答讥》：写有人讥笑他困穷，他以自甘贫困以避祸保节作答。

⑭ 整：齐整。质：质朴。

⑮ 《释诲》：针对对方的开导教诲作出解释。

⑯ 体奥：体式奥妙，指作者观点假借华颠胡老说出。炳：光明。

⑰ 郭璞：东晋文学家。《客傲》：写有人因郭璞无名位而傲然蔑视他，他以甘于隐沦笑答。

⑱ 见（xiàn）：同"现"。蔚：繁盛。

⑲ 迭：轮流。祖述：师法。

⑳ 属篇：创作。

㉑ 陈思：三国魏曹植。《辩问》：曹植所作，已佚。

㉒ 庾敳（ái）：西晋文学家。《客咨》：庾敳所作，已佚。

㉓ 荣：茂盛。悴：憔悴。

㉔ 原：推究。

㉕ 挫：遭受挫折。凭：依靠。

㉗ 渊岳其心：形容心胸开阔，如渊深山高。
㉘ 麟凤其采：形容文采像麒麟、凤凰般美丽可贵。

译文

  自从宋玉有《对楚王问》之后，东方朔又效法它而加以推广，他的作品名为《答客难》，借用古人来慰谕心志，写得通畅而明辨。扬雄的《解嘲》，夹杂着诙谐嘲谑，反复解释，很是工巧。班固的《答宾戏》，富有美好的辞采；崔骃的《达旨》，是发出雅正言辞的作品；张衡的《应间》，写得周密而又雅正；崔寔的《答讥》，齐整而略显质朴；蔡邕的《释诲》，体式奥妙而文辞显明；郭璞的《客傲》，情趣显露而文采丰富；这些作品虽然相继师法仿效前人，却是对问作品中成就高的。至于曹植的《辩问》，言辞高妙而情理疏略；庾敳的《客咨》，内容丰富而文采欠缺。这类作品极多，已没有什么可取的了。推究对文体的创设，是以抒发愤懑来表达志向。身遭挫折但依靠自守正道来战胜困苦，时世艰难仍寄托于心情的舒畅安泰，无不需要具有高山深渊般的宽广心胸，以及麒麟凤凰般美丽的文采，这是对问体写作的主要要求。

原文

  自《七发》以下，作者继踵①。观枚氏首唱，信独拔而伟丽矣②。及傅毅《七激》③，会清要之工④；崔骃《七依》⑤，入博雅之巧；张衡《七辩》，结采绵靡⑥；马融《七厉》⑦，植义纯正；陈思《七启》⑧，取美于宏壮；仲宣《七释》⑨，致辨于事理。自桓麟《七说》以下⑩，左思《七讽》以上⑪，枝附影从，十有余家。或文丽而义暌⑫，或理粹而辞驳⑬。观其大抵所归，莫不高谈宫馆，壮语畋猎⑭，穷瑰奇之服馔⑮，极蛊媚之声色⑯，甘意摇骨髓，艳辞洞魂识⑰。虽始之以淫侈，而终之以居正⑱，然讽一劝百⑲，势不自反。子云所谓"先骋郑卫之声，曲终而奏雅"者也⑳。唯《七厉》叙贤，归以儒道，虽文非拔群，而意实卓尔矣。

注释

① 继踵：紧随其后。踵：脚后跟。
② 信：的确。拔：特出，超出。
③ 傅毅：东汉文学家。《七激》：写玄通子以妙音、美味、驾驭、观猎、听歌、观舞和学道劝徒华公子放弃隐居。
④ 会：会合，引申为汇聚，集中。
⑤ 《七依》：写客人用美味、宴乐、打猎、音乐等七事劝公子振作。
⑥ 《七辩》：写有七人用七事来劝说隐居的无为先生。绵靡：绵密细致。

⑦ 马融：东汉文学家。《七厉》：已佚。

⑧ 《七启》：写镜机子用美食、美服等七事劝隐居的玄微子出山为官。

⑨ 仲宣：王粲字。《七释》：写大夫用七事启发隐居的潜虚丈人。

⑩ 桓麟：东汉文学家。《七说》：已佚。

⑪ 左思：西晋文学家。《七讽》：已佚。

⑫ 暌（kuí）：违反正道。

⑬ 粹：纯正。驳：杂。

⑭ 畋（tián）：打猎。

⑮ 穷：极尽。瑰：珍奇。服：服饰。馔（zhuàn）：饮食。

⑯ 极：极尽。蛊（gǔ）：惑。

⑰ 洞：深入。魂识：魂魄意识。

⑱ 居正：处于雅正之位。

⑲ 讽一劝百：为《汉书·司马相如传赞》引扬雄语。意谓讽谏少而劝诱多。

⑳ 子云：扬雄字。骋：犹纵情渲染。郑卫之声：儒家传统观念认为，郑卫两国的音乐淫靡不合雅正之道。雅：雅乐，此喻雅正之意。

译文

自从枚乘《七发》问世，仿照它而作的七体文接连不断。看枚乘首创的《七发》，确实是高超而又宏丽的作品了。到傅毅的《七激》，汇集了清丽简要的工巧；崔骃的《七依》，具有广博典雅的巧妙；张衡的《七辩》，组织辞采绵密细致；马融的《七厉》，写作立意纯粹正当；曹植的《七启》，显示了宏壮之美；王粲的《七释》，致力于辨明事理。在桓麟的《七说》以后，左思的《七讽》以前，其间的创作像枝叶附于树干，影子随着形体，有十多家。有的文采富丽而内容不正，有的义理纯粹但文辞驳杂。看这类文体的大致倾向，无不夸耀宫馆的美盛，侈言畋猎的壮观，穷尽服饰饮食的珍丽奇异，极写蛊惑媚人的音乐美色，诱惑的内容动人情志，艳丽的辞句深入人心。虽然以夸饰淫靡奢侈开端，最终归结到讽谏的正道上来，但讽谏作用极少而劝诱作用甚大，这种趋势已无法逆转。正如扬雄所说："先纵情渲染郑卫之声，曲调终结时才奏点雅乐。"只有《七厉》叙说贤明，归结到儒家正道上来，虽然文采不算出类拔萃，但意义实在超出众作之上了。

原文

　　自《连珠》以下①，拟者间出②。杜笃、贾逵之曹③，刘珍、潘勖之辈④，欲穿明珠⑤，多贯鱼目。可谓寿陵匍匐，非复邯郸之步⑥；里丑捧心，不关西施之颦矣⑦。唯士衡运思⑧，理新文敏，而裁章置句⑨，广于旧篇⑩，岂慕朱仲四寸之珰乎⑪？夫文小易周⑫，思闲可赡⑬。足使义明而词净，事圆而音泽，磊磊自转⑭，可称珠耳。

注释

① 《连珠》：此指扬雄首创的《连珠》。

② 拟：摹拟。间（jiàn）出：间或出现。

③ 杜笃：东汉文学家。贾逵：东汉学者。曹：辈。

④ 刘珍：东汉文学家。潘勖（xù）：东汉末文学家。

⑤ 欲穿明珠：指意欲创作"连珠"。

⑥ "可谓"二句：《庄子·秋水》中邯郸学步的典故。

⑦ "里丑"二句：《庄子·天运》中东施效颦故事。颦：皱眉。

⑧ 士衡：陆机的字。运思：运用文思，指陆机创作《演连珠》五十首。

⑨ 裁：剪裁，裁制。置：设置。

⑩ 广：扩大。旧篇：指以往的连珠作品。

⑪ 朱仲：传说中的仙人。珰：女子耳饰，此指珠。

⑫ 周：周密。

⑬ 闲：成熟。赡：丰富。

⑭ 磊磊：珠玉宝石聚集之貌，形容圆转的样子。

译文

　　自从扬雄作了《连珠》以后，摹拟的人接连不断。杜笃、贾逵之流，刘珍、潘勖之辈，想要把颗颗明珠穿连起来，结果串起来的多数是鱼目。正如寿陵少年匍匐而归，并没有学到邯郸的步法；同里丑女捧着心口，与西施皱眉之美完全相反。只有陆机构思的《演连珠》，说理新颖，文思敏捷，但所作在篇章、句子方面，比过去的作品篇幅扩大了，是不是羡慕朱仲直径四寸的大珠而这样做呢？连珠篇幅短小，容易写得周密，思考成熟，内容便会丰富。足以使意义明白而文辞洁净，事理圆通而音调润泽，圆转流动，才可称得上是连珠了。

原文

　　详夫汉来杂文，名号多品①：或典、诰、誓、问②，或览、略、篇、章③，或曲、操、弄、引④，或吟、讽、谣、咏⑤。总括其名，并归杂文之区；甄别其义⑥，各入讨论之域⑦。类聚有贯⑧，故不曲述也⑨。

注释

① 品：类。

② 典：五帝之书，谓之"典"。此处指记大事之文。诰：训诫勉励的文告。誓：军旅中告诫将士的言辞。问：策问，帝王询问臣下的文体。

③ 览：总览。略：大略、梗概。篇：篇章。章：乐章。一说为章表之章。

④ 曲：乐曲、歌曲，如《鼓吹曲》。操：琴曲的一种。弄：小曲。引：曲的一种。

⑤ 吟：歌吟，诗的一种。讽：有讽喻作用的诗。谣：歌谣。咏：歌的一种。

⑥ 甄别：鉴别。

⑦ 各入讨论之域：指上述各种文体，分别归入本书所论的相关文体的篇章之中。

⑧ 类聚：分类聚集。贯：条贯。

⑨ 曲：详尽。

译文

　　详细分析汉代以来的杂文，名目很多：有称典、诰、誓、问的，有称览、略、篇、章的，有称曲、操、弄、引的，有称吟、讽、谣、咏的。总括它们的名称，都可归入杂文的范围；鉴别它们的不同意论，各被归入相关文体中讨论。分类聚集条理贯通，所以不再详细论述。

原文

　　赞曰：伟矣前修，学坚才饱①。负文余力，飞靡弄巧②。枝辞攒映，嘒若参昴③。慕颦之徒，心焉祇搅④。

注释

① 前修：前贤，此处指前代文学家。

② 负文：从事各体文章创作。负：担负。余力：剩余精力。靡：华丽。

③ 攒（cuán）：聚集。嘒（huì）：明亮，也有微小意。参（shēn）昴（mǎo）：二星宿名。

④ 慕颦：效颦，指呆板地模仿前人而不成功者。搅：搅乱。

译文

　　赞词说：前代的作家真了不起啊。他们学问扎实、富有才华。担负着创作的重任，仍行有余力，飞扬辞藻，显示工巧。各体杂文如枝条丛聚交相辉映，又如参宿、昴宿，星虽小也各自发出光芒。那些羡慕这类作品之美而意图效颦的人，心意徒然被搅乱了。

谐 讔 第 十 五

题解

　　《谐讔》的"谐"和"讔"都是文体的名称。"谐"指谐辞，即笑话；"讔"指讔语，即谜语。本篇首先讲"谐"的意义、作用和价值，肯定那些有讽刺意义的作品，反对供人玩乐的作家作品。指出《史记·滑稽列传》中所载淳于髡等所作的谐辞，尽管文辞不雅，但意在讽谏，义旨规正。其后东方朔、枚皋所作的滑稽赋，就纯属游戏之辞。魏晋时代，谐辞盛行，也都是嘲戏取乐之作。其次讲"讔"及其发展为"谜"的意义、评论有关作家作品。指出讔语的特点是利用暗示、比喻等手法。接着肯定先秦时代的若干讔语，具有"兴治济身""弼违晓惑"的积极作用。到汉代东方朔的讔语，就全是游戏而无益规补了。魏代以来，以文字、品物为猜测对象的谜语盛行，但此类作品，虽有小巧，毕竟背离文学远大的功能。刘勰认为，谐辞讔语是俚俗不雅之作，但是这种文体不可废弃，因为它们可以表达百姓的怨怒，对统治者有一定的箴戒作用。

原文

　　芮良夫之诗云①："自有肺肠，俾民卒狂②。"夫心险如山，口壅若川③，怨怒之情不一，欢谑之言无方④。昔华元弃甲，城者发"睅目"之讴⑤；臧纥丧师，国人造"侏儒"之歌⑥：并嗤戏形貌⑦，内怨为俳也⑧。又"蚕蟹"鄙谚⑨，"狸首"淫哇⑩，苟可箴戒⑪，载于礼典⑫。故知谐辞讔言⑬，亦无弃矣。

注释

① 芮（ruì）良夫之诗：指《诗经·大雅·桑柔》。芮良夫，周朝卿士。

② 俾（bǐ）：使。卒：最终。狂：发狂，指人们最终被迫起来赶走暴虐的周厉王。

③ 壅（yōng）：堵。川：河。

④ 谑（xuè）：戏谑，嘲笑。方：定规。

⑤ 睅（hàn）目：歌谣的首句是"睅其目"，意谓瞪着大眼睛。讴：歌。

⑥ 臧纥（hé）：鲁国大夫。侏儒：指臧纥，因其身材矮小，故称为侏儒，也含有指责其无能
之意。

⑦ 嗤（chī）：讥笑。

⑧ 俳（pái）：嘲戏。

⑨ "蚕蟹"鄙谚：《礼记·檀弓下》载，鲁国成邑有人兄死不穿丧服，后听说孔子学生子皋性
至孝，要来成邑做长官，便穿上丧服以免受罚。人们作歌讽刺他，说蚕作茧要在筐内，但似
筐的蟹壳却不能为蚕作茧所用。兄死要服丧，但此人穿丧服是因为子皋的缘故。鄙谚：鄙俗
的谣谚。

⑩ 狸：野猫。淫：淫邪。哇：歌唱。

⑪ 苟：如果。箴戒：讥刺训戒。

⑫ 礼典：指《礼记》。

⑬ 谐辞：滑稽、戏笑之辞。谐，戏笑。讔（yǐn）言：隐语，如隐喻、谜语、歇后语等。

译文

　　芮良夫的诗中说："周厉王真是别具心肺肝肠，使得人民终于发狂。"心肠险恶得
像高山，而要堵住人们的口就像堵住河流一样，人们的怨恨愤怒之情不同，嘲笑讥刺
的话也就没有定规。从前华元弃甲而归，筑城的人唱出"瞪着大眼睛"的歌讥笑他；
臧纥兵败丧失军队，鲁国人便制作"侏儒"的歌讽刺他：这都是讥笑对方的形貌，内
心怨愤发为嘲讽的歌谣。还有用"蚕蟹"作比的粗鄙谣谚，用"狸首"发端的淫邪歌
唱，尚且可以用来讥刺训诫，就都记载在《礼记》里面。由此可知诙谐戏笑的言辞和
隐含深意的言辞，也都没有被抛弃。

原文

　　谐之言皆也①，辞浅会俗②，皆悦笑也。昔齐威酣乐，而淳于说甘
酒③；楚襄宴集，而宋玉赋《好色》④；意在微讽，有足观者。及优旃之
讽漆城⑤，优孟之谏葬马⑥，并谲辞饰说⑦，抑止昏暴。是以子长编史⑧，
列传《滑稽》⑨，以其辞虽倾回⑩，意归义正也。但本体不雅⑪，其流易
弊。于是东方、枚皋⑫，饣糟啜醨⑬，无所匡正⑭，而诋嫚媟弄⑮，故其自
称为赋，乃亦俳也，见视如倡⑯，亦有悔矣。

注释

① 皆：全，都。

② 会：适合。

③ 淳于髡（kūn）：战国齐威王时任大夫，以博学、滑稽、善辩著称。

④ 宋玉：战国楚文学家。《好色》：指《登徒子好色赋》，传为宋玉所作。

⑤ 优旃（zhān）：名叫旃的优人。优是宫中供君主戏谑的伶人。

⑥ 优孟：叫孟的优人。

⑦ 谲辞：诡诈之辞，指上述优旃、优孟听说的反话。

⑧ 子长编史：司马迁编撰《史记》。子长，司马迁字。

⑨ 滑（gǔ）稽：原是一种流酒器，能不断地转注吐酒，因此比喻机智善辩、言辞圆转流畅的人。

⑩ 辞：淳于髡、优旃、优孟等人的谐辞。倾回：倾斜不正。

⑪ 本体：指谐辞的固有体制。雅：雅正。

⑫ 东方：即东方朔。枚皋：西汉文学家。

⑬ 铺（bù）：吃。糟：酒糟。啜（chuò）：喝。醨（lí）：薄酒。

⑭ 匡：纠正。

⑮ 诋：毁谤，诬蔑。媟：轻侮。嫚（xiè）：不恭敬，不庄重。弄：戏耍。

⑯ 俳：嘲戏文。见：被。倡（chāng）：倡优，以乐舞戏谑为业的艺人。

译文

谐的含义是"皆"，它的文辞浅显适合世俗，大家听了都高兴发笑。从前齐威王喜欢整夜饮酒淫乐，淳于髡便机智地谈论酒量来讽谏他；楚襄王设宴集会，宋玉就作《登徒子好色赋》来劝勉他守德守礼；它们都意在隐微地讽谏，所以言辞有值得一看的。到优旃的讽刺秦二世油漆城墙，优孟的谏阻楚庄王厚葬爱马，都用诡诈曲折的方式修饰劝说之辞，以此阻止君主的昏庸和暴虐。所以司马迁编写《史记》，把它们写入《滑稽列传》，就是因为那些文辞虽然诡诈不正，用意却归于正途。只是这类谐辞本身体制不够雅正，它的发展容易产生弊端。因此东方朔、枚皋，寄身朝廷喝酒混吃，所作文辞毫无匡谏之意，只是一味讥笑不恭、轻侮戏谑，所以他们自己也说所作之赋其实是游戏文字，人也被轻视当作倡优看待，连自己也有些后悔了。

原文

　　至魏文因俳说以著《笑书》①，薛综凭宴会而发嘲调②，虽抃笑帷席③，而无益时用矣。然而懿文之士④，未免枉辔⑤；潘岳《丑妇》之属⑥，束晰《卖饼》之类⑦，尤而效之⑧，盖以百数。魏晋滑稽，盛相驱扇⑨。遂乃应场之鼻，方于盗削卵⑩；张华之形，比乎握舂杵⑪。曾是莠言⑫，有亏德音⑬，岂非溺者之妄笑⑭，胥靡之狂歌欤⑮？

注释

① 魏文：魏文帝曹丕。因：根据。《笑书》：不详，古籍中未见曹丕著笑书的记载。

② 嘲调：嘲笑。

③ 抃（biàn）：欢欣鼓掌。帷席：指宴席。

④ 懿文之士：善于为文之士。懿：美好。这里作动词，有擅长之意。

⑤ 枉辔（pèi）：枉道，绕道不走正路。辔，驾驭牲口的缰绳。

⑥ 潘岳：西晋文学家。《丑妇》：潘岳写《丑妇》的作品不传。

⑦ 束晰：西晋文学家。《卖饼》：指束晰的《饼赋》，其中有戏谑的描写。

⑧ 尤：过错，弊病。

⑨ 驱扇：推波助澜，形成风气。

⑩ "遂乃"二句：无考。大约是说把应场（yáng）的鼻子比作偷得的半个鸡蛋。

⑪ 张华：西晋文学家。握舂（chōng）杵：用手握着在石臼里捣谷的木质工具。

⑫ 曾：乃，是。莠（yǒu）言：坏话。

⑬ 德音：美好的声誉。

⑭ 溺者：落水者。

⑮ 胥靡：囚徒。

译文

　　到魏文帝曹丕根据戏话编成《笑书》，薛综在宴会上开玩笑，虽然能令在座的人鼓掌欢笑，却对时事毫无补益。然而那些喜好弄文的人，免不了要走到这条弯路上来；像潘岳的《丑妇》和束晰的《卖饼》之类，明知不对还要去仿效的，不下百余人。魏晋时代诙谐调笑的风气，极为流行。于是应场的鼻子，被比作偷来的半个蛋；张华的脑袋，被喻为捣谷的棒槌。都是些无聊的丑话，有损于作者的声名，创作这类谐辞，难道不是落水人的妄笑，被囚者的狂歌吗？

原文

谲者①，隐也，遁辞以隐意②，谲譬以指事也③。昔还社求拯于楚师，喻智井而称麦曲④；叔仪乞粮于鲁人，歌佩玉而呼庚癸⑤；伍举刺荆王以大鸟⑥，齐客讥薛公以海鱼⑦；庄姬托辞于龙尾⑧，臧文谬书于羊裘⑨：隐语之用，被于记传⑩，大者兴治济身⑪，其次弼违晓惑⑫。盖意生于权谲⑬，而事出于机急⑭，与夫谐辞，可相表里者也⑮。汉世《隐书》，十有八篇，歆、固编文，录之赋末⑯。昔楚庄、齐威，性好隐语。至东方曼倩⑰，尤巧辞述。但谬辞诋戏⑱，无益规补。

注释

① 谲（yǐn）：隐语，谜语。

② 遁辞：此指把真实意思隐藏起来而不直说。遁，逃避。

③ 谲（jué）譬：曲折的比喻。谲，谲诡，变化多端。

④ 还（xuán）社：即还无社，萧国大夫。拯：救。智（yuān）井：枯井。麦曲：用麦作的发酵剂。

⑤ 叔仪：即申叔仪，春秋时吴国大夫。庚癸：庚在西，代表谷；癸在北，代表水，都代指粮食。

⑥ 伍举：楚国大夫。荆王：楚王，指楚庄王。

⑦ 薛公：靖郭君，封于薛。

⑧ 庄姬：一说为庄侄。

⑨ 臧文：即臧文仲。谬书：写隐语。

⑩ 被：加，及，这里是记载于的意思。记传：指记载上述事实的《左传》《战国策》《史记》《列女传》等史籍。

⑪ 兴治：导致国家大治。治，有秩序。济身：有利于自身。济，有利。

⑫ 弼：改正。违：过失。晓：启发，使明白。惑：迷惑。

⑬ 权谲：权变诡诈。

⑭ 机急：机密紧急。

⑮ 表里：外和内。

⑯ 歆（xīn）、固编文：《汉书》的编著者是班固，《汉书·艺文志》是根据刘歆的《七略》编成的，录有《隐书》十八篇，所以说"歆、固编文"。

⑰ 东方曼倩：东方朔字曼倩。

⑱ 谬辞：即隐语。诋戏：嘲讽戏弄。

译文

谲，就是隐藏，用曲折的言辞把意思隐藏起来，用婉转的比喻来暗示事情。从前还无社向楚大夫求救，用"麦曲"等隐语暗示枯井中救人；申叔仪向鲁大夫讨粮，唱佩玉歌喊"庚癸"暗示自己缺粮；楚国伍举用不飞不鸣的大鸟讽刺楚庄王，齐国客人用失去海水的大鱼讥刺薛公；庄姬借龙无尾的言辞启发楚顷襄王，臧文仲在信中用隐

文心雕龙

语羊裘之类暗示鲁国国君：隐语的作用，记载在史籍之中，大的可以导致国家大治，或者有利于自身，其次可以纠正过失，使迷惑的人明白过来。隐语的用意产生于权变诡诈，而事情出于机密紧急，和那些谐辞，可以互为表里。汉代的《隐书》，有十八篇，刘歆、班固把它们著录在赋类之末。过去楚庄王、齐威王，生性喜好隐语。到了东方朔，更是巧于作隐语。只是用隐语嘲讽取笑，无益于规劝补救过失。

原文

自魏代以来，颇非俳优[①]，而君子嘲隐[②]，化为谜语。谜也者，回互其辞[③]，使昏迷也[④]。或体目文字[⑤]，或图象品物[⑥]，纤巧以弄思[⑦]，浅察以炫辞[⑧]。义欲婉而正[⑨]，辞欲隐而显。荀卿《蚕赋》[⑩]，已兆其体[⑪]。至魏文、陈思[⑫]，约而密之[⑬]。高贵乡公[⑭]，博举品物[⑮]，虽有小巧，用乖远大[⑯]。观夫古之为隐，理周要务[⑰]，岂为童稚之戏谑[⑱]，搏髀而抃笑哉[⑲]！然文辞之有谐隐，譬九流之有小说[⑳]，盖稗官所采[㉑]，以广视听[㉒]。若效而不已[㉓]，则髡、朔之入室[㉔]，旃、孟之石交乎[㉕]！

注释

① 非：非议，不赞成。

② 君子：指士大夫。嘲隐：嘲戏的隐语。

③ 回互：婉转变换。

④ 昏迷：迷惑费解。

⑤ 体目文字：分解文字为字谜。体，分解。目，辨识。

⑥ 图象品物：描摹事物。品物，事物。

⑦ 弄：卖弄。

⑧ 炫（xuàn）：夸耀。

⑨ 婉：曲折。

⑩ 荀卿：即荀子，尊称荀卿。《蚕赋》：《荀子·赋篇》中的一篇，描写蚕的形状功用，而不说是蚕，最后才点出是蚕，有点像谜语。这里用来代指全部赋作。

⑪ 兆：预示。

⑫ 魏文：魏文帝曹丕。陈思：三国魏曹植。

⑬ 约：简要。密：周密。

⑭ 高贵乡公：即曹髦，曹丕孙，封为高贵乡公。

⑮ 博举：广博地列举。

⑯ 乖：不合。远大：远大的作用。

⑰ 周：遍。要务：重要事务。

⑱ 童稚：儿童。

⑲ 搏髀（bì）：拍大腿。搏，拍。髀，大腿。

⑳ 九流之有小说：《汉书·艺文志》把先秦学说分为九个学派，即九流，分别为儒家、道家、墨家、名家、法家、阴阳家、纵横家、杂家、农家，九流之外还有稗官所采街谈巷语、道听途说的小说。

㉑ 稗（bài）官：小官。专给君王讲风俗故事，后来成为小说或小说家的代称。

㉒ 广：扩大。

㉓ 效：仿效。已：停止。

㉔ 髡（kūn）：淳于髡。朔：东方朔。入室：入室弟子，学得老师学问或精深技艺的学生。

㉕ 斿：优斿。孟：优孟。石交：金石之交，牢固的交情。

译文

　　从魏代以来，很是不满倡优，士大夫的嘲戏隐语便演化成谜语。谜语，就是文辞婉转变换，使人迷惑不解。有的分解文字成字谜，有的描摹事物猜名称，在细巧之处卖弄才思，靠浅近的观察来夸耀文辞。内容应该婉转而正确，文辞应该既隐蔽而又指陈明确。荀子《蚕赋》之类，已预示了谜语的体制。到了魏文帝曹丕和陈思王曹植，作的谜语简要而周密。高贵乡公曹髦的谜语，广泛地列举各种事物，虽然细致巧妙，作用却有悖于远大的意旨。考察古代人作隐语，其中的道理遍及重要的事务，哪里是像儿童的戏耍，拍腿鼓掌地欢笑啊！然而文辞中有谐谶一体，就如九流之外有小说，那是被稗官采集，用来扩大见闻的。如果无节制地去仿效，那就成了淳于髡、东方朔的弟子，优斿、优孟的知交了！

原文

赞曰：古之嘲隐，振危释惫①。虽有丝麻，无弃菅蒯②。会义适时，颇益讽诫③。空戏滑稽，德音大坏④。

注释

① 嘲隐：指谐辞隐语。振：救。释：解除。惫：困乏，引申为困难，困境。
② 菅（jiān）蒯（kuǎi）：两种草名，菅可做刷帚，蒯可搓绳子等。菅和蒯不如丝麻贵重，比喻谐隐不如其他文体重要。
③ 会义：合乎正当的理义。适时：适应时机。
④ 空戏：单纯地玩弄戏耍，而无实际内容。德音：美好的声誉。

译文

赞词说：古代的谐辞隐语，作用在拯救危亡，解除困境。虽然有了丝麻，仍不要抛弃菅蒯。只要合于正当的理义，适应时机，是能够有益于讽谏劝诫的。如果只是戏谑取笑，那就要有损于自己的声誉了。

史传 第十六

题解

《史传》的"史"，是指作为古代史书主要表现形式的历史散文这一种文体，"传"，是指解释经典旨意的著作，不是指后来的人物传记。本篇首先说明"史""传"的含义、性质，指出古史即为经书中的《尚书》《春秋》，推崇孔子修《春秋》，表现劝戒褒贬；称赞《左传》解释《春秋》，是史书的冠冕。在论述从战国至晋代的史书沿革中，对《史记》《汉书》，评述较详，肯定亦较多。但对二书为吕后立纪，大加非议，表现出浓厚的封建夫权观念。对其后史书，最推崇《三国志》。其次分论"史""传"的体制和写作，指出史书记载王朝的盛衰兴废，要写出一代的制度和政治演变，表现劝戒与夺之旨，必须征圣宗经。接着认为纪传体史书，由于年久事繁，要做好总会、诠配工作，颇为不易。不少史家记载远事，爱好搜采奇闻；记载同时代人，则趋炎附势，因而所记均失实不可信，因此强调史家必须秉笔直书，析理居正。

原文

开辟草昧①，岁纪绵邈②，居今识古，其载籍乎③？轩辕之世④，史有仓颉⑤，主文之职，其来久矣。《曲礼》曰："史载笔。"⑥史者，使也，执笔左右⑦，使之记也。古者左史记言，右史书事⑧。言经则《尚书》，事经则《春秋》也。唐、虞流于典谟⑨，夏、商被于诰誓⑩。洎周命维新⑪，姬公定法⑫，绁三正以班历⑬，贯四时以联事⑭。诸侯建邦，各有国史，彰善瘅恶⑮，树之风声。

注释

① 草昧：蒙昧，未开化的时代。

② 岁纪：年代。绵邈：久远。

③ 载籍：典籍，指史籍。

④ 轩辕：黄帝。

⑤ 仓颉：传说是黄帝的史官，曾仿照鸟兽之迹创造了文字。

⑥ 史：史官。载笔：拿着书写用具随时准备记录。

⑦ 执笔左右：拿着笔跟随在君主身边。

⑧ 左史、右史：古代史官分左、右史，分别记录言语、事迹。书：书写，记录。

⑨ 唐：唐尧。虞：虞舜。流：流传。典谟：指《尚书》中的《尧典》《大禹谟》等篇。

⑩ 被：及，指记载于。诰誓：《尚书》中的《甘誓》《汤诰》等篇。

⑪ 洎（jì）：及，到。周命维新：语出《诗经·大雅·文王》"周虽旧邦，其命维新"。

⑫ 姬公：周公，姓姬名旦，周武王之弟，辅佐周武王建立周朝。定法：制定法典，这里指有关史籍记载之法。

⑬ 绌（chōu）：抽引，推算。三正：夏、商、周三代的历法。正，正月，夏以孟春（正月）为正，商以季冬（十二月）为正，周以仲冬（十一月）为正。班历：颁布历法。班，颁。

⑭ 贯：联贯。四时：春、夏、秋、冬四时。联事：把事情按年、时、月、日的次序联起来记载。

⑮ 彰：表彰。瘅（dàn）：憎恨。

译文

　　从开天辟地的蒙昧时代到现在，年代已经非常久远了，处于当今之世，要认识古代的事情，就得依靠史籍吧？轩辕黄帝的时候，就有仓颉任史官，主持文字记载工作的职务，来源已很久了。《礼记·曲礼》中说："史官带着笔以记事。"史，就是使，拿着笔跟随在君主身边，记下发生的事。古代君主左边的史官专门记录言论，右边的史官专门记录事情。记言的经典是《尚书》，记事的经典是《春秋》。唐尧、虞舜时代的历史靠《尚书》中的典谟流传下来，夏朝、商朝的史实记载在《尚书》的诰誓之中。到周王朝新建时，周公制定了记载历史的法则，推算夏、商、周三代的正月来颁布历法，按照四时的次序来编排事件。诸侯建国，各有国史，表彰善事，批判坏事，树立良好的风气。

原文

　　自平王微弱①，政不及雅②，宪章散紊③，彝伦攸斁④。昔者夫子闵王道之缺⑤，伤斯文之坠⑥，静居以叹凤⑦，临衢而泣麟⑧，于是就太师以正《雅》《颂》⑨，因鲁史以修《春秋》⑩，举得失以表黜陟⑪，征存亡以标劝戒⑫；褒见一字，贵逾轩冕⑬；贬在片言，诛深斧钺⑭。然睿旨幽隐⑮，经文婉约⑯，丘明同时⑰，实得微言⑱；乃原始要终⑲，创为传体⑳。传者，转也，转受经旨，以授于后，实圣文之羽翮㉑，记籍之冠冕也㉒。

注释

① 平王：周平王，周幽王的儿子。微弱：指至周平王时，周王朝已经衰弱。

② 政不及雅：意为政治混乱。雅，正。此处代指《诗经》中《大雅》《小雅》所描绘的太平盛世。

③ 宪章：法度。紊（wěn）：乱。

④ 彝伦：伦常。彝，常理。攸：语词。敦（dù）：败坏。

⑤ 夫子：指孔子。闵：悯，忧。缺：失。

⑥ 伤：伤叹。斯文：指西周盛世的礼乐文化。《论语·子罕》记孔子曾叹息："天之将丧斯文也。"斯，此。

⑦ 静居：闲居。叹凤：《论语·子罕》记载孔子曾叹息"凤鸟不至"，古人认为天下太平凤鸟便会来，凤鸟不来说明天下混乱，所以孔子要叹息。

⑧ 衢：大路。

⑨ 就：从。太师：乐官之长。正：订正。

⑩ 因：依据。鲁史：鲁国的史书。修《春秋》：孔子依据鲁国的历史记载修撰成《春秋》。

⑪ 黜（chù）：降，此指贬责。陟（zhì）：升，此指赞扬。

⑫ 征：引证。标：揭示。劝：勉励。戒：警戒。

⑬ 逾：超过。轩冕：古代卿大夫的车服，此指高官厚禄。

⑭ 诛：杀戮，有惩罚之意。钺（yuè）：一种似斧的兵器。

⑮ 睿（ruì）：明智。

⑯ 经文：指《春秋》的文字。婉约：含蓄简练。

⑰ 丘明：左丘明，鲁国人。同时：据说左丘明与孔子是同时代人。

⑱ 微言：此指《春秋》精微深远的语言中所蕴含的深刻意义。

⑲ 原：推原，追溯。要（yāo）：会合，此有将事情的起始与结果配合记叙的意思。

⑳ 传（zhuàn）：解释经义的一种文体，和记载事实的史传其实有所不同。

㉑ 羽翮：羽翼，指辅佐。翮（hé），羽根。

㉒ 冠冕：比喻第一，首位。

译文

自从周平王时王室衰弱，政治混乱不能步入正途，法度散乱，伦常败坏。孔子担忧王道的缺失，哀伤西周礼乐文化的衰落，在闲居时悲叹凤鸟不至，来到路上又为死去的麒麟哭泣，因此就跟乐官订正《雅》《颂》的乐曲，根据鲁国的史料编纂了《春秋》，列举事情得失来表示贬责或赞扬，引证国家兴亡以揭示劝勉和警戒；得到《春秋》一个字的褒赞，比得到高官厚禄还珍贵；受到片言只语的贬责，比遭斧钺砍杀的惩罚还深重。然而《春秋》意义幽深，文字简约，左丘明与孔子同时代，确实深得它的微言大义；于是推原会合事情的始末作了《左传》，创造了为经书作传的体例。传，就是转，转达经典的旨意，把它传授给后人，这实在是经书的辅佐之书，史书的首要之作了。

原文

及至从横之世①，史职犹存，秦并七王②，而战国有《策》③。盖录而弗叙，故即简而为名也。汉灭嬴、项④，武功积年，陆贾稽古⑤，作《楚汉春秋》。爰及太史谈⑥，世惟执简；子长继志⑧，甄序帝绩⑨。比尧称典，则位杂中贤⑩；法孔题经，则文非元圣⑪。故取式《吕览》，通号曰纪⑫，纪纲之号，亦宏称也。故本纪以述皇王，列传以总侯伯，八书以铺政体，十表以谱年爵，虽殊古式㉓，而得事序焉⑭。尔其实录无隐之旨，博雅弘辩之才。爱奇反经之尤，条例踳落之失，叔皮论之详矣⑮。

注释

① 从横：即纵横，战国外交上的合纵与连横之术。

② 秦并七王：指秦国先后吞并韩、魏、楚、赵、燕、齐六国，废掉王号称帝。

③ 战国有《策》：指战国时记载各国历史的史籍有《战国策》。策，同"册"，编起来的竹简。

④ 嬴：指秦朝，因秦帝姓嬴。项：项羽。

⑤ 陆贾：西汉初人，从刘邦定天下，为太中大夫。稽古：考古，此指效法古代史家。

⑥ 太史谈：太史令司马谈，汉武帝时的史官，司马迁的父亲。

⑦ 执简：指任史官之职。

⑧ 子长：司马迁的字。

⑨ 甄：甄别。绩：功业。

⑩ 尧：指《尚书·尧典》。中贤：中等的贤人，不是圣人。

⑪ 元圣：指圣人孔子。

⑫ 取式：取法，效法。《吕览》：即《吕氏春秋》。

⑬ 殊：不同于。

⑭ 事序：叙事的条理。

⑮ 叔皮：班彪字叔皮，东汉史学家，班固之父。论之详矣：指班彪对《史记》的论述很详尽。

译文

　　到战国时代，史官的职务仍然保留，秦国吞并了各国，但各国的历史分别记录在各国的简策中。大约是按国别记录而不编年叙述，所以就以各国原有的简策来命名，叫《战国策》。汉高祖消灭了嬴秦和项羽，经过多年的战争建立起武功，陆贾效法古代史家修史，作了《楚汉春秋》。到了太史公司马谈，他的祖先世代执掌史官之职；他的儿子司马迁继承父志，分别叙述历代帝王的事迹。如果比照《尚书·尧典》称为典，那么其中的帝王并非都是圣人；取法孔子的《春秋》题名为经，那么所写的文字又非出自圣人。所以取法《吕氏春秋》的十二纪，通称为纪，是纪事总纲的意思，也是宏大的称号了。所以本纪用来记述帝王，世家和列传总合用来记录诸侯和重要人物，八书用来陈述政治体制，十表用来叙录大事年月和爵位分封，这些虽然不同于古史的体式，但能将历史事实叙述得有条有理。至于《史记》照实记录不加隐讳的宗旨，博学雅正辩议宏大的才干，爱好奇异违反经典的过失，体例杂乱不当的缺点，班彪已经评论得很详细了。

原文

　　及班固述汉①，因循前业，观史迁之辞，思实过半，其十志该富，赞序弘丽②，儒雅彬彬，信有遗味。至于宗经矩圣之典，端绪丰赡之功，遗亲攘美之罪，征贿鬻笔之愆，公理辨之究矣③。观夫左氏缀事④，附经间出，于文为约，而氏族难明。及史迁各传⑤，人始区详而易览，述者宗焉。及孝惠委机⑥，吕后摄政⑦，史、班立纪⑧，违经失实。何则？庖牺以来⑨，未闻女帝者也。汉运所值㉓，难为后法。"牝鸡无晨"，武王首誓；妇无与国，齐桓著盟；宣后乱秦⑩，吕氏危汉⑪，岂唯政事难假，亦名号宜慎矣。张衡司史⑫，而惑同迁、固，元帝王后⑬，欲为立纪，缪亦甚矣。寻子弘虽伪，要当孝惠之嗣；孺子诚微⑭，实继平帝之体；二子可纪⑮，何有于二后哉⑯？

注释

① 班固：东汉史学家、文学家，班彪之子。述汉：指班固编写《汉书》，记述西汉历史。

② 赞：《汉书》的纪、志、传之后，有一段表述评论的文字，称为"赞"。序：《汉书》的表之前，往往有"序"加以说明。弘丽：弘大富丽。

③ 公理：仲长统的字。辨之：指评论班固《汉书》长处与缺点。究：穷尽。

④ 左氏：指左丘明的《左传》。缀事：叙事。缀，连结。

⑤ 史迁：司马迁。传：指《史记》中的人物传记。

⑥ 孝惠：汉惠帝，汉高祖刘邦之子。委机：抛弃政事。委，抛弃。机，万机，指政事。

⑦ 吕后：汉高祖刘邦的皇后吕雉（zhì）。摄政：代理执政。

⑧ 史、班立纪：指《史记》有《吕后本纪》，班固《汉书》有《高后纪》。

⑨ 庖牺：即伏羲，传说中的三皇之一。

⑩ 宣后乱秦：《史记·穰侯列传》载，秦昭王年少时，其母宣太后自治，并任她的异父弟魏冉为政。刘勰认为宣太后的势力危及秦王室的利益。

⑪ 吕氏危汉：汉高祖死后，吕后摄政，封吕家四人为王，六人为列侯，又废少帝，杀三赵王，严重威胁了刘氏政权。

⑫ 司史：《后汉书·张衡传》记载张衡曾多次任太史令。司，掌管。

⑬ 元帝王后：汉元帝的王皇后，王莽之姑，元帝死后，参预朝政多年，历经汉朝四代皇帝，直至王莽篡汉。

⑭ 孺子：孩子。此指刘婴。汉平帝死后，王莽为篡汉，立宣帝玄孙、两岁的刘婴为帝。诚：确实。微：小，指年幼。

⑮ 二子可纪：意为刘弘、刘婴可为立纪。

⑯ 二后：指吕后、王后。

译文

　　到班固《汉书》叙述西汉历史，沿用前人的成果，看《史记》的文字，有关西汉的历史已清楚了大半，《汉书》的十篇志内容完备丰富，赞和序也都写得弘大富丽，温文尔雅、文质兼备，确实余味深长。至于宗法经书学习圣人的典正，条理清楚体例完备的功效，窃取父亲成果不加说明的罪过，接受贿赂编写不实之辞的错误，仲长统已经辨别得很彻底了。看《左传》的叙事，附在经文之后间隔出现，文字上较为简约，而人物姓氏宗族等难以分清。到《史记》各列传，人物才开始分别叙述，便于观

览，后代祖述《史记》的便都取法于此。到汉孝惠帝不理朝政，吕后代理朝政，《史记》《汉书》都为她立纪，违背经书不合事实。为什么这样说呢？自从伏羲以来，从未听说有女人做帝王的。汉朝国运不幸，难以成为后代的法式。"母鸡不报晓"，这是周武王首先在誓辞中提出的；妇女不参政，这是齐桓公在盟辞中写明的；宣太后扰乱秦国，吕太后危害汉朝，岂止是政权难以假借于女人，就是名号也该慎重啊。张衡出任史官，和司马迁、班固一样糊涂，竟要为汉元帝的王皇后立纪，真够荒谬的了。探究起来，孝惠帝之子刘弘虽然不是孝惠皇后生的，但总是孝惠帝的后嗣；孺子刘婴诚然年幼，却实在是汉平帝的继承者；这两个人是可以为他们立纪的，哪里轮得到为吕后、王后立纪呢？

原文

　　至于后汉纪传，发源东观。袁、张所制①，偏驳不伦②。薛、谢之作③，疏谬少信。若司马彪之详实④，华峤之准当⑤，则其冠也。及魏代三雄⑥，记传互出。《阳秋》《魏略》之属⑦，《江表》《吴录》之类⑧，或激抗难征，或疏阔寡要。唯陈寿《三志》⑨，文质辨洽，荀、张比之于迁、固⑩，非妄誉也。至于晋代之书，系乎著作。陆机肇始而未备⑪，王韶续末而不终⑫，干宝述纪⑬，以审正得序；孙盛《阳秋》⑭，以约举为能。按《春秋》经传，举例发凡⑮。自《史》《汉》以下，莫有准的。至邓粲《晋纪》⑯，始立条例。又摆落汉、魏，宪章殷、周⑰，虽湘州曲学⑱，亦有心典谟⑲。及安国立例⑳，乃邓氏之规焉㉑。

注释

① 袁：袁山松，东晋人。张：张莹，东晋人。

② 驳：杂。不伦：不合法式。

③ 薛：薛莹，三国吴人，著有《后汉记》。谢：谢承，三国吴人，著有《后汉书》。

④ 司马彪：西晋人，有《续汉书》。

⑤ 华峤：西晋人，有《后汉书》。

⑥ 魏代三雄：指三国魏、蜀、吴，因以魏为正统，所以说魏代三雄。

⑦ 《阳秋》：指东晋孙盛的《魏氏春秋》，晋人避晋简文帝郑后阿春讳改为《魏氏阳秋》。
　　《魏略》：三国魏文学家鱼豢（huàn）著。

⑧ 《江表》：西晋虞溥著《江表传》。《吴录》：西晋张勃著。

⑨ 陈寿：西晋史学家。《三志》：指《三国志》。

⑩ 荀：荀勖，西晋学者。张：张华，西晋文学家。

⑪ 陆机：西晋文学家。肇：始。

⑫ 王韶：即指王韶之，南朝宋学者。

⑬ 干宝述纪：干宝著有《晋纪》二十卷。干宝：东晋学者。

⑭ 《阳秋》：此处指孙盛的《晋阳秋》，与前面提及的《阳秋》并非同一著作。

⑮ 经：指《春秋》。传：解释经义的著作，此处指《左传》。举例：指《春秋》的五种条例。
    发凡：指《左传》的五十凡例，用于阐发《春秋》事例。

⑯ 邓粲：东晋学者。

⑰ 宪章：取法。

⑱ 曲学：原指囿于一隅、拘执不通之学。

⑲ 典谟：指《尚书》。

⑳ 安国：孙盛的字。

㉑ 邓氏：邓粲。

译文

　　至于记载东汉史实的本纪、列传，最早始于《东观汉记》。晋代袁山松和张莹所作的东汉史书，偏颇杂乱，不合法式。薛莹、谢承的著作，粗疏谬误，难以征信。像司马彪的著作详尽真实，华峤的著作准确恰当，是同类著作中最好的。到了记叙三国历史的时候，有关的著作相继问世。孙盛的《魏氏阳秋》、鱼豢的《魏略》等书，虞溥的《江表传》、张勃的《吴录》之类，有的过于激昂而难以征信，有的疏略粗糙不得要领。只有陈寿的《三国志》，文质兼备，风格明辨博通，荀勖、张华将他和司马迁、班固相提并论，并非虚誉。至于晋代的史书，由著作郎修撰。陆机开始编写却没有完成，王韶之继续撰写但未写至晋亡，干宝编写《晋纪》，审定正确而记述有序；孙盛的《晋阳秋》，以简要概括为其优点。按《春秋》的经和传，都有一定的编写条例。自《史记》《汉书》以下，没有作为准则的条例了。到邓粲编撰《晋纪》，才开始建立条例。他摆脱了汉魏史书的风格，取法于殷周时代的典籍，虽说是僻远地区的学者，也有心学习《尚书》中典谟的风格。到孙盛编《晋阳秋》确立的凡例，便是邓粲设定的规矩。

原文

　　原夫载籍之作也，必贯乎百氏，被之千载，表征盛衰，殷鉴兴废①，使一代之制，共日月而长存；王霸之迹②，并天地而久大。是以在汉之初，史职为盛，郡国文计，先集太史之府，欲其详悉于体国也③。必阅石室，启金匮④，抽裂帛，检残竹，欲其博练于稽古也。是立义选言，宜依经以树则；劝戒与夺⑤，必附圣以居宗；然后诠评昭整，苛滥不作矣。然纪传为式，编年缀事。文非泛论，按实而书。岁远则同异难密，事积则起讫易疏，斯固总会之为难也⑥。或有同归一事，而数人分功，两记则失于复重⑦，偏举则病于不周，此又诠配之未易也⑧。故张衡摘史、班之舛滥⑨，傅玄讥《后汉》之冗烦⑩，皆此类也。

117

注释

① 殷鉴：原指殷人灭夏，以夏亡为鉴戒。这里即借鉴之意。

② 霸：以武力称雄的君主，如春秋五霸。

③ 体国：此指国家的治理。

④ 石室、金匮（guì）：国家保藏重要文书之处。匮，"柜"的本字。

⑤ 劝戒：劝勉鉴戒。与夺：褒贬。

⑥ 总会：汇总，此指将分散的史料综合起来，依次编排叙述。

⑦ 两记：指在两人的纪或传中分别记述同一事件。复重：重复。

⑧ 诠：诠次，选择编次。配：安排。

⑨ 舛（chuǎn）：差错。滥：不实。

⑩ "傅玄"句：据《史通·核才》引傅玄的话，可知西晋傅玄曾批评过班固等东汉学者在东观
所编的纪传。《后汉》：指《东观汉记》。

译文

推究史书的编著，必定要总贯众多人物，跨越漫长时间，揭示朝代的盛衰，以国家的兴亡为借鉴，使一个时代的典章制度、帝王的文武功绩，与日月天地长久地共存并在。因此，在汉代初年，史官的职务很重要，郡县侯国的文书计簿，要先集中于太史府，为的是要让史官详细地了解各地的管理。阅读石室金匮中保藏的重要文书，整理破损的帛书，搜检残简断编，为的是让史官广博而熟练地查考史实。所以编著史书确立宗旨选择言辞时，应该依照经书来树立准则；表示劝勉鉴戒褒扬贬斥时，必须以圣人的思想为主宰；然后才能诠释评价得明白全面，苛刻和不实的评论就不会出现了。然而纪传体史书的体式，纪按年代编次，传按事件叙述。文字上不是泛泛而论，而是按照事实加以叙述。年代久远的事，史料记载有同有异，难以详细考证，有些事件史料积累较多，头绪纷繁，描述始末又容易有所疏漏，这些是汇总史料的难处。有时同一事件牵涉到几个人，分别在两处同述一事会失于重复，只在一处叙述此事又有不够周全的毛病，这又是史料编次安排的不容易了。所以张衡能指摘司马迁《史记》和班固《汉书》的差错不实之处，傅玄要批评《东观汉记》的过于烦琐，都属于这一类问题。

原文

　　若夫追述远代，代远多伪。公羊高云"传闻异辞"①。荀况称：录远略近②。盖文疑则阙，贵信史也。然俗皆爱奇，莫顾实理。传闻而欲伟其事，录远而欲详其迹，于是弃同即异，穿凿傍说，旧史所无，我书则博，此讹滥之本源③，而述远之巨蠹也④。至于记编同时，时同多诡，虽定、哀微辞⑤，而世情利害。勋荣之家，虽庸夫而尽饰；迍败之士⑥，虽令德而常嗤埋⑦：吹霜煦露⑧，寒暑笔端⑨，此又同时之枉⑩，可为叹息者也。故述远则诬矫如彼，记近则回邪如此，析理居正，唯素心乎！

注释

① 公羊高：战国齐人，旧题《春秋公羊传》（简称《公羊传》）为其所作。
② "荀况"二句：《荀子·非相》有"传者，久则论略，近则论详；略则举大，详则举小"的说法。
③ 讹：错误。滥：失实。
④ 蠹（dù）：蛀虫，引申为损害。
⑤ 定、哀：鲁定公、鲁哀公，和孔子同时。微辞：用隐微的言辞含蓄地表示批评。
⑥ 迍（zhūn）败：困顿败落。迍，同"屯"，艰难。
⑦ 令：美。嗤埋：嘲笑埋没。
⑧ 吹霜煦（xǔ）露：意为任意褒贬，贬时吹气也能成霜，褒时吹气便又像雨露。煦，吹气。
⑨ 寒暑：冷暖，指贬和褒。
⑩ 枉：曲。

译文

　　至于追述遥远年代的历史，年代久远，事多不真实。公羊高说："传闻的事说法不一。"荀况则说，"录古则略，叙近则详"。对资料有疑问不能解决的就从缺，这是为了注重历史的真实。然而世俗都爱好奇异，不顾是否合于真实的道理。听到传说就想使事情显得特异，记录年代久远的事却想详细描述细节，于是放弃公认的说法，采用奇异的传闻，穿凿附会不可靠的传说，过去的史书上没有的，我的书上便记载下来加以传播，这是谬误不实的根源，记述远古历史的大害。至于记载编撰当代历史，时代相同也多有虚假，即如孔子《春秋》记述鲁定公、鲁哀公时用的隐微之辞，也说明了世态人情、利害关系的影响。有人写历史，对有功勋荣耀的家族，即使是庸人也尽量吹捧；对困顿失败的人士，即使有美好的德行也加以嘲笑任其埋没无闻：贬则吹气成霜，褒则春风雨露，人情冷暖，尽在笔端，这又是记载当代历史的歪曲之处，真是可叹息的事啊。所以记述年代远的就那样虚假欺骗，记述年代近的就如此邪曲不正，剖析事理持论公正，只有靠公正无私之心了！

原文

若乃尊贤隐讳，固尼父之圣旨①，盖纤瑕不能玷瑾瑜也②；奸慝惩戒③，实良史之直笔，农夫见莠④，其必锄也。若斯之科⑤，亦万代一准焉。至于寻繁领杂之术，务信弃奇之要，明白头讫之序，品酌事例之条⑥，晓其大纲，则众理可贯。然史之为任，乃弥纶一代⑦，负海内之责，而赢是非之尤⑧。秉笔荷担⑨，莫此之劳。迁、固通矣，而历诋后世。若任情失正⑩，文其殆哉⑪！

注释

① 隐讳：此指不提尊者、亲者、贤者的过失。尼父：孔子字仲尼，尊称为尼父。
② 纤瑕（xiá）：小缺点。瑕，玉的斑点。玷（diàn）：沾辱，污损。瑾瑜：美玉。
③ 慝（tè）：邪恶。
④ 莠（yǒu）：恶草。
⑤ 科：条文。
⑥ 品酌事例：品评斟酌的事件。
条：条例，凡例。
⑦ 弥纶：包括统摄。
⑧ 赢：担负。尤：责备。
⑨ 秉：持。荷：扛，担。
⑩ 任情：纵任私情。失正：有失公正。
⑪ 殆：危险。

译文

至于对尊者、贤者有所隐讳，这本是孔子的宗旨，因为小的斑点无损于美玉的美质；对于奸邪之事要加以惩戒，实在是优秀史家所应秉笔直书的，犹如农夫见到田里的杂草，必定要锄去它一样。像这些原则，也是万世不变的准则。至于在繁杂的史料中理清头绪引出纲领的方法，务求真实摒弃猎奇的要领，记录事件使其始末清楚的叙述顺序，品评斟酌事件的条例，明白了这些大致要求，其他许多道理就都

可以贯通了。但史家的任务，是全面记载一代史实，担负着天下的重任，而承受着各种是非的责难。为文写作承担责任，没有比这更为劳苦的了。司马迁、班固算是博古通今的了，尚且屡遭后人诋毁。如果纵任私情失去公正，写出来的史书就危险了！

原文

> 赞曰：史肇轩黄，体备周、孔[1]。世历斯编，善恶偕总[2]。腾褒裁贬，万古魂动[3]。辞宗丘明，直归南、董[4]。

注释

① 肇：始。轩黄：轩辕黄帝。体：体制。周：周公。孔：孔子。
② 斯编：指史书。偕：一起。总：总括。
③ 腾：宣扬。裁：制裁。
④ 南：南史氏，春秋时代良史。董：董狐，春秋晋国的史官。

译文

赞词说：史官开始于轩辕黄帝之时，史书的体制完备于周公、孔子。世代经历的事编入史书，善的恶的都总括在其中。宣扬好的，制裁坏的，史书的褒贬万世之后令人惊心动魄。史书的文辞应效法左丘明，直书不隐要学南史氏和董狐。

诸子 第十七

题解

　　《诸子》篇评述先秦至汉魏晋的诸子散文。本篇首先对诸子散文的特点做了初步的总结。先说明子书的名义、性质，指出子书是英才们"入道见志"之书，这"道"就是"自然之道"。然后指出战国以前的少数子书，出自后人追记。接着列举孟轲、庄周以至青史子等九流十家的著作，揭示其内容特色。说明魏晋的子书内容流于枝蔓琐碎，有的纯粹，有的驳杂，要求读子书者"弃邪而采正"，取纯粹而去蹖驳。其次指出汉魏以后的诸子散文渐不如前。先是分别列举《孟子》《荀子》等十八种子书的文辞特点，说明许多子书除"入道见志"外尚有其文学价值。接着列举《新语》《新书》等六种汉晋子书。刘勰认为，两汉以来的子书多依采前人之说，不及先秦子书那样"自开户牖"，富有创造性。最后指出子书的特色，认为它们可以垂诸不朽。

原文

　　诸子者，入道见志之书①。太上立德，其次立言②。百姓之群居，苦纷杂而莫显；君子之处世，疾名德之不章。唯英才特达，则炳耀垂文③，腾其姓氏④，悬诸日月焉。昔风后、力牧、伊尹⑤，咸其流也。篇述者，盖上古遗语，而战代所记者也⑥。至鬻熊知道⑦，而文王咨询⑧，余文遗事，录为《鬻子》⑨，子目肇始，莫先于兹。及伯阳识礼⑩，而仲尼访问⑪，爰序《道德》⑫，以冠百氏。然则鬻惟文友⑬，李实孔师⑭，圣贤并世，而经、子异流矣。

注释

① 入道：深入研究道。见志：表现思想。

② 太上：最上。立德：树立德行。立言：著书立说。

③ 炳耀：光彩照耀。垂文：文章流传下来。

④ 腾：显扬。

⑤ 风后：相传为黄帝相。力牧：相传为黄帝臣。伊尹：商汤之相。

⑥ 战代：战国时代。

⑦ 鬻（yù）熊：楚的先祖，周文王师。知道：懂得道。

⑧ 文王：周文王。咨询：征询请教。

⑨《鬻子》：《汉书·艺文志》有《鬻子》二十二篇，属道家。

⑩ 伯阳：据《史记·老庄申韩列传》说，老子姓李名耳，字伯阳。

⑪ 仲尼访问：《史记·老庄申韩列传》记孔子曾"问礼于老子"。仲尼：孔子字。

⑫《道德》：《道德经》，即《老子》。

⑬ 鬻惟文友：指鬻熊为周文王之师。友：朋友。

⑭ 李实孔师：就孔子问礼于老子而言，老子是孔子之师。

译文

　　所谓诸子，是指深入研究"道"以表达自己的思想的著作。要想不朽，最好的是树立德行，其次是著书立说。平民百姓群居生活，苦于纷纭繁杂无法显达；君子处于世上，恨自己的名声德行不能显耀。只有才华卓越的人，才能文章光彩照耀，流传后世，使他的姓名显扬起来，犹如日月高悬。从前的风后、力牧、伊尹，都是这一流的人物。题名为他们的篇章著作，大约是上古留传下来的他们的话，到战国时代被记录下来的。到鬻熊得道，周文王向他请教，留传下来的文辞和事迹，被记录成《鬻子》，诸子的名称，没有比这更早的了。到了老子精通礼，孔子前去请教，于是老子叙写《道德经》，开了百家著述的头。那么鬻熊是周文王的朋友，老子是孔子的老师，圣人和贤人同一时代，他们的著作则分流为经书和子书了。

原文

逮及七国力政①，俊乂蜂起②。孟轲膺儒以磬折③，庄周述道以翱翔④，墨翟执俭确之教⑤，尹文课名实之符⑥，野老治国于地利⑦，驺子养政于天文⑧，申、商刀锯以制理⑨，鬼谷唇吻以策勋⑩，尸佼兼总于杂术⑪，青史曲缀于街谈⑫，承流而枝附者⑬，不可胜算，并飞辩以驰术，餍禄而余荣矣⑭。

注释

① 力政：即力征，以武力互相征伐。

② 俊乂（yì）：俊杰。乂，有才德的人。蜂起：如群蜂纷飞而起。

③ 孟轲：孟子，战国思想家，儒家的代表人物。膺（yīng）：服膺，衷心信服。磬折：弯腰似磬，形容恭敬。磬，一种石制的打击乐器，形状弯曲。

④ 庄周：庄子，战国思想家，道家的代表人物。翱翔：飞翔，这里指《庄子》文章风格飘逸奔放，思想自由不羁。

⑤ 墨翟（dí）：墨子，战国思想家，墨家的创始人。确：瘠薄，引申为艰苦。

⑥ 尹文：战国时名家学者。课：考核。

⑦ 野老：战国时隐者，耕种于田野，因以为号。地利：农家主张治理国家的人自己也要种地。

⑧ 驺子：驺衍，即邹衍，战国学者。天文：驺衍喜谈天及阴阳五行。

⑨ 申：申不害，战国时韩昭侯之相，主刑名之学。商：商鞅，战国时秦孝公之相。刀锯：刑具，此指严酷的刑罚。理：法则。

⑩ 鬼谷：鬼谷子，战国人，相传为苏秦、张仪之师。策勋：记录功勋。

⑪ 尸佼（jiǎo）：战国学者，属杂家。

⑫ 青史：青史子，战国时小说家。曲缀：详细缀辑。街谈：《汉书·艺文志》中说小说是"街谈巷语，道听涂说者之所造也"。

⑬ 枝附：像枝条附于主干。

⑭ 餍（yàn）：满足。餍禄：饱食俸禄。

译文

到战国时代各国争雄，才俊之士纷纷而起。孟轲用恭敬虔诚的态度服膺儒家学说，庄周以飘逸豁达的方式阐述道家哲学，墨翟坚持节俭刻苦的教义，尹文考核名称与实际相符与否。野老主张在耕种中治理国家，驺子用阴阳五行来谈论政治，申不害、商鞅用严酷的刑法为治国的法则，鬼谷子主张靠能言善辩来建立功勋，尸佼综合总括各家学说，青史子详细地缀辑街谈巷语，继承这些学派的人就像附于主干上的枝条一样，数不胜数，都发挥自己的辩才宣扬各自的学说，以此获取丰厚的俸禄和享不尽的荣华富贵。

原文

　　暨于暴秦烈火①，势炎昆冈②，而烟燎之毒，不及诸子③。逮汉成留思④，子政雠校⑤，于是《七略》芬菲⑥，九流鳞萃⑦，杀青所编⑧，百有八十余家矣。迄至魏、晋，作者间出，谰言兼存⑨，琐语必录，类聚而求，亦充箱照轸矣⑩。然繁辞虽积，而本体易总⑪，述道言治，枝条"五经"⑫。其纯粹者入矩⑬，踳驳者出规⑭。《礼记·月令》，取乎吕氏之纪⑮；《三年问》丧，写乎《荀子》之书⑯：此纯粹之类也。若乃汤之问棘，云蚊睫有雷霆之声⑰；惠施对梁王，云蜗角有伏尸之战⑱；《列子》有移山跨海之谈⑲，《淮南》有倾天折地之说⑳：此踳驳之类也。

注释

① 暨（jì）：及。烈火：指秦始皇焚书。
② 炎：烧。昆冈：昆仑山。
③ 不及诸子：说没有烧诸子书。
④ 汉成：汉成帝。留思：留意，指汉成帝曾派人去各地搜求古籍，并令刘向加以整理。
⑤ 子政：西汉学者刘向字。雠（chóu）：校勘文字。
⑥ 《七略》：刘向、刘歆父子先后整理图书，刘歆最后完成图书分类著作《七略》。芬菲：以百花盛开形容著作之多。
⑦ 九流：指儒家、道家、阴阳家、法家、名家、墨家、纵横家、杂家、农家。萃：聚集。
⑧ 杀青：用火烘烤青竹简，去掉水分，再行书写，这样可以防蛀。此谓写定。
⑨ 谰言：诬妄之言。
⑩ 箱：车箱。照轸（zhěn）：装在车上光彩照耀。轸，车后横木，此指车。
⑪ 本体：指诸子著作述道言治的基本内容。

⑫ 枝条"五经"："五经"的枝条。

⑬ 入矩：符合"五经"的规范。

⑭ 踳（chuǎn）驳：驳杂。出规：不合"五经"的规范。

⑮ 吕氏之纪：指《吕氏春秋》中的《十二月纪》。

⑯ "《三年问》"二句：说《礼记·三年问》是从《荀子·礼论》的后半部分抄录的。

⑰ 棘：即夏革，《庄子·逍遥游》作"棘"。

⑱ 惠子：惠施，战国梁国之相。梁王：即魏惠王，因迁都大梁而称梁惠王。

⑲ 《列子》：相传是战国时列御寇的著作，属道家。

⑳ 《淮南》：《淮南子》，西汉淮南王刘安和门客共同编成。

译文

到了暴虐的秦始皇焚书，就如昆仑山上的大火烧得玉石俱焚一样，但蔓延的火势，却没有烧到诸子之书。到汉成帝留意古籍，命令刘向加以校对整理，于是《七略》著录的诸子之书如百花争艳，九家学派的著作像鱼鳞般萃集，定稿编录的，有一百八十多家。到了魏晋时代，子书作者不断出现，虚妄的话也被保存，琐细的内容必定记录，如果按类收集的话，也要装上几车，光彩照耀了。然而繁富的著作虽然积累许多，但基本内容还是易于概括的，它们阐述各自的道，议论如何治理国家，都是"五经"的分枝。其中内容纯正的合乎经典的思想，内容驳杂的则偏离了经典的轨辙。《礼记·月令》取自《吕氏春秋·十二月纪》的首段；《礼记·三年问》中的丧礼，原本写在《荀子·礼论》之中：这些是内容纯正的一类。像《列子·汤问》中记商汤问夏革，说黄帝和容成子能听见蚊子睫毛上的小虫发出如雷霆的声响；《庄子·则阳》中记惠施推荐的戴晋人对梁惠王说，蜗牛两个触角上发生了伏尸遍地的战争；《列子·汤问》中有愚公移山和巨人跨海的记述，《淮南子·天文训》中有共工怒触不周山而天倾地斜的说法：这些是内容驳杂错乱的一类。

原文

　　是以世疾诸子混洞虚诞。按《归藏》之经①，大明迂怪，乃称羿毙十日，嫦娥奔月②。殷《易》如兹，况诸子乎？至如商、韩③，六虱、五蠹④，弃孝废仁，辕药之祸⑤，非虚至也。公孙之"白马""孤犊"⑥，辞巧理拙，魏牟比之鸮鸟⑦，非妄贬也。昔东平求诸子、《史记》，而汉朝不与；盖以《史记》多兵谋，而诸子杂诡术也。然洽闻之士，宜撮纲要，览华而食实，弃邪而采正。极睇参差⑧，亦学家之壮观也。

126

注释

① 《归藏》：殷代的《易》。

② 羿毙十日，嫦娥奔月：据《全上古三代文》辑《归藏》，其中有"羿善射，弹（bì，射）十日，果毙之"，及"常娥以西王母不死之药，服之，遂奔月为月精"的传说。

③ 商：商鞅。韩：韩非子。

④ 六虱：六种害虫，喻危害政治的六种事情。五蠹（dù）：五种蛀虫，《韩非子·五蠹》中喻危害君主的五种人。

⑤ 辕（huàn）药之祸：车裂、毒药之祸。指商鞅被秦惠王杀死，用车肢解尸体，韩非被李斯用毒药毒死。辕，车裂之刑。

⑥ 公孙：公孙龙，战国诡辩家。白马、孤犊：《列子·仲尼》载，公孙龙曾对魏王说："白马非马，孤犊未尝有母。"犊，小牛。

⑦ 魏牟：魏公子牟。鸮（xiāo）鸟：恶鸟，喻奸邪之人。

⑧ 睇（dì）：此谓观览。参差：指各家子书内容风格不同。

译文

　　因此世人讨厌诸子书的杂乱空虚、荒诞不实。按《归藏经》大谈迂阔怪诞之事，说羿射死了十个太阳，嫦娥奔向月宫。殷代的《易》尚且如此，何况诸子的书呢？至于商鞅说危害国家有六种虱子，韩非说危害君主有五种蛀虫，这些害虫背弃了孝道，废除了仁义，商鞅被车裂、韩非被毒死，杀身之祸并非偶然。公孙龙有关"白马""孤犊"的诡辩，言辞虽巧，于理不通，魏公子牟把他比作邪恶的鸟，并非无端的指责。从前东平王向汉王朝求诸子书和《史记》，但朝廷不给；因为《史记》中多有用兵的谋略，而诸子书杂有诡诈之术的缘故。然而见闻广博的人，应该抓住诸子之书的主要方面，欣赏它的文采，消化它的内容，抛弃其中的邪说，采纳正确的观点。尽量观览这些内容形式不同的子书，也可说是学术家的大观了。

原文

　　研夫孟、荀所述①，理懿而辞雅；管、晏属篇②，事核而言练③；列御寇之书④，气伟而采奇；邹子之说⑤，心奢而辞壮⑥；墨翟、随巢⑦，意显而语质；尸佼、尉缭⑧，术通而文钝；《鹖冠》绵绵⑨，亟发深言⑩；《鬼谷》眇眇⑪，每环奥义⑫；情辨以泽⑬，文子擅其能⑭；辞约而精，尹文得其要⑮；慎到析密理之巧⑯，韩非著博喻之富；《吕氏》鉴远而体周⑰，《淮南》泛采而文丽⑱：斯则得百氏之华采，而辞气之大略也。

注释

① 孟：孟子。荀：荀子。

② 管：管仲，春秋时齐桓公之相。晏：晏婴，春秋齐国大夫。属篇：著作。

③ 核：核实。

④ 列御寇之书：即《列子》。列御寇：战国道家学者。

⑤ 邹子：即邹衍。

⑥ 心奢：思路夸张。

⑦ 随巢：墨子弟子。

⑧ 尉缭（liáo）：战国学者。

⑨ 鹖（hé）冠：即鹖冠子，春秋时隐士，以鹖羽为冠，故号。绵绵：长远。

⑩ 亟（qì）：屡次。

⑪ 眇眇：高远。

⑫ 环：围绕。奥：深奥。

⑬ 辨：明辨。泽：润泽。

⑭ 文子：春秋学者，老子的弟子。擅：专。

⑮ 要：要领。

⑯ 慎到：战国学者。析：分析。密：精密。

⑰ 鉴：识鉴。体：体系。

⑱ 泛采：广泛地采纳各家之说。《淮南子》为刘安及门客共同编撰而成，属杂家。

译文

研究孟子、荀子的论述，道理完美文辞雅正；管仲，晏婴的著作，述事可靠语言简练；列御寇的书，气势壮伟文采奇丽；邹子的学说，思路夸张文辞宏壮；墨翟、随巢的著作，意义明白语言质朴；尸佼、尉缭的文章，道理通畅文句钝拙；《鹖冠子》议论深长，常有深刻的言论；《鬼谷子》含义高远，往往围绕深奥的意义进行阐述；情理明辨而润泽，文子专具这种才能；文辞简约而精当，尹文子能得其要领；慎到分析精密道理显示的巧妙，韩非著述广譬博喻体现的丰富；《吕氏春秋》识鉴远大而体系周备，《淮南子》博采众说而文采富丽：这些概括了诸子百家的精华文采，以及文辞风格的大体情形。

原文

若夫陆贾《新语》①，贾谊《新书》，扬雄《法言》，刘向《说苑》②，王符《潜夫》③，崔寔《政论》④，仲长《昌言》⑤，杜夷《幽求》⑥，或叙经典，或明政术，虽标论名⑦，归乎诸子。何者？博明万事为子⑧，适辨一理为论⑨，彼皆蔓延杂说⑩，故入诸子之流。夫自六国以前，去圣未远，故能越世高谈，自开户牖⑪。两汉以后，体势浸弱⑫，虽明乎坦途⑬，而类多依采⑭，此远近之渐变也⑮。嗟夫，身与时舛⑯，志共道申⑰，标心于万古之上⑱，而送怀于千载之下，金石靡矣⑲，声其销乎？

注释

① 陆贾：汉初学者，著有《新语》。

② 刘向：西汉学者，著有《说苑》等。

③ 王符：东汉学者。《潜夫》：即《潜夫论》。

④ 崔寔（shí）：东汉学者，著有《政论》。

⑤ 仲长：仲长统，东汉学者，著有《昌言》。

⑥ 杜夷：东晋学者，著有《幽求子》。

⑦ 标：标出。

⑧ 博明：广泛阐明。

⑨ 适：只。

⑩ 蔓延杂说：意谓牵涉到许多方面。

⑪ 户：门。牖（yǒu）：窗。

⑫ 体势：体制气度。浸：渐。

⑬ 坦途：此指儒学。

⑭ 依：依傍。采：采拾。

⑮ 远：指春秋战国时代。近：指汉代以来。

⑯ 舛（chuǎn）：不合。

⑰ 申：申说。

⑱ 标：表现。

⑲ 靡：烂，此处指消亡。

译文

　　至于陆贾的《新语》，贾谊的《新书》，扬雄的《法言》，刘向的《说苑》，王符的《潜夫论》，崔寔的《政论》，仲长统的《昌言》，杜夷的《幽求子》，有的阐述儒家经典，有的说明政治方略，虽然标出"论"的名称，仍然属于诸子之作。为什么呢？广泛阐明各类事物的书为子书，仅仅辨明某一方面道理的文章为论，上述这些书都牵涉到各个方面杂议各种事情，所以归入诸子的范围。战国和战国之前，离圣人的时代不远，所以那时的子书能超越当世高谈阔论，自开门户独立成家。两汉以后，子书的体制气度逐渐衰落，虽然作者们明白儒学这条平坦之道，但所作大多依傍采纳，这就是子书由远到近的逐渐演变了。唉！诸子自身虽然与时不合，但志向却在著作中得到了申说，他们在古代已经表明了自己的思想，而且通过著作把这些思想传递到千年以后，金石可以消亡，但声名难道会消逝吗？

原文

> 赞曰：丈夫处世，怀宝挺秀[1]；辨雕万物，智周宇宙[2]。立德何隐，含道必授[3]。条流殊述，若有区囿[4]。

注释

[1] 挺秀：挺拔秀出，不同凡响。

[2] 辨：辩。雕：雕饰。周：全，遍。

[3] 何：多么。含道：怀抱道术。

[4] 殊述：不同的表述。区囿：不同范围。

译文

赞词说：大丈夫生于世上，拥有学问如怀抱宝玉，出类拔萃；宏辩之才可以雕饰万物，充满智慧能够遍观宇宙。建立德行多么隐约，怀有道术必须传授。流派不同表述不一，各家学说自有不同的范围。

文心雕龙

论说 第十八

题解

《论说》的"论"和"说"都是文体的名称。本篇首先讲"论"的概念、类别和渊源。指出"论"的特点是"弥纶群言""研精一理",就某一问题进行深入探讨。列举魏晋嵇康、夏侯玄、王弼、何晏、宋岱、郭象等人的玄学论文,誉之为"独步当时,流声后代"。称赏贾谊、李康、陆机等的论文,富于文采。之后讲"论"的体制特色和写作要求。认为"论"要做到主观与客观的统一,要析理严密,使对方无隙可乘,见解颇为透辟。末尾附论经书的注释,主张解经应当"要约明畅"。其次讲"说"的含义、发展概况。先讲"说"的源流。指出战国争雄时代,辩士云涌,说辞亦盛;至汉代一统,辩说遂趋衰歇。而"说"辞除口头陈说外,尚有书面形式的上书一类。强调说辞的写作要比喻巧妙,道理说得周到、透辟。末尾指出,说辞必须善于利用时机,要有正确的意旨,要有"惟忠与信"的诚实态度,这样对公私均有效果。

原文

　　圣哲彝训曰经①,述经叙理曰论。论者,伦也②,伦理无爽③,则圣意不坠④。昔仲尼微言⑤,门人追记⑥,故抑其经目⑦,称为《论语》。盖群论立名,始于兹矣。自《论语》已前,经无"论"字⑧,《六韬》二论⑨,后人追题乎?详观论体,条流多品⑩:陈政,则与议说合契⑪;释经,则与传注参体⑫;辨史,则与赞评齐行⑬;铨文⑭,则与叙引共纪⑮。故议者宜言⑯,说者说语⑰,传者转师⑱,注者主解⑲,赞者明意,评者平理⑳,序者次事㉑,引者胤辞㉒。八名区分,一揆宗论㉓。

注释

① 彝（yí）：常。

② 伦：条理。

③ 伦理：有条理。爽：失，差。

④ 坠：失。

⑤ 微言：精微之言。

⑥ 追记：事后补记。

⑦ 抑其经目：意谓谦虚而不敢称为经。抑，谦抑。

⑧ 经无"论"字：指经书没有以"论"字为书名或篇名的。

⑨ 《六韬》二论：汉人采掇旧说，托名吕尚的古兵书，其中有《霸典文论》《文师武论》（按今本《六韬》无此二篇名）。

⑩ 条：枝条。流：支流。品：类。

⑪ 合契：符合，一致。

⑫ 传（zhuàn）：解经之作。参：参互，参错相合。

⑬ 齐行（háng）：同类。

⑭ 铨：衡量。

⑮ 叙：即序。引：引言。纪：法度。

⑯ 宜言：话说得适当。

⑰ 说（yuè）语：话说得动听。

⑱ 转师：转授师说。

⑲ 主解：解释为主。

⑳ 平理：说明公正的道理。

㉑ 次事：按次序叙述事情。

㉒ 胤（yìn）辞：引申原作的言辞。

㉓ 一揆（kuí）：一样的道理。

译文

圣哲阐明常理的书叫经，阐发经书叙说道理的叫作论。论，就是条理的意思。讲述道理有条理而不出错，那么圣人的思想就不会丧失。从前孔子讲的精微的话，是由他的弟子们事后追录下来的，因此谦虚地不称为经，而称为《论语》；所有以论为名的著作篇章，都以此为开端。在《论语》以前，经书尚无以"论"字为篇名、书名的；《六韬》中的《霸典文论》和《文师武论》，是后人加上去的吧？详细地研究论这种文体，它的分支有多种：陈述政事的，就和议、说相符合；解释经书的，就和传、注相参互；辨述历

史的，就和赞、评同一类型；评论文章的，就和序、引同一法度。所以论是话说得适当，说是话讲得中听，传是转授师说，注以解释为主，赞是使意义明显，评是公平说理，序是按次叙事，引是引申之辞。八种名称虽有不同，同属于论。

原文

论也者，弥纶群言①，而研精一理者也。是以庄周《齐物》，以论为名②；不韦《春秋》，六论昭列③。至石渠论艺④，白虎讲聚⑤，述圣通经，论家之正体也。及班彪《王命》⑥，严尤《三将》⑦，敷述昭情⑧，善入史体。魏之初霸，术兼名、法⑨。傅嘏、王粲⑩，校练名理⑪。迄至正始⑫，务欲守文⑬，何晏之徒⑭，始盛玄论⑮。于是聃、周当路⑯，与尼父争涂⑰。详观兰石之《才性》⑱，仲宣之《去伐》⑲，叔夜之辨声⑳，太初之《本无》㉑，辅嗣之两《例》㉒，平叔之二论㉓，并师心独见㉔，锋颖精密，盖论之英也。至如李康《运命》㉕，同《论衡》而过之㉖；陆机《辨亡》㉗，效《过秦》而不及㉘，然亦其美矣。

注释

① 弥纶：综合。

② 《齐物》：《庄子》中有《齐物论》。

③ 六论：《吕氏春秋》中有《开春》《慎行》《贵直》《不苟》《似顺》《士容》六论。

④ 石渠论艺：汉宣帝时曾召集儒生在石渠阁讨论"五经"。

⑤ 白虎讲聚：汉章帝曾召集大臣、儒生等在白虎观讲议"五经"。

⑥ 班彪：东汉文学家、学者。《王命》：班彪有《王命论》。

⑦ 严尤：庄尤，西汉末王莽时将军，因避汉明帝讳改名严尤。《三将》：庄尤有《三将军论》。

⑧ 敷：铺陈。昭：明显。

⑨ 术兼名、法：指曹操执政，喜好刑名之学，讲究循名责实，重视法治。

⑩ 傅嘏（gǔ）：三国魏学者。王粲：汉末文学家。

⑪ 校练：考核精练。名理：名实之理。

⑫ 正始：魏代齐王曹芳的年号。

⑬ 守文：指遵守前代注重文治的做法，继续提倡学术。

⑭ 何晏：三国魏学者，玄学的代表人物。

⑮ 玄论：谈论玄学的论著。

⑯ 聃（dān）：老子名聃。周：庄子名周。

⑰ 尼父：孔子被尊称为尼父。

⑱ 兰石：傅嘏的字。《才性》：傅嘏曾作《才性论》。

⑲ 《去伐》：王粲曾作《去伐论》。

⑳ 叔夜：嵇康的字。辨声：指嵇康《声无哀乐论》。

㉑ 太初：夏侯玄的字，夏侯玄，三国魏学者。《本无》：夏侯玄曾作《本无论》。

㉒ 辅嗣：王弼的字，王弼，三国魏学者。两《例》：指王弼的《易略例》上下两篇。

㉓ 平叔：何晏的字。二论：《世说新语·文学》载，何晏曾作《道德》二论。

㉔ 师心独见：发自内心而有创见。

㉕ 李康：三国魏文学家。《运命》：李康有《运命论》。

㉖《论衡》：东汉学者王充所著。

㉗ 陆机：西晋文学家。《辨亡》：陆机有《辨亡论》。

㉘《过秦》：西汉文学家贾谊有《过秦论》。

译文

　　论，就是综合各种说法，精密地研究某一道理。因此庄子的《齐物论》，便以论为篇名；吕不韦的《吕氏春秋》，六论明显地列于其中。到汉宣帝在石渠阁召集儒生讨论"五经"，汉章帝在白虎观聚集大臣诸儒讲论经典，阐述圣人的思想，贯通经书的道理，这是论这一文体的正宗体制。到班彪的《王命论》，庄尤的《三将军论》，论述充分，情理明白，善于运用史论的体裁。曹魏开始建立霸业之时，政术兼用名家、法家之术。傅嘏、王粲的论文，能精练地考核名实之理。到了正始时期，坚持前代的文治政策，提倡学术，何晏等人，开始兴起有关玄学的论述。于是老庄思想大行其道，要和孔子的儒家学说争夺地位了。细读傅嘏的《才性论》、王粲的《去伐论》、嵇康的《声无哀乐论》、夏侯玄的《本无论》、王弼的《易略例》上下篇、何晏的《道德》二论，都是发自内心的独立创见，笔锋锐利，论述精密，是论中的杰作。至于如李康的《运命论》，内容与王充《论衡》相同而文采胜过了它；陆机《辨亡论》，仿效贾谊《过秦论》但不如它，然而也是论中的好作品了。

原文

　　次及宋岱、郭象①，锐思于机神之区②；夷甫、裴颁③，交辨于有无之域④：并独步当时，流声后代。然滞有者全系于形用，贵无者专守于寂寥，徒锐偏解，莫诣正理⑤。动极神源⑥，其般若之绝境乎⑦？逮江左群谈⑧，惟玄是务；虽有日新，而多抽前绪矣。至如张衡《讥世》⑨，颇似俳说⑩；孔融《孝廉》⑪，但谈嘲戏；曹植《辨道》⑫，体同书抄。言不持论，宁如其已。

注释

① 宋岱：晋代学者，著有《周易论》。郭象：西晋学者，著有《庄子注》。

② 机：事物细微的迹兆。

③ 夷甫：王衍的字。王衍，西晋学者。裴颁（wěi）：西晋学者。

④ 有无之域：指"崇有"与"贵无"的学说。

⑤ 诣：造诣、认识。

⑥ 动极：探究到底。神源：神理的根源。

⑦ 般（bō）若：佛教名词，梵文"智慧"的音译，指脱离妄想，归于清静的境界，此指佛法。

⑧ 江左：江东，指东晋。

⑨ 张衡：东汉文学家。《讥世》：张衡有《讥世论》。

⑩ 俳：滑稽。

⑪ 孔融：汉末文学家。《孝廉》：孔融有《孝廉论》。

⑫ 曹植：三国魏文学家。《辨道》：曹植有《辨道论》。

译文

　　其次论及宋岱、郭象，他们思维敏锐，深入到精微玄妙的境界；王衍、裴頠等人，在"有"和"无"的问题上相互辩驳：他们都高出当时的水平，并且扬名于后世。然而执着于"有"的人完全拘泥于形体和作用；崇尚"无"的人又死守着无声无形的空虚之说，徒然地一意追求偏颇的解释，而不能得出正确的结论。能彻底探究到神理的根源的，恐怕只有佛法的最高境界吧？到东晋时代众人的谈论，只有玄学是大家热衷的；虽然常有新的观点，但大多是引申前人的论点而已。至于像张衡的《讥世论》，很像滑稽文字；孔融的《孝廉论》，只是谈笑戏谑；曹植的《辨道论》，体例如同抄书。言论不能坚持正道，那样的论文还不如不写。

原文

　　原夫论之为体，所以辨正然否①；穷于有数，追于无形，钻坚求通，钩深取极②；乃百虑之筌蹄③，万事之权衡也④。故其义贵圆通⑤，辞忌枝碎，必使心与理合，弥缝莫见其隙；辞共心密，敌人不知所乘，斯其要也。是以论如析薪⑥，贵能破理⑦。斤利者⑧，越理而横断⑨；辞辨者，反义而取通⑩；览文虽巧，而检迹知妄。唯君子能通天下之志，安可以曲论哉？若夫注释为词，解散论体，杂文虽异，总会是同；若秦延君之注《尧典》⑪，十余万字；朱普之解《尚书》⑫，三十万言；所以通人恶烦⑬，羞学章句。若毛公之训《诗》⑭，安国之传《书》⑮，郑君之释《礼》⑯，王弼之解《易》⑰，要约明畅，可为式矣。

注释

① 然否：是非。

② 钩：深入探取。极：最终的结论。

③ 筌（quán）蹄：喻工具、手段。筌，捕鱼器具。蹄，捕兔器具。

④ 权衡：喻标准。权，秤锤。衡，秤杆。此处喻指论文也是衡量事物的器具。

⑤ 圆通：本是佛教用语，意为无偏缺、障碍。

⑥ 析薪：劈柴。

⑦ 理：木柴的纹理。

⑧ 斤：斧。

⑨ 越理而横断：不顺纹理而横里劈断，喻强词夺理。

⑩ 反义：违反正理。

⑪ 秦延君：名秦恭，西汉文人。

⑫ 朱普：字公文，西汉文人。

⑬ 通人：通达的学者。恶（wù）：厌恶。

⑭ 毛公之训《诗》：郑玄《诗谱》说鲁国大毛公解释《诗经》，有《诗训诂传》。

⑮ 安国之传（zhuàn）《书》：据《史记·儒林列传》，孔安国有《古文尚书传》。但刘勰时此书已佚，他看到的是东晋梅赜伪托的《古文尚书传》。

⑯ 郑君之释《礼》：《后汉书·郑玄传》说郑玄为《仪礼》《礼记》等作注。《礼》：三《礼》，指《周礼》《仪礼》《礼记》。

⑰ 王弼之解《易》：据《三国志·钟会传》注引何劭《王弼传》说，王弼曾注《易》。

译文

推究论这种文体，是用来辨明是非的；透彻地论述具体的问题，彻底地追究抽象的道理，钻研难处以求贯通，深入探取获得最终结论；它是表达各种思想的手段，衡量万事万物的工具。所以论述的道理贵在全面通达，言辞切忌支离破碎，必定要使心中所想与实际道理相一致，两者相合没有缝隙；又要使言辞和心中所想紧密吻合，使论敌无机可乘，这是论的写作要领。所以写论就如劈柴，贵在顺着纹理破开。斧子锐利的，会不顺纹理而横劈木柴；能言善辩的，能违反正理而自圆其说；看他的言辞虽巧妙，但考查实际就会知道虚妄不实。只有君子才能使自己的思想通达于天下，怎么可以用歪曲的立论呢？至于注释经典的文词，是分散了的论体，虽然夹杂在文中不像是论，但汇总起来和论就完全相同；像秦延君注《尧典》，用了十余万字；朱普解释《尚书》，用了三十万字；所以通达的人讨厌它的繁琐，羞于从事章句之学。像毛亨的解说《诗经》，孔安国的阐述《尚书》，郑玄的注释三《礼》，王弼的解释《周易》，精要简约明白畅达，可以作为注释的法式了。

原文

说者，悦也，兑为口舌①，故言资悦怿②；过悦必伪，故舜惊谗说③。说之善者，伊尹以论味隆殷④，太公以辨钓兴周⑤，及烛武行而纾郑⑥，端木出而存鲁⑦：亦其美也。暨战国争雄，辨士云踊⑧；从横参谋⑨，长短角势⑩；转丸骋其巧辞⑪，飞钳伏其精术⑫。一人之辨，重于九鼎之宝；三寸之舌，强于百万之师。六印磊落以佩⑬，五都隐赈而封⑭。

注释

① 兑（duì）：《易经》中的卦名，象征口舌。

② 资：凭借。怿（yì）：喜悦。

③ 舜惊谗说：《尚书·舜典》中说，舜厌恶谗言，因为它会耸动民众。

④ 伊尹：名挚，商汤之臣，佐商汤伐夏桀。论味：谈论调味的道理。隆：兴起。

⑤ 太公：姜太公吕尚，曾钓鱼于水边，遇文王，为文王所赏识，后佐武王伐殷纣。辨钓：议论钓鱼的方法。

⑥ 纾（shū）：解救。

⑦ 端木：指子贡，姓端木，名赐。

⑧ 辨士：能言善辩之士，指战国策士。云踊：形容多。

⑨ 从横：即纵横。纵，合纵，战国时六国联合抗秦的策略。横，连横，秦国分别和六国联合的策略。参谋：参预谋议。

⑩ 长短：纵横家的游说术，此指各种谋略。角：较量。

⑪ 转丸：《鬼谷子》有《转丸》篇，已佚。转丸喻说辞圆转流利。

⑫ 飞钳：《鬼谷子》有《飞钳》篇，讲述如何以说辞影响控制对方。钳，钳制，挟持牵制。

⑬ 六印磊落：战国纵横家苏秦曾佩六国相印。磊落，错落，指多。

⑭ 五都隐赈（zhèn）：秦惠王曾封张仪五邑。张仪，战国纵横家。隐赈：即殷赈，富有。

译文

　　所谓说，就是喜悦，说字从兑，而兑就是用口舌，所以说话要让人喜悦；但过分讨人喜悦必定虚伪，所以舜会因谗言过多而震惊。说辞用得好的，如伊尹谈论烹饪调味以启发商汤，从而使殷朝兴起；吕尚辨明钓鱼的道理以喻治国，从而使周朝振兴；到烛之武往秦军中去游说而解救了郑国；子贡前往齐国劝说攻吴而保存了鲁国：他们的说辞也算好的。到战国时代，各国争雄，能言善辩之士多如云涌；以合纵连横参预各国的谋议，用游说之术互争高低；弹丸流转般地发挥巧妙的说辞，飞钳般地使人受制于他的精妙辩术。一个人的辩辞，比九鼎宝器还重；三寸不烂之舌，比百万人的军队还强。六国的相印错落地佩挂在苏秦的身上，五个富裕的都城封给了张仪一人。

原文

至汉定秦、楚，辩士弭节^①，郦君既毙于齐镬^②，蒯子几入乎汉鼎^③。虽复陆贾籍甚^④，张释傅会^⑤，杜钦文辨^⑥，楼护唇舌^⑦，颉颃万乘之阶^⑧，抵巇公卿之席^⑨，然并顺风以托势，莫能逆波而溯洄矣^⑩。夫说贵抚会，弛张相随，不专缓颊^⑪，亦在刀笔^⑫。范雎之言疑事^⑬，李斯之止逐客^⑭，并顺情入机，动言中务，虽批逆鳞^⑮，而功成计合，此上书之善说也。至于邹阳之说吴、梁^⑯，喻巧而理至，故虽危而无咎矣。敬通之说鲍、邓^⑰，事缓而文繁，所以历骋而罕遇也。

注释

① 弭（mǐ）节：停止不前。此指难以活跃。

② 郦君：郦食其（yì jī），汉高祖刘邦的说客。镬（huò）：锅。

③ 蒯（kuǎi）子：蒯通，本名彻，避汉武帝讳，史称蒯通。

④ 陆贾：西汉初辩士。籍甚：名声极大。

⑤ 张释：张释之，西汉文帝时大臣。傅会：指文章的安排布局和修饰润色等。

⑥ 杜钦：西汉贵戚王凤的谋士，常替王凤出谋划策。

⑦ 楼护：西汉末人，为贵族五侯家上客，能言善辩。

⑧ 颉颃（xié háng）：鸟上下飞翔。万乘：指帝王。

⑨ 抵巇：戏谑。公卿：指达官贵僚。

⑩ 溯洄（sù huí）：逆流而上。喻违反主上之意而骋说辞。

⑪ 缓颊：缓慢、婉转地动用唇舌。此指从容陈说。

⑫ 刀笔：书写用具，古人在简册上用笔书写，写错了就用刀刮去。这里指形诸文字，成为书面作品。

⑬ 范雎：战国辩士，帮助秦昭王废太后，逐穰侯，做了秦相。疑事：疑难之事。

⑭ 李斯：秦代政治家。

⑮ 批逆鳞：喻敢于直谏触犯君主。批，触。

⑯ 邹阳：西汉文学家。

⑰ 敬通：冯衍的字，东汉初文学家。鲍：鲍永。东汉初将军。邓：邓禹，东汉初将军。

译文

到汉灭了秦、楚，辩士们不再得志，郦食其被煮死在齐王的大锅里，蒯通差点被投入汉朝的鼎中去烹。虽然又有陆贾作为辩士名声很大，张释之善于将说辞结合时事，杜钦有文才善于辨析，楼护能说会道摇唇鼓舌，他们有的活跃在皇帝殿阶前，有的谈笑于公卿大臣的座间，都不过是见风使舵，没有人能犯颜而发议论了。说贵在顺时适势，视情形而决定是从容还是紧迫，而且不仅仅是口头陈说，也有写成文字的。像范雎上书谈疑难之事，李斯上书谏逐客之令，都顺应对方的心情，话说得投机，一开口便切中要务，虽然看似触犯了君主，但却能取得成功，计议被采纳，这些是上书中好的说辞。至于邹阳的劝说吴王、梁王，比喻巧妙而理由充足，所以虽然处境危险但却没有遭殃。而冯衍的劝说鲍永、邓禹，事情不急且文辞繁多，所以屡经游说却很少得志。

原文

> 凡说之枢要^①，必使时利而义贞^②；进有契于成务^③，退无阻于荣身。自非谲敌^④，则唯忠与信。披肝胆以献主，飞文敏以济辞^⑤，此说之本也。而陆氏直称"说炜晔以谲诳"^⑥，何哉？

注释

① 枢要：关键。
② 时利：时机有利。义贞：立意正确。贞，正。
③ 契：合。成务：促成事务，指达到说辞所要达到的目的。
④ 谲：欺骗。
⑤ 飞：飞驰。文敏：敏锐的文思。济：接济，有加强之意。
⑥ 陆氏：陆机，西晋文学家，著有《文赋》。炜晔：光彩鲜明。诳：欺骗。

译文

所有说辞的关键，在于一定要时机有利，立意正确；要使说辞进能促成目的的达到，退也无碍于显扬自己。如果不是为欺骗敌人，那么只能讲究忠诚与信实。披肝沥胆把诚心献给主上，运用敏锐的文思来加强说辞，这是说的根本。可是陆机却直称"说辞要光彩鲜明并用欺诈之术"，这是为什么呢？

原文

> 赞曰：理形于言，叙理成论。词深人天，致远方寸^①。阴阳莫忒，鬼神靡遁^②。说尔飞钳，呼吸沮劝^③。

注释

① 致：到达。方寸：指心。
② 忒（tè）：差错。靡：无。遁：逃遁。
③ 呼吸：指时间短。沮（jǔ）：阻止。劝：勉励，有鼓动之意。

译文

赞词说：道理用语言来表达，叙述道理便成论文。论的内容深广包括人事和天道，它能将作者的心思传送至极远的地方。揭示阴阳之道丝毫不差，鬼神也无处逃遁。说辞则有如飞钳，能够在瞬息之间阻止或鼓动对方。

诏策 第十九

题解

　　《诏策》的"诏"和"策"都是文体的名称。"诏"即诏书，"策"即策书，都是帝王发布的诏令一类公文。这类文体名目很多，后代统称做诏令。本篇反映了魏晋以前的诏策文的大概发展情况。首先讲"诏""策"的起源及历代诏策的发展变化。指出"诏"用于诏告臣下，"策"用于策封王侯。自先秦至汉魏，由于时代变化和用途有异，帝王文告还有诰、誓、制、敕等名称。接着论述诏策文的沿革和名篇佳作。指出汉武帝，东汉明、章二帝，魏文帝，东晋明帝等对诏书文辞很重视，引用具有才学之士来从事写作，因而多佳作。其次对不同内容的诏策提出了不同的写作要求，如授官选贤的文告要写得"义炳重离之辉"，军事讨伐的文告要写得"声有洊雷之震"，封策王侯的文告要写得"气含风雨之润"。最后简述"戒""教"两种与诏策接近的文体，它们都是上对下之文，但不限于帝王对臣下，也有长官对僚属、百姓，父对子等。

原文

　　皇帝御宇①，其言也神。渊嘿负扆②，而响盈四表③，其唯诏策乎！昔轩辕、唐、虞④，同称为命。命之为义，制姓之本也⑤。其在三代⑥，事兼诰誓。誓以训戎，诰以敷政，命喻自天⑦，故授官锡胤⑧。《易》之《姤》象："后以施命诰四方。"诰命动民，若天下之有风矣⑨。降及七国⑩，并称曰命，命者，使也。秦并天下，改命曰制。汉初定仪，则有四品：一曰策书，二曰制书，三曰诏书，四曰戒敕⑪。敕戒州郡，诏告百官，制施赦令⑫，策封王侯。策者，简也⑬。制者，裁也⑭。诏者，告也。敕者，正也。《诗》云"畏此简书"，《易》称"君子以制数度"，《礼》称"明神之诏"，《书》称"敕天之命"，并本经典以立名目。远诏近命，习秦制也⑮。

注释

① 御：统治。宇：天下。

② 渊嘿（mò）：沉默。渊，深沉。嘿，同"默"。负扆（yǐ）：放在帝王座后的有斧形花纹的屏风。

③ 盈：充满。四表：四方之外。

④ 轩辕：黄帝。唐：唐尧。虞：虞舜。

⑤ 制姓：指帝王给臣子赐以姓氏。

⑥ 三代：夏、商、周三代。

⑦ 喻：晓喻，显示之意。

⑧ 授官：授予官爵。锡：赐予。胤（yìn）：后代。这里指姓氏。

⑨ 《姤》（gòu）：《姤》卦。象：《象辞》。后：君主。动民：触动臣民。

⑩ 七国：指战国时代。

⑪ 敕（chì）：君主的命令。

⑫ 赦：赦免。

⑬ 简：指编起来的竹简。

⑭ 裁：裁断。

⑮ 习：沿袭。

译文

　　帝王统治天下，他的话是神圣的。他能静坐在御座上，而他的声音却充满四方，靠的只是诏策吧！从前轩辕黄帝、唐尧、虞舜的时代，帝王的话都称为命。命的意义，是决定人性的根本。在夏、商、周三代，命还包括诰和誓。誓是用来训诫军队的，诰是用来发布政令的，命意味着上天的旨意，所以用于授予官爵赐予姓氏。

　　《周易》中《姤》卦的象辞说："君主用发布命令来告诫四方臣民。"诰命能使臣民行动，犹如天下有风吹动。到了战国时代，都称为命，命，就是使。秦统一了天下，将命改为制。汉初制定仪法，又分为四种：一称策书，二称制书，三称诏书，四称戒敕。敕用于告诫州郡长官，诏用于告示文武百官，制用于发布赦免命令，策用于封赐爵位。策，就是简册。制，就是裁断。诏，就是告示。敕，就是戒正。《诗经》中说"惧怕这告急的简书"，《易传》中说"君子以此制定礼数法度"，《周礼》中说到明神之诏，《尚书》中说"奉正上天之命"，可见都是依据经典来确立名称的。在远地的用诏书，近地的用命令，这是沿袭秦朝的制度。

原文

　　《记》称丝纶①，所以应接群后②。虞重纳言③，周贵喉舌④。故两汉诏诰，职在尚书。王言之大，动人史策，其出如绋⑤，不反若汗⑥。是以淮南有英才，武帝使相如视草⑦；陇右多文士，光武加意于书辞⑧：岂直取美当时，抑亦敬慎来叶矣⑨。观文、景以前⑩，诏体浮杂，武帝崇儒，选言弘奥。策封三王⑪，文同训典⑫；劝戒渊雅，垂范后代；及制诏严助⑬，即云厌承明庐⑭，盖宠才之恩也⑮。孝宣玺书⑯，责博于陈遂，亦故旧之厚也。逮光武拨乱，留意斯文，而造次喜怒，时或偏滥。诏赐邓禹⑰，称司徒为尧⑱；敕责侯霸⑲，称"黄钺一下"⑳。若斯之类，实乖宪章。暨明、章崇学㉑，雅诏间出。和、安政弛㉒，礼阁鲜才㉓。每为诏敕，假手外请。

注释

① 《记》：《礼记·缁衣》。纶：系官印的丝带。

② 应接：接见。群后：指诸侯。

③ 虞：虞舜。纳言：官名，负责反映下面的意见，传达王的命令。

④ 喉舌：喻传达王命的官。

⑤ 绋（fú）：大绳。

⑥ 不反若汗：以汗出不会返回体内，喻王言一出不能收回。

⑦ 淮南：西汉淮南王刘安。武帝：汉武帝。相如：司马相如，西汉文学家。草：草稿。

⑧ 陇右：陇西，在今甘肃、青海一带。当时在隗嚣控制之下。隗嚣：东汉人，王莽时据陇西起兵，割据陇西多年，后为光武帝平定。

⑨ 来叶：来世，后世。

⑩ 文：汉文帝。景：汉景帝。

⑪ 策封三王：据《史记·三王世家》，武帝策封齐王刘闳、燕王刘旦、广陵王刘胥。

⑫ 训典：指《尚书》中的《伊训》《尧典》等。

⑬ 制诏：即诏命。严助：西汉文学家，曾任会稽太守。

⑭ 厌：厌倦。承明庐：汉代侍臣值宿的地方。

⑮ 宠才之恩：指汉武帝爱严助之才，所以恩准他离开朝廷去故乡会稽做太守。

⑯ 孝宣：汉宣帝，汉武帝曾孙。玺（xǐ）书：加盖皇帝玉玺的书信。玺，印。秦以后专指帝王之印。

⑰ 邓禹：东汉初将领。

⑱ 司徒：官名，即西汉丞相。邓禹曾任司徒。

⑲ 侯霸：东汉大臣，光武帝时任司徒。

⑳ 黄钺：饰有黄金的大斧。

㉑ 明：汉明帝。章：汉章帝。崇学：尊崇学术。

文心雕龙

㉒ 和：汉和帝。安：汉安帝。政弛：政治废弛。
㉓ 礼阁：汉代职掌皇帝文书的尚书省。鲜：缺乏。

译文

　　《礼记·缁衣》称帝王的话说时如细丝而传出去就像是丝带，这是就帝王接见诸侯说的话而言的。虞舜重视纳言之官，周朝看重传达王命的喉舌官。所以两汉的诏书诰命，由尚书省职掌。帝王的话非常重要，一说出口往往载入史册，如丝般细的话说出来就如粗绳，又像汗水流出无法返回。因此，西汉淮南王刘安有文才，汉武帝给他的书信便先让司马相如审阅草稿；陇西隗嚣手下多文士，汉光武帝便特别留意于文辞的修饰：这哪里只是为在当时获得美誉，也是谨慎地考虑到对后世的影响。看西汉文帝、景帝以前，诏书浮浅驳杂，汉武帝崇尚儒术，诏书选用的语言便弘大深奥。分封三王的策书，文辞如同《尚书》中的训、典；劝勉告诫之意深厚而雅正，可为后代留下典范；到写诏书给严助，就说既然你厌倦在朝任职就到家乡去做官，这是优宠人才所显示的恩泽。汉宣帝的玺书，和陈遂讨起了赌债，也是昔日交情深厚的体现。到汉光武帝拨乱反正，也留心这类文字，但喜怒之情任意发泄，言辞常常偏差过分。赐给邓禹的诏书，称司徒邓禹为尧；责骂侯霸的敕书，说要用黄钺来杀他。像这一类情况，实在违背法度。到汉明帝、汉章帝尊崇学术，典雅的诏书屡屡出现。汉和帝、汉安帝时朝政废弛，尚书省缺乏人才，每次草拟诏书、敕书，都要请外人代笔。

原文

> 　　建安之末①，文理代兴②，潘勖《九锡》③，典雅逸群；卫觊禅诰④，符采炳耀⑤，弗可加已。自魏晋诰策，职在中书⑥，刘放、张华⑦，并管斯任⑧，施令发号，洋洋盈耳⑨。魏文帝下诏，辞义多伟，至于"作威作福"⑩，其万虑之一弊乎！晋氏中兴，唯明帝崇才，以温峤文清⑪，故引入中书⑫。自斯以后，体宪风流矣⑬。

注释

① 建安：汉献帝年号。
② 文理：文采和情理。此指有文采的诏策文。代兴：代之而兴起。
③ 潘勖（xù）：汉末文学家。九锡：帝王赏赐功臣九种器物。
④ 卫觊（jì）：三国魏时人。禅诰：指卫觊的《为汉帝禅位魏王诏》。
⑤ 符采：玉的横纹。喻文采。炳耀：光彩照耀。
⑥ 中书：中书省，魏晋始设置的官署。
⑦ 刘放：三国魏时人，曾任中书监。张华：西晋文学家，也曾任中书监。
⑧ 互管斯任：先后担任过此职。斯，此。任，指中书监之职。
⑨ 洋洋：美盛。盈：充满。

⑩ "作威作福"：《三国志·魏志·蒋济传》载曹丕给夏侯尚的诏书中有"作威作福"之语，蒋济认为是"亡国之语"。

⑪ 温峤（qiáo）：东晋文学家。

⑫ 引入中书：晋明帝任温峤为中书令，起草诏书。

⑬ 体：指诏策的体制。宪：法度。风流：指文采的华美。

译文

　　建安末年，有文采的诏策文不断出现，潘勖的《册魏公九锡文》，典雅超群；卫觊《为汉帝禅位魏王诏》，文采照耀，无人能超出他们了。自从魏晋的诏策由中书省掌管，刘放和张华，先后主管这一工作，于是诏书发号施令时，人们的耳边充满了美妙的声音。魏文帝下诏书，文辞内容大多壮美，至于给夏侯尚的诏书中说"作威作福"，这是万虑之一失吧？东晋中兴后，只有晋明帝重视文才，因为温峤文笔清新，所以被引进到中书省。从此以后，诏策文的写作都追求文采华美了。

原文

　　夫王言崇秘，大观在上①，所以百辟其刑②，万邦作孚③。故授官选贤，则义炳重离之辉④；优文封策⑤，则气含风雨之润；敕戒恒诰⑥，则笔吐星汉之华⑦；治戎燮伐⑧，则声有洊雷之威⑨；眚灾肆赦⑩，则文有春露之滋；明罚敕法⑪，则辞有秋霜之烈。此诏策之大略也。戒敕为文，实诏之切者⑫，周穆命郊父受敕宪⑬，此其事也。魏武称，作敕戒当指事而语，勿得依违⑭，晓治要矣⑮。及晋武敕戒⑯，备告百官⑰：敕都督以兵要⑱，戒州牧以董司⑲，警郡守以恤隐⑳，勒牙门以御卫㉑，有训典焉㉒。

注释

① 大观在上：语出《周易》的《观》卦象辞，意谓王者之言美而可观，大为在下所观听。

② 百辟（bì）：百君，诸侯。刑：效法。

③ 万邦作孚（fú）：语出《诗经·大雅·文王》，意谓各国都信服。孚，信服。

④ 炳：光明。重离：日月附着于天。重，日月相重。离，附着。

⑤ 优文：优宠的诏书。封：封爵。

⑥ 敕戒：敕正训诫。恒：常。

⑦ 星汉：银河。

⑧ 戎：军事。燮（xiè）：协同。

⑨ 洊（jiàn）雷：重叠的雷声。洊，一次又一次。

⑩ 眚（shěng）：过失。肆：宽缓。

⑪ 敕：正。法：法纪。

⑫ 切：峻切。

⑬ 周穆：周穆王。郊父：周穆王的大臣。宪：教令。

⑭ 依违：模棱两可。

⑮ 晓：通晓。治要：治国的要领。

⑯ 晋武：晋武帝。

⑰ 备：普遍。

⑱ 都督：地方军政长官。

⑲ 州牧：一州之长。董：督察。司：主管，指分管各项工作的下属。

⑳ 郡守：一郡之长。恤：体恤。隐：痛，指民间疾苦。

㉑ 牙门：立牙旗的军门，此指牙门将。

㉒ 训典：指《尚书》中的《伊训》《尧典》等。

译文

帝王的话崇高神秘，他的话大为在下的所观听，所以诸侯都效法，各国都信服。因此授予官职，选用贤才，意义要如日月般的光辉；优宠的文诰、封爵的策书，语气宜温厚如和风细雨般的润泽；敕正训诫的常用诏诰，应笔下吐出星河般的光芒；治理军队协同伐敌的誓辞，就该具有滚滚雷霆般的声威；宽赦过失之罪的赦书，文辞要有春天露水般的滋润；申明赏罚、整饬法纪，言辞须有秋天严霜般的酷烈。这是诏策文的大致要求了。戒敕的文辞，实在是诏书中峻切的一种，周穆王命令郊父接受戒敕的教令，就是戒敕文了。魏武帝曹操说，作敕戒文应当就具体事情提出告诫，不能模棱两可，真是懂得治国的要领啊。到晋武帝作敕戒文，用于广泛地告诫百官：敕令都督掌握军事要领，告诫州牧督察所属部下，警告郡守体恤民间疾苦，勒令驻军加强防卫，都有《尚书》中训典的遗风。

原文

戒者，慎也，禹称"戒之用休"①。君父至尊，在三同极②。汉高祖之敕太子③，东方朔之戒子④，亦顾命之作也⑤。及马援已下⑥，各贻家戒⑦。班姬《女戒》⑧，足称母师也⑨。教者，效也，出言而民效也。契敷五教⑩，故王侯称教。昔郑弘之守南阳⑪，条教为后所述⑫，乃事绪明也。孔融之守北海⑬，文教丽而罕施⑭，乃治体乖也⑮。若诸葛孔明之详酌⑯，庾稚恭之明断⑰，并理得而辞中，教之善也。自教以下，则又有命。《诗》云："有命自天⑱。"明命为重也。《周礼》曰："师氏诏王⑲。"明诏为轻也。今诏重而命轻者，古今之变也。

注释

① "禹称"句：语出《尚书·大禹谟》，谓用美德来警戒。休：美。
② 至：最。三：即君、父、师。同极：没有穷尽，指恩德。
③ "汉高祖"句：《古文苑》卷十载汉高祖《手敕太子》，告诫他勤读书学习，尊敬萧何等人。
④ 东方朔：西汉文学家。
⑤ 顾命：临终之命。
⑥ 马援：东汉初将领，《后汉书·马援传》载马援《戒兄子严敦书》。
⑦ 贻：留下。
⑧ 班姬：班昭，一名姬，班彪之女，班固之妹，作《女戒》七篇。
⑨ 母：傅母，保育、辅导贵族女子的保母。师：女师。
⑩ 契（xiè）：舜的臣子。敷：发布。五教：五种伦理道德：父义、母慈、兄友、弟恭、子孝。
⑪ 郑弘：西汉人。守南阳：任南阳太守。
⑫ 条教：条列的教令。述：遵循。
⑬ 守北海：孔融曾为北海相。北海在今山东寿光县附近。
⑭ 罕施：难于施行。
⑮ 治体乖：是说孔融治理北海时多有乖误。
⑯ 诸葛孔明：诸葛亮，字孔明，三国蜀政治家。
⑰ 庾稚恭：庾翼，字稚恭，东晋将领。
⑱ 有命自天：语出《诗经·大雅·大明》。
⑲ 师氏：主管贵族教育的官。诏：告，此指下告上，秦以后"诏"才专用于帝王的诏书。

译文

戒，就是谨慎，大禹就说"用美德来警戒"。君、父是最尊贵的，君、父、师的恩德是无穷尽的。汉高祖的《手敕太子》，东方朔的告诫儿子，也是临终遗嘱之作。到马援以下各家，都各自留下了家戒。班昭的《女戒》，堪称傅母、女师了。教，就是仿效，话说出来人民照着去做。契曾发布五条道德教令，所以王侯教导百姓称为教。从前郑弘做南阳太守，所条列的教令为后任所遵循，那是因为他治政的头绪分明。孔融任北海相时，教令文采雅丽但难以实行，那是因为治理的措施有误。像诸葛亮教令的内容详明而文辞简约，庾翼的教令明确果断，都道理正确、言辞中肯，是教文中的好作品。除教文以外，还有命。《诗经·大雅·大明》说："有命来自上天。"说明命是重要的。《周礼·地官·师氏》说："主管教育的官诏告于王。"说明诏轻于命。如今诏重要命不重要，是古今有变化了。

原文

> 赞曰：皇王施令，寅严宗诰①。我有丝言，兆民伊好②。辉音峻举，鸿风远蹈③。腾义飞辞，涣其大号④。

注释

① 寅严：恭敬严肃。宗：宗法。诰：指《尚书》的诰命。
② 兆民：万民。兆，极言其多。伊：是。好：喜好，引申为尊奉。
③ 辉音：光辉的声音，指帝王的诏策。峻举：高举。鸿：大。蹈：踩，引申为至、到。
④ 涣：散。号：号令。

译文

赞词说：帝王发号施令，恭敬严肃地效法《尚书》的诰命。我王即使片言只语，万民也会尊奉。光辉的诏策高高举起，宏大的风化遍及远方。诏义远腾，辞采飞扬，伟大的号令广泛传播。

檄移 第二十

题解

　　《檄移》的"檄"和"移"都是文体的名称。本篇先讲檄文的起源。指出"檄"是军事行动中宣告敌方罪行的文章，其源颇早，但到战国时始用"檄"名，源于战国时的辩士和纵横家。还讲到了战国时期正式出现的檄文以后的主要作品，结合檄文在征讨敌人中所起的作用。之后列举隗嚣、陈琳、钟会、桓温等的檄文，加以称道。然后讲檄文的特点和写作要求，主张檄文旨在声讨对方，故必须刚健有力，"必事昭而理辨，气盛而辞断"。檄文在陈述自己有理、对方无道时，往往采用张扬的手法，因而颇有文采。其次讲移文及其和檄文的区别。移文是晓谕对方使之从命的文章。檄文用于军事活动中声讨敌方，移文除过军中用于非敌对的对方外，还可广泛用于非军事活动方面，故有"文移""武移"之分。列举司马相如、刘歆、陆机的移文并加以肯定。移文的体制和写作要求，大致同于檄文，故略而不论。

原文

　　震雷始于曜电①，出师先乎威声。故观电而惧雷壮，听声而惧兵威。兵先乎声，其来已久。昔有虞始戒于国②，夏后初誓于军③，殷誓军门之外④，周将交刃而誓之⑤。故知帝世戒兵⑥，三王誓师，宣训我众⑦，未及敌人也。至周穆西征⑧，祭公谋父称"古有威让之令，有文告之辞⑨"。即檄之本源也⑩。及春秋征伐，自诸侯出，惧敌弗服，故兵出须名，振此威风，暴彼昏乱。刘献公之所谓"告之以文辞，董之以武师"者也⑪。齐桓征楚，诘菁茅之阙⑫；晋厉伐秦，责箕、郜之焚⑬；管仲、吕相⑭，奉辞先路⑮，详其意义，即今之檄文。暨乎战国，始称为檄。檄者，皦也⑯，宣布于外，皦然明白也。张仪《檄楚》⑰，书以尺二⑱。明白之文，或称露布⑲。露布者，盖露板不封，播诸视听也。

注释

① 震：八卦中，震代表雷。曜电：闪电。曜，同"耀"，照耀，耀眼。

② 有虞：虞舜。

③ 夏后：夏禹。

④ "殷誓"句：《司马法·天子之义》："殷誓于军门之外，欲民先意以行事也。"

⑤ 交刃：兵刃相交，指交战。

⑥ 帝世戒兵：即指"有虞始戒于国"。

⑦ 宣训：宣言训诫。我众：自己的军队。

⑧ 周穆：周穆王。西征：周穆王西征犬戎（古代少数民族）。

⑨ 祭公谋父：周穆王的卿士。让：谴责。

⑩ 檄（xí）：一种用于征召、声讨或晓喻的文体。

⑪ 刘献公：周景王卿士。董：督。

⑫ 菁茅：一种草，祭祀时用于滤去酒滓。阙：缺。

⑬ "晋厉"二句：《左传·成公十三年》载，晋厉公派吕相去和秦绝交，指责秦国焚烧晋国的箕、郜两地。

⑭ 管仲：春秋齐大夫。吕相：春秋晋大夫，封于吕。

⑮ 奉辞先路：说进兵伐敌之前，先奉命以言辞谴责对方。

⑯ 皦（jiǎo）：清晰明白。

⑰ 张仪檄楚：《史记·张仪列传》载，张仪任秦相后，曾"为文檄告楚相"，说他因过去被楚相责打而将报复楚国。

⑱ 书以尺二：书写在一尺二寸长的简上。

⑲ 露布：不加检封、公开宣布的文书，这里指檄文。

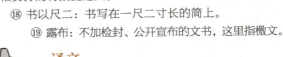

译文

雷声之前先有闪电，出兵之前先有声威。所以见到闪电就害怕雷声震耳，听到声势就害怕军队威武。出兵先有声威，由来已久了。从前有虞氏开始警诫国内臣民，夏后氏开始在军队中誓师，殷商在军门外誓师，周朝交战前誓师。所以知道有虞氏的警诫士兵，夏、商、周三代帝王的训誓军队，都是宣言训诫自己的军队，尚未说给敌方听。到周穆王西征时，祭公谋父声称"古代有威严谴责的命令，有文辞告诫的文告"。这就是檄文的源头了。到春秋时代，诸侯自行征伐，担心敌人不服，所以出兵要有名义，以振奋自己的威风，揭露对方的昏乱。也就是刘献公所说的"以文辞告诚他,以武力督责他"的意思。齐桓公征讨楚国,责问楚国为何不向天子进贡菁茅;晋厉公讨伐秦国,指责秦国入侵焚烧箕、郜两地:齐国的管仲、晋国的吕相,在进兵之前奉命以言辞谴责对方,细察它的意义,就是现在的檄文。到战国时代,这类文辞才称为檄文。檄,就是清晰明了,宣扬公布出来,使事情昭然明白。张仪给楚相的檄文,书写在一尺二寸的简上。这种清晰明白的檄文,又称为露布。露布,是不加检封地露出来,使内容传播于人们的耳目。

原文

　　夫兵以定乱,莫敢自专,天子亲戎①,则称"恭行天罚"②;诸侯御师③,则云"肃将王诛"④。故分阃推毂⑤,奉辞伐罪,非唯致果为毅⑥,亦且厉辞为武⑦。使声如冲风所击⑧,气似欃枪所扫⑨,奋其武怒,总其罪人⑩,征其恶稔之时⑪,显其贯盈之数⑫,摇奸宄之胆⑬,订信顺之心⑭,使百尺之冲⑮,摧折于咫书⑯,万雉之城⑰,颠坠于一檄者也⑱。观隗嚣之檄亡新⑲,布其三逆⑳;文不雕饰,而辞切事明㉑,陇右文士㉒,得檄之体矣。陈琳之檄豫州㉓,壮有骨鲠㉔,虽奸阉携养㉕,章实太甚㉖,发丘摸金㉗,诬过其虐㉘。然抗辞书衅㉙,曒然暴露矣㉚。固矣,敢指曹公之锋㉛,幸哉,获免袁党之戮也㉜。钟会檄蜀㉝,征验甚明;桓温檄胡㉞,观衅尤切,并壮笔也。

注释

① 亲戎:亲自出征。

② 恭行天罚:恭敬地执行上天对对方的惩罚,意即对对方进行征讨。

③ 御师:率军。

④ 肃将王诛:恭敬地奉王的旨意进行诛伐。将:奉命。

⑤ 分阃(kǔn):以城门为分界限,城门以外军事由大将全权决定。阃,门槛,特指城门。毂(gǔ):车轮中心的圆木,此代指车。

⑥ 致果为毅:语出《左传·宣公二年》,意为达到果敢坚毅。

⑦ 厉辞为武:用严厉的文辞,形成威武的气势。

⑧ 冲风:暴风。

⑨ 欃(chán)枪:彗星。

⑩ 总其罪人:此谓集中到罪人身上。

⑪ 征:证明。稔(rěn):成熟,引申为达到极点。

⑫ 贯:串,用绳串物。盈:满,绳上之物已串满。数:气数。

⑬ 奸宄(guǐ):犯法作乱的人。

⑭ 订:定。顺:归顺。

⑮ 冲：冲城的战车。

⑯ 咫书：咫尺之书，指檄文。咫，古代八寸为一咫。

⑰ 雉（zhì）：城墙长三丈、高一丈为一雉。

⑱ 颠：坠落。

⑲ 隗嚣（wěi áo）：东汉人，王莽末据陇西起兵。新：王莽篡汉所改国号。

⑳ 三逆：隗嚣檄文中列举王莽有逆天、逆地、逆人的罪恶。逆，违背。

㉑ 切：峻切。

㉒ 陇右：陇西，今甘肃陇山以西地区，当时为隗嚣所占据。文士：指隗嚣幕府中的文士。

㉓ 陈琳：汉末文学家。檄豫州：指陈琳的《为袁绍檄豫州》。豫州，指刘备，他当时任豫州刺史。

㉔ 骨鲠：骨力。

㉕ 奸阉携养：曹操父亲曹嵩为太监曹腾养子。陈琳因此在檄文中攻击曹操为"赘阉遗丑"。阉，太监。

㉖ 章：彰明，此指揭露。甚：过分。

㉗ 发丘摸金：陈琳檄文中说曹操专设发丘中郎将、摸金校尉两官职负责盗墓。丘，指坟墓。

㉘ 诬过其虐：诬蔑超过了对方实际的暴虐程度。

㉙ 抗辞：激昂的言辞。书衅：写下罪状。衅，裂痕，引申为罪行。

㉚ 皦然：明白。露骨：彻底。

㉛ 指：指斥。

㉜ 免袁党之戮：指曹操击败袁绍后，陈琳归顺曹操，曹操不计较陈琳写檄文骂过自己，没有杀他。

㉝ 钟会：三国魏大臣。檄蜀：《三国志·魏书·钟会传》载钟会有《移檄蜀将吏士民》。

㉞ 桓温：东晋大臣。檄胡：桓温有《檄胡文》。胡，指后赵政权。

译文

出兵为了平定祸乱，无人敢自己专断，连天子亲自出征，也声称是"恭敬地执行上天的惩罚"；诸侯率军出征，就说恭敬地奉王的旨意进行诛伐。所以天子派遣大将全权征讨，大将奉命讨伐罪人，不仅要果敢坚毅，而且要有严厉的檄文造成威武的声势。使征伐的声威如暴风袭击，进兵的气势像彗星扫荡，奋起威武忿怒，集中于罪人身上，证明他的罪行已到顶点，指出他已恶贯满盈、气数将尽，动摇作恶者的胆量，坚定信服归顺者的决心，使敌人百尺高的冲城战车，被咫尺文书所摧毁，万丈长的城墙，为一纸檄文所推倒。看隗嚣讨伐王莽新朝的檄文，宣布他逆天、逆地、逆人的三大罪状，文辞不加雕饰，但辞句峻切，事实明白，陇西的文士，深得檄文的体制。陈琳的《为袁绍檄豫州》，雄壮有骨力，虽然其中骂曹操父亲是奸邪太监的养子，揭露得也太过分；说曹操设立"挖丘"和"摸金"两种官职，诬蔑超过了实际暴虐的程度；然而用激昂的文辞写下曹操的罪行，真是明白彻底极了。陈琳敢于指斥曹操的锋芒，幸运的是他免于被视为袁绍的党羽而遭杀害。钟会的《移檄蜀将吏士民》，所举证据极其明显；桓温的《檄胡文》，观察敌人的罪恶尤为确切。这些都是笔力雄壮的檄文。

原文

凡檄之大体，或述此休明①，或叙彼苛虐②；指天时③，审人事，算强弱④，角权势⑤，标蓍龟于前验⑥，悬鞶鉴于已然⑦，虽本国信⑧，实参兵诈⑨。谲诡以驰旨⑩，炜晔以腾说⑪，凡此众条，莫之或违者也。故其植义扬辞⑫，务在刚健。插羽以示迅⑬，不可使辞缓；露板以宣众⑭，不可使义隐。必事昭而理辨⑮，气盛而辞断⑯，此其要也。若曲趣密巧⑰，无所取才矣⑱。又州郡征吏，亦称为檄，固明举之义也⑲。

注释

① 休：美。

② 苛：苛刻。虐：暴虐。

③ 天时：天意。

④ 算：比较。

⑤ 角：较量。

⑥ 蓍（shī）龟：此指预言。前验：以前已有征验的事。

⑦ 鞶（pán）鉴：大带上的镜子，指借鉴。鞶，束衣的大带。已然：已经发生的事。

⑧ 国信：国家的信用。

⑨ 参：加上。

⑩ 谲诡：欺诈。

⑪ 炜晔（yè）：光采明盛。

⑫ 植义：确立意旨。扬辞：显扬文辞。

⑬ 插羽：即羽檄，檄文插上羽毛表示紧急。

⑭ 露板：见第一段注。

⑮ 昭：明。辨：清楚。

⑯ 断：决断。

⑰ 曲趣密巧：旨意婉曲，手法细密巧妙。

⑱ 无所取才：指这种才能于写作檄文不合适。

⑲ 明举：公开推举。

译文

檄文的大致体式，要么叙述我方的美善清明，要么列举敌方的苛刻暴虐；指陈天意，审明人事，对比强弱，衡量权势，用以往有征验的事来预告成败，用过去已发生的事作为借鉴，虽说本于国家的信用，实际也加进了用兵的权谋诈术。用欺诈的手段传播自己的意旨，用光采堂皇的言辞来宣扬自己的观点，上述几条，是没有哪一篇檄文可以违背的。所以确立意旨、显扬文辞，一定要刚强有力。插有羽毛的檄文是表示迅急，就不可以把文辞写得和缓；公开告示的檄文是向大众宣传的，就不可以写得意义隐晦。檄文写作必定要事实明白道理清楚，气势旺盛言辞决断，这是要点。如果旨

意婉曲、写法细巧，这种才能写檄文是不合适的。此外州郡征召官吏的文书，也称为檄，这原本就是公开推举的意思。

原文

　　移者，易也①，移风易俗，令往而民随者也。相如之《难蜀老》②，文晓而喻博，有移檄之骨焉。及刘歆之《移太常》③，辞刚而义辨④，文移之首也⑤。陆机之《移百官》⑥，言约而事显⑦，武移之要者也⑧。故檄移为用，事兼文武，其在金革⑨，则逆党用檄⑩，顺众资移⑪，所以洗濯民心⑫坚同符契⑬。意用小异，而体义大同⑭，与檄参伍⑮，故不重论也。

注释

　　① 易：改变。
　　② 相如：司马相如，西汉文学家。《难蜀老》：指司马相如的《难蜀父老》。
　　③ 刘歆：西汉学者。《移太常》：指刘歆《移太常博士书》。
　　④ 辨：明辨。
　　⑤ 文移：与文事有关的移文。

⑥ 陆机：西晋文学家。《移百官》：陆机撰，已佚。

⑦ 约：简约。

⑧ 武移：与军事行动有关的移文。要：首要。

⑨ 金革：兵甲，引申为战争。

⑩ 逆党：违逆的人。

⑪ 顺众：顺服的人。资：引申为用。

⑫ 洗濯（zhuó）：洗。

⑬ 符契：符合一致。符，符节，派遣使者或调兵时的凭证，上刻文字，分为两半，以两半相合
   为验。契，契约。

⑭ 体义：体制要义。

⑮ 参伍：交错。

译文

　　移，就是改变，改变风气习俗，命令发出，民众跟随执行。司马相如的《难蜀父
老》，文辞明白、比喻广博，有移和檄的体制框架了。到刘歆的《移太常博士书》，文
辞刚健、意义明辨，是文化政治方面最早的移文。陆机的《移百官》，语言简约、事
实明显，是有关军事行动方面首要的移文。所以檄和移的应用，适合于文和武两种情
况，用于军事上，那么对违逆的人要用檄文，对顺服的人要用移文，用它来洗涤民众
的思想，使民众同在上者保持牢固的一致。移文和檄文的用意和应用小有不同，但它
们的体制要义大致相同，移文和檄文相互交叉，所以就不再重复论述了。

原文

> 　　赞曰：三驱弛网，九伐先话①。鞶鉴吉凶，蓍龟成败②。摧压鲸鲵，
> 抵落蜂虿③。移实易俗，草偃风迈④。

注释

① 三驱：《易经·比卦》记载，王三面驱禽，让开一面，意即网开一面。九伐：《周礼·夏
   官·大司马》所列的应予讨伐的九种罪行。

② 鞶（pán）鉴：装饰在衣带上的镜子。

③ 鲸鲵（ní）：吞食小鱼的大鱼，喻罪恶之人。抵（zhǐ）：侧手击打。虿（chài）：蝎子一类
   的毒虫。

④ 偃：倒。迈：行。

译文

　　赞词说：三面驱赶禽兽，网开一面，讨伐各种罪行要先行警告。檄文要使对方对
凶吉有所鉴戒，要能预示我方必胜对方必败。檄文要有压制摧毁凶顽之敌，击落害人
毒虫的气势。移文确实能够移风易俗，犹如风行草上所向披靡。

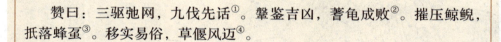

封禅 第二十一

题解

　　《封禅》的"封禅"是一种文体的名称。"封禅"原意是古代帝王祭天地的盛大典礼。古人认为"五岳"中东岳泰山最高，所以帝王应到泰山去祭祀。在泰山筑坛祭天叫"封"，在泰山南梁父山上设坛场祭地叫"禅"。本篇论述的封禅文，其实是古代帝王登泰山祭天地时颂德铭功的碑文。首先讲封禅的性质和意义，指出封禅文"专在帝皇"，是帝王宣示德化的活动，不得任意乱用，不能等闲视之。接着讲有关封禅文字的沿革和重要作家作品。指出古代帝王黄帝、虞舜等均有巡视泰山的事迹，见于载籍。秦始皇、汉武帝、东汉光武帝等登泰山巡封，均有铭功的石刻文。司马相如写作长篇《封禅文》，铺陈汉朝功德，劝导武帝封禅，成为富有创造性的鸿笔。以后扬雄、班固模仿司马相如写了《剧秦美新论》《典引》，都是这方面的佳作。之后邯郸淳的《受命述》、曹植的《魏德论》，文辞软弱迂缓，缺乏光采。最后讲封禅文在写作上的基本要求，认为应当写得内容光明正大，文辞刚健有力。

原文

　　夫正位北辰①，向明南面②，所以运天枢③，毓黎献者④，何尝不经道纬德⑤，以勒皇迹者哉⑥！《绿图》曰⑦："潬潬呐呐⑧，棼棼雉雉⑨，万物尽化⑩。"言至德所被也⑪。《丹书》曰⑫："义胜欲则从，欲胜义则凶。"戒慎之至也。戒慎以崇其德，至德以凝其化，七十有二君，所以封禅矣。

注释

① 正位北辰：北极星为天地正位，比喻帝王居位，万民围拱着他。
② 向明南面：指帝王君临天下。向明，向着南面，面向光明。南面，面朝南。

155

③ 天枢：北斗七星的第一星。此处喻国家的权柄。

④ 毓（yù）：养育。黎：黎民百姓。献：贤者。

⑤ 经道纬德：以道德为经纬，即以道德治理天下。

⑥ 勒：刻。皇迹：辉煌功迹。

⑦ 《绿图》：《尚书中候·握河纪》说，尧从黄河中的龙马那里得到了"赤文绿地"的甲图，
即《绿图》。

⑧ 渖（tān）渖：展转。呋（huī）呋：错综杂糅。

⑨ 棼（fén）棼：纷纷。雉雉：杂乱。

⑩ 化：化生。

⑪ 至德：最高的德。被：覆被，覆盖。

⑫ 《丹书》：《尚书中候·我也》说周文王得到了赤雀衔来的《丹书》。

译文

　　如北极星居于天之正中，帝王朝南而治，运用着国家的权柄，养育着百姓和贤人，又何尝不是以道德为经纬，刻下辉煌的治迹呢！《绿图》中说："展转杂糅，纷纷扰扰，万物都化育生长。"这是说万物承受了"至德"的赐予。《丹书》中说："道义胜过私欲就吉利，私欲胜过道义就凶险。"这是说戒惧和谨慎的意义。以戒惧谨慎的态度尊崇"至德"，"至德"则把它凝聚起来化育万物。已有七十二位君主，因此去泰山举行封禅大典。

原文

　　昔黄帝神灵，克膺鸿瑞①，勒功乔岳②，铸鼎荆山③。大舜巡岳，显乎《虞典》④。成、康封禅⑤，闻之《乐纬》⑥。及齐桓之霸⑦，爰窥王迹⑧，夷吾谲谏⑨，拒以怪物。固知玉牒金缕⑩，专在帝皇也。然则西鹣东鲽⑪，南茅北黍⑫，空谈非征，勋德而已。是史迁八书，明述封禅者⑬，固禋祀之殊礼⑭，铭号之秘祝⑮，祀天之壮观矣。

注释

① 克：能够。膺（yīng）：承受。鸿：大。瑞：祥瑞。

② 乔岳：高山，此指泰山。

③ 铸鼎荆山：《史记·封禅书》中说，黄帝在泰山封禅之后，采首山（地名）铜铸鼎于荆山下，鼎铸成后，有龙来迎黄帝上天。荆山：在今河南陕县。

④ 《虞典》：即《尚书·舜典》，其中记载舜巡守至泰山、南岳、西岳、北岳。

⑤ 成：周成王。康：周康王。

⑥ 《乐纬》：关于乐的纬书。

⑦ 齐桓：春秋五霸之一的齐桓公。

⑧ 爰：于是。王迹：王者的事迹，指封禅之事。

⑨ 夷吾：齐桓公之相管仲，字夷吾。谲谏：诈称。

⑩ 玉牒：帝王封禅用的文书。牒，简。金缕：金线，用于封检玉牒。玉牒金缕为封禅用品，此指封禅。

⑪ 西鹣（jiān）：西海比翼鸟。东鲽（dié）：东海比目鱼。

⑫ 南茅：南方江淮间的茅草，一叶有三脊（筋）。北黍：北方鄗（hào）上的黍米。

⑬ 史迁：司马迁。

⑭ 禋（yīn）祀：斋戒祭祀。

⑮ 铭号：刻下功绩，告于上天。秘祝：秘密祝祷，指刻在玉牒上的文字，是帝王向神明祷告的，所以秘而不宣。

译文

从前黄帝神圣灵异，能够承当鸿大的祥瑞，刻石纪功于泰山之上，采铜铸鼎于荆山之下。大舜巡视泰山，事迹清楚地记载于《尚书·舜典》。周成王、周康王在泰山封禅，有关事实见于《乐纬》。到齐桓公称霸，于是想效法帝王封禅，管仲婉转陈辞，以神怪之物未出现而加以阻止。可见用玉简金线行封禅之礼，只有帝王才可以。那么管仲所说的西海比翼鸟、东海比目鱼、南方一叶三脊的茅草、北方出产的黍米，不过是无可考证的空谈，封禅其实只须功德而已。因此司马迁在《史记》八书的《封禅书》中，明确地讲述封禅之礼，就是因为封禅是特别重大的祭祀典礼，在玉简上刻字告神的秘密祝祷，是祭祀上天的壮观啊。

原文

秦皇铭岱①，文自李斯②，法家辞气③，体乏弘润，然疏而能壮，亦彼时之绝采也。铺观两汉隆盛，孝武禅号于肃然④，光武巡封于梁父⑤，诵德铭勋，乃鸿笔耳。观相如《封禅》⑥，蔚为唱首⑦。尔其表权舆，序皇王，炳玄符，镜鸿业，驱前古于当今之下，腾休明于列圣之上，歌之以祯瑞，赞之以介丘⑧，绝笔兹文⑨，固维新之作也⑩。及光武勒碑⑪，则文自张纯⑫，首胤典谟⑬，末同祝辞，引钩谶⑭，叙离乱，计武功，述文德，事核理举，华不足而实有余矣。凡此二家，并岱宗实迹也⑮。

注释

① 秦皇铭岱：《史记·秦始皇本纪》载，秦始皇上泰山封禅，刻石记功。岱，泰山。

② 文自李斯：《泰山刻石文》出自李斯手笔。李斯：秦丞相。

③ 法家：李斯是法家人物。辞气：语气。

④ 孝武：指汉武帝。禅号：祭地告神。

⑤ 光武：指汉光武帝。梁父：泰山下山名。

⑥ 相如《封禅》：《史记·司马相如列传》载，司马相如死前留下《封禅文》一篇。

⑦ 蔚：形容文采繁盛。唱首：首创。

⑧ 介丘：大山，指泰山。介，大。丘，山丘。

⑨ 绝笔：据《史记·司马相如列传》，《封禅文》是司马相如死前的最后一篇作品。

⑩ 维新：创新。维，语词。

⑪ 光武勒碑：《后汉书·祭祀志》载，汉光武帝封泰山，派人上山刻石。

⑫ 文自张纯：光武封泰山时的《泰山刻石文》出自张纯之手。

⑬ 胤（yìn）：继承。典谟：指《尚书·舜典》。

⑭ 钩谶（chèn）：指纬书。张纯《泰山刻石文》大量引用纬书中的内容。

⑮ 实迹：指在泰山上刻石。司马相如的《封禅文》并未刻石，恐系误记。

译文

　　秦始皇封禅时刻石泰山，铭文出自李斯之手，充满法家的语气，缺乏弘大润泽的风格，却也通达而壮伟，也是那时最好的作品了。通观两汉繁盛之时，汉武帝在肃然山祭地告神，汉光武帝在梁父山巡视祭地。歌颂盛德、记录功勋的封禅文，都是大手笔。看司马相如的《封禅文》，文采繁盛，是首创的作品。它表明上古封禅的起始，叙述历代帝王，宣扬玄妙的符瑞，反映鸿大的业绩，置前代功业于当代皇帝之下，捧汉武圣明于列朝圣君之上，用祥瑞出现来歌颂，用泰山望幸来赞美，他绝笔于此文，却无疑是创新之作。到汉光武帝在泰山封禅刻碑，文章出自张纯的手笔，开头效法《尚书·舜典》的写法，结尾如同祝辞，文中引用谶纬的内容，叙述西汉末年的离乱，列举光武帝的武功，称述他的文德，事实确凿，道理显明，文采虽不够而内容充实有余。以上二家之文，都是泰山上实有的遗迹。

原文

　　及扬雄《剧秦》①，班固《典引》②，事非镌石③，而体因纪禅④。观《剧秦》为文，影写长卿⑤，诡言遁辞⑥，故兼包神怪。然体制靡密⑦，辞贯圆通，自称极思⑧，无遗力矣。《典引》所叙，雅有懿采⑨，历鉴前作⑩，能执厥中⑪，其致义会文⑫，斐然余巧⑬。故称《封禅》靡而不典，《剧秦》典而不实⑭，岂非追观易为明，循势易为力欤⑮？至于邯郸《受命》⑯，攀响前声，风末力寡⑰，辑韵成颂⑱，虽文理顺序，而不能奋飞。陈思《魏德》⑲，假论客主⑳，问答迂缓，且已千言，劳深绩寡㉑，飙焰缺焉㉒。

注释

① 《剧秦》：指扬雄的《剧秦美新》，批判秦朝的暴虐，赞美王莽的新朝。

② 《典引》：班固所作，声称汉为尧之后，由赞美尧而引申为歌颂汉朝。典，指《尚书·尧典》。

③ 事非镌石：指扬、班上述两篇文章并不刻于石上。镌，刻。

④ 体：文体。因：因袭。纪禅：纪功封禅之文。

⑤ 影写：模仿。长卿：司马相如的字。

⑥ 诡：诡异。遹辞：闪烁其辞。

⑦ 体制：体制。靡：细。

⑧ 极思：竭尽思虑。

⑨ 懿：美。

⑩ 历鉴：一一借鉴。

⑪ 能执厥中：能够做到恰如其分。执，持。厥，其。中，正好。

⑫ 致义：表达意义。会文：组织文辞。

⑬ 斐（fěi）然：很有文采的样子。

⑭ 靡：靡丽。典：典雅。

⑮ 追观：后面看前面。循：顺。

⑯ 邯郸：邯郸淳，三国魏文学家，著有《大魏受命述》。

⑰ 风末力寡：风力衰弱不足，即缺乏风骨。

⑱ 辑韵：指写作。

⑲ 《魏德》：指曹植《魏德论》。

⑳ 客主：指《魏德论》为客主问答之辞。

㉑ 劳深：用功深。绩寡：成就少。

㉒ 飙（biāo）：暴风，指风力。焰：光采。指文章的风力和光彩。

译文

　　到扬雄的《剧秦美新》，班固的《典引》，本非用以刻石，但体裁因袭封禅之文。看《剧秦美新》的写作，模仿司马相如的《封禅文》，用怪异的说法闪烁其辞，所以内容兼有神怪之说。但体制细密，文辞圆转通畅，自称写作时竭尽思虑，再无多余之力了。《典引》的叙述，很有华美的文采，一一借鉴以前的作品，能够把握得恰到好处，它的表达意义、组织文辞，富有文采又极工巧。所以班固称《封禅文》靡丽而不典雅，《剧秦美新》典雅却不真实，难道不是后人看前人作品易于看清，顺着前人创作的趋势去写容易成功吗？至于邯郸淳的《受命述》，攀附前代的作品，但风力不足，凑成文辞完成歌颂，虽然条理通顺有序，但力弱不能高飞。曹植的《魏德论》，假设客主议论，问答迂曲迟缓，且已费去千言，用力多而收效少，风力和光采都嫌缺乏。

原文

　　兹文为用，盖一代之典章也。构位之始①，宜明大体，树骨于训典之区②，选言于宏富之路③，使意古而不晦于深④，文今而不坠于浅⑤，义吐光芒，辞成廉锷⑥，则为伟矣。虽复道极数殚⑦，终然相袭⑧，而日新其采者⑨，必超前辙焉⑩。

注释

① 构位：构思布局。

② 骨：骨力。训典：指《尚书》中《伊训》《尧典》一类篇章。

③ 宏富之路：指辞采宏大富丽的作品。

④ 晦：隐晦。深：深奥。

⑤ 文今：谓文辞切合于今。坠：落。浅：肤浅。

⑥ 廉锷：强劲有力，即有骨力。廉，棱角。锷，刀剑的刃。

⑦ 道：道理。极：尽。数：方法。殚（dān）：尽。

⑧ 终然：终究。

⑨ 日新其采：文采不断创新。

⑩ 前辙：前人作品的体势。辙，车轮痕迹。

译文

　　这种文体的作用，是一代的典章制度。构思布局开始时，应该认清这一文体的体制，要学习《尚书》训典一类作品以建立刚健的骨力，从宏大富丽的作品中选用文

文心雕龙

辞，使用意古雅但不应深奥而隐晦，文辞切合于今又不落于肤浅，内容吐露光芒，言辞成为锐利的锋刃，那就是很好的作品了。虽说反复地说尽了道理和方法，但后人作品终究要沿袭前人，只要不断更新文采，就必定会超越前人的作品。

原文

> 赞曰：封勒帝绩，对越天休①。邈听高岳，声英克彪②。树石九旻，泥金八幽③。鸿律蟠采，如龙如虬④。

注释

① 封勒：封泰山刻功绩。绩：功绩。对：答。越：扬，称扬。天休：美好的天命。休，美。
② 邈（tì）：远。高岳：高高的山岳，指泰山。英：形容美好。克：能。彪：指文采显焕。
③ 九旻（mín）：九天。泥金八幽：指把以水银和金屑调成金泥封检的玉牒藏在极深的地下。
④ 律：法，指封禅典礼。蟠（pán）采：像蟠龙的文采。虬（qiú）：一种有角的龙。

译文

赞词说：封禅时刻石记下帝王的功绩，报答并称扬上天美好的天命。遥聆高岳封禅之文，声华美好，辞采焕灿。树立的石碑高耸九天，以泥金检封的玉牒深埋地下。歌颂宏大典礼的篇章，文采蟠萦，如龙似虬。

章表 第二十二

题解

《章表》的"章"和"表"都是文体的名称，两者都是朝臣给皇帝的上书。历代王朝对文书一直颇为重视，以显示统治阶层的权威和文化教养，而章表之作又多出于重臣、贤才手笔，故有较多佳篇传留于世。本篇首先结合"章""表"的起源，说明"章""表"的意义、性质和形成过程。指出臣下给帝王的上书，历代有各种名称。汉代以后，通行章、奏、表、议四体，"章"用以谢恩，"表"用以陈请。接着论述两汉、魏晋各代擅长"章""表"（主要是表）的作者和著名篇章，其中对曹植的作品尤为推崇。中间称赞孔融"气扬采飞"，曹植"律调""辞清"，庾亮"文雅"等等，可见对章表的文采颇为重视。其次论述章、表的体制和写作的基本要求。指出"章"应写得明白体要，"表"应写得义雅文清，具有文采。最后郑重指出"章""表"写作必须"辞为心使"，要"繁约得正，华实相胜"，在文辞的繁约、华实方面处理适当。

原文

夫设官分职，高卑联事①。天子垂珠以听②，诸侯鸣玉以朝③。敷奏以言④，明试以功⑤。故尧咨四岳⑥，舜命八元⑦，固辞再让之请⑧，"俞往钦哉"之授⑨，并陈辞帝庭，匪假书翰⑩。然则敷奏以言，即章表之义也；明试以功，即授爵之典也⑪。至太甲既立⑫，伊尹书诫⑬，思庸归亳⑭，又作书以赞⑮。文翰献替⑯，事斯见矣。周监二代⑰，文理弥盛⑱。再拜稽首⑲，对扬休命⑳，承文受册㉑，敢当丕显㉒，虽言笔未分㉓，而陈谢可见。

注释

① 卑：低。联事：联合处理政事。

② 垂珠：即冕旒（liú），帝王礼帽上前后悬垂的珠串。听：听政。

③ 鸣玉：诸侯身上佩的玉，走动时相碰有声。朝：朝见天子。

④ 敷：陈述。奏：进呈。

⑤ 明试：公开试行。功：功效。明试以功：指天子对诸侯进行判断，以检验其是否能够致功。

⑥ 四岳：四方诸侯之长。

⑦ 舜命八元：说舜为尧之臣时，举高辛氏的八个贤能的儿子施行教化。

⑧ 固辞再让：指臣子对帝王恩宠的恳切辞让。

⑨ 俞往钦哉：古代帝王授命给臣子时所说的话，"去吧！要谨慎！"俞，表示肯定，同意。
   往，去。钦哉，谨慎啊。

⑩ 匪：同"非"。假：借，凭借。书翰：书信，文书。

⑪ 典：典礼，仪式。

⑫ 太甲：商王，商汤之孙。

⑬ 伊尹：即伊挚，商汤之臣。书诫：指作《伊训》告诫太甲。

⑭ 庸：常，此指长久不变的正道。亳（bó）：地名，商都。

⑮ 作书以赞：指太甲悔过后，伊尹作《太甲》以赞美。

⑯ 文翰：指《伊训》和《太甲》。献替：献可替否，即进可行之事，废不可行之事。

⑰ 监：借鉴。二代：夏、商二朝。

⑱ 文理：指礼仪文采。弥：更加。

⑲ 再拜：一拜而又拜，表示恭敬。稽首：行跪拜礼时头至地。

⑳ 对：答。扬：称扬。休：美。

㉑ 承：受，接受。文、册：受封的策书。

㉒ 敢当：不敢当。丕显：大明。丕，大。

㉓ 言：口头上说。笔：写下的书面文字。

译文

　　设置官员区分职责，上下协同处理政事。天子戴着珠饰的皇冠听政，诸侯佩着鸣响的玉饰上朝。朝臣口头进言陈述，天子试行其言以求获得功效。所以尧询问四方诸侯之长，舜任命八位贤人，臣子们恳切辞让皇帝的恩宠，天子却说道"俞往钦哉"加以授命，这些都是在朝廷上当面陈说，并没有写成文字。因而口头进言陈述，就具有章表的意义；使臣下试行其言以求获得功效，就是授予官爵的仪式了。到商王即位而昏庸无道，伊尹作《伊训》来训诫，商王有了改邪归正之心，回到亳京，伊尹又作《太甲》来赞美。用书面文章来进善去恶，从这件事中可以看到了。周朝以夏、商二朝为借鉴，礼仪文采更加繁盛。有了一拜再拜、叩头触地的礼节，有了称扬天子美命，谨受天子册封，表示不敢当天子所赐巨大荣耀之类的敬辞、谦辞，虽然言语和文字尚未分清，但陈辞答谢之意清楚可见。

原文

降及七国①，未变古式，言事于王，皆称上书。秦初定制，改书曰奏。汉定礼仪，则有四品：一曰章，二曰奏，三曰表，四曰议。章以谢恩，奏以按劾②，表以陈请，议以执异。章者，明也。《诗》云"为章于天"③，谓文明也。其在文物，赤白曰章④。表者，标也。《礼》有《表记》⑤，谓德见于仪。其在器式⑥，揆景曰表⑦。章表之目，盖取诸此也。按《七略》《艺文》⑧，谣咏必录⑨；章表奏议，经国之枢机⑩，然阙而不纂者⑪，乃各有故事，而布在职司也⑫。

注释

① 七国：指战国。

② 按劾（hé）：按察弹劾。劾，揭发。

③ 为章于天：语出《诗经·大雅·棫（yù）朴》，原意是说银河是天的文章。

④ 赤白曰章：语出《周礼·考工记》"画缋之事，青与赤谓之文，赤与白谓之章"。

⑤ 《礼》：指《礼记》。《表记》：《礼记》篇名。

⑥ 器式：有一定样式的器物。

⑦ 揆景：测日影。揆，度，测量。景，日影。表：测日影的计时器。

⑧ 《七略》：西汉学者刘歆编成的分类目录学著作，已佚。《艺文》：指《汉书·艺文志》，由东汉班固在《七略》基础上编写而成。

⑨ 谣咏：指民间的歌诗。

⑩ 经国：治理国家。枢机：喻关键。

⑪ 阙：同"缺"。纂：编辑。

⑫ 故事：成例。布：分散。职司：各官署。

译文

到了战国时代，古代的格式不变，向国王陈述事情，都称为上书。秦朝初年定立制度，改上书为奏。汉朝确定礼仪制度，把上书分成四类：第一类称章，第二类称奏，第三类称表，第四类称议。章用于谢恩，奏用于监察弹劾，表用于陈述请求，议用于提出不同意见。章，是明的意思。《诗经·大雅·棫朴》说"为章于天"，是指文采光明。就有文采的事物而言，赤白相错就叫章。表，就是标明。《礼记》中有《表记》一篇，是说君子的德行体现于仪表。就用作标志的器物而言，测量日影的计时器叫作表。章和表的名目，就是取之于此。查考刘歆《七略》和班固《汉书·艺文志》，连民间的歌诗都必定著录；但章表奏议，是治理国家的关键文书，却缺而不见著录，那是因为按照惯例，这类文书分散保管在各有关部门的缘故。

原文

　　前汉表谢①，遗篇寡存。及后汉察举②，必试章奏③。左雄表议④，台阁为式⑤，胡广章奏⑥，天下第一⑦，并当时之杰笔也。观伯始谒陵之章⑧，足见其典文之美焉⑨。昔晋文受册，三辞从命⑩，是以汉末让表，以三为断⑪。曹公称为表不必三让⑫，又勿得浮华。所以魏初表章，指事造实，求其靡丽，则未足美矣。至于文举之荐祢衡⑬，气扬采飞；孔明之辞后主⑭，志尽文畅；虽华实异旨⑮，并表之英也。琳、瑀章表⑯，有誉当时；孔璋称健⑰，则其标也。陈思之表，独冠群才。观其体赡而律调，辞清而志显，应物制巧，随变生趣，执辔有余⑱，故能缓急应节矣⑲。

注释

① 前汉：西汉。谢：谢恩，章以谢恩，所以代指章。
② 后汉：东汉。察举：考察推举，即汉代郡国举孝廉等选拔官吏的方法。
③ 必试章奏：东汉阳嘉元年令郡国所举孝廉，要能写章表奏议一类文书。
④ 左雄：东汉顺帝时任尚书令。
⑤ 台阁为式：《后汉书·左雄传》载，左雄"每有章表奏议，台阁以为故事"。
⑥ 胡广：东汉大臣。
⑦ 天下第一：胡广举孝廉写的章奏，汉安帝看了认为"为天下第一"。
⑧ 伯始：胡广的字。谒（yè）陵之章：指胡广关于谒陵的章奏，今不存。
⑨ 典文：典雅之文。
⑩ 晋文：晋文公，春秋五霸之一。册：策命之书。三辞：三次辞让，以示不敢当。
⑪ "是以"二句：说汉末天子授予官爵，人臣上表辞让，以三次为限。
⑫ 曹公：曹操。为表不必三让：上表辞让不必三次。
⑬ 文举：孔融字文举。
⑭ 孔明：诸葛亮字孔明，率军伐魏前作《出师表》。后主：蜀汉后主刘禅。
⑮ 华实：华丽和质朴。异旨：不同的旨趣、风格。
⑯ 琳：陈琳，汉末文学家。瑀：阮瑀，汉末文学家。
⑰ 孔璋：陈琳的字。健：刚健。
⑱ 执辔（pèi）：拉着马缰绳。这里指驾驭写作的能力。辔，指马缰。
⑲ 应节：合于一定的节度。

译文

　　西汉的章表，留存下来的作品很少。到东汉选拔官吏，一定要考试章奏文书。左雄的奏议，被尚书台当作范例，胡广的章奏，被汉安帝称为天下第一，这都是当时杰出的作品。看胡广关于拜谒皇陵的章文，便足以看出他典雅章文的美妙了。从前晋文公接受天子的策封，要辞让三次然后才接受，因此汉末臣下上表辞让封赐，以三次为限。曹操声称上表不必推让三次，又说不可写得浮华。所以魏初的章表之作，大都针对事情如实陈述，如果以华丽去要求，这些作品是不足以称美的。至于孔融推荐祢衡而作的《荐祢衡表》，意气昂扬、文采飞动；诸葛亮辞别后主而写的《出师表》，情意详尽、文辞畅达：虽然有华丽与朴实的不同风格，但都是表文中的杰作。陈琳、阮瑀的章表，在当时就享有声誉；陈琳的章表被称为刚健，那是较为突出的。曹植的表文，更是独冠群英。看他表文体式周备，声律调和，文辞清新，情志显明，能按事物的不同运用巧思，能随对象的变化生发妙趣，驾驭文字的能力绰绰有余，所以快慢徐疾均能合于节度。

原文

逮晋初笔札①，则张华为俊②，其三让公封③，理周辞要，引义比事④，必得其偶⑤，世珍《鹪鹩》⑥，莫顾章表。及羊公之辞开府⑦，有誉于前谈；庾公之《让中书》⑧，信美于往载。序志联类，有文雅焉。刘琨《劝进》⑨，张骏《自序》⑩，文致耿介⑪，并陈事之美表也。

注释

① 笔札：笔和小木简，指章表作品。
② 张华：西晋文学家。
③ 三让公封：张华被进封为壮武郡公，曾上表辞让十几次。三，指多次。
④ 引义比事：引出道理，排比事实。
⑤ 必得其偶：必定用对偶。
⑥ 珍：推重。《鹪鹩》：指张华的《鹪鹩赋》。鹪鹩，鸟名。
⑦ 羊公：羊祜（hù），西晋大臣。开府：羊祜被封为车骑将军开府仪同三司，他上表固辞不受。
⑧ 庾公：庾亮，东晋大臣，曾被任为中书监，上书辞让，皇帝便收回任命。
⑨ 刘琨：东晋文学家。劝进：西晋灭亡，东晋元帝称制江东，刘琨写《劝进表》劝元帝即位。
⑩ 张骏：西晋末占据陇西的军阀。
⑪ 文致：文章情致。耿介：正大光明。耿，光明。介，大。

译文

到晋初的章表作品，要数张华为优，他的《三让封公表》，理由充足、文辞简要，引申义理、排比事实，必成对偶，而世人推重他的《鹪鹩赋》，没有顾及他的章表。到羊祜的《让开府表》，在前人的评论中有好的声誉；庾亮的《让中书监表》，在过去的记载中确足以称美。他们叙述各自的情志、联系类似的事例，显示出温文尔雅的风范。刘琨的《劝进表》，张骏的自叙，文情正大光明，都是陈述情事的美好表文。

原文

　　原夫章表之为用也，所以对扬王庭^①，昭明心曲^②。既其身文^③，且亦国华。章以造阙^④，风矩应明^⑤；表以致策^⑥，骨采宜耀^⑦。循名课实^⑧，以文为本者也。是以章式炳贲^⑨，志在典谟，使要而非略，明而不浅；表体多包^⑩，情伪屡迁^⑪，必雅义以扇其风^⑫，清文以驰其丽^⑬。然恳恻者辞为心使^⑭，浮侈者情为文屈^⑮。必使繁约得正^⑯，华实相胜^⑰，唇吻不滞^⑱，则中律矣^⑲。子贡云"心以制之""言以结之"^⑳，盖一辞意也^㉑。荀卿以为，观人美辞，丽于黼黻文章^㉒，亦可以喻于斯乎！

注释

① 对：答。扬：称扬。王庭：朝廷。

② 昭：显示。心曲：内心深处。

③ 身文：自身的文才。

④ 造：到。阙：宫殿前左右各一的高建筑物，此代指朝廷。

⑤ 风矩：风格和感情的表现方式。

⑥ 致：送达。

⑦ 骨采：骨力劲健而有文采。

⑧ 循：依。课：查核。

⑨ 式：体式。炳：明。贲（bì）：文饰。

⑩ 多包：指内容丰富。

⑪ 情伪：真假，感情的真伪。屡迁：多变。

⑫ 扇：此处有促进、发扬意。

⑬ 驰：此处有尽力表现意。

⑭ 恳恻：诚恳。

⑮ 浮侈：浮华。

⑯ 繁约：繁简。得正：得当。

⑰ 华：华采。实：质实。胜：当，相当。

⑱ 唇吻不滞：指声调和谐，文句流利。滞，不流通。

⑲ 中律：合于法则。

⑳ 子贡：孔子弟子端木赐。

㉑ 一辞意：文辞和内心情感相一致。

㉒ 黼黻（fǔ）：礼服上绣的花纹。文章：文采。

译文

　　推求章表的作用，是用来报答和称扬朝廷的恩宠，表明内心情感的。章表既是作者自身文采的显示，又是国家荣华的体现。章是送交朝廷的，所以风格与表达的方式应该明朗；表是用来呈进策略的，骨力与辞语的文采应该显耀。按照名称来查核实质，应该是以文采为根本的。所以章的体式明朗光彩，志在仿效《尚书》中的典谟，使文章扼要而不疏略，明白而不肤浅；表的体制内容多样，情感多变，一定要用雅正的文义发扬其明朗的风格，以清新的文辞尽现其华美的文采。然而诚恳的作者文辞为情感所驱遣，浮华的作者情感为文辞所役使。要做到繁简得当，华实相称，诵读起来声调和谐、文句流畅，这才合乎法则。子贡说"用心意以控制言辞""用言辞把真心表达出来"，意即言辞和情意要一致。荀子认为，观看别人美善的言辞，觉得比礼服上的花纹色彩更美，也可用以比喻章表的写作吧！

原文

> 赞曰：敷表绛阙，献替黼扆①，言必贞明，义则弘伟②。肃恭节文，条理首尾③。君子秉文，辞令有斐④。

注释

① 敷表：呈进的意思。绛阙：赤色宫阙，指朝廷。黼扆（fǔ yǐ）：天子座后的屏风，指天子。
② 贞：正。
③ 肃：严肃。恭：恭敬。节文：礼仪，指章表的文辞合乎礼仪。
④ 秉文：指写作章表之文。斐（fěi）：有文采。

译文

　　赞词说：向朝廷呈进章表，向天子提出建议，言辞必须正确明朗，意义务必广博宏大。严肃恭敬使文辞合于礼仪，首尾一贯显得有条有理。君子写作章表，言辞富有文采。

奏启 第二十三

题解

《奏启》的"奏"和"启"都是文体的名称，都是上行公文，是向皇帝"上书言事"的文章。本篇首先讲"奏"的起源和含义、意义。指出"奏"是臣下向帝王进言的文体，汉代以来又称上疏，其内容可以是多方面的。凡是向帝王"陈政事，献典仪，上急变，劾愆谬"的文书，都称为奏。在论述汉、魏、晋的代表作品时，于西汉举例最多。之后论奏的体制和写作要求，指出应有明允笃诚的精神，辨析疏通的文风。专门论述"按劾之奏"，即检察弹劾愆谬的上书，指出其特点是根据法律来"绳愆纠谬"。在列举了若干汉、晋作品后，强调认为，它应以礼义为准绳，做到理正辞严，而不应吹毛求疵，随便谩骂。其次讲"启"的含义及其写作的基本要求。指出它在晋代流行，其作用介于奏、表两体之间。其篇幅比较简短，写作时要注意做到"辨要轻清，文而不侈"。附述谠言、封事、便宜三种文体，它们都是奏的支流。

原文

昔唐、虞之臣①，敷奏以言②；秦、汉之辅③，上书称奏。陈政事，献典仪④，上急变⑤，劾愆谬⑥，总谓之奏。奏者，进也。言敷于下，情进于上也。秦始立奏，而法家少文⑦。观王绾之奏勋德⑧，辞质而义近⑨；李斯之奏骊山⑩，事略而意诬⑪。政无膏润⑫，形于篇章矣。自汉以来，奏事或称上疏⑬。儒雅继踵⑭，殊采可观⑮。若夫贾谊之务农⑯，晁错之兵事⑰，匡衡之定郊⑱，王吉之劝礼⑲，温舒之缓狱⑳，谷永之谏仙㉑，理既切至㉒，辞亦通辨，可谓识大体矣㉓。后汉群贤，嘉言罔伏㉔。杨秉耿介于灾异㉕，陈蕃愤懑于尺一㉖，骨鲠得焉㉗；张衡指摘于史职㉘，蔡邕铨列于朝仪㉙：博雅明焉。魏代名臣，文理迭兴㉚。若高堂天文㉛，黄观教学^㉜，王朗节省，甄毅考课^㉝：亦尽节而知治矣^㉞。晋氏多难，世交屯夷^㉟。刘颂殷勤于时务^㊱，温峤恳恻于费役^㊲：并体国之忠规矣^㊳。夫奏之为笔^㊴，固以明允笃诚为本^㊵，辨析疏通为首。强志足以成务^㊶，博见足以穷理^㊷，酌古御今^㊸，治繁总要^㊹，此其体也。

注释

① 唐：唐尧。虞：虞舜。

② 敷：陈述。奏：进呈。

③ 辅：辅佐，指大臣。

④ 典仪：礼仪制度。

⑤ 上急变：报告紧急重大的事变。

⑥ 劾（hé）：弹劾，检举揭发。愆（qiān）：过失。谬：错误。

⑦ 少文：缺少文采。

⑧ 王绾：秦丞相。勋德：功德。

⑨ 质：朴质。近：浅近。

⑩ 李斯：秦丞相。骊山：地名，在今陕西临潼，秦始皇陵附近。

⑪ 略：粗略。诬：不实。

⑫ 膏润：恩泽，法家奉行严刑峻法，常被后人指责为刻薄寡恩。

⑬ 疏：分条陈述，此指奏章。

⑭ 儒雅：温文尔雅。继踵（zhǒng）：相继出现。踵，脚后跟。

⑮ 殊采：突出的文采。

⑯ "若夫"句：指贾谊的《论积贮疏》。

⑰ "晁错"句：汉文帝时对匈奴作战，晁错"上言兵事"，后又建议巩固边防。

⑱ 匡衡：西汉大臣。郊：祭天礼。

⑲ "王吉"句：《汉书·王吉传》载王吉上疏劝汉宣帝重视礼制。

⑳ 温舒：路温舒，西汉大臣。

㉑ "谷永"句：《汉书·郊祀志》载汉成帝好鬼神，大臣谷永加以劝阻。

㉒ 切至：极其恳切。

㉓ 大体：此处指奏书与政务的关系。

㉔ 嘉：好。罔：无。伏：隐藏。

㉕ 杨秉：东汉大臣。耿介：光明正大，此有正直意。

㉖ 陈蕃：东汉大臣。尺一：一尺一寸长的简板，用于写诏书，此指诏书。

㉗ 骨鲠：喻正直，有骨气。此处指文章有骨力。

㉘ 指摘：指出缺点、错误。

㉙ 铨：编次。列：陈述。朝仪：朝廷仪法。

㉚ 文理：文章条理，此处指奏文。迭：相继。兴：兴起，出现。

㉛ 高堂：高堂隆，三国魏大臣。

㉜ 黄观教学：事不详。黄观：三国魏大臣。

㉝ 甄毅：三国魏大臣。考课：考核官吏。

㉞ 尽节：尽臣子之节。知治：知道如何治理国家。

㉟ 屯（zhūn）：艰难。夷：通"痍"，创伤。

㊱ 刘颂：西晋大臣。殷勤：勤勉。时务：政务。

㊲ 温峤：东晋大臣。恳恻：诚恳痛切。费役：劳民伤财。役，劳役，指营造楼观。

㊳ 体国：治理国家。规：规劝。

㊴ 笔：无韵之文称笔，此指体裁。

㊵ 允：得当。笃：忠实。

㊶ 强志：记忆力强。务：事。

㊷ 博见：见闻广博。穷理：深究事理。

㊸ 酌：参酌。御：处理。

㊹ 总要：抓住关键。

译文

　　从前唐尧、虞舜的大臣，用口头进言陈述；秦朝、汉朝的大臣，向天子上书称为奏。陈说政事，提出礼仪典章，报告紧急事变，弹劾过错失误，所有这些上书都总称为奏。奏，就是进，即由臣下陈述所见，使下情得以上达。秦朝开始称奏，但法家的奏文缺乏文采。看王绾上奏称颂秦始皇功德，文辞质朴、意义浅近；李斯上奏汇报治骊山皇陵，事情简略而内容虚假。秦朝的政治缺少恩泽，也体现在文章中了。自汉朝以来，奏事有时也称上疏。温文尔雅的作者相继出现，突出的文采十分可观。像贾谊的论述重视农耕，晁错的谈论边防用兵，匡衡的建议确定祭天之礼，王吉的劝说重视礼仪教化，路温舒的主张宽缓刑罚，谷永的劝阻迷信神仙，说理既极为恳切，文辞也通达流畅，可说是懂得奏文的写作要求了。东汉诸贤，好的主张从不隐瞒。杨秉直率地指出灾异形成的原因，陈蕃愤懑地批评任命官吏的不公，文章都具有骨力；张衡指摘史官的缺点错误，蔡邕编列朝廷的典仪礼法：都可见其博学与典雅。魏代名臣中，好的奏文不断出现。像高堂隆借天象劝谏，黄观议论教学，王朗主张节省，甄毅建议考核官吏：也都尽了臣子的职责，懂得治国的方法。晋朝多灾多难，世事多艰。刘颂上疏谈论当时政事，情意恳切；温峤劝谏太子停建楼观，辞语诚挚：都是治理国家的忠心规劝。奏的体制，理应以明白允正、忠厚诚实为根本，以明辨分析疏畅通达为首要条件。意志坚强才能完成事务，见闻广博足以探究事理，参酌古例处理今事，整理繁杂抓住关键，这是奏的体制要求。

原文

　　若乃按劾之奏①，所以明宪清国②。昔周之太仆③，绳愆纠谬④；秦之御史⑤，职主文法⑥；汉置中丞⑦，总司按劾⑧。故位在鸷击⑨，砥砺其气⑩，必使笔端振风，简上凝霜者也。观孔光之奏董贤⑪，则实其奸回⑫；路粹之奏孔融⑬，则诬其衅恶⑭；名儒之与险士⑮，固殊心焉。若夫傅咸劲直⑯，而按辞坚深⑰；刘隗切正⑱，而劾文阔略⑲：各其志也。后之弹事⑳，迭相斟酌㉑，惟新日用㉒，而旧准弗差㉓。然函人欲全㉔，矢人欲伤㉕，术在纠恶，势必深峭㉖。《诗》刺谗人，"投畀豺虎"㉗；《礼》疾无礼，方之鹦、猩㉘；墨翟非儒，目以羊、彘㉙；孟轲讥墨，比诸禽兽㉚，《诗》《礼》、儒、墨㉛，既其如兹，奏劾严文，孰云能免！是以近世为文，竞于诋诃㉜，吹毛取瑕㉝，次骨为戾㉞，复似善骂，多失折衷㉟。若能辟礼门以悬规㊱，标义路以植矩㊲，然后逾垣者折肱㊳，捷径者灭趾㊴，何必躁言丑句㊵，诟病为巧哉㊶！是以立范运衡㊷，宜明体要。必使理有典刑㊸，辞有风轨㊹：总法家之裁㊺，秉儒家之文㊻，不畏强御㊼，气流墨中，无纵诡随㊽，声动简外，乃称专席之雄㊾，直方之举也㊿。

注释

① 按劾：按察弹劾。

② 宪：法。

③ 太仆：周代官名，纠正王的过失是其职责之一。

④ 绳：纠正。愆（qiān）：过失。

⑤ 御史：即御史大夫，职掌弹劾、纠察及掌管图书秘籍等事。

⑥ 文法：法令条文。

⑦ 中丞：即御史中丞，职掌弹劾等事。

⑧ 司：主管。

⑨ 鸷（zhì）击：指职掌纠察弹劾的官职。

⑩ 砥砺：磨刀石，引申为磨砺。

⑪ 孔光：西汉大臣，曾任御史大夫、丞相等职。董贤：汉哀帝的宠臣。

⑫ 实：证实，指孔光奏中列举的事实。奸回：奸邪。

⑬ 路粹：汉末文学家，曹操的僚属。

⑭ 衅恶：罪恶。

⑮ 名儒：指孔光，他在当时被视为名儒。险士：用心险恶的文人，指路粹。

⑯ 傅咸：西晋文学家。劲直：刚劲正直。

⑰ 按辞：按察弹劾之词。坚：指列举事实，确凿无疑。

⑱ 刘隗（wěi）：东晋大臣。切正：严厉正直。

⑲ 阔略：疏略。

⑳ 弹事：六朝时称御史中丞弹劾的奏章为弹事。

㉑ 迭相斟酌：相互参酌。

㉒ 惟新日用：应用中不断有所创新。

㉓ 准：准则。差：差别。

㉔ 函人：制甲的人。函，铠甲。全：保全。

㉕ 矢人：制箭的人。矢，箭。伤：伤害。

㉖ 深峭：深刻严厉。

㉗ 畀（bì）：给。

㉘ 疾：憎恨。方：比。

㉙ 墨翟：墨子，战国墨家的创始者。非：非难。目：视作。彘（zhì）：猪。

㉚ 孟轲：孟子，战国儒家学者。

㉛ 儒：此指孟子。墨：指墨子。

㉜ 诋诃（dǐ hē）：辱骂呵斥。

㉝ 吹毛取瑕：即吹毛求疵。瑕，小缺点。

㉞ 次骨：深入至骨。戾（lì）：乖张。

㉟ 折衷：得当。

㊱ 辟：开。规：规矩。

㊲ 标：标出。植：立。矩：规矩。

㊳ 逾垣者：跳墙者。肱：手臂。

㊴ 捷径者：走小路者。灭趾：断脚趾。

㊵ 躁言丑句：轻率的言辞，丑恶的句子。

㊶ 诟（gòu）病：辱骂。切：切合。

㊷ 范：规范。衡：秤杆，此指标准。

㊸ 典刑：法则。

㊹ 风轨：轨范。

㊺ 总：采用。裁：裁断。

㊻ 秉：持。

㊼ 强御：强暴有权势之人。

㊽ 无纵诡随：《诗经·大雅·民劳》中语。诡随：谲诈善变之人。

㊾ 专席：坐于专座，不与他人同席，表示尊显。

㊿ 直方：端直方正。

译文

至于按察弹劾的奏文，是用来严明法纪肃清国政的。从前周朝的太仆，负责纠正过失和谬误；秦朝的御史大夫，职掌法令条文；汉朝设置御史中丞，总管按察弹劾；所以身在监察之位，要使弹劾文的气势锋利，必须做到笔端生风，纸上凝霜。看孔光弹劾董贤的奏文，证实了他的奸邪；路粹弹劾孔融的奏文，则捏造了他的罪名。著名的儒者与险恶的文学家，用心本来就大不相同。至于傅咸为人刚劲正直，弹劾文字写得确凿深刻；刘隗严厉正直，但弹劾文字写得疏阔简略：那是因为各有不同的情志。后来的弹劾文章，相互参酌，虽然在不断运用中有新的面貌，但旧有的准则是不变的。制造铠甲的人想保护人，而做箭的人则想射伤人，弹劾文既然意在纠正罪恶，势必写得深刻严厉。《诗经》中抨击进谗言的人，就说把他们"扔给豺虎去吃"；《礼记》中痛恨不讲礼仪的人，把他比作鹦鹉和猩猩；墨子非难儒者，把他们视为羊、猪；孟子讥讽墨家，把他们比作禽兽，《诗》《礼》、儒、墨，尚且如此；弹劾文写得严峻，谁说能够避免？所以近世之人写这种文章时，竞相辱骂，吹毛求疵，尖刻入骨，流为乖戾，好像以谩骂为能事，大多有失公允。如果能开启礼的大门悬示规则，指示义的正道树立规矩，然后不走大门跳墙而入者将折其手臂，不走正道寻求捷径者将断其脚趾，何必用轻率的言辞、丑陋的句子，以辱骂为切合呢！因此建立规范、运用标准，应该明白体制的要领。一定要使说理有法则，行文有轨范，采取法家的裁断，使用儒家的文采，不畏强暴有权势之人，使正气流注于笔墨之中，不宽纵狡诈而善变之人，要声威震动于简札之外，这样才称得上是监察官中的雄杰，是端直方正的举动。

原文

启者，开也。高宗云："启乃心，沃朕心①。"取其义也。孝景讳启②，故两汉无称。至魏国笺记③，始云"启闻"。奏事之末，或云"谨启"。自晋来盛启，用兼表、奏④。陈政言事，既奏之异条⑤；让爵谢恩，亦表之别干⑥。必敛饬入规⑦，促其音节⑧，辨要轻清⑨，文而不侈⑩，亦启之大略也。又表奏确切，号为谠言⑪。谠者，无偏也。王道有偏，乖乎荡荡，矫正其偏，故曰"谠言"也。孝成称班伯之谠言⑫，贵直也。自汉置八能，密奏阴阳⑬，皂囊封板，故曰"封事"。晁错受《书》，还上便宜⑭。后代便宜，多附封事，慎机密也。夫王臣匪躬，必吐謇谔⑮，事举人存，故无待泛说也。

注释

① 高宗：商王武丁。

② 孝景：西汉孝景帝。讳：名讳，指景帝的名。

③ 笺记：书札奏记一类文体。

④ 用：作用。

⑤ 异条：异出的枝条。

⑥ 别干：别出的枝干。

⑦ 敛饬：敛：收敛、归纳。饬：整理。入规：合乎规范。

⑧ 促：短促。

⑨ 辨要：分明扼要。轻清：轻快清朗。

⑩ 文：文采。侈：过度。

⑪ 谠（dǎng）言：正直的言论。谠，正直。

⑫ 孝成：汉孝成帝。班伯：西汉大臣。

⑬ 八能：通晓音律的乐师。密奏阴阳：秘密奏上根据乐器音律测知的阴阳变化、人事得失之事。

⑭ 还：回来。便宜：原指便利宜行之事，此指议论便利宜行之事的奏文。

⑮ 謇谔（jiǎn è）：直言。

译文

　　启，就是开启。殷高宗说："开启你的心，浇灌我的心。"取的就是这个意义。汉景帝名启，所以两汉为避讳，没有称启的。到魏代的书札奏记中，才开始用"启闻"。在进言陈事的末尾，或说"谨启"。自晋代以来启才盛行，启兼有表和奏的作用。用于陈述政见、叙说事情的，是奏的分支；用于辞让官爵、感谢恩宠的，也是表的分支。一定要严谨合于规范，使音调节奏短促，行文分明扼要，轻快清朗，有文采但不过分，这是写启的大致要

求。另外，表奏文内容确实而又切直的，称为谠言。谠，就是没有偏差。王道有了偏差，就有违于公正，矫正偏差，所以叫"谠言"。汉成帝称班伯的话为谠言，是以他的正直为贵。自从汉朝设置八能之士，秘奏阴阳变化人事得失，用黑色袋子封装简板，所以称作"封事"。晁错学习《尚书》，回来后奏上便利宜行之事，称为"便宜"。后代的便宜，多加密封，是为谨慎守密。人臣不能考虑自身私利，一定要说正直的话，有关的人和事前面已提到，所以这里就无须再泛泛而谈了。

原文

> 赞曰：皂饬司直，肃清风禁①。笔锐干将，墨含淳酖②。虽有次骨，无或肤浸③。献政陈宜，事必胜任④。

注释

① 皂饬：黑色服饰。司直：官名。风禁：风化政教。
② 干将：古代良剑名。淳酖：浓烈的毒酒。酖，同"鸩"。
③ 次骨：深入至骨，指严峻。肤浸：指谗言。
④ 宜：事宜。

译文

赞词说：穿着黑色服饰的监察官员，担负着肃清风化政教的职责。他的笔要像干将宝剑那样锐利，墨要像含着浓烈的毒酒。虽然可以有深入至骨的揭发，但不可以谗言伤人。这样，进献政见，陈述事宜，必能胜任。

议对 第二十四

题解

《议对》的"议"是议论，"对"是对策，即"议"的另一种样式，都是议政和对策的文章。本篇首先讲"议"的含义、起源。指出"议"是应帝王的咨询，臣僚议论朝廷政务的文章，其起源颇早，至汉代始有驳议之名。列举汉、魏、晋各代的著名作品，认为后汉应劭、西晋傅咸最长此体。接着讲"议"的写作要求。指出写作议体，必须熟悉议论的对象，要"标以显义，约以正辞"，写得义显辞正，表达要"辨洁""明核"，以内容扎实、语言准确为上。如果不了解政务，徒然驰骋巧辩，那便是舍本逐末。其次讲"对"的性质。指出对策是针对朝廷提出的政务问题而陈述自己看法的文章；还有一种叫射策，是就自己探取的试题陈述意见。说明对策、射策始于汉代，列举两汉晁错等五家代表作品作为典范，并认为魏晋的作品就大为逊色了。最后讲对策、射策的体制和写作要求。指出它们不像驳议那样参加争辩，而是正面阐明为政之道，内容须深于政术时务，权衡时势，匡救世俗，写得"志足文远"。

原文

"周爰咨谋①"，是谓为议。议之言宜②，审事宜也。《易》之《节卦》："君子以制数度，议德行。"③《周书》曰："议事以制，政乃不迷。"④议贵节制，经典之体也。昔管仲称轩辕有明台之议⑤，则其来远矣。洪水之难，尧咨四岳⑥，百揆之举，舜畴五臣⑦。三代所兴，询及刍荛⑧。《春秋》释宋，鲁僖预议⑨。及赵灵胡服，而季父争论⑩；商鞅变法，而甘龙交辨⑪，虽宪章无算⑫，而同异足观⑬。

注释

① 周爰咨谋：语出《诗经·小雅·皇皇者华》，意为普遍地访问谋议。

② 宜：适宜。

③ 数度：礼数法度。

④ "《周书》"三句：语出《尚书·周官》。

⑤ 管仲：春秋齐国大夫。轩辕：黄帝。明台：传为黄帝听政之所。

⑥ 四岳：四方诸侯之长。

⑦ 百揆：官名，总领百官之意。畴（chóu）：畴咨，询问之意。一说畴通筹，谋划之意。

⑧ 三代：夏、商、周。兴：行，作。询：询问，请教。刍荛：割草打柴的人。

⑨ 宋：指宋襄公。鲁僖：鲁僖公。预：参预。

⑩ 赵灵：赵武灵王。季父：叔父，此指赵公子成。

⑪ 商鞅：战国秦大臣，秦孝公时实行变法。甘龙：秦大臣。交辨：互相辩论。

⑫ 宪章：法度。无算：无足比数，指少。

⑬ 同异：指辩论观点的相同和相异。

译文

　　"普遍地询问和商量"，这叫作议。议的意思是适宜，审察事情是否适宜。《易传·象辞》解释《节卦》说："君子以一定的法度来议论德行。"《尚书·周官》说："按照法度来议论政事，政事才不会迷乱。"议贵在有节度法制，这是经典指出的体制要求。从前管仲说黄帝在明台议政，那么议的由来已很久了。洪水为灾时，尧曾询问四岳谁能治理，推举百揆时，舜曾询问五位大臣谁能胜任。夏、商、周三代施政，曾问及割草打柴的人。春秋时楚国释放宋襄公，鲁僖公曾参预了事情的商议。到战国赵武灵王改穿胡人服装，他的叔父同他进行了争论；商鞅要想实行变法，甘龙等人和他进行了辩论，这些辩论虽然不足以成为典范法式，但不同观点之间的辩论还是很可观的。

原文

迄至有汉，始立驳议。驳者，杂也。杂议不纯，故曰驳也。自两汉文明①，楷式昭备②，蔼蔼多士③，发言盈庭④；若贾谊之遍代诸生，可谓捷于议也⑤。至如吾丘之驳挟弓⑥，安国之辨匈奴⑦，贾捐之之陈于珠崖⑧，刘歆之辨于祖宗⑨；虽质文不同⑩，得事要矣⑪。若乃张敏之断轻侮⑫，郭躬之议擅诛⑬，程晓之驳校事⑭，司马芝之议货钱⑮，何曾蠲出女之科⑯，秦秀定贾充之谥⑰：事实允当，可谓达议体矣。汉世善驳，则应劭为首⑱；晋代能议，则傅咸为宗⑲。然仲瑗博古⑳，而铨贯有叙㉑；长虞识治㉒，而属辞枝繁㉓；及陆机断议㉔，亦有锋颖，而腴辞弗剪㉕，颇累文骨㉖，亦各有美，风格存焉。

注释

① 文：文化，此主要指典章制度。
② 楷式：指议的范式。昭：明显。备：完备。
③ 蔼蔼：济济，众多的样子。
④ 盈：充满。庭：朝廷。
⑤ 捷：快，敏捷。
⑥ 吾丘：吾丘寿王，西汉大臣。
⑦ 安国：韩安国，字长孺。西汉大臣。
⑧ 贾捐之：西汉大臣。珠崖：也作朱厓、珠厓，汉代郡名，在今海南省。
⑨ 刘歆：西汉大臣。
⑩ 质：质朴。文：文采。
⑪ 事要：议事的要领。
⑫ 张敏：东汉大臣。断：绝，意为废止。
⑬ 郭躬：东汉大臣。擅诛：擅自诛杀。
⑭ 程晓：三国魏大臣。校事：官名，专司刺探臣民的言论行动。
⑮ 司马芝：三国魏大臣。货钱：钱币。货，货币。
⑯ 何曾：三国魏大臣。蠲（juān）：免除。出女：出嫁之女。科：法律条文。
⑰ 秦秀：西晋大臣。贾充：西晋权臣。
⑱ 应劭：汉末大臣。
⑲ 傅咸：西晋文学家。宗：宗师。
⑳ 仲瑗：应劭字。一作"仲远"。博古：通晓古代的事。
㉑ 铨：衡量。贯：贯通。叙：次序。
㉒ 长虞：傅咸字。识治：知道治理的方法。
㉓ 属辞：写作，指写议文。属，连缀。枝繁：枝条繁多，喻文辞枝蔓，缺乏剪裁。
㉔ 陆机：西晋文学家。断议：指陆机议《晋书》该以何年为始。
㉕ 腴辞：过于丰富的辞藻。腴，肥。
㉖ 文骨：文章骨力。

译文

到了汉代，开始确立驳议制度。驳，就是驳杂，议论驳杂不一致，所以称驳。自从两汉典章制度昌明，议的范式显著而又完备，当时人才济济，朝廷充满发言议事之声；像贾谊代替诸多老先生应对诏令，可称得上议论敏捷了。至于像吾丘寿王反驳不许百姓挟带弓弩的禁令，韩安国辨论匈奴问题，贾捐之陈述放弃珠崖，刘歆争辩宗庙存毁与否的道理：虽然有质朴和华丽的不同，但都能得到议事的要领了。至于像张敏要求废除"轻侮法"，郭躬议论擅自诛杀案，程晓批驳校事官的设置，司马芝建议恢复钱币，何曾要求废除出嫁女受母家牵连的法律，秦秀议定贾充的谥号：这些都如实议事、公允得当，可称得上通晓议的体制了。汉代善写驳议的，应首推应劭；晋代能写驳议的，当以傅咸为宗师。但应劭通晓古事，铨衡贯通很有条理；傅咸懂得治国方法，但写作文辞枝蔓繁芜。到陆机议论《晋书》所载历史的断限，文笔也很锐利，但藻采过度不加剪裁，对文章的骨力很有损害，但也各有优点，保持了各自的风格。

原文

　　夫动先拟议①，明用稽疑②，所以敬慎群务③，弛张治术④。故其大体所资⑤，必枢纽经典⑥，采故实于前代⑦，观通变于当今；理不谬摇其枝⑧，字不妄舒其藻⑨。又郊祀必洞于礼⑩，戎事宜练于兵⑪，佃谷先晓于农⑫，断讼务精于律⑬；然后标以显义⑭，约以正辞⑮，文以辨洁为能⑯，不以繁缛为巧⑰；事以明核为美⑱，不以环隐为奇⑲，此纲领之大要也。若不达政体⑳，而舞笔弄文，支离构辞㉑，穿凿会巧㉒，空骋其华㉓，固为事实所摈㉔。设得其理㉕，亦为游辞所埋矣㉖。昔秦女嫁晋，从文衣之媵，晋人贵媵而贱女㉗；楚珠鬻郑，为薰桂之椟，郑人买椟而还珠㉘。若文浮于理，末胜其本，则秦女楚珠，复存于兹矣。

注释

① 拟：揣度。

② 稽：考察。

③ 群务：各种政务。

④ 弛张治术：此指使治国之术弛张适度。

⑤ 资：依靠。

⑥ 枢纽：关键，中心环节。

⑦ 故实：前代成法。

⑧ 理不谬摇其枝：说理时不应错误地在枝节问题上发挥。

⑨ 字不妄舒其藻：文字方面不应一味铺陈辞藻。妄：胡乱。舒：伸展。藻：辞藻。

⑩ 洞：深刻理解。

⑪ 戎事：军事。练：熟悉。兵：用兵之道。

⑫ 佃：耕作。

⑬ 断讼：断案。律：法律。

⑭ 标：标出。

⑮ 约：概括。

⑯ 辨洁：明辨洁净。

⑰ 缛（rù）：繁密的采饰。

⑱ 核：核实。

⑲ 环：回环曲折。隐：隐晦。

⑳ 达：通晓。政体：政治体制。

㉑ 支离构辞：东拼西凑地组织文辞。支离：分散。

㉒ 穿凿会巧：牵强附会地讨巧。穿凿：牵强附会。

㉓ 空：徒然。骋：驰骋，指尽情表现。华：文采。

㉔ 摈：摈弃。

㉕ 设得其理：即使合于道理。

㉖ 游辞：不切实的浮辞。

㉗ 文衣：有文采的衣服，指服饰考究。媵（yìng）：陪嫁婢妾。

㉘ 薰桂：用桂香薰制。椟（dú）：匣子。

译文

　　行动前要先加考虑议论，要使疑难之事明白就要加以考查，这是为了恭敬谨慎地处理各种政务，使治国之术松弛紧张适度。所以议的写作所依据的，必以经典为中心，采择前代的成法，观察其在当今的发展变化；说理不应错误地在枝节问题上发挥，行文不该一味地铺陈辞藻。另外，议论祭祀一定要深明礼仪，说军事一定要熟悉用兵，谈种谷物先要通晓农事，讲断案务必精通法律；然后明显地标出用意，用典正的文辞加以概括，文字以明辨洁净为贵，不以繁文缛彩为巧；议事以明白核实为美，不以曲折隐晦为奇，这就是议的写作要领了。如果不明政治体制，却舞文弄墨，东拼西凑地组织文辞，牵强附会地讨巧，徒然表现文采，肯定会被事实所抛弃。即使合于道理，也会被不切实际的浮辞所埋没。从前秦国国君嫁女儿到晋国，同行的有穿华丽服饰的陪嫁女子，结果晋国人以陪嫁女为贵而以公主为贱；楚国人到郑国卖珠，用了桂香薰过的匣子装珠，结果郑国人买了匣子却退还了珠子。议文如果文采盖过了说理，本末倒置，那么秦人嫁女、楚人卖珠的笑话，又会在这里出现了。

原文

又对策者，应诏而陈政也；射策者，探事而献说也①，言中理准②，譬射侯中的③。二名虽殊，即议之别体也。古之造士④，选事考言⑤。汉文中年⑥，始举贤良⑦，晁错对策，蔚为举首⑧；及孝武益明⑨，旁求俊乂⑩，对策者以第一登庸⑪，射策者以甲科入仕⑫，斯固选贤要术也⑬。观晁氏之对，验古明今⑭，辞裁以辨⑮，事通而赡⑯，超升高第⑰，信有征矣⑱。仲舒之对⑲，祖述《春秋》⑳，本阴阳之化㉑，究列代之变㉒，烦而不悥者㉓，事理明也。公孙之对㉔，简而未博，然总要以约文㉕，事切而情举，所以太常居下㉖，而天子擢上也㉗。杜钦之对㉘，略而指事㉙，辞以治宣㉚，不为文作。及后汉鲁丕㉛，辞气质素㉜，以儒雅中策㉝，独入高第。凡此五家，并前代之明范也。魏晋已来，稍务文丽，以文纪实，所失已多。及其来选，又称疾不会㉞，虽欲求文，弗可得也。是以汉饮博士，而雉集乎堂㉟；晋策秀才，而麕兴于前㊱：无他怪也，选失之异耳㊲。

注释

① 射策：汉代一种取士的考试方法，试题写在密封的简册上，由应试者抽取，而后作答。探事：指应试者自己探取写有试题的简策。

② 言中：话说得合乎题旨。理准：说理正确。

③ 侯：箭靶。中的：射中靶心。的，箭靶中心。

④ 造士：即学而有成之士。

⑤ 选事：选取官员之事。考言：考试言辞，即口头问答。

⑥ 汉文：汉文帝。中年：中期。

⑦ 举贤良：推举有德行的人，汉代选拔官吏的科目之一。

⑧ 蔚：草木茂盛，引申为文采繁盛。举首：名列前茅或位居第一。

⑨ 孝武：汉武帝。

⑩ 旁求：广泛地求取。俊乂（yì）：才俊之士。

⑪ 登庸：升用。

⑫ 甲科：射策试题按大小难易分甲乙科。这里指甲科得中。入仕：步入仕途，即做官。

⑬ 要术：重要方法。

⑭ 验：验证。

⑮ 辞裁以辨：文辞辨洁，善剪裁。

⑯ 事通而赡：引事贯通而丰富。

⑰ 高第：高等，名列前茅。

⑱ 征：明证。

⑲ 仲舒：董仲舒，西汉学者。

⑳ 祖述：遵循、发挥前人的学说。

㉑ 本阴阳之化：即按阴阳变化的规律施政。

㉒ 究：彻底推求。

㉓ 恩（hùn）：混乱，杂乱。

㉔ 公孙：公孙弘，西汉大臣。

㉕ 总要：抓住要点。约文：使文辞简约。

㉖ 太常：官名，主管礼乐祭祀，同时负责选士。

㉗ 天子擢（zhuó）上：指汉武帝看了公孙弘对策文后，将他提升至第一。擢：提升。

㉘ 杜钦：西汉人，为成帝时权臣王凤幕僚。

㉙ 指事：针对具体事情。

㉚ 以治宣：为治国而发。宣：发布。

㉛ 鲁丕：东汉名儒。

㉜ 质素：质朴。

㉝ 中策：切合对策之旨。

㉞ 称疾：托病。会：对答，指对策应试。

㉟ 雉（zhì）：野鸡。

㊱ 麇（jūn）：獐，似鹿而较小。

㊲ 选失之异：选举失当而出现的怪异。

译文

　　还有对策，是应答诏策陈述政见的；射策，是自己探取试题而后献上意见的，答得合乎题旨、说理正确，好比射靶射中了靶心。对策、射策名称虽不同，但都是议的别种体式。古代的学成之士，在被选为官员时要考试言辞。汉文帝中期，开始选举贤良，晁错的应答策问，文采华美名列前茅；到汉武帝时选举策问制度更加明确，广泛地征求贤才，对策的因得第一而被提拔任用，射策的因被评为甲科而做官，这确实是选拔贤才的重要方法。看晁错的对策文，验证古事以说明当今，文辞辨洁善于剪裁，引事贯通而丰富，名次超过众人列于首位，确实是有根据的。董仲舒的对策文，遵循阐发《春秋》大义，以阴阳变化为根本，推求历代政治的变化，写得多而不混杂，是因为事理明白。公孙弘的对策，简略而不广博，但能抓住关键、文辞简约，事情切合、情理明显，所以虽然太常将他列为下等，但天子却提升他为上等。杜钦的对策文，略于所问但别有所指，文辞为治国而发，不为文采而作。到东汉的鲁丕，文辞风格质朴，以儒者的文雅对策符合皇上旨意，被单独评为上等。以上这五家，都是前代著名的典范。魏晋以后，逐渐追求文采华丽，以华丽的文笔记载具体实事，所失去的已经不少。到被推举者前来应选，他们又常常称病不参加策试，这时即使想求得文采，也不能够了。所以汉成帝时博士们行饮酒礼，有野鸡在堂前停留；晋成帝时在乐贤堂会集秀才孝廉，有獐子出现在堂前：这并不是别的怪异，是选举失当产生的怪异罢了。

原文

　　夫驳议偏辨①，各执异见；对策揄扬②，大明治道。使事深于政术③，理密于时务④，酌三五以熔世⑤，而非迂缓之高谈⑥；驭权变以拯俗⑦，而非刻薄之伪论。风恢恢而能远⑧，流洋洋而不溢⑨，王庭之美对也⑩。难矣哉，士之为才也！或练治而寡文⑪，或工文而疏治⑫。对策所选，实属通才⑬，志足文远，不其鲜欤！

注释

① 偏：偏重。辨：辨析。

② 揄扬：宣扬。

③ 事：所议之事。深：深合。

④ 密：切合。时务：当世之务。

⑤ 酌：酌取。三五：三皇五帝。熔世：处理世事。熔，熔化，喻处置。

⑥ 迂缓：迂阔迟缓。

⑦ 驭：驾驭。权变：权宜机变。

⑧ 恢恢：广阔的样子。

⑨ 流：水流。洋洋：盛大。溢：溢出。

⑩ 王庭：朝廷。

⑪ 练治：通晓治理之术。寡：少。

⑫ 疏治：疏于治理之术。疏，荒疏，不熟悉。

⑬ 通才：全面之才，指既通晓治术，又有文采。

译文

　　驳议偏重于辨析事理，各自秉持不同的见解；对策主要宣扬道理，大力阐明治国之道。使所议之事深合于为政之术，所说之理切合于当世之务，酌取三皇五帝之道以处理世事，而不是发表迂腐的无关紧要的高谈阔论；驾驭权宜机变以拯救世俗，而不是发表刻薄的虚伪议论；如大风一样广阔而能致远，像水流那样浩荡而不泛滥，那就是朝廷上的美好议对了。真是难啊，士人要具备这样的才能！有的人精通治国之术但缺乏文才，有的人工于文章却不通治国之术。对策优秀而被选中的，确实属于既通治术又有文才的通才，志气充盈、文采又能远传的人，真的很少啊！

原文

　　赞曰：议惟畴政，名实相课①。断理必刚，摛辞无懦②。对策王庭，同时酌和③。治体高秉，雅谟远播④。

注释

① 畴：畴咨，即访问之意。课：查核。

② 摛（chī）：发布。懦：弱。

③ 同时：指对策者同时应对。酌：斟酌。和（hè）：应答。

④ 治体：指议对，治国之术。秉：持。谟：谋议。播：传播。

译文

　　赞词说：议用于商议政事，名与实要相一致。判断事理一定要刚健有力，运用文辞决不能软弱不振。在朝廷上应对策问，众人同时斟酌作答。高举议对治国的体制，雅正的谋议传播四方。

书记 第二十五

《书记》的"书"指书札、书信，"记"指笺记，都是文体的名称。本篇首先讲"书"的含义、起源，指出它于春秋时代开始流行，又列举两汉魏晋的名家名作。指出写作书札的基本要求，宜做到"条畅以任气，优柔以怿怀""文明从容"。其次讲"记"的含义及产生。在论述一般朋友间往来的书札之后，又介绍了臣僚对上级官吏的书信，有奏记、笺记等名称，列举了若干名家佳作（以笺记为主），并指明笺记的写作基本要求。最后讲其他各种应用文。刘勰认为，书记范围广大，许多用文字记录的表示心意的应用文都可包纳。从用途说，可分总领黎庶、医历星筮等六类；从文体说，可分谱、籍、簿、录、方、术、占、式等二十四种。刘勰认为，这些广义之文，在政事上是迫切需要的先务，在文学上则是"艺文之末品"，大多文辞质朴，有的甚至鄙俚，故不加具体论述，只是分别简单介绍了各体的含义、性质，偶举一二例子加以说明。

原文

大舜云："书用识哉！"①所以记时事也。盖圣贤言辞，总为之书，书之为体，主言者也。扬雄曰："言，心声也；书，心画也②。声画形③，君子小人见矣④。"故书者，舒也⑤，舒布其言，染之简牍⑥，取象乎《夬》⑦，贵在明决而已⑧。三代政暇⑨，文翰颇疏⑩。春秋聘繁⑪，书介弥盛⑫。绕朝赠士会以策⑬，子家与赵宣以书⑭，巫臣之责子反⑮，子产之谏范宣⑯，详观四书⑰，辞若对面⑱。又子叔敬叔，进吊书于滕君⑲，固知行人挈辞⑳，多被翰墨矣㉑。

注释

① 书用识（zhì）哉：指把过失记录下来。识：通"志"，记录。

② 心画：表达心意的符号，指文字。

③ 形：表现出来。

④ 见（xiàn）：体现出来。

⑤ 舒：舒展，铺陈。

⑥ 牍（dú）：书写的简板。

⑦ 象：卦象。《夬》（guài）：《夬卦》，卦名。

⑧ 明决：明白决断。

⑨ 三代：夏、商、周三代。暇：空闲。

⑩ 文翰：文书。疏：少。

⑪ 春秋：春秋时代。聘：聘问，诸侯各国派使者互相访问。繁：频繁。

⑫ 书介：传送文书的使者。弥：更加。

⑬ 绕朝：秦大夫。士会：晋大夫，曾留秦，后归晋。策：一说为书策，一说为马鞭，刘勰取前说。

⑭ 子家：郑大夫。赵宣：赵盾，谥宣子，晋大夫。

⑮ 巫臣：楚大夫。子反：楚大夫。

⑯ 子产：郑大夫。范宣：范宣子，晋大夫。

⑰ 四书：指以上四事中的书策。

⑱ 对面：指当面谈话。

⑲ 子叔敬叔：鲁大夫叔弓，谥敬子。滕君：滕国国君。

⑳ 行人：外交使者。挈（qiè）：携带。

㉑ 被：加，及。翰墨：笔墨。

译文

大舜说："书是用于记载的啊。"书是用来记录时事的。古代圣贤的言辞，都记载在书中，书作为一种文体，主要是记言语。扬雄说："语言，是发自内心的声音；书写的文字，是表达心意的符号。声音和文字符号表现出来，是君子还是小人就体现出来了。"所谓书，就是发布，发出言辞，写在简板上，借取《夬卦》卦象的意义，贵在明白决断而已。夏、商、周三代政事空闲，因此文书很少。春秋时各国间互访频繁，信使往来比以往更多。绕朝送给士会简策，子家给赵宣子送去书信，巫臣写信谴责子反，子产写信劝谏范宣子，细看这四封书信，文辞犹如当面说话。还有子叔敬叔，向滕君进呈吊唁的书信，确知外交人员的辞令，多数是写成了文稿的。

原文

及七国献书①，诡丽辐辏②；汉来笔札③，辞气纷纭④。观史迁之《报任安》⑤，东方之《谒公孙》⑥，杨恽之《酬会宗》⑦，子云之《答刘歆》⑧，志气盘桓⑨，各含殊采：并杼轴乎尺素⑩，抑扬乎寸心⑪。逮后汉书记，则崔瑗尤善⑫。魏之元瑜⑬，号称翩翩⑭；文举属章⑮，半简必录⑯；休琏好事⑰，留意词翰⑱，抑其次也⑲。嵇康《绝交》⑳，实志高而文伟矣；赵至《赠离》㉑，乃少年之激昂也。至如陈遵占辞㉒，百封各意㉓；祢衡代书㉔，亲疏得宜㉕，斯又尺牍之偏才也㉖。详诸书体㉗，本在尽言㉘，所以散郁陶㉙，托风采㉚，故宜条畅以任气㉛，优柔以怿怀㉜。文明从容㉝，亦心声之献酬也㉞。

注释

① 七国：指战国时代。

② 诡丽：奇丽。辐辏（fú còu）：像车轮的辐条一样聚拢。

③ 笔札：书信。札：木简。

④ 辞气：语气风格。

⑤ 史迁：司马迁。《报任安》：指司马迁的《报任安书》。

⑥ 东方：东方朔，西汉文学家。《谒公孙》：指东方朔的《谒公孙弘书》。

⑦ 杨恽（yùn）：西汉大臣。《酬会宗》：指杨恽的《报孙会宗书》。会宗：孙会宗，西汉大臣。

⑧ 子云：扬雄字子云，西汉学者。《答刘歆》：指扬雄的《答刘歆书》。

⑨ 志气：书信中的情志意气。盘桓：回旋激荡。

⑩ 杼轴：织布用具，此指组织辞句。尺素：一尺生绢。古人写书信用一尺左右的生绢，因以指书信。

⑪ 抑扬：高低起伏。

⑫ 崔瑗（yuàn）：东汉文学家。尤：特别。善：好。

⑬ 元瑜：阮瑀字元瑜，三国魏文学家。

⑭ 号称翩翩：指阮瑀写书信轻快敏捷，具有翩翩风姿。

⑮ 文举：孔融字文举，汉末文学家。属章：写文章。

⑯ 半简必录：曹丕深爱孔融之作，曾重金征募，即使半片竹简也予收录。

⑰ 休琏：应璩字休琏，三国魏文学家。好事：爱好写作。

⑱ 词翰：作品。

⑲ 抑：语词。

⑳ 《绝交》：指嵇康的《与山巨源绝交书》。

㉑ 赵至：西晋人。《赠离》：指赵至的《与嵇茂齐书》叙述离别之情。

㉒ 陈遵：东汉大臣。占：口占，口授。

㉓ 各意：各有不同之意。

㉔ 代书：指替黄祖写作书信。

㉕ 亲疏得宜：《后汉书·祢衡传》说，祢衡替黄祖作书记，"轻重疏密，各得其宜。"

㉖ 尺牍：书信。古人用一尺长的木简作书信。偏才：偏长于某一方面的人才。

㉗ 详：细究。

㉘ 尽言：把话说尽。

㉙ 郁陶：忧思郁积。

㉚ 风采：风度文采。

㉛ 条畅：条贯通畅。任气：纵任意气。

㉜ 优柔：从容，宽舒。怿（yì）：喜悦。

㉝ 文明：文辞显明。

㉞ 酬：酬答。

译文

　　到战国时代各国献呈的书信，汇集了奇丽的文辞；汉代以来的书信，文辞内容丰富多变。看司马迁的《报任安书》，东方朔的《谒公孙弘书》，杨恽的《酬孙会宗书》，扬雄的《答刘歆书》，信的情志意气回旋激荡，各有突出的文采，都是辞令组织在短简之内，情感起伏于寸心之中。到东汉的书记，要数崔瑗写得最好。魏国的阮瑀，号称"书记翩翩"；孔融的书信，即使片章残简也必收录；应璩爱好书记，费心思于笔墨文辞之中，也是次一等的作者。嵇康《与山巨源绝交书》，确实志向高远，文辞峻伟；赵至《与嵇茂齐书》叙述离情，有少年的激越之情。至如陈遵口授而由别人代笔的书信，上百封信各有不同的情意；祢衡代人写信，亲近疏远各得其宜，这又是偏长于书信写作的人才了。细究书信这种文体，根本之处在于话要说尽，以抒发郁结之情，体现自己的风度和文采，所以应该写得条贯畅达、随心任意，从容宽舒、怡悦情怀。文辞显明、从容自然，也就是内心情意的往来酬答。

原文

若夫尊贵差序①，则肃以节文②。战国以前，君臣同书，秦汉立仪③，始有表奏；王公国内④，亦称奏书。张敞奏书于胶后⑤，其辞义美矣。迄至后汉，稍有名品⑥。公府奏记⑦，而郡将奉笺⑧。记之言志，进己志也。笺者，表也，表识其情也⑨。崔寔奏记于公府⑩，则崇让之德音矣⑪；黄香奉笺于江夏⑫，亦肃恭之遗式矣⑬。公幹笺记⑭，文丽而规益⑮，子桓弗论⑯，故世所共遗⑰，若略名取实⑱，则有美于为诗矣⑲。刘廙谢恩⑳，喻切以至㉑；陆机自理㉒，情周而巧㉓，笺之善者也。原笺记之式㉔，既上窥乎表㉕，亦下睨乎书㉖，使敬而不慑㉗，简而无傲㉘，清美以惠其才㉙，彪蔚以文其响㉚，盖笺记之分也。

注释

① 差序：差别有序，指尊贵之间的差别的等级次序。

② 肃以节文：用礼节来表示恭敬。肃：恭敬。

③ 仪：礼仪制度。

④ 王公国内：指诸侯王的封国内。

⑤ 张敞：西汉大臣。胶后：胶东王刘寄之母王太后。

⑥ 名品：著名作品。

⑦ 公府：三公府。三公是最高军政官员，东汉以太尉、司徒、司空为三公。

⑧ 郡将：郡守，一郡之长，兼管一郡的军事，所以称郡将。

⑨ 表识（zhì）：用文字表明。识，记。

⑩ 崔寔（shí）：东汉文学家。奏记于公府：事不详，可能是辞让公府征辟的奏记。

⑪ 崇让：崇尚谦让。德音：美好声音。

⑫ 黄香：东汉文学家。奉笺于江夏：事不详。江夏：郡名，此指江夏太守。

⑬ 肃恭：恭敬。遗式：留下的范式。

⑭ 公幹：刘桢的字，三国魏文学家。

⑮ 规益：有益于规劝。

⑯ 弗论：未加评论。

⑰ 遗：遗忘，指不加注意。

⑱ 略名取实：不计较名声而看实际。

⑲ 有美于为诗：说刘桢的笺记虽不被人称赏，但实际比他的诗更好。

⑳ 刘廙（yì）：三国魏文学家。谢恩：指刘廙因其弟有罪，应受株连，曹操不追究他，所以他上书谢恩。

㉑ 切：贴切。至：得当。

㉒ 自理：自我申辩。

㉓ 情周：情理周到。巧：文辞工巧。

㉔ 原：推求。式：体式。

㉕ 窥：看，喻接近。

㉖ 睨（nì）：斜视，喻接近。

㉗ 慑：畏惧。

㉘ 简：简易。傲：傲慢。

㉙ 惠：通"慧"，此意谓展现。

㉚ 彪蔚：文采丰富。文：文饰。响：声响，此指文辞。

译文

至于地位尊贵的不同，就用礼节来显示恭敬。战国以前，君臣都用书，秦汉时代制定礼制，开始有表、奏；诸侯王国内，也称为奏书。张敞上奏书给胶东王太后，文辞和意义都很美好。到了东汉时，文体略有品名之分。上书三公府称奏记，而上书郡将称奉笺。记的所谓言志，是进呈自己的情志。笺，就是表明的意思，用文字表明情志。崔寔向公府上的奏记，是崇尚谦让的美好作品；黄香向江夏郡守上的奉笺，也是传留后人的严肃恭敬的典范。刘桢的笺记，文采华丽而有益于规劝，曹丕未加评论，所以被世人忽视，如果不考虑名声而看实际，那么他的笺记实在比诗写得更好。刘廙上书谢恩，比喻贴切而得当；陆机的自我辩解，情理周全而文辞工巧，都是笺中的好作品。推究笺和记的体式，既与表有相似之处，又与书有接近的地方，要像表那样恭敬但不畏惧，像书那样简易但不傲慢无礼，用清美来展示才能，用文采来修饰作品，这就是笺和记的基本特点。

原文

　　夫书记广大①，衣被事体②，笔札杂名③，古今多品④。是以总领黎庶⑤，则有谱、籍、簿、录；医历星筮⑥，则有方、术、占、式；申宪述兵⑦，则有律、令、法、制；朝市征信⑧，则有符、契、券、疏；百官询事⑨，则有关、刺、解、牒；万民达志⑩，则有状、列、辞、谚。并述理于心⑪，著言于翰⑫，虽艺文之末品⑬，而政事之先务也⑭。

注释

① 广大：用途广泛。

② 衣被：包括。

③ 笔札：即书记，此指各种应用文字。

④ 品：种，类。

⑤ 总领：总管。黎庶：百姓。

⑥ 历：历法。星：星象。筮（shì）：用蓍草占卦。

⑦ 申宪：申明法令。述兵：讲述兵法。

⑧ 朝：朝廷。市：集市。征信：凭证。

⑨ 询事：询问事情。

⑩ 达志：表达情志。

⑪ 述理于心：叙述内心的意思。

⑫ 著言于翰：把话用笔写下来。翰，笔，此指各种应用文字。

⑬ 艺文：文章。末品：下品。这里指不重要的作品。

⑭ 先务：首要事务。

译文

　　书记的范围广泛，包括各种记事的体裁，笔札的名称繁杂，从古到今有许多种类。所以用来统管百姓事务的，有谱、籍、簿、录；记载医药、历法、星象、卜筮的，有方、术、占、式；申明法令、讲述兵法的，有律、令、法、制；被朝廷和集市用作凭证的，有符、契、券、疏；各部门官吏询问事情的，有关、刺、解、牒；百姓用来表达情志的，有状、列、辞、谚。所有这些都是为了表述心中的情理，把要说的话用笔写成文字，这些虽说是文章中的下品，但却是治理政事的首要事务。

原文

故谓谱者，普也。注序世统^①，事资周普^②，郑氏谱《诗》^③，盖取乎此。

籍者，借也。岁借民力^④，条之于版^⑤，春秋司籍^⑥，即其事也。

簿者，圃也^⑦。草木区别，文书类聚，张汤、李广^⑧，为吏所簿^⑨，别情伪也^⑩。

录者，领也。古史《世本》^⑪，编以简策，领其名数^⑫，故曰录也。

方者，隅也^⑬。医药攻病，各有所主，专精一隅，故药术称方。

术者，路也。算历极数^⑭，见路乃明。《九章》积微^⑮，故称为术，淮南《万毕》^⑯，皆其类也。

占者，觇也^⑰。星辰飞伏，伺候乃见^⑱，登观书云^⑲，故曰占也。

式者，则也。阴阳盈虚，五行消息，变虽不常，而稽之有则也。

注释

① 注序：编次。世统：世代相承的系统。

② 事：指编写谱。资：依靠。周：周详。普：全面。

③ 郑氏谱《诗》：郑玄曾为《诗经》作《诗谱》。郑玄，东汉学者。

④ 岁：年，一年。

⑤ 条：分条记录。版：书写的简板。

⑥ 《春秋》：指解释《春秋》的《左传》。司籍：掌管典籍。

⑦ 圃（pǔ）：种植菜、果或苗木的园地。

⑧ 张汤：西汉大臣。李广：西汉将领。

⑨ 为吏所簿：指被官吏按簿册所记予以审问。簿，此处作动词用。

⑩ 情伪：事情的真假。

⑪ 《世本》：史书名，记载黄帝以来帝王、诸侯、卿大夫的世系等。

⑫ 名数：户籍，此指世系。

⑬ 隅：角。

⑭ 算：算学。历：历法。极数：计算出最终的数字。

⑮ 《九章》：指《九章算术》，古代重要的数学著作。积微：聚积了最精微的运算方法。

⑯ 淮南：淮南王刘安，西汉皇族。《万毕》：我国古代有关算术和历法的著作，称《万毕术》或《万毕经》。

⑰ 觇（chān）：看，窥视。

⑱ 飞伏：指星辰的运行和隐伏。伺候：候望，等侯观察。

⑲ 登观：即登台观察。古代帝王每要按节令登台观望天象云气，以卜吉凶。书云：记录星云天象。

译文

所以说谱，就是全面。编次世代相承的系统，事情需要周详全面，郑玄编《诗谱》，取的就是这个意思。

籍，就是借。每年借用百姓的劳力，都分条记于简板，《左传》中说春秋时有人掌管典籍，就是指这件事。

簿，就是园圃。像各种草木分别种植，各类文书也分类汇聚在簿中。张汤、李广，都曾被小吏按簿质询，这是为了弄清事实真伪。

录，就是统领。古代史书《世本》，就是编成简策，统领帝王、诸侯、卿大夫的户籍世系，所以称为录。

方，就是一角。医药治病，各有主治之症，各种药剂专精某个方面，所以用药的方法称为方。

术，就是路。算学、历法要运算出最终的答数，找到运算的方法才能明白。《九章算术》积聚了精微的计算方法，所以称为术，淮南王刘安的《万毕术》，也属于这一类。

占，就是观察。星辰的运行和隐伏，要等候观望才能见到，登台观看记下星云变化，所以叫作占。

式，就是法则。阴阳变化，五行消长，虽然变动不定，但查考起来却是有法则的。

原文

律者，中也。黄钟调起①，五音以正②。法律驭民③，八刑克平④，以律为名，取中正也。

令者，命也。出命申禁⑤，有若自天，管仲下令如流水⑥，使民从也。法者，象也⑦。兵谋无方⑧，而奇正有象，故曰法也。

制者，裁也⑨。上行于下，如匠之制器也。

符者，孚也⑩。征召防伪⑪，事资中孚⑫。三代玉瑞⑬，汉世金竹⑭，末代从省⑮，易以书翰矣⑯。

契者，结也。上古纯质，结绳执契；今羌胡征数⑰，负贩记缗⑱，其遗风欤！

券者，束也。明白约束，以备情伪，字形半分，故周称判书⑲。古有铁券⑳，以坚信誓。王褒《髯奴》㉑，则券之谐也。

疏者，布也。布置物类，撮题近意，故小券短书，号为疏也。

注释

① 黄钟调起：黄钟宫调为定乐律的起点。黄钟：十二律之一。

② 五音：宫、商、角、徵（zhǐ）、羽五音。

③ 驭：驾驭，统治。

④ 八刑：《周礼·地官·大司徒》载有八种针对八项罪行的刑罚。克：能。平：公平。

⑤ 申禁：申明禁止。

⑥ 管仲：春秋齐大夫。

⑦ 象：法式。

⑧ 无方：没有定规。

⑨ 裁：裁制，制作。

⑩ 孚：信用。

⑪ 征召：征聘召集。

⑫ 中孚：卦名，表示诚信，此指可信。

⑬ 三代玉瑞：夏、商、周三代用玉器为信物。瑞：作信物的玉器。

⑭ 汉世金竹：汉代用铜和竹做成符。

⑮ 末代：指魏晋以后。从省：从简。

⑯ 易：改换。书翰：书面文字。

⑰ 羌胡：羌人胡人，少数民族。征数：验证数目。

⑱ 负贩：商贩。缗（mín）：绳子串钱一千为一缗。

⑲ "字形"二句：券上的字一分为二，各执一半。判：分开。

⑳ 铁券（quàn）：即丹书铁券。《汉书·高帝纪》载，汉高祖刘邦与功臣剖符作誓，永不剥夺功臣的封国与爵位，用红色将誓辞写在铁契上，表示永远不变。

㉑ 王褒：西汉文学家。《髯奴》：指王褒的《僮约》。

译文

律，就是中正。黄钟宫调起调，五音以此正音。用法律来驾驭百姓，八种刑罚便能公平，用律作为名称，是取它的中正之意。

令，就是命。发出命令、申明禁止，就像来自上天的旨意，管仲说下令如流水，使人民顺从。

法，就是法式。用兵的谋略没有定规，但或奇或正总有一定的法式，所以称为法。

制，就是裁制，上级用于向下推行自己的意图，就如工匠按自己的意图制作器具。

符，就是信用。征聘召集时要防止作伪，事情要信实可靠。夏、商、周三代用玉器作信物，汉代用铜、竹作符信，魏晋以后从简，改用文书了。

契，就是结约。上古人纯厚质朴，结绳为契约；如今羌人胡人验证数目，商贩用绳串钱记数，大概是结绳为契的遗风吧！

券，就是约束。明白地约束，以防止虚假，"券"字的字形是由"半"和"分"两字组成，所以周代称为判书。古代有所谓丹书铁券，是用于坚定誓约的。王褒的《僮约》，就是诙谐的券书。

疏，就是分布。按类分列事物，摘要写出大意，所以短小的券约和书契，称为疏。

原文

关者，闭也。出入由门，关闭当审①；庶务在政②，通塞应详③。《韩非》云："孙亶回，圣相也，而关于州部。"④盖谓此也。

刺者，达也。诗人讽刺⑤，《周礼》三刺⑥，事叙相达，若针之通结矣。

解者，释也。解释结滞，征事以对也。

牒者，叶也。短简编牒，如叶在枝，温舒截蒲⑦，即其事也。议政未定，故短牒咨谋。牒之尤密，谓之为签。签者，纤密者也。

状者，貌也。体貌本原，取其事实，先贤表谥⑧，并有行状，状之大者也。

列者，陈也。陈列事情，昭然可见也。

辞者，舌端之文，通己于人。子产有辞⑨，诸侯所赖，不可已也。

谚者，直语也。丧言亦不及文⑩，故吊亦称谚。廛路浅言⑪，有实无华。邹穆公云："囊漏储中。"⑫皆其类也。《牧誓》云："古人有言：'牝鸡无晨。'"⑬《大雅》云："人亦有言：'惟忧用老。'"⑭并上古遗谚，《诗》《书》所引者也。至于陈琳谏辞，称"掩目捕雀"；潘岳哀辞，称"掌珠""伉俪"⑮，并引俗说而为文辞者也。夫文辞鄙俚，莫过于谚，而圣贤《诗》《书》，采以为谈，况逾于此，岂可忽哉？

注释

① 审：审慎。

② 庶务在政：政治上的各种事务。庶务：一般事务。

③ 通：通过。塞：阻塞，即关闭。通塞：是否可行。

④ 关：出入由门，有通过、经由之意。孙亶回：即公孙亶回。

⑤ 诗人：指《诗经》作者。

⑥ 《周礼》三刺：《周礼·秋官·小司寇》："以三刺断庶民狱讼之中：一曰讯群臣，二曰讯群吏，三曰讯万民。"刺，探询。

⑦ 温舒：路温舒，西汉大臣。蒲：一种水生植物。

⑧ 谥（shì）：古代帝王、贵族、大臣等死后根据其生平追加的称号。

⑨ 子产：春秋郑大夫。有辞：指善于言辞。

⑩ "丧言"句：是说孝子丧亲，言辞不该有修饰。文：文饰，修饰。

⑪ 廛（chán）：集市。

⑫ 邹穆公：春秋邹国国君。囊：袋子。

⑬ 《牧誓》：指《尚书·牧誓》。

⑭ 惟忧用老：《大雅》中无"惟忧用老"之说，而见诸《小雅·小弁》。

⑮ 伉俪：夫妇。

译文

关，就是关闭。进出要通过门，关闭应当审慎；政治上的各种事务，可行和禁止应该规定周详。《韩非子》中说："公孙亶回是圣相，却是由州部小官升上来的。"说的就是这个意思。

刺，就是通达。《诗经》有讽谏之刺，《周礼》中讲的"三刺"，事情依次序相通达，就如用针刺通凝结阻滞之处。

解，就是解释。解释凝结阻滞的地方，用核对来验证事实。

牒，就是叶。用短小的简片编成牒，就如叶子长在枝条上，路温舒截断蒲条做牒，就是这事。议政没法作出决定，所以用短小的牒文来商议。牒文中更细密的一种，叫作签。签，就是细密的意思。

状，就是状貌。描写事情的本来面目，采取事实，已故的贤人定有谥号，并且有描述其生平事迹的行状，这是状中的重要文章。

列，就是陈列。陈列事情，就明白可见了。

辞，是口头言辞，将自己的意思沟通于他人。子产善于言辞，诸侯往来都要依靠它，是不能没有的。

谚，就是质直的话。丧亲的人说话不应修饰，所以吊唁的话也叫谚。集市的路上语言浅近，朴实无华。邹穆公说："粮袋漏了仍在仓中。"就是这一类的话。《牧誓》中说："古人曾说过：'牝鸡不报晓。'"《大雅》中说："有人也说过：'忧愁能令人衰老。'"都是上古留下的谚语，为《诗经》《尚书》所引用的。至于陈琳劝谏的言辞，说"遮住眼睛去捕

197

雀"；潘岳的哀辞，说"掌上明珠""伉俪"，都引用俗语来写成文章。文辞鄙直俚俗，没有超过谚语的，但圣贤的《诗经》《尚书》，仍采用来作为言谈之辞，何况还有胜过这些的，怎么可以忽视呢？

原文

　　观此众条，并书记所总[1]：或事本相通，而文意各异；或全任质素[2]，或杂用文绮[3]，随事立体[4]，贵乎精要。意少一字则义阙[5]，句长一言则辞妨，并有司之实务[6]，而浮藻之所忽也[7]。然才冠鸿笔[8]，多疏尺牍[9]，譬九方堙之识骏足[10]，而不知毛色牝牡也[11]。言既身文[12]，信亦邦瑞[13]，翰林之士[14]，思理实焉。

注释

① 总：总括，总领。
② 质素：质直朴素。
③ 文绮：绚丽的文采。
④ 体：体制。
⑤ 阙：缺。
⑥ 有司：有关部门的主管官吏。司，专司，主管。
⑦ 浮藻：浮华的文采，此指追求浮华文采的人。
⑧ 冠：首，居于首位。鸿笔：大手笔。
⑨ 尺牍：短小书札。
⑩ 九方堙：也叫九方皋，春秋时善于相马的人。骏足：骏马。
⑪ 牡：雄兽。
⑫ 身文：自身的文采。
⑬ 信：信实。瑞：祥瑞。
⑭ 翰林：意为文坛。

译文

　　观察上述众条，都是书记所统属的：有的事情本是相通的，但文意各不相同；有的全凭质朴，有的夹杂文采，根据情况确立体制，贵在精练扼要。意思少一字就有缺漏，句子多一言文辞就会受妨害，这都是各类主管官吏必须做的实际事务，而为追求浮华文采的作者所忽略的。但才华出众的大手笔，大多疏于短小书札，就如九方堙的识别千里马，不去辨马的毛色雌雄。言辞既是作者自身的文采，信实也是国家的祥瑞，文坛的著述之士，该思考如何处理这类实务。

原文

赞曰：文藻条流，托在笔札①。既驰金相，亦运木讷②。万古声荐，千里应拔③。庶务纷纭，因书乃察。

注释

① 条流：枝条和分流。

② 金相：金子般的质地，指文采精美。木讷：质朴。

③ 万古声荐：声名由书札传播万古。荐：推荐，此犹传播。

译文

赞词说：文章的各种枝条和分流，都归入书记笔札一类。既有施展华采的，也有质朴无文的。万古的声名由它传播，千里的响应由它引起。各种事务纷纭繁杂，有了书记才得以明察。

神思 第二十六

题解

　　"神思"指人们进行创作时的思维活动。《神思》篇专门论述写作构思方面的问题。本篇首先阐述文章构思的特点和作用。说明写作构思很奇妙，可以使思维活动与外物相交接。为了更好的构思，就需要积累知识，辨明事理，运用好自己的生活经验和提高自己的情致修养，保持头脑的清醒和保证精神的从容舒畅。其次通过列举过去的作家，阐述了艺术构思的不同类型。说明由于人的才性不同，文思迟速差别很大，但均须注意平时的博练。只要平时须博学多见，积累材料，下笔时就不致感到贫乏；写作时要善于剪裁，使文章内容主旨分明，避免头绪纷繁。最后提出艺术加工的必要性。说明由于临文情况复杂多端，有时会出现文不逮意的现象，这还得靠多多琢磨加工，要重视日常的写作锻炼和实践。接着指出，虽然艺术构思复杂不易说清楚，但通过长期的实践，还是能把纤旨曲致表现出来。

原文

　　古人云："形在江海之上，心存魏阙之下。"①神思之谓也。文之思也，其神远矣。故寂然凝虑②，思接千载；悄焉动容③，视通万里。吟咏之间，吐纳珠玉之声；眉睫之前，卷舒风云之色：其思理之致乎④！故思理为妙，神与物游。神居胸臆，而志气统其关键⑤；物沿耳目，而辞令管其枢机⑥。枢机方通，则物无隐貌；关键将塞，则神有遁心⑦。是以陶钧文思⑧，贵在虚静。疏瀹五藏⑨，澡雪精神⑩。积学以储宝，酌理以富才⑪，研阅以穷照⑫，驯致以绎辞⑬。然后使玄解之宰⑭，寻声律而定墨；独照之匠⑮，窥意象而运斤⑯。此盖驭文之首术，谋篇之大端⑰。

注释

① 形：指身体。魏阙（què）：宫殿前高大的建筑物，左右各一。此代指朝廷。魏，高。

② 凝虑：凝思。凝，专注。

③ 悄：静。容：容貌，此指表情。

④ 致：导致。

⑤ 关键：原指门闩和加锁的木闩，引申为紧要的部分和起决定作用的因素。

⑥ 枢机：喻事物的关键。

⑦ 遁：隐去。

⑧ 陶钧：制瓦器上的转轮。引申为酝酿、构思。

⑨ 疏瀹（yuè）：疏通。五藏：即五脏，此代指心灵。

⑩ 澡雪：洗净。

⑪ 酌理：斟酌事理。

⑫ 阅：阅读观览。穷照：透彻地理解。

⑬ 驯：逐渐，有从容之意。绎：抽出，引申为寻究。辞：指他人作品的文辞。

⑭ 玄解之宰：深得妙理的主宰，即心。

⑮ 独照：有独到的见解。

⑯ 运斤：使用斧子，语出《庄子·徐无鬼》"匠石运斤成风"。此喻指熟练地运用写作手法。

⑰ 大端：重要的端绪。端，头，头绪。

译文

古人说："身在江湖上，心却在朝廷中。"这就是被称为"神思"的精神活动了。文章在构思时，精神活动的范围非常广阔。所以静静地凝神思索，思绪可以上接千年；悄悄地改变了表情，视线好像已通向了万里之外。吟咏之时，似乎发出了珠圆玉润般的声音；眉目之前，仿佛舒卷着风云变幻的景色：这些都是构思的结果吧！所以构思的妙处，在于使精神与外物交游。精神存在于胸臆之中，情志意气统辖着它的活动关键；外物依靠耳目来感受，语言掌管着它的表达枢纽。枢纽畅通，外物的形貌便能刻画无遗；关键阻塞，精神的活跃便会消失。因此酝酿文思，贵在内心虚静摆脱杂念。疏通心中的阻碍，洗涤净化精神。像储藏珍宝一样积累学问，斟酌事理以丰富才情，研读群书以求透彻理解，从容玩味他人作品以寻绎文辞。然后使深得妙理的心灵，按照写作的规则审定绳墨；让见解独到的匠心，依据意象中的形象进行创作。这是写文章的首要方法，谋篇布局的重大端绪。

原文

夫神思方运，万涂竞萌①。规矩虚位②，刻镂无形③。登山则情满于山，观海则意溢于海，我才之多少，将与风云而并驱矣。方其搦翰④，气倍辞前，暨乎篇成，半折心始⑤，何则？意翻空而易奇，言征实而难巧也。是以意授于思，言授于意。密则无际⑥，疏则千里。或理在方寸⑦，而求之域表⑧；或义在咫尺⑨，而思隔山河。是以秉心养术⑩，无务苦虑⑪；含章司契⑫，不必劳情也。

注释

① 涂：即"途"，指头绪。

② 规矩：具体的写作技法。虚位：意谓未确定用于何处。

③ 刻镂：刻画。无形：对象尚未形成。

④ 方：当。搦（nuò）：持。翰：笔。

⑤ 半折：对折。心始：开始设想的。

⑥ 际：缝隙。

⑦ 方寸：指心。

⑧ 域表：域外，指极远之处。

⑨ 咫尺：喻极近之处。

⑩ 秉心：意为控制自己的精神活动。秉，操持。

⑪ 务：追求。

⑫ 含章：含有文采，此指通过写作表现美的事物。司契：掌握规则。司，掌握。契，此指规则。

译文

　　构思时精神活动一展开，各种设想纷至沓来。写作技法还未确定如何具体运用，所写对象也还没有刻画成形。想到登山，情思里便充满着山的风光；想到观海，意念中又翻腾起海的波涛，不管作者的自我才情有多少，此时的思绪似与风云一起任意驰骋。当他提笔时，在遣辞行文前，才气倍盛，等到文章写成，效果却仅及预想的一半，什么原因呢？这是因为凭空运意，容易显得奇妙，而语言是实实在在的，就难以工巧了。因此，文意来自于构思，语言又受文意支配。三者紧密结合，就能天衣无缝，疏远了就会相去千里。有时道理就在心中，却反而去极远之处寻求；有时意思就在眼前，而思路却为山河所阻隔。所以要控制思维、掌握法则，无须苦苦思虑；依照一定的规则，表现美好的事物，不必徒劳情思。

原文

　　人之禀才^①，迟速异分^②；文之制体^③，大小殊功。相如含笔而腐毫^④，扬雄辍翰而惊梦^⑤，桓谭疾感于苦思^⑥，王充气竭于沉虑^⑦，张衡研《京》以十年^⑧，左思练《都》以一纪^⑨，虽有巨文，亦思之缓也。淮南崇朝而赋《骚》^⑩，枚皋应诏而成赋^⑪，子建援牍如口诵^⑫，仲宣举笔似宿构^⑬，阮瑀据鞍而制书^⑭，祢衡当食而草奏^⑮，虽有短篇，亦思之速也。

注释

① 禀才：禀赋才情。

② 分（fèn）：天分。

③ 制体：即体制。

④ 腐：烂。毫：笔毛。

⑤ 辍翰：放下笔，指作品完成以后。翰，笔。

⑥ 桓谭：东汉学者。

⑦ 王充：东汉学者。

⑧ 《京》：指《二京赋》。

⑨ 《都》：指《三都赋》。纪：十二年。

⑩ 淮南：西汉淮南王刘安。崇朝：从天亮到吃早饭时。《骚》：指刘安的《离骚赋》。

⑪ 枚皋：西汉文学家。

⑫ 援：拿。牍（dú）：木简。诵：背诵。

⑬ 宿构：事先写好。

⑭ 阮瑀：字元瑜，建安七子之一。据：靠着。

⑮ 草：起草。

译文

就人的禀赋才情而言，写作有快有慢，因为天分不同；就文章的体制而言，篇幅有长有短，所用功力各异。司马相如构思时口含毛笔，写成时笔毛已烂，扬雄作完赋后便做噩梦，桓谭因写作苦心积虑而得病，王充潜心著书气衰力竭，张衡精心构思《二京赋》花了十年时间，左思细心雕琢《三都赋》用了十二年，虽说是创作长篇巨制，也因文思之缓慢。淮南王刘安一个早上就写成《离骚赋》，枚皋一接到诏书就写成了赋，曹植写作就像口诵旧作一样流畅，王粲一提笔就像事先早已构思好了，阮瑀能在马鞍上写成书信，祢衡可在宴席间草拟奏章，虽然写的都是短篇，也因文思之敏捷。

原文

> 若夫骏发之士①，心总要术②，敏在虑前，应机立断；覃思之人③，情饶歧路④，鉴在疑后，研虑方定。机敏故造次而成功⑤，虑疑故愈久而致绩⑥。难易虽殊，并资博练⑦。若学浅而空迟，才疏而徒速⑧，以斯成器⑨，未之前闻。是以临篇缀虑⑩，必有二患：理郁者苦贫⑪，辞溺者伤乱⑫，然则博见为馈贫之粮⑬，贯一为拯乱之药⑭，博而能一，亦有助乎心力矣。

注释

① 骏发：快捷。

② 总：统领，掌握之意。要术：要领。

③ 覃（tán）思：深思，此指构思时间长。

④ 饶：多。歧路：岔路，此指思路纷繁。

⑤ 造次：指短时间内。

⑥ 致绩：成功。

⑦ 资：依靠。

⑧ 徒：只。

⑨ 斯：此。

⑩ 临篇：临写作。缀虑：指构思。

⑪ 理郁：思路不畅。郁，郁积。贫：指情思匮乏。

⑫ 溺：过度。乱：杂乱。

⑬ 馈（kuì）：赠送。

⑭ 贯一：主旨一贯。拯：拯救。

译文

那些文思敏捷的人，心里掌握着创作的要领，反应灵敏，无须反复考虑便能当机立断；而构思迟缓的人，情思繁富，而思路多歧，几经疑惑才看清楚，深思熟虑才下决断。灵敏机断所以能在短时内写成作品，疑虑不决所以要费更多的时间才能完成创作。写作的难易虽然不同，但都要依靠博学精练。如果学问浅陋而只是写得慢，才识粗疏而光靠写得快，从没听说像这样而在写作上能有所成就的。所以临文构思，会有两种毛病：思路不畅的人苦于情思贫乏，滥用辞采的人伤于杂乱。如此说来，见闻广博是馈赠给贫乏者的粮食，主旨一贯则是拯救杂乱者的良药。平时见闻广博而又能主旨一贯，也有助于创作时的构思了。

原文

> 若情数诡杂①，体变迁贸②。拙辞或孕于巧义，庸事或萌于新意③。视布于麻④，虽云未贵⑤，杼轴献功⑥，焕然乃珍⑦。至于思表纤旨⑧，文外曲致⑨，言所不追，笔固知止。至精而后阐其妙，至变而后通其数⑩。伊挚不能言鼎⑪，轮扁不能语斤⑫，其微矣乎！

注释

① 诡杂：复杂多变，诡异杂乱。
② 体：风格。迁贸：变动不定。
③ 庸：平庸。
④ 布：麻布，古时没有棉布，凡布都由麻织成。
⑤ 费：耗损，指质地、性质的变化。
⑥ 杼（zhù）轴：织机，此指加工。献功：成功，指织成布。
⑦ 焕：鲜明，光亮。
⑧ 表：外。纤：细小。
⑨ 曲致：曲折的情致。
⑩ 数：规律。
⑪ 言鼎：谈论烹饪调味之事。鼎，烹煮用具。
⑫ 轮扁：制作车轮的工匠，名扁。斤：斧子。

译文

　　文章的情思是复杂多变的，文章的风格也是变化不定的。拙劣的辞句有时出于巧妙的构思，平庸的事例有时来自新颖的命意。就如麻布由麻织成，虽说质地未变，但经过加工制成了布，变得光彩鲜明而可珍贵。至于思虑外的微妙意旨，文辞外的曲折情致，语言难以表述，笔墨自然应该到此为止。只有懂得了最精微的道理才能阐发其妙处，穷尽一切变化才能通晓其规律。就如伊挚无法说明调味的奥妙，轮扁不能讲清用斧的技巧一样，其中的道理实在精微极了！

原文

赞曰：神用象通，情变所孕①。物以貌求，心以理应。刻镂声律，萌芽比兴②。结虑司契，垂帷制胜③。

注释

① 用：因。象：指外物。

② 刻镂：指运用。萌芽：开始产生。

③ 结虑：指构思。司契：掌握规则。垂帷：放下帷幕，喻指虚静状态。

译文

赞词说：精神因与外物沟通，才孕育了变化多端的情思。外物靠形貌求得表现，而内心则据情理作出反应。然后运用声律，产生比兴的手法。用心构思掌握规则，博学精练才能成功。

体性 第二十七

题解

《体性》的"体"是体貌，即作品的风格特色；"性"是性情、个性，即文学家的性格气质。本篇论述文章体貌风格和作家性情、个性的关系。首先指出作品和作者的个性气质有着密切的关系。文章是作者内部思想感情的表现。作者的才、气属于先天的性情，而学、习则属于后天的陶染。由于作者的才能、气质、学问、习尚不同，所作文章风格也就不同，在辞理、风趣等方面表现出不同情况。文章的风格大致可分为典雅、远奥、精约、显附、繁缛、壮丽、新奇、轻靡八种。其次列举汉、魏、晋时代贾谊、司马相如等十二位著名作家，他们鲜明的文章风格是他们才气的自然流露。这表明作品的风格和作者的性格完全是"表里必符"的。最后论述学习在培养作家个性、形成个人风格中的地位和作用，主张作者除先天禀赋的才气外，后天的学习也应注意。作者应结合具体情况，选择某一风格来确定自己的学习方向。应根据自己天性所长加以锻炼，使才能得以充分发展。

原文

夫情动而言形①，理发而文见②，盖沿隐以至显③，因内而符外者也④。然才有庸俊⑤，气有刚柔，学有浅深，习有雅郑⑥，并情性所铄⑦，陶染所凝⑧，是以笔区云谲⑨，文苑波诡者矣⑩。故辞理庸俊，莫能翻其才⑪；风趣刚柔，宁或改其气；事义浅深⑫，未闻乖其学；体式雅郑，鲜有反其习⑬。各师成心⑭，其异如面。

注释

① 情动而言形：语出《毛诗序》"情动于中而形于言"，说内心有情感活动就形成语言。

② 见（xiàn）：同"现"，显现。

③ 隐：指情理。显：指语言文章。

④ 内：也指情理。符：符号，意即表现。外：也指语言文章。

⑤ 庸：平庸。俊：杰出。

⑥ 雅：雅乐，此指雅正。郑：郑声，传统观念认为郑国音乐淫靡不正。此指淫靡。

⑦ 铄（shuò）：金属熔化，铸造之意。

⑧ 陶染：陶冶感染。凝：成。

⑨ 笔区：即文苑之意。谲：变化。

⑩ 诡：此指变化不测。

⑪ 翻：与下文的"改""乖""反"同义，意即改变，违反。

⑫ 事义：指用事托义。

⑬ 鲜（xiǎn）：少。

⑭ 师：从，按照。成心：意犹本性学养，指上文的才、气、学、习。

译文

内心有情感活动就形成语言，道理阐发出来就表现为文章，这是情理由隐到显、由内在到外现的过程。然而才能有平庸和杰出，气质有刚强和柔弱，学问有浅薄和深厚，习尚有雅正和淫靡，这些都是由先天的情性所铸造、后天的薰陶所形成的，因此，在作家笔下，在文学园里，作品千殊万别，如流云之变幻无穷，似波涛之翻滚不定。所以文辞方面表现出的平庸或杰出，与一个人的才智息息相关；在风格情趣方面表现出来的刚强或柔婉，也绝不会与一个人的学识相反。用事托义的或肤浅或高深，从未听说与其学问无涉；体式的或雅正或淫靡，很少与其习尚相反。各人顺从自己的本性学养来写作，作品风格就如人的面貌各不相同。

原文

若总其归涂①，则数穷八体②：一曰典雅，二曰远奥，三曰精约，四曰显附，五曰繁缛，六曰壮丽，七曰新奇，八曰轻靡。典雅者，熔式经诰③，方轨儒门者也④；远奥者，复采曲文⑤，经理玄宗者也⑥；精约者，核字省句，剖析毫厘者也⑦；显附者，辞直义畅，切理厌心者也⑧；繁缛者，博喻酿采⑨，炜烨枝派者也⑩；壮丽者，高论宏裁，卓烁异采者也；新奇者，摈古竞今⑪，危侧趣诡者也⑫；轻靡者，浮文弱植⑬，缥缈附俗者也⑭。故雅与奇反，奥与显殊，繁与约舛⑮，壮与轻乖⑯，文辞根叶，苑囿其中矣⑰。

注释

① 总：总括。

② 数：此指文章的风格类型。穷：尽。体：风格。

③ 熔式：熔铸，取法。经诰：指经典。

④ 方轨：并驾，两车并行。

⑤ 复：深隐。曲：曲折。

⑥ 经理：指研治。玄宗：玄学。

⑦ 毫厘：喻精确细微。

⑧ 切理：切合于理。厌心：心里满足。

⑨ 酿：酒味浓烈，喻丰富。

⑩ 炜烨：光彩鲜明。枝派：像树的枝条，河的分流，喻条理头绪繁密。

⑪ 摈：排斥。竞：追求。

⑫ 危侧：险僻。诡：怪异。

⑬ 植：志，指思想内容。

⑭ 缥缈：指轻浮不实。附俗：媚俗。

⑮ 舛（chuǎn）：不合。

⑯ 乖：违背。

⑰ 苑囿：范围。

译文

如果总括所有的风格趋向，那么可全部归纳为八种类型：一是典雅，二是远奥，三是精约，四是显附，五是繁缛，六是壮丽，七是新奇，八是轻靡。典雅的，取法于经典，是步武儒家的；远奥的，文采深隐曲折，是研治玄学的；精约的，文字审核，辞句简约，剖析精细入微；显附的，文辞直率，意义畅达，切合于理，令人满意；繁缛的，比喻广博，文采浓重，光彩鲜明，铺展繁密；壮丽的，议论高超，论断宏大，文采鲜明而突出；新奇的，舍古趋新，旨趣险僻而怪异；轻靡的，文辞浮华，内容空虚，轻浮不实而迎合世俗。所以典雅和新奇相反，远奥和显附不同，繁缛和精约相异，壮丽与轻靡有别，文章的不同风貌，都在这个范围里了。

原文

> 若夫八体屡迁，功以学成。才力居中①，肇自血气②。气以实志，志以定言，吐纳英华③，莫非情性。是以贾生骏发④，故文洁而体清；长卿傲诞⑤，故理侈而辞溢⑥；子云沈寂⑦，故志隐而味深；子政简易⑧，故趣昭而事博⑨；孟坚雅懿⑩，故裁密而思靡⑪；平子淹通⑫，故虑周而藻密；仲宣躁竞⑬，故颖出而才果⑭；公幹气褊⑮，故言壮而情骇⑯；嗣宗俶傥⑰，故响逸而调远；叔夜俊侠⑱，故兴高而采烈⑲；安仁轻敏⑳，故锋发而韵流㉑；士衡矜重㉒，故情繁而辞隐。触类以推，表里必符，岂非自然之恒资㉓，才气之大略哉？

注释

① 居中：蕴含在内。
② 肇：始。血气：指先天的气质性情。
③ 吐纳英华：文采的吸纳、表露。
④ 贾生：贾谊。
⑤ 诞：放荡。
⑥ 侈：夸大。
⑦ 子云：扬雄的字。沈寂：沉静。沈，同"沉"。
⑧ 子政：刘向的字。简易：性情坦率平易，不讲究礼节。
⑨ 昭：明白。
⑩ 孟坚：班固的字。懿：深。
⑪ 裁：断，论断。靡：细密。
⑫ 淹：广博。通：通达。
⑬ 躁竞：急于与人争名利、比高下。
⑭ 颖出：露出锋芒。颖，锥子的尖锋。果：决断。

⑮ 公幹：刘桢的字。气褊：性情狭隘。

⑯ 骇：惊人。

⑰ 嗣宗：阮籍的字。傲侻：即倜傥，不受拘束。

⑱ 叔夜：嵇康的字。侠：豪侠。

⑲ 兴：情致。采：指文辞。

⑳ 安仁：潘岳的字。轻：轻浮。

㉑ 锋发：辞锋显露。韵流：音韵流畅。

㉒ 士衡：陆机的字。矜重：庄重。

㉓ 恒资：不变的资质。

译文

　　至于八种风格的屡屡变化，要靠学问才能做到。作者内含的才干，来自先天的气质禀赋。气质充实情志，情志决定语言，文采的吸纳和表现，无不和作者的情性有关。贾谊才智过人、意气风发，所以文辞洁净而风格清新；司马相如狂傲夸诞，所以情理夸张而辞采扬厉；扬雄性情沉静，所以内容含蓄而意味深长；刘向坦率平易，所以意趣明白而事例广博；班固典雅精深，所以论断精密而思虑细致；张衡博学通达，所以考虑周详而文藻绵密；王粲争强好胜，所以锋芒毕露而才气果断；刘桢性情狭隘，所以言辞壮烈而情思惊人；阮籍洒脱不拘，所以风格超逸而情调悠远；嵇康俊伟豪侠，所以情致高超而辞采峻烈；潘岳轻浮敏捷，所以辞锋显露而音韵流畅；陆机矜持庄重，所以文情繁富而辞义含蓄。由此类推，外在的文辞风格和内在的性情气质必然相符，这难道不是天生的一定资质和才气影响风格的大致情形吗？

原文

　　夫才有天资①，学慎始习。斫梓染丝②，功在初化；器成彩定，难可翻移。故童子雕琢③，必先雅制④；沿根讨叶⑤，思转自圆⑥。八体虽殊，会通合数⑦，得其环中，则辐辏相成⑧。故宜摹体以定习⑨，因性以练才。文之司南⑩，用此道也。

注释

① 天资：天生的资质。

② 斫梓（zhuó zǐ）：砍削梓木，指制作器物。斫，砍、削。梓，一种树木。

③ 雕琢：指写作。

④ 雅制：雅正的体制。

⑤ 讨：寻究。

⑥ 圆：圆满妥贴。

⑦ 会通：融会贯通。数：法则。

⑧ 环中：指轴心。辐辏：车辐凑集于毂（车轮中心的圆木）上。
⑨ 摹体：模仿某种体制风格。定习：确定自己的创作方向。
⑩ 司南：指南。

译文

　　才能出于天赋的资质，但在开始学习时就要慎重，就如制木器或染丝绸，功效在初时就已显示；等到器物制成、颜色染好，再要改变就困难了。所以儿童学习写作，一定要从雅正的体制开始；顺着根本寻究到枝叶，这样思路的转换自然能够圆满妥贴。八种风格虽然不同，而自有法则贯通其间，就像车轮之有轴心，辐条自能聚合起来。所以应该模仿某一体制风格以确定创作的方向，根据自己的性情来锻炼写作才干。为文写作的指南，指出的就是这条道路。

原文

　　赞曰：才性异曲，文体繁诡①。辞为肌肤，志实骨髓②。雅丽黼黻，淫巧朱紫③。习亦凝真，功沿渐靡④。

注释

① 异曲：不同。文体：文章风格。繁：繁多。诡：变化。
② 肌肤：比喻外表。骨髓：比喻内涵。
③ 黼黻（fǔ fú）：礼服上绣的花纹。淫：过度。朱：正色。紫：间色。
④ 凝：成。真：指良好的文风。渐靡：逐渐地受影响。

译文

　　赞词说：人的才能性情各不相同，文章的风格也变化多端。文辞是它的肌肤，情志是它的骨髓。雅正而又华丽的，犹如礼服上的绣饰；过度奇巧则像间色搞乱了正色。后天的学习也能形成良好的文风，但要逐渐地受薰陶才能见功效。

风骨 第二十八

题解

"风骨"一词，原指人物的风神骨相。后来又用以绘画，刘勰借用这一用语来论述对文学作品，即要求作品内容富有感染作用和语言刚健挺拔。本篇首先讲"风""骨"的涵义和作用。指出"风"的特点是清、显，即文风鲜明爽朗。它是作者意气骏爽的表现。"骨"的特点是运用端直、精要的语言，指作品文辞刚健精练，它是作品语言的骨干。指出风骨优良的作品，文风鲜明生动，具有强大的艺术感染力（即"化感"）。其次讲文采和"风骨"的关系，说明"风骨"（主要指风）和气的密切关系，举曹丕、刘桢的议论，认为作家有不同的气质，文章就表现为不同的气质或风貌。认为作文应"气骨"（即风骨）与文采兼备，才是理想的作品。最后讲如何做到作品文采和"风骨"的统一。首先必须学习经书，同时也参考子书和史书，从旧规中获得"风骨"，进而创作新意奇词，这样才能使文章具有较强的感染力。

原文

《诗》总六义①，风冠其首，斯乃化感之本源②，志气之符契也③。是以怊怅述情④，必始乎风；沈吟铺辞⑤，莫先于骨。故辞之待骨，如体之树骸⑥；情之含风，犹形之包气。结言端直⑦，则文骨成焉；意气骏爽⑧，则文风清焉。若丰藻克赡⑨，风骨不飞，则振采失鲜，负声无力。是以缀虑裁篇⑩，务盈守气⑪，刚健既实，辉光乃新⑫。其为文用，譬征鸟之使翼也。

注释

① 《诗》：《诗经》。

② 化感：指作品的艺术感染力。

③ 志气之符契：指与作者情志气质相合。符契：信约，凭证。

④ 怊怅（chāo chàng）：惆怅，失意的样子，此泛指郁结于胸的情思。

⑤ 沈吟：低声吟咏，反复思考。沈，同"沉"。

⑥ 体：躯体。骸：骨骼。

⑦ 结言：遣词造句。端直：正直挺拔。

⑧ 骏爽：明快爽朗。

⑨ 丰：丰富。藻：辞藻。克：能。赡：富足。

⑩ 缀虑：构思。缀，连缀。裁篇：创作作品。裁，裁制。

⑪ 盈：充满。

⑫ 辉光乃新：光彩焕发，鲜明生动。

译文

《诗经》总共有"六义"，风列于首位，它是作品艺术感染力的根源，作者情志气质的外在表现。所以作者表述情志，必定首先注意作品的风貌；推敲作品的文辞，没有比注意骨力更为重要的了。因此，文辞的需要骨力，犹如人体的需要骨骼；情志所包含的感染力，就像形体蕴有生气。遣词造句正直挺拔，文章的骨力就形成了；意气明快爽朗，文章的风貌就清朗了。如果辞藻丰富，却没有爽朗刚健的风骨，那么文采也不会鲜明，声调也不会响亮。所以运思谋篇，务必使意气饱满，刚健之气充盈，文采才能鲜明生动。风骨为文章所用，就如远飞大鸟之扇动双翼。

原文

故练于骨者①，析辞必精②；深乎风者，述情必显。捶字坚而难移③，结响凝而不滞④，此风骨之力也。若瘠义肥辞⑤，繁杂失统，则无骨之征也；思不环周⑥，牵课乏气⑦，则无风之验也。昔潘勖《锡魏》⑧，思摹经典⑨，群才韬笔⑩，乃其骨髓峻也⑪；相如赋《仙》⑫，气号凌云⑬，蔚为辞宗⑭，乃其风力遒也⑮。能鉴斯要⑯，可以定文，兹术或违，无务繁采。

注释

① 练：熟悉，指长于。

② 析辞：遣词造语。析，分解，运用。精：精要。

③ 捶字：锻炼词语。

④ 结响：形成文辞声调。凝：凝重。滞：板滞。

⑤ 瘠义：内容贫乏。肥辞：辞藻过度。

⑥ 环周：饱满通畅。

⑦ 牵课：枯寂无生气的样子。

⑧ 潘勖：汉末文学家。锡：赐。此指九锡，帝王赐给有特殊功勋的诸侯大臣的九种物品。魏：
    指魏公曹操。《锡魏》：指潘勖的《策魏公九锡文》。

⑨ 思摹经典：指潘勖此文构思摹仿经典，主要是《尚书》。

⑩ 群才：指当时其他文人。韬：藏。

⑪ 骨髓：骨力。峻：高，此谓刚健。

⑫ 相如赋《仙》：指司马相如的《大人赋》述游仙之事。

⑬ 气号凌云：《史记·司马相如列传》载，汉武帝读完司马相如的《大人赋》，"飘飘有凌云
    之气，似游天地之间意"。

⑭ 蔚：文采繁盛。辞宗：辞赋宗师。

⑮ 风力：风骨。遒：刚劲。

⑯ 鉴：明察，洞晓。要：要领。

译文

　　因此注重文章骨力的，用词造语必然精要；讲求文章风貌的，表述情志必然显豁。锻炼文字坚实而不轻浮，文辞声调凝重而不板滞，这得力于文章之有风骨。如果内容贫瘠而辞藻堆砌，繁复冗杂而失去统绪，那是无骨的征象了；思想感情不饱满通畅，文章枯寂缺少生气，那是无风的证明了。从前潘勖作《策魏公九锡文》，运思摹仿经典用语，使当时的才子们搁笔，这是因为潘文骨力刚健的缘故；司马相如作《大人赋》，被称为有凌云之气，文采茂盛而成为辞赋的宗师，这是因为风貌遒劲的缘故。能够明察这一要领，就能使文章写得完善，这种方法不能违背，创作不应追求文采的繁复。

原文

故魏文称①："文以气为主，气之清浊有体②，不可力强而致。"故其论孔融，则云"体气高妙"；论徐幹③，则云"时有齐气"；论刘桢④，则云"有逸气"。公幹亦云⑤"孔氏卓卓⑥，信含异气⑦，笔墨之性⑧，殆不可胜⑨。"并重气之旨也。夫翚翟备色⑩，而翾翥百步⑪，肌丰而力沉也⑫；鹰隼乏采⑬，而翰飞戾天⑭，骨劲而气猛也。文章才力，有似于此。若风骨乏采，则鸷集翰林⑮；采乏风骨，则雉窜文囿⑯。唯藻耀而高翔，固文笔之鸣凤也⑰。

注释

① 魏文：魏文帝曹丕。

② 清浊有体：指气有偏清偏浊之分。清气，指清明阳刚之气；浊气，指重浊阴柔之气。

③ 徐幹：字伟长，建安七子之一。

④ 刘桢：汉末文学家，曹丕《典论·论文》中的"七子"之一。

⑤ 公幹：刘桢的字。刘桢论孔融语的出处已无考。

⑥ 孔氏：指孔融。卓卓：高超。

⑦ 信：确实。异气：特异的气质、风貌。

⑧ 笔墨之性：作品表现出来的个性。

⑨ 殆不可胜：几乎无人能比。殆，几乎。

⑩ 翚（huī）：五彩的野鸡。翟（dí）：长尾的野鸡。备色：色彩丰富。

⑪ 翾翥（xuān zhù）：小飞。

⑫ 沉：意为弱而不能高飞。

⑬ 隼（sǔn）：一种猛禽。

⑭ 翰：高飞。戾（lì）：到。

⑮ 鸷（zhì）：一种猛禽。翰林：犹文坛。翰，笔。

⑯ 雉：野鸡。文囿：文苑。囿，园林。

⑰ 文笔：即文章。凤：凤凰。

译文

所以魏文帝曹丕称："文章的风貌以作者的气质为主，气质的清浊各有其体，不可勉强用力而得。"因此，他评论孔融，就说"气质风貌高超美妙"；评论徐幹，就说"时常有齐地的舒缓气质"；评论刘桢，就说"有俊逸奔放的气质风貌"。刘桢也说"孔融高超，确实具有特异的气质风貌，作品表现出来的个性，几乎无人能及。"这都是看重气质风貌的意思。野鸡色彩丰富，但飞起来不出百步，那是因为肌肉过于丰满而力量不够；鹰隼缺乏色彩，但能高飞直达云天，那是因为骨力劲健而气势威猛。文章才力，也与此相似。如果有风骨而缺乏文采，好比鹰隼集聚于文坛；如果有文采而缺乏风骨，又如野鸡窜伏于文苑。只有文采光耀而又能高飞翱翔，那才是文章中的凤凰。

原文

　　若夫熔铸经典之范①，翔集子史之术②，洞晓情变③，曲昭文体④，然后能孚甲新意⑤，雕画奇辞。昭体故意新而不乱，晓变故辞奇而不黩⑥。若骨采未圆⑦，风辞未练⑧，而跨略旧规⑨，驰骛新作⑩，虽获巧意，危败亦多。岂空结奇字，纰缪而成经矣⑪？《周书》云："辞尚体要，弗惟好异。"⑫盖防文滥也⑬。然文术多门⑭，各适所好，明者弗授⑮，学者弗师⑯，于是习华随侈⑰，流遁忘反⑱。若能确乎正式，使文明以健，则风清骨峻，篇体光华。能研诸虑，何远之有哉！

注释

① 熔铸：取法学习之意。

② 翔集：飞翔、停留，此有参考学习之意。子：子书。史：史书。术：方法。

③ 情变：情势演变。

④ 曲：详尽。昭：明了。体：指各体文章的体制和规格要求。

⑤ 孚（fú）甲：萌芽，产生。

⑥ 黩（dú）：滥。

⑦ 圆：圆满。

⑧ 练：精练。

⑨ 跨略：超越忽略，此指违背，不遵守。旧规：指各体文章的基本体制和规格要求。

⑩ 驰骛：追逐。

⑪ 纰缪：错误。经：常，正常。

⑫ "《周书》"三句：语出《尚书·毕命》，谓文辞要精要，不应只是追求奇异。

⑬ 滥：意谓浮而不实。

⑭ 门：途径。

⑮ 明者：指深明文术者。授：传授。

⑯ 师：师从。

⑰ 华、侈：浮华侈靡。

⑱ 流遁忘反：指随波逐流，不知回归正道。

译文

　　至于取法学习经书的规范，参考吸收子书史籍的写作方法，深明作文情势的演变，详尽地明了各体文章的基本体制和规格要求，然后才能萌生新颖的构思，修饰奇妙的文辞。明了文章的基本体制和规格要求，就能构思新颖而不杂乱，深明作文情势的演变，就能文辞奇妙而不浮滥。如果风骨未能具备，辞采不够精练，却想违弃旧有的规范，追求新奇的创作方法，即使获得了巧妙的用意，但导致的失败也多。难道只是使用奇异的字句，就能将这种错误倾向变为正道吗?《尚书·毕命》中说："文辞要精要，不应只是追求奇异。"这是防止文章写得浮而不实。然而文章写作途径很多，作者各据所好加以选择，深明写作之道的人未能传授他人，学习写作的人又没能师从懂写作之道的人，于是习尚浮华，追随侈靡，随波逐流而不知回返正道。如果能确定正规的法式，使文风鲜明而刚健，那么就能风貌清明、骨力劲健，整篇作品光彩焕发。能细心研究上述这些要求，那么离掌握写作之道也就不远了!

原文

　　赞曰：情与气偕，辞共体并①。文明以健，珪璋乃聘②。蔚彼风力，严此骨髓③。才锋峻立，符采克炳④。

注释

① 偕：偕同。并：一起。
② 珪璋：即圭璋，古代珍贵的玉制礼器。聘：聘问。
③ 蔚：文采丰富。严：同"峻"，刚健之意。骨髓：指骨。
④ 才锋：才华、笔锋。符采：玉的横纹，指文采。克：能。炳：光明。

译文

　　赞词说：情思与意气相关连，文辞和体制风格相结合。文风清明刚健，才能像朝聘执珪璋那样通达。风貌要光彩鲜明，骨力要刚健强劲。这样才锋刚健挺拔、特立突出，文采才能丰富显耀。

通变 第二十九

题解

　　《通变》的"通"，即"会通"，即继承；"变"即"适变"，即革新。这里指作文须掌握变化创新、通畅不停滞的道理，方能持久。本篇首先论述文学继承和革新的必要。指出文章有两个方面，一方面是有常之体，指诗、赋、书、记等各种体裁和它们特定的体制和规格要求，必须以古人之文为法。另一方面是文辞气力（气力即气骨、风骨），指文辞运用的华美和质朴刚健情况，这是没有规定程式的，应当随时变化创新。其次论述"九代"文学的继承与发展情况，指出后代文人虽注意取法前代，但文风总是逐步趋向华美。在总结历代文风变化及其得失的基础上，提出必须矫正魏晋以迄刘宋浅绮讹新的文风，取法经典，使作品不偏于质或文，兼有雅正、新奇（过于新奇则流于俗）的风貌。最后论述文学创作中怎样正确地继承革新。列举汉代枚乘等五位名家的辞赋例句，在夸张声貌方面，用意相沿袭，但辞句有变化，用以说明文辞气力方面的通变。认为写文章首先要抓大体纲领，即各体文章的体制和基本规格，然后再根据表现情志的需要来敷设文采。

原文

　　夫设文之体有常①，变文之数无方②，何以明其然耶③？凡诗、赋、书、记④，名理相因⑤，此有常之体也；文辞气力⑥，通变则久⑦，此无方之数也。名理有常，体必资于故实⑧；通变无方，数必酌于新声⑨。故能骋无穷之路，饮不竭之源。然绠短者衔渴⑩，足疲者辍途⑪，非文理之数尽⑫，乃通变之术疏耳⑬。故论文之方⑭，譬诸草木，根干丽土而同性⑮，臭味晞阳而异品矣⑯。

注释

① 体：指各种文体及其体制规格要求。常：恒久不变。

② 数：方法。无方：无一定的程式。

③ 然：这样，如此。

④ 诗、赋、书、记：概指从诗赋至书记的各种文体。

⑤ 名：指各体文章的名目。理：写作之理。相因：指后人因袭继承前人在名与理方面形成的定规。

⑥ 气力：即气骨、风骨。

⑦ 通：会通，继承。变：适变，创新。

⑧ 资：凭借，依靠。故实：指前人作品在体制规格要求方面形成的定规。

⑨ 酌：参酌。新声：当代的新变之作。

⑩ 绠（gěng）：汲水用的水桶上的绳子，喻通变的方法。衔渴：口渴。

⑪ 辍途：中途停下。辍，停下。

⑫ 文理之数尽：写作的方法已经用尽。

⑬ 疏：不熟练。

⑭ 方：方法。

⑮ 丽：附着。

⑯ 臭（xiù）味：气味，谓同类。晞（xī）：晒。

译文

　　文章体裁及其基本体制规格要求是不变的，而文辞风格变化的方法却是没有定规的，怎么知道是这样的呢？凡诗、赋、书、记等各体文章，在名目和写作之理方面，后人对前人的作品都有因袭继承，这就是不变的体制规格要求；文章的辞采气骨，则必须变化通达才有持久的生命力，这就是没有定规的作

文变化之道。文体的名目及其写作之理是不变的，因此体制规格要求必须取法前人的模式；而文辞风格的变化则无一定程式，因此通变方法一定要参酌当代的新作。这样创作才能走上不断发展的道路，汲取永不枯竭的源泉。然而汲水者因为水桶绳短汲取不到水而口渴，行路者因为足力疲软行不了远路而中途停顿，不是创作的方法已经穷尽，而是对通变的方法不够精熟。所以论作文的方法，可以比之于草木，根干附着于泥土是共性，但同类植物因吸收阳光不同而呈现不同的面貌。

原文

是以九代咏歌①，志合文别。黄歌《断竹》②，质之至也。唐歌《在昔》③，则广于黄世；虞歌《卿云》④，则文于唐时。夏歌《雕墙》⑤，缛于虞代；商周篇什⑥，丽于夏年。至于序志述时，其揆一也⑦。暨楚之骚文，矩式周人⑧；汉之赋颂，影写楚世⑨；魏之篇制，顾慕汉风⑩；晋之辞章，瞻望魏采。榷而论之⑪，则黄、唐淳而质，虞、夏质而辨，商、周丽而雅，楚、汉侈而艳，魏、晋浅而绮，宋初讹而新⑫。从质及讹，弥近弥淡⑬。何则？竞今疏古，风末气衰也。

注释

① 九代：指下文所举的黄帝、唐尧、虞舜、夏、商、周（包括楚）、汉、魏、晋（包括宋初）。

② 黄：黄帝。断竹：指传说中黄帝时歌谣《弹歌》："断竹，续竹，飞土，逐肉。"

③ 唐：唐尧。

④ 虞：虞舜。《卿云》：指《卿云歌》："卿云烂兮，纠缦缦兮，日月光华，旦复旦兮。"

⑤ 雕墙：指《尚书·五子之歌》："内作色荒，外作禽荒；甘酒嗜音，峻宇雕墙；有一于此，未或不亡。"

⑥ 篇什：《诗经》中的《雅》《颂》十篇为一什。

⑦ 揆（kuí）：道理。

⑧ 矩式：以为规矩法式。

⑨ 影写：模仿。

⑩ 顾慕：仰慕效法。

⑪ 榷（què）：扬榷，大略。

⑫ 讹：指违背雅正、追求新奇。

⑬ 弥：更。淡：乏味。

译文

因此，以往九个朝代的歌咏，情志的表达都合于创作的法则。黄帝时的《断竹》之歌，质朴至极。唐尧时的《在昔》之歌，比黄帝时有发展；虞舜时唱的《卿云歌》，又比唐尧时有文采。夏朝的《雕墙》之歌，文采盛于虞舜时代；商朝周朝的诗篇，又比夏朝华丽。至于就叙写情志、讲述时事而言，它们的道理是一致的。到楚国的骚体，以周朝作品为规矩法式；汉代的赋颂，模仿楚国的作品；魏代的篇章，仰慕效法汉代的作品；晋代的创作，取法追随魏代的文采。大致说来，黄帝和唐尧时的作品淳厚而质朴，虞舜和夏朝的作品质朴而明析，商朝和周朝作品华丽而典雅，楚国和汉朝作品铺张而艳丽，魏晋时代的作品浅近而绮靡，宋初的作品新奇而不正。从质朴到新奇不正，时代越近越乏味。这是什么原因呢？是竞相趋新而忽略了学习古人，致使文章的风力气势趋于衰微。

原文

今才颖之士，刻意学文，多略汉篇，师范宋集。虽古今备阅，然近附而远疏矣。夫青生于蓝①，绛生于茜②，虽逾本色，不能复化③。桓君山云④："予见新进丽文，美而无采，及见刘、扬言辞⑤，常辄有得。"此其验也。故练青濯绛⑥，必归蓝茜；矫讹翻浅，还宗经诰。斯斟酌乎质文之间，櫽括乎雅俗之际⑦，可与言通变矣。

注释

① 蓝：蓝草，可作青色染料。

② 绛：赤色。茜（qiàn）：茜草，可作赤色染料。

③ 复化：再次变化。

④ 桓君山：东汉文学家桓谭的字。

⑤ 刘：刘向，西汉学者。扬：扬雄，西汉学者。

⑥ 练：煮丝使白，此处意为染色。濯（zhuó）：洗，也指染色。

⑦ 櫽（yǐn）括：矫正曲木的工具，此指矫正偏差使之适当。

译文

如今才华出众的文士，用心学习写作，但多数忽略汉代作品，而学习宋人的文集。虽然古今作品都阅读，但偏向于学习近代作品而疏远了古代作品。青色从蓝草中提炼出来，赤色从茜草中提炼出来，虽然颜色胜过了原来的草色，但再也不能有所变化了。桓谭说："我看新进的华丽作品，华美但无所取，等到看了刘向、扬雄的文章，往往总有得益。"这就是上述道理的证明。所以染青色、赤色，必定取自蓝草、茜草；纠正错误浅薄的倾向，还是要宗法经书。这样在质朴和文采之间斟酌得当，在雅与俗之间求得合适，就可以谈论通变问题了。

原文

　　夫夸张声貌，则汉初已极。自兹厥后，循环相因；虽轩翥出辙①，而终入笼内。枚乘《七发》云："通望兮东海②，虹洞兮苍天③。"相如《上林》云④："视之无端⑤，察之无涯⑥；日出东沼⑦，入乎西陂⑧。"马融《广成》云⑨："天地虹洞，固无端涯；大明出东，月生西陂。"扬雄《校猎》云⑩："出入日月，天与地杳。"张衡《西京》云⑪："日月于是乎出入，象扶桑与濛汜⑫。"此并广寓极状⑬，而五家如一。诸如此类，莫不相循，参伍因革⑭，通变之数也。

注释

① 轩翥（zhù）：高飞。辙：车轮痕迹，喻范围。
② 通：一直。
③ 虹洞：广大深远。
④ 《上林》：《上林赋》。
⑤ 端：头。

⑥ 涯：边际。
⑦ 沼：水池。
⑧ 陂（bēi）：山坡。
⑨ 《广成》：《广成颂》。
⑩ 《校猎》：指《羽猎赋》。
⑪ 《西京》：《西京赋》。
⑫ 扶桑：神话中太阳升起处的神树。濛汜（sì）：日落处。

⑬ 寓：寓目。状：描摹。

⑭ 参（sān）伍：交错。参，同"叁"。因革：因袭变化。

译文

夸张地描摹事物的声音形貌，在汉初已达到极致。自此以后，文学家们互相往还因袭；虽然想高飞越出旧的范围，但最终仍落入前人的牢笼。枚乘的《七发》说："遥望东海，广阔深远与苍天相连。"司马相如的《上林赋》说："看不到头，望不见边；太阳从东边的水池升起，又落到西边的山坡下。"马融的《广成颂》说："天地广阔深远，确实无边无际；太阳从东边升起，月亮在西边的山坡上出现。"扬雄的《羽猎赋》说："日月在此升起落下，天地杳然深远。"张衡的《西京赋》说："日月在这里升起落下，就像在扶桑和濛汜。"这些都以开阔的视野，极尽描摹之能事，但五家手法如出一辙。诸如此类的例子，无不互相沿袭，因袭继承和革新变化交错运用，这就是通变的方法。

原文

是以规略文统①，宜宏大体②。先博览以精阅，总纲纪而摄契③；然后拓衢路④，置关键⑤，长辔远驭⑥，从容按节⑦。凭情以会通⑧，负气以适变；采如宛虹之奋鬐⑨，光若长离之振翼⑩，乃颖脱之文矣⑪。若乃龌龊于偏解⑫，矜激乎一致⑬，此庭间之回骤⑭，岂万里之逸步哉⑮！

注释

① 规略：规划，谋划。统：纲领。

② 大体：体制。

③ 总：概括。纲纪：大纲。摄契：抓住要点。

④ 衢路：大路。

⑤ 置：设置，即安排之意。

⑥ 辔（pèi）：缰绳。驭：驾驭。

⑦ 节：一定的节度。

⑧ 凭：根据。会通：与下句"适变"同义，均为"通变"之意。

⑨ 宛：弯曲。奋鬐（qí）：比喻彩虹像鱼的背鳍高高拱起。奋，奋起。鬐，鱼脊之形。

⑩ 长离：朱鸟，二十八星宿中南方七宿的总称。

⑪ 颖脱：锥子尖端从袋中脱出，喻杰出。

⑫ 龌龊（wò chuò）：局促。

⑬ 矜：骄傲。激：偏激。一致：一得。

⑭ 骤：跑马。

⑮ 逸：快。

译文

　　所以谋划文章的纲领，应该从体制着眼。先要广泛浏览，精心研读，概括大纲、抓住要点；然后拓展写作的道路，安排好作品的关键，就像手执长缰绳驾马远行，从容地按照节度前进。根据情志表达的需要，来对文辞进行通变运用；文采如曲虹高拱，光芒似朱鸟振翅，这才是杰出的作品。假如局促于偏颇的见解，骄傲偏激于一得之见，这是在庭院中来回跑马，哪里是在万里之途上奔驰啊！

原文

　　赞曰：文律运周①，日新其业。变则堪久，通则不乏。趋时必果②，乘机无怯。望今制奇③，参古定法。

注释

① 文律：文章规律。运周：运转不停。
② 果：果断。
③ 制奇：指创作上的变化、创新。

译文

　　赞词说：文章的规律运转不息，每天都有新的发展。只有求变才能持久，贯通才能不竭。适应时势一定要果断，利用机会不必胆怯。观察当今作品以变化创新，参酌古例来确定写作的法式。

定势 第三十

题解

　　《定势》的"定"是确定、确立，"势"是态势、姿态，指"文章的体势"，即文章的体裁样式及其所具有的客观的自然趋势。本篇首先论述文学创作要"因情立体，即体成势"是自然的道理，作者依据所要表现的思想情感选择体裁，再依据体裁确定态势。接着指出，一个通透文章之道的作者，应当能够驾驭多种态势，奇正刚柔，随机应变；如果执着于某一风格而排斥其他，就昧于兼通之理。但是在一篇作品中，必须保持风格基调的一致性，雅郑杂糅是不好的。之后归纳章、表、奏、议等二十余种文体，分为六类，指出它们各自的基本风格特征。列举前人有关文势的意见，并有所评论。先是引桓谭、曹植的言论，说明由于爱好习尚的不同，各人对文章的态势有所偏爱。次引刘桢之论，认为文势有刚有柔，不必强调"壮言慷慨"。末引陆云之说，肯定他先迷而后能从善。最后讲述近代（指刘宋与南齐前期）作者违反"定势"的原则及其危害，提出"执正以驭奇"的要求。

原文

　　夫情致异区①，文变殊术②，莫不因情立体③，即体成势也④。势者，乘利而为制也⑤。如机发矢直⑥，涧曲湍回⑦，自然之趣也。圆者规体⑧，其势也自转；方者矩形⑨，其势也自安⑩，文章体势⑪，如斯而已。是以模经为式者⑫，自入典雅之懿；效《骚》命篇者⑬，必归艳逸之华⑭；综意浅切者⑮，类乏酝藉⑯；断辞辨约者⑰，率乖繁缛⑱。譬激水不漪⑲，槁木无阴⑳，自然之势也。

注释

① 情致：情趣。区：种，类。

② 文变：创作的变化。术：方式。

③ 体：体裁，文体。

④ 势：态势、姿态，此指由体裁所决定的作品风格。

⑤ 乘利而为制：顺其便利而形成。制，裁制。

⑥ 机：弩机，靠机械来发射的弩。矢：箭。

⑦ 涧：山间的水流。湍（tuān）：急流。

⑧ 规：圆规，指圆形。

⑨ 矩：画方形的器具，指方形。

⑩ 安：安稳。

⑪ 体势：体裁及其风格。

⑫ 模：模仿。式：法式。

⑬ 效：效法。

⑭ 艳：艳丽。逸：出众。

⑮ 综意：命意。浅切：浅显切近。

⑯ 类：大都。酝藉：含蓄。

⑰ 断辞：裁断辞句，指措辞。辨约：明辨简约。

⑱ 率：通常。乖：不合于。缛：文采盛。

⑲ 激：湍急。漪（yī）：涟漪，细小的水波。

⑳ 槁：枯。

译文

　　作者的情趣多种多样，创作方法的变化也各不相同，但无不根据表达情意的需要确定体裁，由一定的体裁形成相应的文势。势，就是乘着便利来创作。就如弩机发出的箭是直的，山间的溪流是湍急回旋的，这都是自然的趋势。圆的物体有圆的形状，它的形势自然旋转；方的物体有方的形状，它的形势自然平正安稳，文章的体裁和风格，就像这样罢了。因此模仿经书以为法式的，自然有着典正文雅的优点；效法楚辞进行创作的，必然有着艳丽出众的华采；命意浅显而切近的，大都缺乏含蓄；措辞明辨简约的，通常没有繁文缛采。好比湍急的水流不会泛起涟漪，枯死的树下没有浓密的树荫，这是很自然的态势。

原文

是以绘事图色①，文辞尽情；色糅而犬马殊形②，情交而雅俗异势③。熔范所拟④，各有司匠⑤，虽无严郛⑥，难得逾越。然渊乎文者⑦，并总群势⑧；奇正虽反，必兼解以俱通⑨；刚柔虽殊，必随时而适用。若爱典而恶华⑩，则兼通之理偏；似夏人争弓矢，执一不可以独射也⑪。若雅郑而共篇⑫，则总一之势离⑬；是楚人鬻矛誉盾，两难得而俱售也⑭。

注释

① 绘事：绘画。

② 糅：杂糅，指调配。

③ 交：交会。

④ 熔范：铸器的模子，喻学习的对象。

⑤ 司匠：专掌各种制作的匠人，喻学习对象固有的体势。

⑥ 郛（fú）：城郭，外城，喻界限。

⑦ 渊：深，精通。

⑧ 总：总括，统领。

⑨ 兼解以俱通：都懂得并能贯通。

⑩ 典：典雅。华：华丽。

⑪ 夏人：因羿为夏射官，故称争弓矢者为夏人。

⑫ 雅郑：即雅俗。

⑬ 总一：统一。

⑭ 售：卖出。

译文

因此绘画着染颜色，文辞充分表现情感；颜色调配后画出犬马的不同形象，情感交会后写出的文章雅俗各异。写作上仿效模拟的对象不同，作品的风格也不同，虽然其间并无严格的界限，但也难以超越。然而深通文章写作的人，能够全面掌握各种风格；奇和正虽然相反，必定都能理解并融会贯通；刚健和柔婉虽然有别，一定会随时合适地运用。如果爱好典雅而厌恶华丽，那么在全面贯通方面就有偏差，就像夏朝有两人争论到底弓重要还是箭重要，却不知拿着其中之一都是无法单独施射的。如果雅俗共同出现于一篇文章，那么统一的风格就不能形成；这就如楚人卖矛和盾时的称誉自相对立，结果两样东西都难以卖出。

原文

是以括囊杂体①，功在铨别②，宫商朱紫③，随势各配。章、表、奏、议，则准的乎典雅④；赋、颂、歌、诗，则羽仪乎清丽⑤；符、檄、书、移，则楷式于明断⑥；史、论、序、注，则师范于核要⑦；箴、铭、碑、诔，则体制于弘深⑧；连珠、七辞，则从事于巧艳，此循体而成势⑨，随变而立功者也。虽复契会相参⑩，节文互杂⑪，譬五色之锦⑫，各以本采为地矣⑬。

注释

① 括囊：囊括，包罗。

② 铨：衡量。

③ 宫商：五音中的宫音、商音，此指各种声音。朱紫：指各种颜色。

④ 准的：以为标准。

⑤ 羽仪：以羽毛为仪表，是一种标志。

⑥ 楷式：法式。

⑦ 师范：学习。核：核实。要：精要。

⑧ 弘深：弘大精深。

⑨ 循：沿着，依照。

⑩ 契会相参：各种体势会合贯通。契，合。参，参错。

⑪ 节：音节。文：文采。

⑫ 锦：色彩绚丽的丝织物。

⑬ 地：底子。

译文

因此要兼长各种文体风格，功夫在于衡量辨别，就如音乐要辨宫商五音、色彩要分朱紫等色，随着文体的固有态势特点而配上相应的风格。章、表、奏、议，要以典雅为标准；赋、颂、歌、诗，要以清丽为表率；符、檄、书、移，应以明确决断为法式；史、论、序、注，应学习核实精要；箴、铭、碑、诔，体制规格在于弘大精深；连珠、七辞，应该追求巧妙艳丽，这些都是依照体裁而形成相应的文势，随着变化而获得功效的。虽说各种文体风格会合贯通，音节文采互相错杂，但好比五彩的锦缎，仍须以各自的本色为底。

原文

桓谭称①："文家各有所慕，或好浮华而不知实核②，或美众多而不见要约③。"陈思亦云④："世之作者，或好烦文博采，深沈其旨者⑤；或好离言辨白⑥，分毫析厘者⑦；所习不同，所务各异。"言势殊也。刘桢云⑧："文之体势，实有强弱，使其辞已尽而势有余，天下一人耳⑨，不可得也。"公幹所谈，颇亦兼气⑩。然文之任势，势有刚柔，不必壮言慷慨，乃称势也。又陆云自称⑪："往日论文，先辞而后情，尚势而不取悦泽。及张公论文，则欲宗其言。"⑫夫情固先辞，势实须泽，可谓先迷后能从善矣。

注释

① 桓谭：东汉文学家。以下引语已无考，可能是《新论》的佚文。
② 实核：据实审核。
③ 美众多：喜爱繁富。要约：简约。
④ 以下引语无考。
⑤ 深沈：即深沉。此部分引语无考。
⑥ 离言辨句：意谓仔细推敲每句每字。离言，断句。辨，分辨。
⑦ 分毫析厘：分析细致入微。
⑧ 刘桢：三国魏文学家。以下引语无考。
⑨ 天下一人：意谓天下第一。
⑩ 颇亦兼气：说刘桢论体势还兼有气质、气势。
⑪ 陆云：西晋文学家。
⑫ 悦泽：悦目的色泽。兄：陆云之兄陆机，西晋文学家。张公：张华，西晋文学家。宗：信从。

译文

桓谭说："作家们各有所好，有的追求浮华而不知据实审核，有的爱好繁富而不懂得简约。"曹植也说："世上的作者，有的喜好繁富的文采，意旨深隐不显；有的喜好逐字逐句地推敲，分析细致入微；各人的习尚不同，所追求的也就各有差别。"这是说风格不同。刘桢说："文章的体势，确实有强有弱，假如文辞已尽而文势有余，那就是天下第一了，但不可能达到。"刘桢所谈论的，还兼有气质气势的意思。然而文章的凭借体势，体势有刚健柔婉，不一定要豪壮的语言、慷慨的意气，才称为有势。另外，陆云自己说："过去论文章，先看重文辞然后才考虑情志，崇尚文势而不讲究文辞的润色。到听了张华论文，便想要信从他的话。"情志本来就比文辞更重要，文势也须润泽，陆云可说是先迷了路，后来能遵从正道了。

原文

　　自近代辞人①，率好诡巧②，原其为体③，讹势所变④，厌黩旧式⑤，故穿凿取新⑥，察其讹意，似难而实无他术也，反正而已。故文反"正"为"乏"⑦，辞反正为奇。效奇之法⑧，必颠倒文句，上字而抑下⑨，中辞而出外⑩，回互不常⑪，则新色耳。

注释

① 近代：指南朝宋和齐前期。
② 率：大都。诡：怪异反常。
③ 原：推求。
④ 讹势：错误的文风。讹，错误。
⑤ 厌黩（dú）：厌恶蔑视。黩，轻慢不敬。
⑥ 穿凿：牵强附会。
⑦ 文反"正"为"乏"：篆文中的"乏"字是"正"字反写。
⑧ 效：仿效。
⑨ 上字而抑下：把本该在前面的字有意放到后面。
⑩ 中辞而出外：本该在中间的字却放在前面或后面。
⑪ 回互：颠倒词序。不常：不按常规。

译文

　　从近代以来的作者，大都喜欢怪异奇巧，推求这些作品的体式，是由错误的文风所致，讨厌蔑视旧有的体式，所以牵强附会地追求新奇，细察这种错误的方法，看上去难，实际上并没有其他妙法，不过是违反常规而已。篆文中的"正"字反过来就成了"乏"字，文辞反常的表达便成了新奇。追求新奇的方法，必然颠倒正常的文句顺序，前面的字故意放到后面，中间的词有意放在句前或句后，颠倒词序不循常规，就成了新的色彩了。

原文

　　夫通衢夷坦①，而多行捷径者，趋近故也；正文明白，而常务反言者，适俗故也②。然密会者以意新得巧③，苟异者以失体成怪④。旧练之才⑤，则执正以驭奇；新学之锐，则逐奇而失正；势流不反⑥，则文体遂弊⑦。秉兹情术⑧，可无思耶？

注释

① 衢：大路。夷：平。
② 适俗：迎合时俗。
③ 密会：构思细密而合于正理。会，合。
④ 苟异：只求奇异。体：体制。
⑤ 旧练：老练。
⑥ 势：指讼势。
⑦ 文体：文章体制。弊：坏。
⑧ 秉：持，掌握。兹：此。情：情致。术：方法。

译文

　　大路平坦，但有许多人爱走小路，那是为了抄近道；正规的文句意思显明，但常有人爱说反常的话，那是为了迎合时俗的缘故。然而构思细密合于正理的人因用意新颖而取巧，只是追求奇异的人因失去正体而成了怪诞。老练的文章作者，能掌握正确的方法来驾驭新奇；锐意学新的人，追逐奇异而失却了正常；这种趋势发展下去不回正道，那么文章体制就会被破坏。要掌握好文章的情致和方法，对此可以不加思考吗？

原文

　　赞曰：形生势成，始末相承①。湍回似规，矢激如绳②。因利骋节，情采自凝③。枉辔学步，力止寿陵④。

注释

① 形：形体，形状。势：态势，姿态。始末相承：指形与势两者互相承接。
② 湍：急流。规：圆，圆规。矢：箭。激：发。绳：墨线，指直。
③ 因：随顺。骋节：按一定的节度驰骋，指写作。凝：结合。
④ 枉辔（pèi）：不走正道。枉，曲。辔，缰绳。学步：指古代"邯郸学步"的典故。力：功力，指结果。寿陵：燕国城邑。

译文

　　赞词说：形体出现后势态也就产生了，两者始终互相关联承接。回转的急流如圆规，发出的弓箭如直线。顺着便利依照节度进行创作，情志文采自然能很好结合。如果不走正路学习新奇，那么结果只能像那个邯郸学步的寿陵人。

情采 第三十一

《情采》的"情"是情理，指文学作品的思想内容；"采"是文采，指文学作品的艺术形式。本篇主要论述了文学艺术的内容和形式的辩证关系。首先说明自然界许多事物都有文采，文章也必然有文采。引用《孝经》、庄子、韩非的言论，证明文章自然重视藻饰绮丽。接着指出必须遵循正道驾驭文采，认为文辞是为表现情志服务的，具有良好的情志，方能写出好作品。其次指出创作上两种不同的倾向。一种是"为情而造文"，以诗三百篇为例，作者心积忧愤，自然要把真情实感加以吟咏倾吐，其作品特点是要约而写真。另一种是"为文而造情"，认为楚汉以来的不少辞赋作者，没有忧愤的情思，只是追求夸张的描写，其作品特点是淫丽而烦滥。接着慨叹后代作者弃风雅而师辞赋，结果表现真情的作品日益稀少，片面追求文采的作品盛行。最后指出驾驭文采的原则和方法。辞采是为了表现道理、心情，即作者的思想感情。只有确立内容，心定理正，然后造文施采，使内容和形式密切结合，方能写出文质兼备的理想作品。

原文

圣贤书辞，总称"文章"①，非采而何②？夫水性虚而沦漪结③，木体实而花萼振④：文附质也⑤。虎豹无文⑥，则鞟同犬羊⑦；犀兕有皮，而色资丹漆⑧，质待文也。若乃综述性灵⑨，敷写器象⑩，镂心鸟迹之中⑪，织辞鱼网之上⑫，其为彪炳⑬，缛采名矣⑭。

注释

① 文章：光采鲜明之意。文，彩。章，明。

② 采：文采。

③ 沦漪：水波纹。

④ 萼（è）：花托。

⑤ 文：文采。质：此指性质、本质。

⑥ 文：皮毛上的花纹。

⑦ 鞟（kuò）：去了毛的皮革。

⑧ 资：依靠，凭借。

⑨ 综述性灵：抒发性情。

⑩ 敷：铺陈。器象：事物的形象。

⑪ 镂心：用心刻画。镂，雕刻。

⑫ 织辞：组织文辞。鱼网：指纸。

⑬ 彪炳：文采焕发。

⑭ 缛：繁盛。名：闻名、著称。

译文

　　圣贤们的著作言论，总称为"文章"，不就是因为有文采吗？水性虚柔所以有波纹形成，树木质实所以有花朵开放：可见文采是依附于本质的。虎豹的毛如果无花纹，那么它们的皮就和犬羊一样了；犀牛、兕牛有皮，但用以制作器物，还要涂上丹漆才有色彩而美观，可见本质也要文采装饰。至于抒发性情，铺写物象，用文字精心刻画，在纸上组织文辞，它能够光彩焕发，就因为文采繁盛鲜明的缘故。

原文

　　故立文之道，其理有三：一曰形文，五色是也①；二曰声文，五音是也；三曰情文，五性是也②。五色杂而成黼黻，五音比而成《韶》《夏》③，五性发而为辞章，神理之数也④。

注释

① 五色：青、黄、赤、白、黑。

② 五性：泛指人的情性。一说为仁、义、礼、智、信，见《白虎通·情性》。

③ 比：配合。《韶》《夏》：舜、禹时的乐名。

④ 神理：神明的自然之理。数：法则。

译文

　　所以构成文采的方式，有三种类型：一种叫形文，青、黄、赤、白、黑五色就是；第二种叫声文，宫、商、角、徵、羽五音就是；第三种叫情文，喜、怒、欲、惧、忧五性就是。五色糅杂而形成礼服上的花纹，五音相配就组成《韶》《夏》等音乐，五性抒发而成为辞采文章，这是自然神明之理的法则。

原文

　　《孝经》垂典，丧言不文①；故知君子常言②，未尝质也。老子疾伪，故称"美言不信"③；而五千精妙④，则非弃美矣。庄周云"辩雕万物"⑤，谓藻饰也。韩非云"艳乎辩说"⑥，谓绮丽也。绮丽以艳说，藻饰以辩雕，文辞之变，于斯极矣⑦。

注释

① 垂典：传下法则。

② 常言：平常所说的话。

③ 老子：相传春秋时期思想家，道家创始人。疾：憎恨。信：可靠。

④ 五千：指《老子》。因《老子》全书五千余字，故云。

⑤ 庄周：庄子，战国思想家，道家重要代表人物。辩：巧言。雕：雕饰，描绘。

⑥ 韩非：韩非子，战国思想家，法家代表人物。

⑦ 极：极点。

译文

　　《孝经》传下了法则，孝子居丧，言辞不可有文采；由此可知君子平常说话，未必是质朴的。老子痛恨虚伪，所以说"漂亮话不可靠"；但五千字的《老子》却十分精妙，他并没有厌弃文章的华美。庄周说"用巧妙的语言来精细地描绘万物"，是说用辞藻来正确修饰。韩非说"以巧辩之说为美"，是说言辞的绮丽。用绮丽来美化说辞，用辞藻来修饰描绘事物，文辞的变化，在此达到极点了。

原文

　　研味《孝》《老》，则知文质附乎性情①；详览《庄》《韩》，则见华实过乎淫侈②。若择源于泾渭之流③，按辔于邪正之路④，亦可以驭文采矣。夫铅黛所以饰容⑤，而盼倩生于淑姿⑥；文采所以饰言，而辩丽本于情性。故情者文之经，辞者理之纬；经正而后纬成，理定而后辞畅，此立文之本源也。

注释

① 质：质朴，这里"文质"重点在"文"，"质"是连类而及。

② 华：文华、华采。实：实质。淫侈：过分。

③ 泾渭：指陕西境内的泾水和渭水，泾水浊，渭水清。

④ 按辔：扣紧马缰，使马缓步前行。邪：指文采过度。正：指文采发于性情。
⑤ 铅黛：铅粉和黛墨，妇女用于敷面和画眉的化妆用品。
⑥ 盼：美目。倩：动人的笑貌。淑姿：美好的姿容。

译文

　　研究体味《孝经》《老子》的说法，就知道文采、质朴是依附于性情的；详细观览《庄子》《韩非子》的说法，就知道华采超过实质便过分了。如果能在清流和浊流间正确选择，在邪路与正道间认真辨别，那么就可以驾驭文采了。铅粉黛墨用于修饰容颜，但美目巧笑来自美好的姿容；文采用于修饰语言，但巧妙华丽来自真实的情性。所以情理是文采的经线，辞采是情理的纬线；经线正然后纬线才能织成，情理定而后辞采才能通畅，这是写作的根本所在。

原文

　　昔《诗》人什篇①，为情而造文；辞人赋颂②，为文而造情。何以明其然？盖《风》《雅》之兴，志思蓄愤③，而吟咏情性，以讽其上，此为情而造文也；诸子之徒④，心非郁陶⑤，苟驰夸饰⑥，鬻声钓世⑦，此为文而造情也。故为情者要约而写真⑧，为文者淫丽而烦滥⑨。而后之作者，采滥忽真⑩，远弃《风》《雅》，近师辞赋，故体情之制日疏⑪，逐文之篇愈盛⑫。

注释

① 诗人：指《诗经》作者。什篇：《诗经》中的《雅》《颂》每十篇为什，所以称诗篇为"什篇"或"篇什"。
② 辞人：指辞赋家。赋颂：指辞赋。
③ 志思：情志思绪。
④ 诸子：指辞赋家。
⑤ 郁陶（yáo）：忧思郁结。
⑥ 苟：随便。夸饰：夸张。
⑦ 钓世：骗取世人的赞誉。
⑧ 要约：精要简约。写真：写出真情。
⑨ 淫：过度。滥：失实。
⑩ 采滥忽真：指趋于过分华丽，而忽视真情表达。
⑪ 体情之制：体现真情之作。制，作品。疏：稀少。
⑫ 逐文之篇：追求淫丽之作。篇，作品。

译文

　　从前《诗经》作者的诗篇，是为抒发情志而创作；后代辞赋作者的辞赋，是为作文而虚造感情。怎么知道是这样的呢？《国风》、大小《雅》的产生，是作者情志思绪积聚了忧愤，于是把情感歌咏出来，用以讽刺在上者，这就是为抒发情志而创作；那些辞赋作者，心中没有郁结的忧思，只是随意运用夸张手法，沽名钓誉，这就是为作文而虚造感情。所以为抒情而创作的就精要简约而情感真实，只为作文而写作的便过于华丽而繁芜失实。但是后代的作者，往往趋于华丽失实而忽视真情抒发，抛弃古代的《国风》、大小《雅》，学习近代的辞赋，因此体现真情之作日益稀少，追求靡丽之作越来越多。

原文

故有志深轩冕^①，而泛咏皋壤^②，心缠机务^③，而虚述人外^④。真宰弗存^⑤，翩其反矣^⑥。夫桃李不言而成蹊，有实存也；男子树兰而不芳，无其情也。夫以草木之微，依情待实，况乎文章，述志为本，言与志反，文岂足征？

注释

① 轩冕：古代大夫以上官员乘轩服冕，因以指高官厚禄。

② 泛：空泛。皋壤：泽边地，指隐居。

③ 机务：指政事。

④ 人外：尘世外。

⑤ 真宰：真实的内心情感。宰，主宰，指心。

⑥ 翩：偏。

译文

所以有的人热衷于高官厚禄，却空泛地歌咏隐居，心中为俗务所纠缠，却虚伪地说起了世外情趣。内心没有真实的感情，所说的便和实际完全相反了。桃树李树虽不说话，下面自会被人踩出路来，那是因为桃树李树有味美的果实；男子种兰花而不芳香，那是因为没有与之相应的性情。草木那样微小，尚且要依靠性情和果实，何况文章，以抒写情志为本，所说的与其情志相反，那文章难道还可相信吗？

原文

是以联辞结采，将欲明理。采滥辞诡^①，则心理愈翳^②。固知翠纶桂饵^③，反所以失鱼，"言隐荣华"，殆谓此也^④。是以"衣锦褧衣"^⑤，恶文太章^⑥；《贲》象穷白^⑦，贵乎反本^⑧。夫能设模以位理^⑨，拟地以置心^⑩，心定而后结音^⑪，理正而后摛藻；使文不灭质^⑫，博不溺心^⑬，正采耀乎朱蓝^⑭，间色屏于红紫^⑮，乃可谓雕琢其章，彬彬君子矣。

注释

① 滥：过分。诡：虚伪。

② 翳（yì）：隐蔽。

③ 翠：翡翠，绿色的玉。纶：钓鱼线。桂：肉桂，是一种珍贵食品。饵：诱饵，鱼食。

④ 殆：大约。

⑤ 褧（jiǒng）衣：麻布罩衣。

⑥ 恶（wù）：讨厌。文：指锦衣的文采。章：显明。

⑦ 贲（bì）：文饰。象：卦象。穷白：指最终一爻爻辞为白贲。

⑧ 反本：谓返归本色。

⑨ 模：制器物的模型。此指范围。位：安置，安顿。

⑩ 地：地位，指位置。心：指作者的思想感情。

⑪ 结音：考虑声律。

⑫ 文：指形式。质：指内容情感。

⑬ 博：指形式辞藻的繁复。心：指情感。

⑭ 正采：正色，指青、赤、黄、白、黑。朱、蓝：即赤、青，都是正色。

⑮ 间色：杂色，指绿、红、碧、紫、流黄等。屏：摒弃。红、紫：都是杂色。

译文

　　因此组织文辞、运用辞采，目的在于表明情理。藻采过度、文辞虚假，那么情理反被遮蔽而更加不明。因此可知钓鱼用翡翠装饰鱼线、用桂枝作鱼饵，反而钓不到鱼，"言辞的意义被华美的文采所掩盖"，大约说的就是这种情况。因此"穿了锦衣外面再穿罩衣"，是嫌锦衣的文采太显眼；《贲卦》最终一爻是说白色，可见贵在回归本色。要能够设定范围以安置所要阐明的道理，拟好位置来安排所要抒发的心情，感情内涵确定了再考虑声律，思想内容端正了再铺陈辞藻；使形式不致于损害内容，繁复的辞藻不致于淹没情思，使朱蓝等正色光彩显耀，把红紫等间色排除在外，这才可称得上是修饰辞章、文质兼备的君子了。

原文

　　赞曰：言以文远，诚哉斯验①。心术既形，英华乃赡②。吴锦好渝，舜英徒艳③。繁采寡情，味之必厌。

注释

① 诚：确实。验：验证。

② 心术：此指思想感情。形：体现。英华：文采。赡：富足。

③ 渝：变化。舜英：木槿花，朝开暮落。英，花。

译文

　　赞词说：立言要有文采才能传之久远，这确实已被证实了的。思想感情得到表现，文采辞藻才能丰富充足。吴地锦绣容易变色，木槿开花徒艳一时。繁复的文采如果缺少真情，读起来必然令人生厌。

镕裁 第三十二

题解

《镕裁》的"镕",即对作品内容的规范;"裁",即对繁文浮词的剪裁。"镕裁"即规范文章的主题内容和裁剪文章的语言文辞。本篇论述镕情理、裁文采,讲谋篇之道。首先讲"镕"和"裁"的含义。指出"镕"是镕铸所要表现的情理,要做到纲领昭畅,避免一意两出;"裁"是裁剪浮词,避免一义两出。其次讲"镕"和"裁"的准则和方法。镕是熔意,有三条准则:即根据所要表现的情理来安排通篇的体制规格;根据所要表现的事物来选择有关的材料;运用精要的语言来树立文辞的骨干。裁是裁辞,要求作品中没有一个可有可无的字,在此基础上斟酌运用文采,做到首尾圆合,条理分明。之后说明在运用文采、研讨字句时,由于作者的本分、个性不同,文辞有繁有略,指出应做到略而意不缺少,繁而辞不重复。最后讲前人在"镕裁"方面的正反面经验,进一步说明熔裁的必要。指出谢艾、王济,行文繁略得体,批评陆机运辞过繁。说明一定要善于镕裁,才能使文章情理说得周到而不繁琐,文辞流畅而不淫滥。

原文

情理设位①,文采行乎其中。刚柔以立本②,变通以趋时③。立本有体④,意或偏长;趋时无方⑤,辞或繁杂。蹊要所司⑥,职在镕裁⑦;櫽括情理⑧,矫揉文采也⑨。规范本体谓之镕⑩,剪截浮辞谓之裁。裁则芜秽不生,镕则纲领昭畅⑪,譬绳墨之审分⑫,斧斤之斫削矣⑬。骈拇枝指⑭,由侈于性⑮;附赘悬肬⑯,实侈于形。一意两出,义之骈枝也;同辞重句,文之肬赘也。

注释

① 设位：设定位置，指谋篇布局。

② 刚柔以立本：确定是刚还是柔的风格，是作品的根本。

③ 变通以趋时：根据情况的不同而随时变通。

④ 体：体制。

⑤ 无方：没有一定的程式。

⑥ 蹊要：路途中的要害，此喻关键。司：主管。

⑦ 职：主。

⑧ 檃括：矫正曲木的工具。

⑨ 矫揉：纠正。矫，使曲的变直。揉，使直的变曲。

⑩ 本体：指通篇的体制。

⑪ 昭：明白。

⑫ 绳墨：工匠取直的墨线。审分：审核分辨曲直。

⑬ 斤：斧。斫（zhuó）：砍。

⑭ 骈（pián）拇：脚拇指与二指合为一指。枝（qí）指：手拇指旁多生一指。枝，通"歧"，叉开。

⑮ 侈：多余的。性：天性。

⑯ 附赘（zhuì）：附生的赘肉。赘，多余的东西。悬肬：身上的肉瘤。肬，同"疣"。

译文

据情理以谋篇布局，文采则运行于其中。用刚柔的风格来建立作品的根本，以变通的手法来适应时代的变化。建立作品的根本有一定的体制要求，但文意有时偏于冗长；适应时代的变化没有固定的模式，但文辞有时过于繁杂，关键在于加以镕裁；矫正情理方面的不当，纠正文采方面的缺点。使通篇合乎体制规范叫作镕，删除不必要的冗辞称为裁。经过裁剪文辞就不会繁芜杂乱，经过熔铸作品的纲领就能明白通畅，就如工匠用绳墨审核分辨木材的曲直，用斧子来加以砍削一样。脚上拇指和二指并生及手上多长出一指，就天性而言是多余的；身上的赘肉和肉瘤，实在是形体上多余的东西。一个意思的两次出现，就是意义上的重出之指；同一辞句的重复出现，就是文辞上的多余之瘤。

原文

> 凡思绪初发，辞采苦杂；心非权衡①，势必轻重②。是以草创鸿笔③，先标三准④：履端于始⑤，则设情以位体⑥；举正于中⑦，则酌事以取类⑧；归余于终⑨，则撮辞以举要⑩。然后舒华布实⑪，献替节文⑫。绳墨以外⑬，美材既斫⑭，故能首尾圆合，条贯统序⑮。若术不素定⑯，而委心逐辞⑰，异端丛至⑱，骈赘必多。

注释

① 权衡：秤。权，秤砣。衡，秤杆。

② 轻重：偏轻或偏重。

③ 鸿笔：大作。

④ 准：准则。

⑤ 履端：推算历法的开端，此指开始。

⑥ 设情以位体：根据情理来安排通篇的体制。位，安排，安置。体，体制。

⑦ 举正：推算历法开端之后，再定月份，称举正，此指第二。

⑧ 酌事：斟酌、选择事例。类：事类，有关事例。

⑨ 归余：推算历法每年积余的时日，此指最后。

⑩ 撮：摘取，摄取。举要：表现旨要，亦即体要。

⑪ 舒：舒展。华：文采。布：铺陈。实：内容。

⑫ 献替：即去芜取精。节文：调节辞采。

⑬ 绳墨以外：指按照标准进行审定之后。

⑭ 美材：好的木材，喻作品所选用的好材料。

⑮ 条贯：条理。统序：有次序，有层次。

⑯ 术：指上述准则。素：事先。

⑰ 委心：随心所欲。

⑱ 异端：指不合规范的东西。丛至：杂乱地出现。

译文

开始构思的时候，苦于辞藻杂乱；内心不是秤杆，势必有轻重的偏颇。因此酝酿一篇佳作，先要提出三个准则：首先，要根据情理来安排体制；其次，要根据表现的事物来选取有关的材料；最后，要运用精要的语言来树立文骨。然后再运用文采、铺陈内容，决定取舍调节行文。经过绳墨的规范之后，文章就像好的木材得到了砍削加工，所以能首尾圆满吻合，条理分明有序。如果不预先确定这些准则，而是随心所欲地驱遣文辞，那么不适当的东西便会纷纷出现，累赘的辞义必然很多。

原文

故三准既定，次讨字句①。句有可削，足见其疏②；字不得减，乃知其密。精论要语③，极略之体④；游心窜句⑤，极繁之体。谓繁与略，适分所好⑥。引而申之，则两句敷为一章；约以贯之⑦，则一章删成两句。思赡者善敷⑧，才核者善删⑨。善删者字去而意留，善敷者辞殊而意显。字删而意阙⑩，则短乏而非核⑪；辞敷而言重，则芜秽而非赡。

注释

① 讨：研究，此有推敲之意。

② 疏：粗疏。

③ 精：精当。要：扼要。

④ 体：风格。

⑤ 游心：此指思路活跃。窜句：此指字句纷繁。

⑥ 适分所好：根据作者的个性和爱好。

⑦ 约：紧缩。贯：贯串。

⑧ 赡：富足。

⑨ 核：切实严谨。

⑩ 阙：缺。

⑪ 短乏：不足。

译文

所以三个准则确定以后，接下来就要推敲字句。句子如有可删，足见得文辞运用还很粗疏；文字如果不能再省略，才知文辞推敲的严密。精当的议论、扼要的语言，是极简练的风格；活跃的思路、纷繁的字句，是极繁复的风格。要说繁复与简练，是由作者的个性爱好决定的。如果要加以引申，那么两句可以铺陈为一章；如果要加以紧缩，那么一章可以删并成两句。思路丰富的善于铺陈，才思谨严的善于删削。善于删削的字句删去后意思不减，善于铺陈的用了不同的辞句而意思更明显。如果字句删削而意思有缺，那么内容就短缺而不切实了；如果文辞铺陈而语句重复，那么意思就繁芜杂乱而不丰富了。

原文

　　昔谢艾、王济^①，西河文士^②，张骏以为艾繁而不可删^③，济略而不可益。若二子者，可谓练镕裁而晓繁略矣。至如士衡才优^④，而缀辞尤繁；士龙思劣^⑤，而雅好清省。及云之论机，亟恨其多^⑥，而称"清新相接，不以为病"，盖崇友于耳^⑦。夫美锦制衣，修短有度，虽玩其采，不倍领袖。巧犹难繁，况在乎拙？而《文赋》以为榛楛勿剪^⑧，庸音足曲^⑨，其识非不鉴，乃情苦芟繁也^⑩。夫百节成体^⑪，共资荣卫^⑫。万趣会文，不离辞情。若情周而不繁，辞运而不滥，非夫熔裁，何以行之乎？

注释

① 谢艾、王济：东晋凉州牧张重华的属官。
② 西河：在今山西省。
③ 张骏：东晋初任凉州牧，张重华之父。
④ 士衡：西晋文学家陆机的字。
⑤ 士龙：西晋文学家陆机之弟陆云的字。
⑥ 亟（qì）：屡次。多：繁。
⑦ 崇：尊崇。友于：《尚书·君陈》："惟孝友于兄弟。"后因以"友于"代指兄弟情谊。
⑧ 《文赋》：陆机所作的论文之作。榛楛：杂乱丛生的树木。
⑨ 庸音：平庸之音。
⑩ 芟（shān）：删除。
⑪ 百节：指人体众多的关节。
⑫ 资：依靠。荣卫：指人体气血。

译文

　　从前谢艾、王济，是西河地区的文人，张骏认为谢艾的文章繁复却无法删节，王济的文章简练而不可增加。

像他们二位，可称得上是精于镕裁而通晓繁简的了。至于如陆机才思优秀，而文辞非常繁复；陆云才思稍差，却素来爱好简净。到陆云评论陆机，多次嫌他过于繁复，但又说他"清新的辞句前后相连，并不以繁富为毛病"，大概是尊崇兄弟情谊吧。用美丽的锦缎做成衣服，长短有一定尺度，即使喜爱衣服的文采，也不能把领子和袖子增长一倍。才思巧妙的人尚且难以处理好繁复的文辞，何况拙劣的作者呢？但《文赋》认为芜杂的辞句可以不删，平庸的音调能够凑成乐曲，陆机的鉴识不是不能明察这样做的弊端，实在是感情上难以割舍繁复的辞句。许多关节组成人体，都要靠气血流通。各种旨趣会合成文，离不开情志和文辞。如果情思周密而不繁琐，文辞流畅而不过度，不经过镕裁，又怎么能做到呢？

原文

  赞曰：篇章户牖，左右相瞰①。辞如川流，溢则泛滥②。权衡损益，斟酌浓淡③。芟繁剪秽，弛于负担④。

注释

① 户：门。牖（yǒu）：窗。瞰（kàn）：视。
② 溢：过满。
③ 权衡：衡量之意。损：减。益：增。浓淡：意即繁略。
④ 弛：减轻。负担：指文章的篇幅。

译文

  赞词说：文章的结构好比房屋的门窗，左右相对配合得当。文辞就像河流，过多了就会泛滥。认真衡量如何增减，仔细考虑掌握繁简。删除繁杂去掉拖沓，以使文章免受其累。

声律 第三十三

题解

《声律》的"声",指语言的声调;"律",指语言的韵律。"声律"即语言的声调韵律。本篇主要讲声调和韵律的运用。首先讲声律的起源、文章语言的音律与乐声的比较,提出运用声律的原则和方法。一是"声有飞沉",即声调有飞声、沉声之区分。飞声、沉声,与沈约《宋书·谢灵运传论》中的浮声、切响相当,大约飞声、浮声指平声,沉声、切响指上、去、入三声,即后世所谓仄声。二是"响有双叠"。所谓"双叠",是指语言中的双声和叠韵。两个音节中,声母相同,叫作"双声";两个音节中,韵母相同,叫"叠韵"。刘勰认为,运用双声和叠韵,都必须紧密相连,如"辘轳交往",不得间断。如果"双声隔字"或"叠韵离句",那也就成为文章家的口吃病了。其次联系具体的作家讲正声和方言的利弊,进一步总结掌握正声的必要。认为曹植、潘岳的作品,譬如宫商大和,声调随处和谐,陆机、左思的作品,则有时乖离。又认为《诗经》中的作品音韵清切,属于正声,楚辞和陆机作品夹杂楚地方言,音韵就多错乱。最后指出要使文辞切合声韵,须有辨别声律的洞察能力,谨慎安排,而不能随便运用。

原文

夫音律所始,本于人声者也。声含宫商①,肇自血气②,先王因之③,以制乐歌。故知器写人声④,声非效器者也⑤。故言语者,文章神明枢机⑥,吐纳律吕⑦,唇吻而已⑧。古之教歌,先揆以法⑨,使疾呼中宫⑩,徐呼中徵⑪。夫宫、商响高⑫,徵、羽声下⑬,抗喉矫舌之差⑭,攒唇激齿之异⑮,廉肉相准⑯,皎然可分⑰。今操琴不调⑱,必知改张⑲;摛文乖张⑳,而不识所调。响在彼弦,乃得克谐㉑,声萌我心㉒,更失和律,其

故何哉？良由外听易为察^㉓，而内听难为聪也^㉔。故外听之易，弦以手定；内听之难，声与心纷^㉕，可以数求^㉖，难以辞逐^㉗。

注释

① 宫商：概指宫、商、角、徵、羽五音。

② 肇：始。血气：指天生的。

③ 因：根据。

④ 器写人声：乐器发音是模拟人的发声。

⑤ 声非效器：人的发声不是仿效乐器的发音。

⑥ 神明：指文章所表达的情志内容。枢机：关键。

⑦ 吐纳：意为发出声音。律吕：即十二律，用以分别声音清浊高下，作为乐音的准则。

⑧ 唇吻：口吻，嘴唇。

⑨ 揆（kuí）：测试。法：法度，此指音律。

⑩ 疾呼中宫：快呼合于宫音。中，合于。

⑪ 徐呼中徵（zhǐ）：慢呼合于徵音。

⑫ 响高：音高。

⑬ 声下：音低。

⑭ 抗：高。喉：喉音。矫：同"挢"，举起。舌：舌音。

⑮ 攒：聚合。唇：唇音。激：急切。齿：齿音。

⑯ 廉肉相准：指音尖细和洪大。廉，棱角，锋利，指音尖细。肉，丰满，指音洪大。

⑰ 皎然：清楚。

⑱ 操琴：弹琴。

⑲ 改张：调整乐器上的弦，使声音和谐。

⑳ 摛（chī）文：作文。乖张：指音韵不和谐。

㉑ 克：能。

㉒ 萌：发。

㉓ 外听：指听乐器发音。

㉔ 内听：倾听内在心声，指辨别文章语言是否合于音律，因人的语言声音发自内心，所以说"内听"。聪：听觉灵敏。

㉕ 纷：乱，指不一致。

㉖ 数：法则，指声律。

㉗ 难以辞逐：难于用语言说清楚。逐，探究。

译文

音律的起始，原本于人的声音。人声包含有五音，这是与生俱来的，先王根据这点，用来制作了乐歌。所以知道乐器发音是模拟人的发声，而人的发声并非仿效乐器的发音。因此语言是文章表达情志的关键，发出声音合乎音律，靠的只是唇吻而已。古代教歌唱，先用乐律测试，使得急呼合于宫音，慢呼合于徵音。宫音、商音音高，徵音、羽音音低；高亢的喉音和卷曲的舌音有差别，聚合的唇音和急切的齿音不一样，尖细和洪大相比照，可以区分得很清楚。如果弹琴音不协调，一定知道要改弦更张；作文时音韵不和谐，却不知如何调整。发自琴弦的声音，能够使它和谐，发自我心的语言，反而不合声律，这是什么原因呢？实在是由于倾听外在的乐音容易明察，而明辨自我的语音反而困难。所以听乐音容易明察，琴弦可以用手来调定；辨语音不易分清，语音与心思常不一致，这可以用声律的法则去推求，却难以用言辞讲清楚。

原文

　　凡声有飞沈①，响有双叠②。双声隔字而每舛③，叠韵离句而必睽④；沈则响发而断，飞则声扬不还，并辘轳交往⑤，逆鳞相比⑥，迕其际会⑦，则往蹇来连⑧，其为疾病，亦文家之吃也⑨。夫吃文为患，生于好诡⑩，逐新趣异⑪，故喉唇纠纷⑫；将欲解结，务在刚断。左碍而寻右⑬，末滞而讨前⑭，则声转于吻⑮，玲玲如振玉⑯；辞靡于耳⑰，累累如贯珠矣⑱。是以声画妍蚩⑲，寄在吟咏，滋味流于下句⑳，气力穷于和韵㉑。异音相从谓之和㉒，同声相应谓之韵㉓。韵气一定㉔，则余声易遣㉕；和体抑扬㉖，故遗响难契㉗。属笔易巧㉘，而选和至难㉙；缀文难精㉚，而作韵甚易。虽纤意曲变㉛，非可缕言㉜，然振其大纲㉝，不出兹论。

注释

① 飞：飞声，大致指平声。沈：同"沉"。沉声，大致指上、去、入三声，即后世所谓的仄声。

② 双：双声。叠：叠韵。

③ 舛（chuǎn）：不合。

④ 离句：隔句。睽（kuí）：违背。

⑤ 辘轳（lù lú）：井上汲水的工具。喻循环。交往：交替往还，指交错。

⑥ 逆鳞：龙的喉下不可触犯的鳞片，此泛指鳞片。比：并列，排列。

⑦ 迕（wǔ）：违背。际会：配合。

⑧ 往蹇（jiǎn）来连：意谓往来困难。蹇，困难。连，不顺利。

⑨ 吃：口吃。

⑩ 诡：怪异。

⑪ 趣：同"趋"。

⑫ 纠纷：不顺口。

⑬ 碍：阻碍。

⑭ 滞：阻滞。讨：研究。

⑮ 吻：口吻。

⑯ 玲玲：玉相击发出的声音。

⑰ 靡：柔弱，此指声音美妙。

⑱ 累累：形容联贯成串的样子。

⑲ 声画：原指心声、心画，即语言文字，此指文章声韵。妍蚩（chī）：好坏。

⑳ 滋味：韵味。下句：遣词造句。

㉑ 气力：气骨，此指作品的风貌。穷：尽。

㉒ 异音：主要指飞声和沉声，即不同声调，也包括双声、叠韵。相从：相配合交替。

㉓ 同声：指同韵字。相应，在不同的句尾相呼应。

㉔ 韵气：即所押的韵。

㉕ 余声：其余韵脚。

㉖ 抑扬：高低。

㉗ 遗响：指声调。契：合。

㉘ 属笔：指写作无韵之文。

㉙ 至：极。

㉚ 缀文：指写作有韵之文。

㉛ 纤毫：细微。曲：曲折。

㉜ 缕（lǚ）言：详细叙述。缕，细线。

㉝ 振：举。大纲：大体，大致要求。

译文

　　所有字的声音分飞和沉两种，还有双声和叠韵。双声字被隔开常常不协调，叠韵字分在两处，必定不和谐；都用沉声字，发音就像断了一样，都用飞声字，声音上扬而不回转，要像辘轳那样循环交替地运用，如鳞片那样紧密排列，如果这些不能正确地配合，那么读起来前后都不顺口，有这样的毛病，就像作者患有口吃一样。作文口吃的毛病，在于喜好怪异，追逐新奇，所以读起来不顺口；要想去除这种毛病，务必坚决断绝这种癖好。左面受阻就从右面想办法，后面不通就疏通前面，那样声韵就能流转于口吻，像振动玉器发出玲玲声响；辞句悦耳动听，有如成串的珠子圆转流丽。因此作品声韵的好坏，寄托在吟咏之中，作品的韵味体现在字句的安排上，作品的风貌全在字音的和谐与叶韵。不同声调的字相交替并安排好双声、叠韵叫作和谐，同韵字在不同的句尾相呼应叫作叶韵。叶韵，一旦确定所用之韵，其余的韵脚便易于安排；和谐，则要求有抑扬变化，所以声调难以合乎要求。创作无韵之文容易写好，但要声调和谐却极困难；写作有韵之文难以精巧，但叶韵却很容易。虽然声律上细微曲折的变化，无法一一细说，然而举出它的大致要求，则不出上述所论。

原文

　　若夫宫商大和①，譬诸吹籥②；翻回取均③，颇似调瑟④。瑟资移柱⑤，故有时而乖贰⑥；籥含定管⑦，故无往而不壹⑧。陈思、潘岳⑨，吹籥之调也；陆机、左思⑩，瑟柱之和也。概举而推，可以类见。又诗人综韵⑪，率多清切⑫，《楚辞》辞楚⑬，故讹韵实繁⑭。及张华论韵，谓士衡多楚⑮，

《文赋》亦称取足不易⑯，可谓衔灵均之余声⑰，失黄钟之正响也⑱。凡切韵之动⑲，势若转圜⑳；讹音之作，甚于枘方㉑。免乎枘方，则无大过矣。练才洞鉴㉒，剖字钻响；疏识阔略㉓，随音所遇，若长风之过籁㉔，南郭之吹竽耳。古之佩玉，左宫右徵，以节其步，声不失序。音以律文，岂可忽哉？

注释

① 宫商：指音律。大和：自然和谐。

② 籥（yuè）：一种像笛的管乐器。

③ 翻回取均：谓反复求得声律调和。均：调和。

④ 瑟（sè）：弦乐器，有二十五弦。

⑤ 资：靠。柱：琴、瑟等弦乐器上系弦之木。

⑥ 乖贰：乖离。

⑦ 籥含定管：籥管上的孔是固定的。

⑧ 无往而不壹：无论怎样吹，发出的音总是一定的。

⑨ 潘岳：西晋文学家。

⑩ 左思：西晋文学家。

⑪ 诗人：指《诗经》的作者。综韵：运用音韵。

⑫ 率：通常。清切：指音韵清楚准确。

⑬ 辞楚：用楚地方言。

⑭ 讹韵：错乱之韵。

⑮ 张华：西晋文学家。多楚：多有楚地方言音韵。

⑯ 《文赋》：陆机所作的论文之赋。易：改变。

⑰ 衔：含，指继承。灵均：屈原的字。

⑱ 黄钟：正声。此指《诗经》的音韵。

⑲ 切韵：声韵切合，即和谐。动：运用。

⑳ 转圜（huán）：圆转。

㉑ 甚：超过。枘（ruì）：榫（sǔn）头。

㉒ 练才：指精熟于声律的人。练，熟练。洞鉴：洞察。

㉓ 疏识：指不熟悉声律的人。阔略：疏略。

㉔ 籁：孔穴。

译文

声律的自然和谐，就如吹籥；反复求得声律调和，很像调瑟。调瑟靠移动弦柱，所以有时会不合律；吹籥有固定管孔，所以总是合律。曹植、潘岳的作品，就像吹籥都是和谐一致的调子；陆机、左思的作品，犹如调瑟之求得声律和谐。概举这四位作家，其他可以类推。另外《诗经》的作者用韵，大多清楚准确，《楚辞》用楚地方言，所以用韵多错乱。到张华论韵，说陆机多有楚音，《文赋》也说取以成篇而不能改易，

可说是继承了屈原的余声，失去了雅正的声音。凡合律地用韵，其势如转动圆形物体；错乱地用韵，比方榫插入圆孔更不协调。能免除这种不协调，韵律方面就没有大病了。精于声律的人洞察其中的奥妙，能够剖析钻研文字的音韵；疏于声律的人对此粗疏不通，只好不顾声律随意用字，就像长风吹过孔穴发出声响，又如南郭先生的滥竽充数。古人佩玉相碰出声，左边合于宫音、右边合于徵音，以此来调节步伐，声音不失次序。用音韵来使作品合律，怎么可以忽视呢？

原文

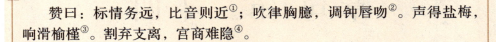

赞曰：标情务远，比音则近①；吹律胸臆，调钟唇吻②。声得盐梅，响滑榆槿③。割弃支离，宫商难隐④。

注释

① 比：排列。近：切近。
② 吹律：吹律管合律。胸臆：胸襟。调钟：调和钟律，此指调和声律。
③ 盐梅：咸酸，此喻声律的调和。滑：食物柔滑。榆槿：两种皮有滑液的植物，用作调味可使食物滑润可口。槿，指多年生草本植物槿。
④ 支离：破碎，指种种不合声律的音韵。隐：隐藏，不显。

译文

赞词说：标举情志务必深远，安排音韵则须切近；从胸腔内吹气合律，用唇吻调和声韵。声律如咸酸调和，音韵似榆槿滑润。摒弃不合律的音韵，声律之美自然呈现。

章句 第三十四

题解

《章句》的"章",指作品中表示一层意思的终结,即层次和段落;"句"是表达语言的一个停顿,包括句、读在内。本篇讲文章写作中的分章造句。先讲"章""句"的定义和意义,以及字、句、章、篇四者的相互关系。接着指出安章宅句,须注意妥善处理,前后关顾,做到"外文绮交,内义脉注",前后之间,内容贯注,文辞照应。其次讲"章""句"中的长短、字数、押韵及虚词运用的基本原则和方法。对于每句的字数,说明文章以运用四言句、六言句为多,有时运用三言句、五言句加以调节。至于诗、颂等诗歌体,则二言、三言以至六言、七言句均有,但以四言为正体。刘勰认为一般文章多用四言句、六言句,反映了当时骈文流行、行文常用四字、六字句的实际情况。对于诗赋等韵文的变换韵脚,认为换韵太快或百句不迁都不妥善。对于语助字或虚字,在说明诗赋中常用的"兮"字之后,又列举十二字,指出它们分别用于句首、句中、句尾,它们虽无意义,但在组合句子方面起了切实的作用。

原文

夫设情有宅①,置言有位②;宅情曰章③,位言曰句④。故章者,明也;句者,局也⑤。局言者,联字以分疆⑥;明情者,总义以包体⑦,区畛相异⑧,而衢路交通矣⑨。夫人之立言,因字而生句,积句而为章,积章而成篇。篇之彪炳⑩,章无疵也⑪;章之明靡⑫,句无玷也⑬;句之清英⑭,字不妄也⑮,振本而末从⑯,知一而万毕矣⑰。

注释

① 设:设置。宅:住所,指地方。

② 置：安置。位：位置。

③ 宅：作动词，犹安排。

④ 位：作动词，犹放置。

⑤ 局：分界限。

⑥ 分疆：指划分为一个个句子。

⑦ 总义：总括各句内容意义。包体：把各句内容汇为一个整体。

⑧ 区畛（zhěn）：区域。畛，田界。

⑨ 衢路：四通八达的大路。交通：相通。

⑩ 彪炳：光彩鲜明。

⑪ 疵：毛病。

⑫ 靡：细密。

⑬ 玷（diàn）：玉的斑点，指小缺点。

⑭ 清英：清丽。

⑮ 妄：随便轻率。

⑯ 振本：振动根本。本，指字为句的根本，句为章的根本，章为篇的根本。末：末梢。

⑰ 毕：全部包括。

译文

　　安排情理要有一定的地方，放置言辞须有一定的位置；安排情理于一定的地方叫作章，放置言辞于一定的位置叫作句。所以章就是明白；句就是界限。将言辞区分界限，就是把字联起来分成不同的句子；把情理说明白，就是总括各句意思形成一个整体，章和句的范围虽不同，但相互关联却像四通八达的道路。人们的写作，通过文字构成句子，积累句子组成章节，集合章节便成了整篇。全篇的光彩鲜明，是由于各章没有毛病；每章的明白细密，是由于各句没有缺点；每句写得清丽，是由于文字没有讹乱，犹如摇动树根树梢也跟着一起颤动，知道了最基本的道理，其他一切都迎刃而解了。

原文

　　夫裁文匠笔①，篇有小大；离章合句，调有缓急；随变适会②，莫见定准③。句司数字④，待相接以为用；章总一义，须意穷而成体⑤。其控引情理⑥，送迎际会⑦，譬舞容回环⑧，而有缀兆之位⑨；歌声靡曼⑩，而有抗坠之节也⑪。

注释

① 裁、匠：制作，指写作。文：韵文。笔：无韵之文。

② 随变适会：随着情况的变化而采用不同的办法以求适合。

③ 定准：定规。

④ 司：主管。

⑤ 穷：尽，有完整之意。体：整体之意，此指一章。

⑥ 控引：控制引申，控制指篇之小者，引申指篇之大者。

⑦ 送迎：指上下文的联接呼应。际会：交接会合。

⑧ 舞容：舞蹈的姿态。回环：回旋。

⑨ 缀：指舞蹈的行列。兆：指舞步的进退。

⑩ 靡曼：柔弱细长。

⑪ 抗：高亢。坠：低沉。

译文

写作有韵、无韵的文章，篇幅有大有小；分章造句，声调有缓有急；随着情形而变化以求适合，那是没有定规的。一句主管几个字，要联接起来才能有用；一章汇总一层意思，要相对完整才能构成整体。内容的伸缩安排，章句的前后衔接，好比舞姿回旋，有一定的行列步法范围；又好比歌声美妙，有或高或低的节奏。

原文

寻诗人拟喻①，虽断章取义②，然章句在篇，如茧之抽绪③，原始要终④，体必鳞次⑤。启行之辞⑥，逆萌中篇之意⑦，绝笔之言⑧，追媵前句之旨⑨。故能外文绮交⑩，内义脉注⑪，跗萼相衔⑫，首尾一体。若辞失其朋⑬，则羁旅而无友⑭；事乖其次⑮，则飘寓而不安。是以搜句忌于颠倒，裁章贵于顺序，斯固情趣之指归⑯，文笔之同致也⑰。

注释

① 寻：寻究。诗人：《诗经》的作者。拟喻：拟用比喻说明事物，此指表现事物和情感。

② 断章取义：指春秋时外交场合赋诗，借《诗经》一章或数句来婉转表达自己的意思，运用中往往割裂《诗经》原意。

③ 茧：蚕茧。绪：丝头。

④ 原始要终：此指从头至尾。

⑤ 次：依次排列。

⑥ 启行：此指开端。

⑦ 逆：预先。萌：萌生。

⑧ 绝笔：指结尾。

⑨ 追媵（ying）：承接。媵，陪嫁的人，此指跟随，随从，引申为紧承。

⑩ 绮：有花纹的丝织品。交：交织。

⑪ 脉注：脉络贯注。

⑫ 跗（fū）：通"柎（fū）"，花萼。萼，指花。衔：衔接。

⑬ 朋：指配合。

⑭ 羁旅：长久寄居他乡。

⑮ 乖：不合。次：次序。

⑯ 指归：旨意归属，意即必然要求。

⑰ 同致：共同的趋向。

译文

探寻《诗经》作者的表达情意，虽说后人常常断章取义，但章和句在篇中，就如蚕茧的抽丝，从头到尾，体制上必定像鳞片那样依次排列。作品开头的辞句，要预先萌生当中篇幅的意思；结尾的言辞，要紧承前面的旨义。这样外在的文采才能交织相错、内在的意义脉络贯通，如花萼和花上下衔接，从头至尾形成一体。如果文辞失去配合，就像行旅之人没有了同伴；叙事违反了顺序，犹如飘荡寄寓而不能安定。因此用心造句切忌颠倒，安排章节贵在有序，这本来就是表达情感内容的必然要求，作品无论有韵、无韵都是这样。

原文

> 若夫章句无常①，而字有条数②：四字密而不促③，六字格而非缓④，或变之以三五，盖应机之权节也⑤。至于诗颂大体⑥，以四言为正，唯《祈父》，"肇禋"，以二言为句⑦。寻二言肇于黄世⑧，《竹弹》之谣是也⑨；三言兴于虞时⑩，"元首"之诗是也⑪；四言广于夏年⑫，洛汭之歌是也⑬；五言见于周代，《行露》之章是也⑭。六言七言，杂出《诗》《骚》，两体之篇，成于西汉。情数运周⑮，随时代用矣⑯。

注释

① 常：固定。

② 条数：指有一定的规则。

③ 密：紧密。促：短促，指语调。

④ 格：指长。缓：舒缓，也指语调。

⑤ 应机：适应情形变化。权：权宜。节：节度。

⑥ 诗颂：指《诗经》中《雅》、《颂》一类作品。大体：正规体制。

⑦ 祈父：即圻（qí）父，官名，职掌王畿内兵马，此处指《诗经·小雅·祈文》。肇：开始。禋（yīn）：祀。

⑧ 黄世：黄帝时代。

⑨ 《竹弹》之谣：即传说中黄帝时歌谣《弹歌》。

⑩ 虞：虞舜。

⑪ "元首"之诗：《尚书·益稷》载舜帝作歌："股肱喜哉！元首起哉！百工熙哉！"

⑫ 广：丰富、发展。夏年：夏代。

⑬ 洛汭之歌：即《五子之歌》。洛，洛水。汭（ruì），水的弯曲处。

⑭ 《行露》之章：指《诗经·召南·行露》，诗三章十五句，有七句为五言。

⑮ 情数：内容情理。运周：运转不停，指不断发展。

⑯ 代：替代。

译文

　　至于章句虽不固定，但造句的字数却有定规：四字句紧密但语调不短促，六字句稍长但语调不舒缓，有时变化成三字、五字句，那是根据情况变化而用的权宜之法。至于《诗经》《雅》《颂》一类作品的正规体制，以四言句式为正宗，只有《小雅》中的《祈父》《周颂》中的"肇禋"，以二言为句。考二言句式始于黄帝时代，歌谣《弹歌》便是；三言句式兴起于虞舜时期，"元首起哉"的诗便是；四言句式发展于夏朝，洛水边的《五子之歌》便是；五言句式出现于周代，《诗经·召南·行露》的篇章便是。六言七言的句式，夹杂在《诗经》和《离骚》中，完整的六言、七言篇章，形成于西汉时期。作品的内容情理不断发展，句式便随情况不同而变化着运用了。

原文

　　若乃改韵徙调①，所以节文辞气②。贾谊、枚乘，两韵辄易③；刘歆、桓谭④，百句不迁⑤，亦各有其志也。昔魏武论赋⑥，嫌于积韵⑦，而善于贸代⑧。陆云亦称："四言转句，以四句为佳。"⑨观彼制韵，志同枚、贾，然两韵辄易，则声韵微躁⑩；百句不迁，则唇吻告劳⑪；妙才激扬⑫，虽触思利贞⑬，曷若折之中和⑭，庶保无咎⑮。

文心雕龙

256

注释

① 徙调：即改韵。徙，改变。

② 节：调节。文：有修饰意。

③ 辄：总是。易：改变。

④ 桓谭：东汉文学家。

⑤ 迁：变化，转移。

⑥ 魏武：魏武帝曹操。他论赋的话今已不存。

⑦ 嫌于积韵：不满于韵脚不变。

⑧ 善：赞赏。贸代：指换韵。贸，变。代，替。

⑨ 陆云：西晋文学家。"四言"二句：语出陆云《与兄平原书》。

⑩ 躁：急迫。

⑪ 告劳：觉得疲劳。

⑫ 激扬：情感激昂。

⑬ 触思：运用情思。利贞：此指顺利通畅。贞，正。

⑭ 曷（hé）：何。中和：中正平和，指用韵既不换得太急，也不一韵到底。

⑮ 庶：庶几，差不多。无咎：没有过失。

译文

至于变换韵脚声调，是为了调节修饰作品的语气。贾谊、枚乘，用了两韵就要改换；刘歆、桓谭，写了百句仍不变更，也是各有各的爱好。从前曹操论赋，不满于同一韵用得太多，而赞赏变化用韵。陆云也说："四言韵文，换韵以四句一换为好。"看他押韵，用法和枚乘、贾谊相同，但两韵就换，声调音韵略嫌急迫；百句不换韵，念起来又感到单调乏味；才情高妙的作者情感激昂，虽然情思顺畅，又怎如用韵时采用折中的方法，这样差不多可保不出差错。

原文

又《诗》人以"兮"字入于句限①，《楚辞》用之，字出句外②。寻"兮"字成句，乃语助余声③。舜咏《南风》，用之久矣④，而魏武弗好，岂不以无益文义耶？至于"夫""惟""盖""故"者，发端之首唱⑤；"之""而""于""以"者，乃劄句之旧体⑥；"乎""哉""矣""也"者，亦送末之常科⑦。据事似闲⑧，在用实切⑨。巧者回运⑩，弥缝文体⑪，将令数句之外，得一字之助矣。外字难谬⑫，况章句欤？

注释

① 句限：句中（不包括句尾）。

② 句外：句尾。

③ 余声：句尾表语气的语词。

④ "舜咏"二句：《礼记·乐记》："舜作五弦之琴以歌《南风》。"

⑤ 发端：开头，指句首。

⑥ 劄句：谓夹在句中。

⑦ 送末：句尾。常科：常见用法。

⑧ 据事似闲：处在句子中看似多余。

⑨ 在用实切：作用却很切实。

⑩ 回运：娴熟地运用。

⑪ 弥缝文体：使文章紧密结合为一个整体。

⑫ 外字：指语助字或虚字。谬：错讹。

译文

另外，《诗经》的作者把"兮"字用在句中，《楚辞》用"兮"字，常在句尾。探究"兮"字的构成句子，是用语助词来表示语气。舜歌咏《南风》，早已用"兮"字了，但曹操不喜欢用，难道不是因为认为它对文义没有什么益处吗？至于"夫""惟""盖""故"等，是句首的发语词；"之""而""于""以"等，是早就用于句中的字；"乎""哉""矣""也"等，也是句尾常用的字。这类字用在句中看似多余，但作用却很切实。巧妙的作者熟练地加以运用，将文章紧密地结合为一个整体，要把几个句子联系起来，还要靠一个虚字的帮助。连虚字都不能用错，何况是章句呢？

原文

> 赞曰：断章有检，积句不恒①。理资配主，辞忌失朋②。环情革调，宛转相腾③。离合同异，以尽厥能④。

注释

① 检：规则。恒：不变。

② 理资配主：指每章所说情理要配合作品的主旨。

③ 环：围绕。革：变换。调：指文辞。宛转：婉曲随顺，指情理与文辞相结合。

④ 离合：即上文"离章合句"。厥：其。能：功能。

译文

赞词说：分章有一定的规则，造句没有不变的法式。每章的情理要配合作品的主旨，每句的文辞切忌失去配合。围绕情理变换辞句，两者紧密配合宛转腾跃。分章造句或同或异，尽量发挥它们的功能。

丽 辞 第 三 十 五

题解

　　《丽辞》的"丽"是骈俪的意思，"丽辞"即骈俪之辞，即讲究对偶的词句。本篇论述文学的对偶问题。首先讲"丽辞"形成的原因及其源流梗概。认为"丽辞"的产生出于自然，宇宙间万物的肢体都是成双作对，故文辞也必然有对偶。指出《尚书》中已出现对偶语句，至于《易传》中的《文言》《系辞》，《诗经》中的篇章，春秋时列国大夫的外交辞令，骈偶之辞就更多。至汉代扬雄、司马相如等著名赋家，崇尚骈偶，作品中"丽辞"的成份和艺术性就更加强了。以后魏晋文学家，也十分讲究"丽辞"的运用。总的说明先秦是"丽辞"的始发阶段，两汉、魏晋是"丽辞"的昌盛阶段。其次讲"丽辞"的四种基本类型：言对、事对、反对、正对，各举例说明，指出言对、事对中各有反对、正对之分。最后指出"丽辞"运用中的一些弊病，通过列举几种应该避免的弊病，论述了使用对偶的基本原则和注意事宜：要对得合理恰当，对句和散句要交错运用等。认为写作运用"丽辞"，要有奇气异采，要"迭用奇偶"，避免文章的板滞。

原文

　　造化赋形①，支体必双②，神理为用③，事不孤立。夫心生文辞，运裁百虑④，高下相须⑤，自然成对。唐虞之世⑥，辞未极文，而皋陶赞云："罪疑惟轻，功疑惟重。"⑦益陈谟云："满招损，谦受益。"⑧岂营丽辞⑨？率然对尔⑩。《易》之《文》《系》⑪，圣人之妙思也。序《乾》四德，则句句相衔⑫；龙虎类感，则字字相俪⑬；乾坤易简，则宛转相承⑭；日月往来，则隔行悬合⑮，虽句字或殊，而偶意一也。至于《诗》人偶章，大夫联辞⑯，奇偶适变⑰，不劳经营⑱。自扬、马、张、蔡⑲，崇盛丽辞，如宋画吴冶⑳，刻形镂法㉑，丽句与深采并流㉒，偶意共逸韵俱

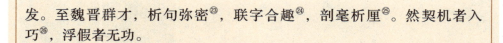

发。至魏晋群才，析句弥密㉓，联字合趣㉔，剖毫析厘㉕。然契机者入巧㉖，浮假者无功。

注释

① 造化：天地自然。

② 支体：即肢体。

③ 神理：神明的自然之理，意同"造化"。

④ 运裁百虑：运用文辞表现各种想法。

⑤ 须：待，有配合、衔接之意。

⑥ 唐虞：唐尧、虞舜。

⑦ 皋陶：舜之臣，掌刑狱之事。赞：佐助，此处指为辅佐而进言。

⑧ 益：舜之臣。谟：谋划。

⑨ 营：即下文"经营"，有追求之意。丽：成对。

⑩ 率然：不经意的。

⑪ 《易》之《文》《系》：指《周易》的《文言》《系辞》上下，都是解释《易经》的，传为孔子所作。

⑫ 四德：即"元亨利贞"。相衔：指相对偶。

⑬ 俪：骈俪，成双成对。

⑭ "乾坤"二句：大意是说天地之道平易简要。文字两句一对，上下文意宛转相承。

⑮ 悬：遥。合：对。

⑯ 大夫联辞：指春秋时各国大夫的言辞。

⑰ 奇（jī）：单数，指不对偶的散句。偶：偶数，指对偶句。适变：根据表情达意的需要而变换运用。

⑱ 不劳经营：指不刻意追求。

⑲ 扬：扬雄。马：司马相如。张：张衡。蔡：蔡邕。

⑳ 宋画吴冶：宋人绘画、吴人铸剑精细微妙，无人能及，喻汉代文学家文辞的精心雕镂。

㉑ 镂：刻。

㉒ 丽句：骈俪之句。深采：浓重的文采。流：谓流光溢采。

㉓ 析句：指用偶句。析，分。弥：更加。

㉔ 联字：指文字的偶对。合趣：配合情趣。

㉕ 剖毫析厘：指辨析细微。

㉖ 契机：契合时机，指对偶适当。

译文

　　自然所赋予人和万物的形体，肢体必然成双作对，这种神明的自然之理所起的作用，使得事物不会单独形成。发自内心的文辞，经过运思来表现内心的各种想法，上下前后相互衔接配合，自然形成对偶的句式。唐尧、虞舜的时代，言辞还未讲究文采，可皋陶辅佐舜时说："罪行有可疑之处就从轻判罚，功劳有可疑之处则从重行赏。"益也向禹陈述谋议说："自满会招致损害，自谦可得到益处。"这些难道是有意使字句相对吗？不过是不经意地成为偶句罢了。《易传》的《文言》《系辞》，出自圣人的精妙之思。《文言》依次阐述《乾卦》的四德，行文句句对偶；又讲说云龙风虎之同类相感，行文字字相对；《系辞上》说天地之道平易简要，文字委婉地相承相对；《系辞下》说到日月寒暑往来变化，则隔句相对：这些文中的句子字词虽然不同，而对偶的用意是一致的。至于《诗经》作者所作的篇章，春秋大夫所用的辞令，散句与偶句根据情况变化运用，并不刻意追求对偶。自从扬雄、司马相如、张衡、蔡邕等人崇尚文辞对偶，就如宋人绘画、吴人铸剑那样雕镂刻画，骈俪的字句与浓重的辞采共同闪耀，对偶的意义和飘逸的韵味一起显扬。到魏晋时代的众多作者，偶句更加精密，对字合于情趣，辨析细致入微。然而对偶合适才显得巧妙，辞语浮泛、矫揉造作的反而得不到好的效果。

原文

　　故丽辞之体，凡有四对：言对为易①，事对为难②，反对为优③，正对为劣④。言对者，双比空辞者也⑤；事对者，并举人验者也⑥；反对者，理殊趣合者也⑦；正对者，事异义同者也。长卿《上林赋》云："修容乎礼园，翱翔乎书圃。"此言对之类也。宋玉《神女赋》云："毛嫱鄣袂⑧，不足程式⑨；西施掩面⑩，比之无色。"此事对之类也。仲宣《登楼》云⑪："钟仪幽而楚奏⑫，庄舄显而越吟⑬。"此反对之类也。孟阳《七哀》云⑭："汉祖想枌榆⑮，光武思白水⑯。"此正对之类也。凡偶辞胸臆⑰，言对所以为易也；征人之学⑱，事对所以为难也；幽显同志⑲，反对所以为优也；并贵共心⑳，正对所以为劣也。又言对事对，各有反正，指类而求，万条自昭然矣。

注释

① 言对：文字上的对偶。

② 事对：用事的对偶。

③ 反对：意思相反的对偶。

④ 正对：性质、意思相同的对偶。

⑤ 双比：文字上两两相对。空辞：指不用事例典故。

⑥ 人验：人所验知的事，即指典故。

⑦ 殊：不同，相反。

⑧ 毛嫱：古代美女。鄣（zhàng）：同"障"，遮蔽。袂（mèi）：袖子。

⑨ 程式：法式。此处有标准、水平之意。

⑩ 西施：古代美女。

⑪ 仲宣：三国魏文学家王粲的字。

⑫ 钟仪幽而楚奏：《左传·成公九年》记楚人钟仪被晋国囚禁仍演奏楚国的音乐。幽：囚禁。

⑬ 庄舄（xì）显而越吟：《史记·张仪列传》记陈轸对秦惠王说，越人庄舄在楚国做官富贵，但病中思越，仍发越声。

⑭ 孟阳：西晋文学家张载的字。《七哀》：张载有《七哀诗》，但现存二首中无下引二句。

⑮ 汉祖：汉高祖刘邦。枌榆：地名，汉高祖故乡，在今江苏丰县。

⑯ 光武：东汉光武帝刘秀。白水：地名，在南阳，汉光武帝家乡。

⑰ 偶辞胸臆：意谓将心里想的用对偶文字说出。

⑱ 征人之学：验证一个人的学问。征，验证。学，学问，此指掌握的典故。

⑲ 幽显同志：指上文钟仪幽、庄舄显，事虽相反，不忘故土之志却同。

⑳ 并贵共心：指上文汉高祖、汉光武都贵为皇帝而一样思乡。

译文

　　所以对偶的体例，共有四种：言对容易，事对困难，反对为优，正对为差。言对，就是辞语相对而不用事例；事对，就是并列对举前人的故实；反对，就是事理虽反旨趣却同；正对，就是事情不同而意思一样。司马相如《上林赋》说："在礼义的园地中修饰容仪，在典籍的领域里回旋飞翔。"这属于言对一类。宋玉《神女赋》说："毛嫱遮袖，自视不够水准；西施掩面，相比黯然失色。"这属于事对一类。王粲《登楼》说："钟仪被囚禁而奏楚乐，庄舄身显贵却发越声。"这属于反对一类。张载《七哀诗》说："汉高祖想念枌榆，汉光武思念白水。"这属于正对一类。只用对偶的语言说出心中所想，言对之所以较易；用典要验证一个人的学问，事对之所以较难。以幽与显的事例说明志趣相同，反对之所以为优；以同样贵为天子的事例表述共有心愿，正对之所以为劣。另外言对和事对，各有反与正，按照这样的分类去推求，一切对偶自然清清楚楚了。

原文

　　张华诗称①：“游雁比翼翔，归鸿知接翮②。”刘琨诗言：“宣尼悲获麟，西狩泣孔丘③。”若斯重出，即对句之骈枝也④。是以言对为美，贵在精巧；事对所先，务在允当。若两事相配，而优劣不均，是骥在左骖⑤，驽为右服也⑥。若夫事或孤立，莫与相偶，是夔之一足⑦，踸踔而行也⑧。若气无奇类⑨，文乏异采，碌碌丽辞⑩，则昏睡耳目。必使理圆事密，联璧其章⑪，迭用奇偶⑫，节以杂佩⑬，乃其贵耳。类此而思，理自见也。

注释

① 张华：西晋文学家。以下诗句引自他的《杂诗》（其三）。

② 比：并排。翮（hé）：代指鸟翼。

③ “宣尼”二句：出自刘琨《重赠卢谌诗》，同用孔子悲伤获麟事。古人认为麒麟是仁兽，只有盛世才出现，当时为乱世，所以孔子伤心哭泣。

④ 骈枝（qí）：即骈拇枝指，意为多余。

⑤ 骥（jì）：良马。骖（cān）：驾车四马中两旁的两匹。

⑥ 驽（nú）：劣马。服：驾车四马中居中的两匹。

⑦ 夔（kuí）：传说中的一足兽。

⑧ 踸踔（chěn chuō）：跳跃。

⑨ 气无奇类：气类无奇，即对偶不奇特。气类，同类，指对偶。

⑩ 碌碌：平庸。

⑪ 联璧：成对的璧玉。章：通“彰”，光彩鲜明。

⑫ 迭：交替。

⑬ 节以杂佩：用各种佩玉来调节。

译文

　　张华的诗说：“远游的雁并翼而翔，归来的鸿连翅而飞。”刘琨的诗说：“宣尼为鲁人获麟而悲伤，孔丘因西狩得麟而哭泣。”像这样意思重复的，是对偶句中病态的多余。因此言对之可称为美的，贵在遣词精巧；事对首先要考虑的，务求用事恰当。如果两事相对，好坏却不均衡对称，那就好比驾车时良马在左，劣马在右。如果所用之事有时只有单独的一件，没有其它事与之相配，那就像夔只有一脚，只好跳跃着行走。如果既无奇特的对偶，又无卓异的文采，平平庸庸的对偶，则会使读者昏昏欲睡。一定要使事理圆转周密，对偶如成双的璧玉那样有文采，交替地使用散句与偶句，像佩玉要用各种玉器调节，才显出它的可贵。照这样去思考，道理就自然清楚了。

原文

赞曰：体植必两，辞动有配①。左提右挈，精味兼载②。炳烁联华，镜静含态③。玉润双流，如彼珩珮④。

注释

① 植：立，树立，有生成之意。动：动辄，往往。

② 左提右挈（qiè）：说要左右前后均衡对称。挈，携。精味兼载：是说精巧的韵味在一对偶句中双双体现。

③ 炳烁：光采闪烁。联华：并蒂之花，喻对偶。华，通"花"。镜静含态：明净的镜子映照事物，使物与像成双，也喻对偶。静，通"净"。

④ 玉润：像玉般温润。流：光泽闪耀。珩（héng）：佩玉的一种。珮：即"佩"。

译文

赞词说：肢体生成必然成双，语词往往配对。讲究对偶均衡相称，精巧的韵味便在一对偶句中双双体现。如并蒂之花光彩鲜明，似明净之镜照物成双。双璧温润，流光溢采，就像佩玉在身，铮然和鸣。

比兴 第三十六

题解

《比兴》的"比"是比喻，"兴"是因物起兴，是两种传统艺术表现手法。本篇结合诗歌、辞赋来论述比兴。首先讲"比""兴"的特点和区别，指出"比"写得明显，"兴"则隐约，在进行讽刺时也是如此。接着说《诗经》的"比"和"兴"，屈原作品的"讽兼比兴"，又批评汉代赋家大量运用比喻，"讽刺道丧，故兴义销亡"，认为起兴法"称名也小，取类也大"，含义更为深远。其次论述"比"的类别及用"比"的基本原则，联系宋玉和汉魏西晋的作家作品论比喻。说明比类颇多，有喻声、方貌、拟心、譬事四种类型。指出诗赋多用比喻，描写事物具体细致，富有文采，对读者起到"惊视回听"的效果；但它们只是追求比类的丰富生动，缺乏讽刺，是"习小而弃大"。

原文

《诗》文弘奥①，包韫六义②，毛公述传③，独标兴体④，岂不以"风"通而"赋"同⑤，"比"显而"兴"隐哉？故比者，附也；"兴"者，起也。附理者，切类以指事⑥；起情者，依微以拟议⑦。起情，故"兴"体以立；附理，故"比"例以生。"比"则蓄愤以斥言⑧，"兴"则环譬以托讽⑨，盖随时之义不一⑩，故"诗"人之志有二也⑪。

注释

① 弘：大。奥：深。

② 韫（yùn）：蕴藏。六义：《诗大序》载，诗有六义，其中风、雅、颂为诗体，赋、比、兴为表现方法。

③ 毛公述传：相传战国末鲁人毛亨作《诗训诂传》（即《毛传》），以解释《诗经》。毛公：

大毛公毛亨。传：解释经典之作。

④ 独标兴体：《毛传》只注明他认为是兴的诗句，而不注明赋、比。

⑤ 风：风指风、雅、颂，《诗经》以《风》诗为先，数量也最多。通：意谓人所通晓。"赋"同：意为赋是直陈，这一手法的具体运用容易辨别，并无异议，所以也无须标出。

⑥ 切：切合。类：类似。指事：说明事理。

⑦ "起情"二句：谓因微小之物而兴起情思，托以取义。

⑧ 蓄：积蓄。斥言：指斥。

⑨ 环譬：委婉曲折的比喻。

⑩ 随时之义不一：说随情况不同而变化运用。

⑪ 有二：指比、兴两种方法。

译文

《诗经》弘大精深，包含风、雅、颂、赋、比、兴六义，但毛公解释《诗经》，唯独标明其中是兴的地方，难道不是因为风和赋等人所共晓，"比"明显而"兴"隐约吗？所以"比"，就是比附；"兴"，就是兴起。比附事理，就是以切合所写事理的类似事物为比喻来说明；兴起情感，就是因微小之物触发情思，托以取义。兴起情感，"兴"的手法因此成立；"比"附事理，"比"的手法因此产生。"比"是因积蓄忧愤而提出指责，"兴"是用委婉比喻以寄托讽意，情况不同，用法不一，所以诗人表达情志有"比"和"兴"两种方法。

原文

　　观夫"兴"之托喻，婉而成章①；称名也小，取类也大②。关雎有别，故后妃方德③；尸鸠贞一，故夫人象义④。义取其贞，无疑于夷禽⑤；德贵其别，不嫌于鸷鸟⑥。明而未融⑦，故发注而后见也⑧。且何谓为"比"？盖写物以附意，扬言以切事者也⑨。故金锡以喻明德⑩，珪璋以譬秀民⑪，螟蛉以类教诲⑫，蜩螗以写号呼⑬，浣衣以拟心忧⑭，卷席以方志固⑮，凡斯切象⑯，皆"比"义也。至如"麻衣如雪"⑰，"两骖如舞"⑱：若斯之类，皆"比"类者也。楚襄信谗⑲，而三闾忠烈⑳，依《诗》制《骚》，讽兼比"兴"㉑。炎汉虽盛㉒，而辞人夸毗㉓，讽刺道丧，故"兴"义销亡。于是赋颂先鸣㉔，故"比"体云构㉕，纷纭杂遝㉖，倍旧章矣㉗。

注释

① 婉：委婉曲折。章：篇章。

② 称：举。名：名物。取类：指要表现的情感事理。

③ "关雎"二句：指《诗经·周南·关雎》，据《毛传》说是赞美后妃之德的。

④ "尸鸠"二句：指《诗经·召南·鹊巢》，《毛诗序》说是歌颂诸侯夫人之德的。

⑤ 夷：常，平常。

⑥ 鸷鸟：猛禽。

⑦ 融：朗，大明。

⑧ 发注而后见：谓兴义隐约，必须靠注才能明白其意。

⑨ 扬言：显明之言。切事：切合事理。

⑩ 金锡以喻明德：用金锡比喻君子的美好品德。

⑪ 珪璋以譬秀民：用圭璋比喻贤能的人。珪璋：即圭璋，古代珍贵的玉制礼器。

⑫ 螟蛉：即小青虫，据说蜾蠃（guǒ luǒ，细腰蜂）捕捉螟蛉小虫，贮藏于巢中，用以哺育幼蜂。古人误以为是蜾蠃养育螟蛉为子，故以螟蛉来比教诲子弟。

⑬ 蜩螗（tiáo táng）：蝉。此处指蝉的叫声，以喻酒后的呼号。

⑭ 浣（huàn）：洗。拟：比拟。

⑮ 卷席：卷起席子。方：比方。

⑯ 切象：取切合的类似现象。

⑰ 麻衣如雪：语出《诗经·曹风·蜉蝣》。

⑱ 骖：一车四马中两旁的两匹。

⑲ 楚襄：战国楚顷襄王。谗：谗言，说别人的坏话。

⑳ 三闾：指屈原，他曾任三闾大夫。

㉑ 讽兼比兴：谓屈原作品的讽刺兼用比和兴两种手法。

㉒ 炎汉：汉朝。古代以五行附会朝代的更替，认为汉属五行中的火，所以称炎汉。

㉓ 夸毗（pí）：以柔顺取媚于人。

㉔ 先鸣：首先得到发展。

㉕ 云构：像云一样多。

㉖ 杂遝（tà）：杂乱。

㉗ 倍：即"背"，违背。

译文

观察"兴"的托物喻意，是用婉转的手法构成篇章；用于起兴的事物虽小，但要说明的意义却较大。雎鸠鸟雌雄有别，所以被用来比方后妃的美德；鸤鸠鸟专一不变，所以被用来象征夫人的品行。起兴的意义只取它的专一不变，也就不因它是平常的鸟而舍弃不用；表现的德性看重它的雌雄有别，也就不因它是凶猛的鸟而嫌弃不写。用意明确而话未说明，所以注释了才能理解。再说什么是"比"呢？"比"是通过描写事物来比附所要表述的意思，用显明的语言来切合所要表述的事理。所以金锡被用来比喻贤明的品德，珪璋被用来比喻诱导人民，螟蛉被用来类比教导后辈，蜩螗被用来描写饮酒喧闹，以未洗涤的衣服比拟心中忧郁，以不可卷的席子比方心志坚定，所有这些与事理切合的物象，都是"比"的手法。至于像"麻衣洁白如雪"，"两边的马跑起来如跳舞般合拍"：诸如此类的描写，也都属于"比"。战国时楚顷襄王听信谗言，而三闾大夫屈原忠贞刚烈，他继承《诗经》的传统创作《离骚》，所用讽刺兼取"比""兴"。汉朝创作虽然繁盛，但辞赋作者大多取媚主上，讽刺的传统丧失了，所以兴的手法也就消失了。这时候赋和颂率先得到发展，因此"比"的手法风起云涌，纷繁杂乱，违背了旧有的法则。

原文

夫"比"之为义，取类不常：或喻于声，或方于貌，或拟于心，或譬于事。宋玉《高唐》云①："纤条悲鸣，声似竽籁②。"此比声之类也。枚乘《菟园》云③："焱焱纷纷，若尘埃之间白云④。"此则比貌之类也。贾生《鵩鸟》云⑤："祸之与福，何异纠缠⑥？"此以物比理者也。王褒《洞箫》云⑦："优柔温润，如慈父之畜子也⑧。"此以声比心者也。马融《长笛》云⑨："繁缛络绎，范、蔡之说也⑩。"此以响比辩者也。张衡《南都》云⑪："起郑舞，茧曳绪⑫。"此以容比物者也⑬。若斯之类，辞赋所先；日用乎"比"，月忘乎"兴"；习小而弃大，所以文谢于周人也⑭。至于扬、班之伦⑮，曹、刘以下⑯，图状山川，影写云物⑰，莫不织综"比"义⑱，以敷其华⑲，惊听回视⑳，资此效绩㉑。又安仁《萤赋》云㉒："流金在沙㉓。"季鹰《杂诗》云㉔："青条若总翠㉕。"皆其义者也。故"比"类虽繁，以切至为贵，若刻鹄类鹜㉖，则无所取焉。

注释

① 《高唐》：《高唐赋》。

② 纤条：细小的树枝。竽：一种吹奏乐器，似笙，有三十六簧。籁：孔窍所发的声音。

③ 《菟（tú）园》：《梁王菟园赋》。

④ 猋猋（biāo）：快的样子。现存《梁王菟园赋》作"疾疾"。间：夹杂。

⑤ 《鵩（fú）鸟》：《鵩鸟赋》。

⑥ 纠：绞合。纆（mò）：绳索。

⑦ 王褒：西汉文学家。《洞箫》：《洞箫赋》。

⑧ 畜：抚养。

⑨ 《长笛》：《长笛赋》。

⑩ 范：范雎，战国辩士，为秦相。蔡：蔡泽，战国辩士，曾任秦相。说（shuì）：说辞。

⑪ 《南都》：《南都赋》。

⑫ 茧：蚕茧。曳：抽。绪：丝头。

⑬ 容：仪容。

⑭ 谢：逊，比不上。

⑮ 伦：辈。

⑯ 曹：曹植。刘：刘桢。

⑰ 影写：描摹。

⑱ 织综：错综交织，指运用。

⑲ 敷：铺陈。华：文采。

⑳ 回：迷惑。

㉑ 资：凭借。效：获得。绩：效果。

㉒ 安仁：西晋文学家潘岳的字。《萤赋》：《萤火赋》。

㉓ 流金在沙：形容萤火如流动的金子在沙中闪烁。

㉔ 季鹰：西晋文学家张翰的字。

㉕ 总：聚合。翠：翠鸟的羽毛。

㉖ 刻鹄类鹜：刻画天鹅却像鸭子。

译文

　　"比"的用法，在选取类比的事物方面是不固定的：有的比喻声音，有的比方形貌，有的比拟心情，有的比附事物。宋玉《高唐赋》说："细小的枝条发出悲鸣，声音就像吹竽。"这属于比喻声音的一类。枚乘《梁王菟园赋》说："众鸟纷纷快飞，如白云中夹杂的点点尘埃。"这属于比方形貌的一类。贾谊的《鵩鸟赋》说："祸与福，和线绞合成绳索有什么两样？"这是用物来比道理。王褒《洞箫赋》说："箫声优柔温和，就如慈父在抚育儿女。"这是把声音比作心情。马融《长笛赋》说："笛声繁复连绵，就像范雎、蔡泽的说辞。"这是把音响比作辩说。张衡《南都赋》说："跳起郑国的舞蹈，好比蚕茧的抽丝。"这是把舞态比作事物。诸如此类的比喻，辞赋里争先使用；"比"的手法越用越多，"兴"的手法便被逐渐淡忘，熟悉了小的，却抛弃了大的，所以创作就不及周代作者了。至于扬雄、班固这批作家，曹植、刘桢以下的作者，刻画山川，描摹云物，无不运用"比"的手法，以铺陈文采。令人有耳闻目见的惊奇，全靠这种手法来获取效果。另外，潘岳《萤火赋》说："萤火如流动的金子在沙中闪光。"张翰《杂诗》说："青青的枝条像聚合的翠鸟羽毛。"都是用比的手法。所以"比"的用法虽多，但以贴切

269

吻合为好，如果画天鹅而成了鸭子，那就没有什么可取的了。

原文

赞曰："诗"人比兴，触物圆览①。物虽胡越，合则肝胆。拟容取心，断辞必敢②。攒杂咏歌，如川之澹③。

注释

① 圆览：周密地观察。
② 拟容：比拟事物的形貌。取心：比拟某种心情或情志。断辞：措辞。敢：果敢。
③ 攒：聚集。澹：波浪起伏的样子。

译文

赞词说：诗人运用比兴手法，遇到事物要周密观察。不同的事物，表面上虽然毫不相关，如胡、越之远，但两者相似之处却紧密切合，如肝胆之近。比拟事物的形貌或内心的情志，下笔措辞一定要果敢。各种比兴聚集在歌咏中，就如河流中波澜起伏。

夸饰 第三十七

题解

《夸饰》的"夸"是夸张，"饰"是修饰。"夸饰"即夸张的修饰。本篇讲夸张手法的运用。首先说明运用夸张描写能使被陈说的事物显得更加真实生动，因而古来文辞描写中经常出现夸张，并列举《诗经》《尚书》中的部分例子作证。接着论述宋玉、景差的辞赋，盛用夸张，汉代司马相如、扬雄等人的辞赋循此发展，形成虚诡浮滥之风，违背事理。但他们在描写山海宫殿等雄壮事物方面，运用夸张，刻划逼真生动，具有动人的魅力。后来文人循其轨迹，用夸张成功地描绘了炜烨、萎绝、欢笑、戚泣种种情状，起到了发蕴飞滞、披瞽骇聋的艺术效果。最后指出运用夸饰手法的基本原则，运用夸张应抓住要领，不要过分而违背事理，应向《诗经》《尚书》学习，克服司马相如、扬雄辞赋的诡滥作风，做到"夸而有节，饰而不诬"，即夸饰手法的运用，要有所节制，讲究情理，而不能背离事物的本质真实。

原文

夫形而上者谓之道，形而下者谓之器①。神道难摹②，精言不能追其极③；形器易写，壮辞可得喻其真④。才非短长，理自难易耳。故自天地以降，豫入声貌⑤，文辞所被⑥，夸饰恒存⑦。虽《诗》《书》雅言，风俗训世⑧，事必宜广⑨，文亦过焉⑩。是以言峻则嵩高极天⑪，论狭则河不容舠⑫，说多则子孙千亿⑬，称少则民靡孑遗⑭，襄陵举滔天之目⑮，倒戈立漂杵之论⑯，辞虽已甚⑰，其义无害也。且夫鸮音之丑，岂有泮林而变好⑱？荼味之苦，宁以周原而成饴⑲？并意深褒赞，故义成矫饰⑳。大圣所录㉑，以垂宪章㉒。孟轲所云，"说《诗》者不以文害辞，不以辞害意"也。

注释

① 形而上：超越形体之上，即抽象。形而下：有具体形体。

② 摹：描摹。

③ 极：终极。

④ 喻：说明。

⑤ 豫：干预，参预。

⑥ 被：及，到。

⑦ 恒：常，不变。

⑧ 风：教化。

⑨ 广：扩大。

⑩ 过：即夸大。

⑪ 嵩：同"崧"，山高的样子。峻：高。极：至。

⑫ 舠：小船。

⑬ 子孙千亿：《诗经·大雅·假乐》："干禄百福，子孙千亿。"

⑭ 靡：无。孑（jié）：单独。遗：留下。

⑮ 襄：上。滔：漫。目：话。

⑯ 杵：舂槌。

⑰ 甚：过分。

⑱ 鸮（xiāo）：猫头鹰，古人认为是恶鸟。泮（pàn）：泮宫，诸侯的学宫。

⑲ 荼（tú）：苦菜。饴（yí）：糖浆。

⑳ 矫饰：指夸饰。

㉑ 大圣：指孔子。

㉒ 垂：传下。宪章：法度。

译文

　　在具体形体之上的叫作道，有具体形体的叫作器。神妙的道难以描摹，再精致的语言也不能穷尽它的底蕴；有形之物容易描写，夸大的言辞能够说明它的真相。并非作者的才能有高下，而是道理决定了其中的难易。所以自从开天辟地以来，涉及声音形貌，用文字来表达，夸张的手法就始终存在了。即使是《诗经》《尚书》那样雅正的用语，要教化习俗、训导世人，事情就应扩大，文辞也要有所夸张。因此说山高就说高到天上，说河狭就说容不下小船，说子孙众多就说有成千成亿，说人民少就说没有一个能留下来，说洪水漫上山就有淹没了天空的说法，说前军倒戈就说了流血把舂杵漂起的话，话说得虽然过分，但意思却没有妨碍。再说猫头鹰难听的声音，怎会因为在学宫的树上就变得好听了呢？苦菜味道苦涩，怎会因为长在周国肥沃的原野上而变甜呢？这些都是意在深深地赞美，所以文义作了过头的修饰。它们都是圣人所采录，传下来作为典范的。这就是孟子所说的："解释《诗》，不要因为文采而妨碍对辞句的理解，也不要因为辞句而妨碍对作者用意的理解。"

原文

　　自宋玉、景差①，夸饰始盛。相如凭风，诡滥愈甚②。故《上林》之馆，奔星与宛虹入轩③；从禽之盛，飞廉与焦明俱获④。及扬雄《甘泉》⑤，酌其余波⑥；语瑰奇则假珍于玉树⑦，言峻极则颠坠于鬼神⑧。至《西都》之比目⑨，《西京》之海若⑩，验理则理无可验，穷饰则饰犹未穷矣⑪。又子云《羽猎》⑫，鞭宓妃以饷屈原⑬；张衡《羽猎》⑭，困玄冥于朔野⑮。娈彼洛神⑯，既非罔两⑰；惟此水师⑱，亦非魑魅⑲，而虚用滥形⑳，不其疏乎？此欲夸其威而饰其事，义睽刺也㉑。

注释

① 景差：战国楚国文学家。

② 诡滥：怪异失实。

③ 奔星：流星。宛：屈曲。轩：楼板。

④ 从：追逐。飞廉：即蜚廉，传说中的神鸟龙雀。焦明：一种似凤凰的鸟。

⑤ 《甘泉》：《甘泉赋》。

⑥ 酌：参酌。

⑦ 瑰奇：珍贵奇异的事物。假：借。玉树：据说以珊瑚为枝，碧玉为叶。

⑧ 峻：高。颠坠：坠落。

⑨ 比目：比目鱼，《西都赋》中曾写到"揄文竿，出比目"。

⑩ 海若：海神，《西京赋》中写到"海若游于玄渚"。

⑪ 穷：达到极致。

⑫ 《羽猎》：《羽猎赋》。

⑬ 宓（fú）妃：洛水之神，相传原为伏羲的女儿，淹死于洛水，为洛水之神。饷：送食物。

⑭ 张衡《羽猎》：张衡的《羽猎赋》今不全，残文中无下引"困玄冥于朔野"之句。

⑮ 困：囚禁。玄冥：水神。朔：北方。

⑯ 娈（luán）：美好。

⑰ 罔两：水怪。

⑱ 水师：水神玄冥。

⑲ 魑魅：鬼怪。

⑳ 虚用滥形：意谓虚假失实地过分形容。

㉑ 睽刺（kuí là）：违背。

译文

　　从宋玉、景差起，夸张开始大量运用，司马相如顺着这种风气，创作中怪异失实的夸张描写更加厉害。所以《上林赋》中写宫馆，就说流星和曲虹进了楼板；写猎取飞禽的众多，就说连飞廉和焦明之类的鸟都一起捕获。到扬雄写《甘泉赋》，也参酌选取司马相如的夸张手法；谈及珍贵奇异的树木就借助玉树来显示珍奇，说到宫馆的高耸就说连鬼神也会坠落下来。至于《西都赋》提到的比目鱼，《西京赋》讲到的海若神，按事理去检验已无从验证，就尽力夸张而言还未到极点。还有扬雄的《羽猎赋》，说鞭打洛神宓妃去为屈原送饭；张衡的《羽猎赋》，说把水神玄冥囚禁于北方的原野。那美好的洛神，既不是水怪；而这水神，也不是鬼怪，却虚假不实地过度形容，这不是太粗疏了吗！这是想夸大它的威势、增饰所写的事情，但却违背了事理。

原文

至如气貌山海，体势宫殿①，嵯峨揭业②，熠耀焜煌之状③，光采炜炜而欲然④，声貌岌岌其将动矣⑤。莫不因夸以成状，沿饰而得奇也。于是后进之才，奖气挟声⑥，轩翥而欲奋飞⑦，腾掷而羞跼步⑧。辞入炜烨⑨，春藻不能程其艳⑩；言在萎绝，寒谷未足成其凋。谈欢则字与笑并，论戚则声共泣偕⑪。信可以发蕴而飞滞⑫，披瞽而骇聋矣⑬。

注释

① 体势：规模形势。
② 嵯（cuó）峨：险峻突兀。揭业：高。
③ 熠（yì）耀焜煌：光明的样子。
④ 炜炜：光采。然：同"燃"。
⑤ 岌岌（jí）：高耸而可危。
⑥ 奖气挟声：助长这种风气，凭借它的声势。
⑦ 轩翥（zhù）：高飞。
⑧ 腾掷：跳跃。跼（jú）步：小步。
⑨ 炜烨：光辉的样子。
⑩ 程：计量。
⑪ 戚：悲伤。偕：共同。
⑫ 信：的确。蕴：蕴藏。滞：不通畅。
⑬ 披：开。骇：惊。

译文

至于像描写山海的气势形貌，表现宫殿的规模形势，或者险峻高耸，或者光耀辉煌，写得光采闪耀就像将要燃烧，声势形象岌岌可危像要飞动。这些无不用夸大来表现形状，借增饰来显示奇异。因此后世有才气的作者，都助长这种风气，凭借这种声势，振翅高举而想要奋力飞翔，奔走腾跃而羞于小步慢行。文辞如果涉及繁盛，那么春天的鲜花也无法形容它的鲜艳；言辞如果讲到枯萎，那么寒冷的荒谷也不足以形容它的凋零。谈到欢乐文字也含着欢笑，说到悲伤声音又带着哭泣。夸张确实可以显示隐微、疏通阻滞，使瞎子睁眼、聋子惊声。

原文

> 然饰穷其要①，则心声锋起②；夸过其理，则名实两乖③。若能酌《诗》《书》之旷旨④，翦扬、马之甚泰⑤，使夸而有节，饰而不诬⑥，亦可谓之懿也⑦。

注释

① 穷：尽。要：要领。
② 心声：指语言文辞。锋起：同蜂起，形容多，此指文辞流畅飞动。
③ 乖：背离。
④ 旷旨：远大的意旨。
⑤ 翦：去除。扬：扬雄。马：司马相如。泰：过度。
⑥ 诬：失实。
⑦ 懿：美。

译文

然而如果夸张能够穷尽事物的要领，那么作品的文辞就会流畅飞动；如果夸张得违背常理，那么说的就会与实际相背。假如能酌取《诗经》《尚书》所显示的深远意旨，去除扬雄、司马相如等人的过分夸张，使夸大而有节制，增饰而不失实，也可说是美好的了。

原文

> 赞曰：夸饰在用，文岂循检①？言必鹏运，气靡鸿渐②。倒海探珠，倾昆取琰③。旷而不溢，奢而无玷④。

注释

① 检：法度。
② 鹏运：如鹏远行。靡：披靡，有胜过之意。鸿渐：谓鸿雁逐渐升到岸边。
③ 倾：翻转。昆：昆仑山，相传产玉。琰：美玉。
④ 旷：深广。溢：过多。奢：指夸张。玷（diàn）：玉的斑点，指缺点。

译文

　　赞词说：夸张成败全在于运用，行文哪有可遵循的规则？语言一定要如大鹏腾飞，气势要胜过鸿雁的上升。倒干海水来探求珠宝，翻转昆仑以获取美玉。意义深广而不过分，语言夸张而无缺点。

事 类 第 三 十 八

题解

《事类》的"事"是旧有的事例或典故，"类"是类比。"事类"，指古人传下来的言论、事迹，可以作为行文时的引用材料。本篇论述诗文中引用有关事类的问题。首先讲"事类"的含义、作用及古代用"事类"的概貌。"事类"的作用是引用前言往事以表情达意、起到援古证今的作用。《周易》《尚书》已引用成辞人事以明理征义。至西汉末扬雄、刘歆等人，开始多用故实，到东汉崔骃、班固等作家，博采经史事类，文章写得华实并茂，成为后人的范式。其次讲才、学的关系进而论述广博学识的必要。认为写文章须依赖先天的才力和后天的学问。要使学问好，一定要下功夫阅读，多闻博见，方能使才力丰赡并充分发挥。又指出"事类"应放在文章的合适位置，使之充分发挥作用。最后举例说明用典的谬误，虽曹植、陆机等名家，亦在所不免。通过魏、晋文人用"事类"的缺点和错误，说明用典引文必须准确得当而如自出其口。

原文

事类者，盖文章之外，据事以类义^①，援古以证今者也^②。昔文王繇《易》^③，剖判爻位^④，《既济》九三，远引高宗之伐^⑤；《明夷》六五，近书箕子之贞^⑥：斯略举人事以征义者也^⑦。至若胤征羲和，陈《政典》之训^⑧；盘庚诰民，叙迟任之言^⑨：此全引成辞以明理者也。然则明理引乎成辞，征义举乎人事，乃圣贤之鸿谟^⑩，经籍之通矩也^⑪。《大畜》之象："君子以多识前言往行。"^⑫亦有包于文矣。

注释

① 据事以类义：用往事来类比文义。

② 援：引用。

③ 繇（zhòu）《易》：作《易经》的卦爻辞。繇，指卦爻辞。

④ 剖判爻位：分析判断每爻的位置，然后作出爻辞。

⑤《既济》：卦名。九三：指爻位，即爻的代号。高宗：商王武丁。

⑥《明夷》：卦名。六五：指爻位。箕子：殷商贵族，因谏纣王不听而佯狂为奴。

⑦ 征：证明。

⑧ 胤：古国名。羲和：羲氏、和氏，为主管历法的官。

⑨ 盘庚：商王名，《盘庚》是《尚书》中的篇名，载殷王盘庚给国人的文诰。

⑩ 鸿：大。谟：谋议，此指用意。

⑪ 通矩：通用的法度、规则。

⑫《大畜》：卦名。畜，同"蓄"，即积蓄。象：指解释《大畜》的《象辞》。

译文

　　事类，就是文章在表达作者的情志外，用往事来类比其义，援引古代的例子来验证现在。从前周文王作《易经》的卦爻辞，辨析每卦六爻的位置，《既济》卦第三位阳爻的爻辞，引用遥远的商高宗征伐鬼方的事；《明夷》卦第五位阴爻的爻辞，写到近代箕子的坚贞：这些都是略举前人的事例，用来证明文章的用意。至于胤侯征讨羲氏、和氏，引述了《政典》的教训；盘庚告诫国人，提到了迟任说过的话：这些是完整地引用前人现成言辞，来说明道理。这样说明道理时引用前人的成辞，证明用意时举出过去的事例，便是圣贤的宏大用意，经典的通用法则了。《大畜》卦的《象辞》说："君子要多记前人的言论事迹。"这也包括作文的道理了。

原文

　　观夫屈、宋属篇①，号依"诗"人，虽引古事，而莫取旧辞。唯贾谊《鵩鸟》②，始用《鶡冠》之说③，相如《上林》，撮引李斯之书④，此万分之一会也⑤。及扬雄《百官箴》⑥，颇酌于《诗》《书》，刘歆《遂初赋》，历叙于纪传⑦，渐渐综采矣⑧。至于崔、班、张、蔡⑨，遂捃摭经史⑩，华实布濩⑪，因书立功，皆后人之范式也。

注释

① 属：撰著。

② 贾谊：西汉文学家。《鵩鸟》：《鵩鸟赋》。

③ 始用《鶡（hé）冠》之说：贾谊《鵩鸟赋》中不少说法与《鶡冠子》中的说法相同。

④ 撮引：摘引。李斯之书：指李斯的《谏逐客书》。李斯，秦始皇时任丞相。

⑤ 万分之一会：指极偶然的会合。

⑥《百官箴》：此指扬雄所作的官箴，"百"不是实际数目。

⑦ 纪传：指《遂初赋》叙"衰周之失权"时，采用不少《左传》的记载。

⑧ 综采：综合采用各种古书。

⑨ 崔：崔骃。

⑩ 捃摭（jùn zhí）：采摘。

⑪ 布濩（hù）：散布。

译文

看屈原、宋玉的创作，据说是依照《诗经》作者的写法来写的，虽然引用古代事实，但不采用原有的辞句。只有贾谊的《鵩鸟赋》，开始采用《鹖冠子》中的说法，司马相如的《上林赋》，摘取了李斯《谏逐客书》中的用语，这只是极偶然的相合。到扬雄作《百官箴》，便有很多采自《诗经》《尚书》的文字，刘歆作《遂初赋》，历述了史书中的不少记载，就渐渐地综合引用各种古书了。到了崔骃、班固、张衡、蔡邕，便采集摘取经书史书，使作品华实并茂。这是凭借古书所获得的功效，都成了后人仿效的模式。

原文

夫姜桂因地，辛在本性；文章由学，能在天才。故才自内发，学以外成，有学饱而才馁①，有才富而学贫。学贫者，迍邅于事义②；才馁者，劬劳于辞情：此内外之殊分也③。是以属意立文④，心与笔谋，才为盟主，学为辅佐，主佐合德⑤，文采必霸⑥；才学褊狭⑦，虽美少功。夫以子云之才，而自奏不学，及观书石室，乃成鸿采⑧。表里相资⑨，古今一也。故魏武称张子之文为拙⑩，以学问肤浅，所见不博，专拾掇崔、杜小文⑪，所作不可悉难⑫，难便不知所出，斯则寡闻之病也。

注释

① 馁：饥饿，引申为欠缺。

② 迍邅（zhūn zhān）：困难。事义：用典用事以证义。

③ 内：指才。外：指学。

④ 属意立文：构思创作。

⑤ 合德：指兼备并相互配合。

⑥ 霸：指出众。

⑦ 褊（biǎn）狭：狭窄，指欠缺。

⑧ 石室：石渠阁，汉朝皇家藏书处。

⑨ 表：即上文"外"，指学。里：即上文"内"，指才。资：依靠，此指配合。

⑩ 下引曹操的话无考。张子：不详。

⑪ 拾掇（duō）：拾取。崔、杜：可能指崔骃、杜笃，都是东汉文学家。

⑫ 悉：全部。难：问难，指追究。

译文

姜和木桂生长于地，而辛味却是由它们的本性决定的；文章需要学问，才力在于天资。才力发自本性，学问从外部获得，有的学问渊博而才力欠缺，有的才力很强而学问贫乏。学问贫乏的人，用典使事证明文义显得困难；才力欠缺的人，驱遣文辞表情达意显得费力：这是内在才力和外在学问的区别。因此构思创作，心意谋求用文笔表达时，才力是主要的，学问起辅助作用，两者兼备并相互配合，文采必能出众称雄；两者有所欠缺，即使有华美之处也难以成功。以扬雄的才力，他还上书自称没有学问，等到阅读过皇家的藏书，才显示出丰富的文采。外在的学问和内在的才力相辅相成，这在古今都是一样的。所以曹操说张子的文章拙劣，因为他学问肤浅，读书不多，专门从崔、杜的小文章中拾取材料，写出的内容不能一一追究，追究起来便不知出处，这是见闻不广的毛病。

原文

夫经典沈深①，载籍浩瀚②，实群言之奥区③，而才思之神皋也④。扬、班以下⑤，莫不取资⑥，任力耕耨⑦，纵意渔猎⑧，操刀能割，必裂膏腴⑨；是以将赡才力⑩，务在博见，狐腋非一皮能温⑪，鸡跖必数千而饱矣⑫。是以综学在博，取事贵约，校练务精⑬，捃理须核⑭，众美辐辏⑮，表里发挥。刘劭《赵都赋》云⑯："公子之客，叱劲楚令歃盟⑰；管库隶臣，呵强秦使鼓缶⑱。"用事如斯，可称理得而义要矣。故事得其要，虽小成绩⑲，譬寸辖制轮⑳，尺枢运关㉑。或微言美事㉒，置于闲散㉓，是缀金翠于足胫㉔，靓粉黛于胸臆也㉕。

注释

① 沈：沉。

② 载籍：书籍。

③ 奥区：深奥的地方。

④ 神皋：神明的区域。皋，界限。

⑤ 扬、班：扬雄、班固。

⑥ 取资：取用。

⑦ 耕耨（nòu）：耕种，喻学习。耨，除草。

⑧ 渔猎：获取，与"耕耨"意同。

⑨ "操刀"二句：说只要能拿刀割肉，一定割肥腴的肉，比喻作文要尽可能地采用典故成语来丰富文采。裂：割裂。

⑩ 赡：丰富。

⑪ 腋：指狐腋下皮毛，可作裘衣，最为保暖。

⑫ 跖（zhí）：脚掌。

⑬ 校练：考核选择。练：同"拣"，选择。

⑭ 捃（jùn）：摘取。核：真实。

⑮ 辐辏：车轮的辐条汇集在车轴上。此指汇集。

⑯ 刘劭：三国魏文学家。

⑰ 公子：指平原君赵胜。客：门客，指毛遂。歃盟：订盟约。歃（shà），歃血，订盟时口含牲血，一说将牲血涂于口旁。

⑱ 管库隶臣：地位低下的小臣，指蔺相如，因为他曾是宦者缪贤的舍人。鼓：敲击。缶：一种瓦质的打击乐器。

⑲ 成绩：获得好效果。

⑳ 辖：固定车轮与车轴位置的小零件。

㉑ 枢：门上转轴。运关：转动门板。

㉒ 微言：精微之言。

㉓ 置于闲散：意为安排在无关紧要的地方。

㉔ 缀：装饰，点缀。胫：小腿。

㉕ 靓（jìng）：妆饰。黛：画眉的颜料。臆：胸。

译文

经典著作内容深厚，书籍数量众多，确实是各种言论荟萃的地方，才思驰骋的领域。扬雄、班固以下的作者，无不从中获取有用的材料，尽力耕种以求收获，任意捕猎以便获取，只要能持刀割肉，必定割下肥美的部分；因此要丰富自己的才力，一定要博览群书，一张狐腋皮不能缝制成裘衣取暖，吃鸡脚掌必定要数千只才吃得饱。因此积聚学问在于广博，选取事例贵在简约，考核选择务必精确，采用义理必须切实，各种优点都汇集在一起，外在学问和内在才力都得到发挥。刘劭的《赵都赋》中说："平原君的门客毛遂，叱责强大的楚国国王迫使他和赵国歃血订盟；赵国管库房的小吏蔺相如，呵斥强横的秦王迫使他为赵王击缶。"这样使用典故，可称得上是合于义理而得其要领了。所以使事用典能得要义，即使是小事也能收到效果，比如寸许长的车辖能控制车轮，尺把长的转轴能转动门户。有时精微的言辞和美妙的事例，被安排在无关紧要的地方，那就好比将金银翡翠装饰在腿上，把粉黛涂抹在胸前了。

原文

　　凡用旧合机①，不啻自其口出②；引事乖谬③，虽千载而为瑕④。陈思，群才之英也，《报孔璋书》云⑤："葛天氏之乐⑥，千人唱，万人和，听者因以蔑《韶》《夏》矣⑦。"此引事之实谬也。按葛天之歌，唱和三人而已⑧。相如《上林》云："奏陶唐之舞⑨，听葛天之歌，千人唱，万人和。"唱和千万人，乃相如推之，然而滥侈葛天⑩，推三成万者，信赋妄书⑪，致斯谬也。陆机《园葵》诗云："庇足同一智，生理各异端。"夫"葵能卫足"，事讥鲍庄⑫；"葛藟庇根"，辞自乐豫⑬；若譬"葛"为"葵"，则引事为谬；若谓"庇"胜"卫"，则改事失真；斯又不精之患。夫以子建明练⑭，士衡沈密⑮，而不免于谬，曹洪之谬高唐⑯，又曷足以嗤哉！夫山木为良匠所度，经书为文士所择，木美而定于斧斤，事美而制于刀笔，研思之士，无惭匠石矣⑰。

注释

① 用旧：用成辞典故。合机：合适。

② 不啻（chì）：无异于。

③ 谬：错误。

④ 瑕：玉的疵病，引申为毛病。

⑤ 《报孔璋书》：今不存。孔璋：三国魏文学家陈琳的字。

⑥ 葛天氏：传说中的上古帝王。

⑦ 蔑：轻视。《韶》：舜时乐。《夏》：禹时乐。

⑧ 葛天之歌：《吕氏春秋·古乐》："昔葛天氏之乐，三人操牛尾，投足以歌八阕。"

⑨ 陶唐：陶唐氏，即唐尧。

⑩ 滥：不实。侈：夸大。

⑪ 信赋妄书：说曹植相信司马相如《上林赋》中的夸大说法，因而在《报孔璋书》中随意写下"千人唱，万人和"的话。

⑫ 鲍庄：鲍牵，谥庄，称鲍庄子，齐大夫。

⑬ 葛：一种藤本植物。藟：藤。

⑭ 明练：高明老练。

⑮ 沈密：深沉细密。

⑯ 曹洪：曹操堂弟，魏将军。按曹洪《与魏文帝书》其实出自陈琳手笔，因为是以曹洪的名义写的，所以刘勰说"曹洪之谬高唐"。

⑰ 匠石：先秦名叫石的工匠，《庄子·徐无鬼》有"匠石运斤"事，此指技巧高超的工匠。

译文

　　大凡用成辞典故合适恰当，那就和自己说出一样；引用事例错误不合，那么即使传了千年仍旧是毛病。曹植是众多人才中的佼佼者，但他的《报孔璋书》说："葛天氏的音乐，千人唱，万人和，听的人因此而轻视《韶》《夏》这样的音乐了。"这里引用事例实在错误。按葛天氏的歌，唱与和不过三人而已。司马相如《上林赋》说："奏起陶唐氏的舞乐，听着葛天氏的歌曲，千人齐唱，万人相和。"唱与和有千人万人，是司马相如推想的，然而将葛天氏之乐说得夸大不实，由三人推演成万人，是相信了《上林赋》中的话而随意乱写，才导致了这一错误。陆机的《园葵》诗说："庇护脚跟的智能是一样的，生理上却千差万别。"葵能保卫自己的根，这话出自孔子讥讽鲍庄子断足之事；葛藤能庇护它的根，这是乐豫反对驱逐公族的比喻；如果把葛比作葵，那么引用事例就错了；如果说"庇"字胜过"卫"字，那么改变了事情又失去了真实；这又是用典不够精确的毛病。凭着曹植的高明老练，陆机的深沉细密，仍然免不了要出差错，曹洪把高唐绵驹和河西王豹搞混了，又哪里值得嘲笑呢！山中林木为好的工匠所度量，经典书籍为文人所选取，木材好而为斧子所加工，事义美也要用笔写进作品，构思创作的文人，可以无愧于高超的匠人了。

原文

　　赞曰：经籍深富，辞理遐亘①。皓如江海，郁若昆邓②。文梓共采，琼珠交赠③。用人若己，古来无懵④。

注释

① 遐亘（gèn）：谓源远流长。遐，远。亘，横贯。
② 昆：昆仑山，相传产玉。邓：邓林，神话中说夸父追日，弃杖化为邓林。
③ 文梓（zǐ）：纹理明显细密的梓树。琼：美玉。
④ 懵（měng）：无知。

译文

　　赞词说：经书典籍深广丰富，文辞义理源远流长。如江海那样浩瀚，像昆仑、邓林那样蕴藏丰富。优质的梓树可以共同采伐，美玉珍珠可以互相赠送。引用别人的成语典故要如同己出，对古往今来的著述必须无所不知。

练字 第三十九

题解

　　《练字》的"练"是选择，"字"是文字。"练字"即选择文字。所谓练字，不是指结合意义来选用词语，而是从字的形状着眼，从视觉上区别其美恶，审慎地选择运用。本篇论述文字的选择运用，以诗赋作品为主。首先说明文字的起源、发展，以及先秦至汉魏以来字体的变化。前汉文人识字多，有的还是语言文字学家，故文章用字丰富深奥；后汉以来，文人不重视文字之学，文章用字日趋寻常简易。并总结了"难"和"易"的观点，表达了反对用古字怪字的态度。接着说明《尔雅》《苍颉》是两部重要小学书，前者重释义，后者包罗奇文，重形体。作文者对两书均应重视。指出字形繁简，有美丑之区别，作文必须重视字形。其次强调要善于练字。说明作文选字，必须注意四点：避诡异，省联边，权重出，调单复。最后说古书上有一些文字，由于音近形近等原因，形成别字。后代文人好奇，引用这些别字作文，那是不规范的。

原文

　　夫文象列而结绳移①，鸟迹明而书契作②，斯乃言语之体貌③，而文章之宅宇也④。苍颉造之，鬼哭粟飞⑤；黄帝用之，官治民察⑥。先王声教⑦，书必同文⑧；轩辕之使⑨，纪言殊俗⑩，所以一字体⑪，总异音⑫。《周礼》保氏，掌教六书⑬。秦灭旧章⑭，以吏为师⑮，及李斯删籀而秦篆兴⑯，程邈造隶而古文废⑰。

注释

① 文象：文字的形象，指象形文字。列：出现。结绳：结绳记事。移：改变。
② 书契：指文字。契，刻。

③ 体貌：形貌，意谓文字将无形的语言形象化了。

④ 宅宇：住所，引申为寄托，意谓文章通过文字得到了记录。

⑤ 苍颉（jié）：相传是黄帝的史官，文字的创造者。

⑥ 官治民察：《易·系辞下》："上古结绳而治，后世圣人易之以书契，百官以治，万民以察"。

⑦ 声教。声威教化。

⑧ 书必同文：书写必定要用统一的文字。

⑨ 辎（yóu）轩之使：指帝王派往各地搜集方言的使者。辎轩，轻车，古代使者所乘。

⑩ 纪言殊俗：到不同习俗的地方记录语言。

⑪ 一：统一。

⑫ 总：也是统一的意思。

⑬ 保氏：官名，职掌教育贵族子弟。六书：许慎《说文解字》说是指事、象形、形声、会意、转注、假借。此代指文字。

⑭ 秦灭旧章：指秦朝毁掉旧有的典籍。

⑮ 以吏为师：《史记·秦始皇本纪》载，李斯上奏建议"若欲有学法令，以吏为师"。

⑯ 李斯：秦始皇时任丞相。籀（zhòu）：一种字体，也称大篆，笔画较复杂，因此刘勰称李斯等减省笔画为"删籀"。秦篆：即小篆，由李斯等简化大篆所创，为秦朝通行文字。

⑰ 程邈：原是狱吏，因事下狱，在狱中将民间习用的字体整理成隶书。古文：指大篆。

译文

　　文字出现后结绳记事就不用了，鸟兽之迹的启发使文字得以产生，文字是语言的形体符号，文章的寄寓载体。苍颉创造了文字，使得鬼惊夜哭、天落粟米；黄帝使用了文字，使得官吏可以治理、百姓能够明察。前代的君王传布声威教化，书写一定用统一的文字；帝王派出的使者，去不同习俗的地方记录方言，是为了统一字体和不同的方音。《周礼》中的保氏，职掌文字的教授。秦朝烧毁旧有的典籍，而以官吏为学习法律的老师，到李斯简化籀文，秦朝的小篆便兴起了，程邈创造隶书，秦以前的古文就被废弃了。

原文

　　汉初草律①，明著厥法②，太史学童，教试六体③；又吏民上书，字谬辄劾④。是以马字缺画，而石建惧死⑤，虽云性慎，亦时重文也⑥。至孝武之世，则相如撰篇⑦。及宣、平二帝⑧，征集小学⑨，张敞以正读传业⑩，扬雄以奇字纂训⑪，并贯练《雅》《颉》⑫，总阅音义，鸿笔之徒⑬，莫不洞晓。且多赋京苑，假借形声⑭；是以前汉小学，率多玮字⑮，非独制异⑯，乃共晓难也。暨乎后汉，小学转疏，复文隐训⑰，臧否亦半⑱。

注释

① 草：草拟。

② 厥：其。

③ 太史：官名，汉代掌天文历法、编修史书等职。六体：六种字体：古文、奇字、篆书（小篆）、隶书、缪篆、虫书。

④ 谬：错误。劾：检举揭发。

⑤ 石建：西汉大臣，以为人谨慎著称。

⑥ 文：指文字书写。

⑦ 撰篇：指撰写《凡将篇》。《汉书·艺文志》说《凡将篇》无重复字，是字书。

⑧ 宣、平二帝：西汉宣帝、平帝。

⑨ 小学：汉代指文字训诂之学，此指精通文字训诂学的学者。

⑩ 张敞：西汉大臣。正读：指对《苍颉篇》正音释义。传业：以小学为业传授给后辈。

⑪ 奇字：王莽时有六体书，其中第二体为奇字，《汉书·扬雄传》载刘棻曾向扬雄学作奇字。纂训：指扬雄作《训纂篇》解释字义。

⑫ 贯练：贯通熟练。《雅》：《尔雅》，古代字书。《颉》：即《苍颉篇》，李斯所作。

⑬ 鸿笔之徒：指创作鸿篇巨制的文学家。

⑭ 假借形声：凭借着精通小学，用奇异之字来形容声貌。

⑮ 率：通常。玮：珍奇，此指奇异少见。

⑯ 晓：通晓。难：指难字。

⑰ 复文：复杂的字形。隐训：难解的字义。

⑱ 臧否（pǐ）亦半：指对"复文隐训"的文字，有一半不正确的理解。臧否，好坏。

译文

汉朝初年草拟法律，明确写上了有关文字的法令，太史官教育学童，要考六种字体；同时官吏百姓上书，文字错了就会被检举弹劾。因此西汉石建上书，因马字缺了一笔而害怕获死罪，虽说是出于性情的谨慎，也说明当时重视文字的书写。到汉武帝时代，司马相如编了字书《凡将篇》。到汉宣帝、汉平帝时，征集通晓文字训诂的学者，张敞从师学习正音释义并传给后辈，扬雄因懂得奇字而作了解释字义的《训纂篇》，他们都熟悉精通《尔雅》《苍颉篇》，全面掌握了文字的音义，当时创作鸿篇巨制的作者们，无不通晓文字学。而且他们大多创作京都苑囿题材的辞赋，凭借精通文字学用奇字难字来形容声貌；因此西汉的文字训诂之学，多有奇异的文字，不只是有意制作奇异文字，而是当时许多作者都通晓难字。到了东汉，文字训诂之学变得粗疏了，对于字形复杂、字义难懂的字，大都解释错误。

原文

　　及魏代缀藻①，则字有常检②，追观汉作③，翻成阻奥④。故陈思称⑤："扬、马之作，趣幽旨深，读者非师传不能析其辞⑥，非博学不能综其理⑦。"岂直才悬⑧，抑亦字隐⑨。自晋来用字，率从简易，时并习易，人谁取难？今一字诡异，则群句震惊；三人弗识，则将成字妖矣。后世所同晓者，虽难斯易⑩；时所共废，虽易斯难；趣舍之间⑪，不可不察。

注释

① 缀藻：指创作。缀，装饰。藻，文采。

② 检：规格。

③ 追观：反观。

④ 翻：反。阻奥：艰难深奥。

⑤ 以下引语无考。

⑥ 师传：由老师传授。析：解释。

⑦ 综：此指理解、掌握。

⑧ 直：仅，只。才悬：才学悬殊。

⑨ 隐：难懂。

⑩ 斯：实，其实。后文"虽易斯难"之"斯"同此解。

⑪ 趣舍：意同"取舍"。

译文

　　到魏代写文章，所用文字有固定的规格，回头来看汉代作品，反而艰涩深奥了。所以曹植说："扬雄、司马相如等人的作品，旨趣幽深，读者如果不经老师传授，就不能解释它的文字；不博学广识，就不能理解它的内容。"这岂止是读者与作者的才学悬殊，也是由于文字的艰深。从晋代以来，用字大都追求简单平易，当时都习惯于用容易的字，谁还会去用难字呢？如今只要一个字怪异，那么好几句便会深受影响；三个人不识的字，那将成为字中的妖怪了。后代人所共知的字，即使是难字其实也是容易的；时俗所不用的字，即使是容易的字其实也是难的；用字时的取舍，对此不可不加明察。

原文

　　夫《尔雅》者，孔徒之所纂①，而《诗》《书》之襟带也②；《苍颉》者，李斯之所辑，而鸟籀之遗体也③；《雅》以渊源诂训④，《颉》以苑囿奇文⑤，异体相资⑥，如左右肩股。该旧而知新⑦，亦可以属文⑧。若夫义

训古今⑨，兴废殊用⑩，字形单复⑪，妍蚩异体⑫。心既托声于言，言亦寄形于字，讽诵则绩在宫商⑬，临文则能归字形矣⑭。

注释

① 孔徒：孔子门人。

② 襟带：衣领和衣带，为衣服所必不可少，喻《尔雅》为读《诗经》《尚书》时所必不可少。

③ 鸟：指最古的文字，相传苍颉造字受了鸟兽之迹的启发。籀：籀文。遗体：指保留的古文字体。

④ 渊源诂训：文字诂训的渊源。诂训，即训诂，解释文字的意义。

⑤ 苑囿：聚养禽兽的园地。此指汇集。

⑥ 异体：指两书体制不同。资：依靠。

⑦ 该：掌握一切。

⑧ 属文：写作。

⑨ 义训古今：字义解释有古今之别。

⑩ 兴：通行。废：废止不用。殊：不同。

⑪ 单复：简单与复杂。

⑫ 妍蚩（chī）：美丑。

⑬ 讽诵：背诵，此指吟诵。绩在宫商：产生动听的效果在于音调和谐。

⑭ 临文：面对作品的文字，此就视觉而言，与上句"讽诵"就听觉而言相对。能归字形：好的视觉效果在于字形美观。

译文

《尔雅》是孔子门徒编纂的，是通晓《诗经》《尚书》的必读之书；《苍颉》是李斯编辑的，它保留着古文字的形体；《尔雅》是文字训诂的渊源，《苍颉》则汇集着奇异的文字，两书体制不同却相辅相成，就如人的左右肩膀和大腿。如果掌握了所有古旧文字而又知道新的意义用法，也就可以进行创作了。至于文字的意义有古今之别，有的通行有的废止，用法不同，字形分简单和复杂，字体有美丑不同。作者的内心想法既已通过有声的语言来表达，语言也用有形的文字来记录，吟诵的动听效果在于音调和谐，看上去悦目要归功于字形美观。

原文

　　是以缀字属篇①，必须练择②：一避诡异，二省联边，三权重出，四调单复。诡异者，字体瑰怪者也③。曹摅诗称④："岂不愿斯游，褊心恶呦哝⑤。"两字诡异，大疵美篇⑥，况乃过此，其可观乎？联边者，半字同文者也⑦。状貌山川，古今咸用，施于常文⑧，则龃龉为瑕⑨，如不获免⑩，可至三接，三接之外，其字林乎！重出者，同字相犯者也⑪。《诗》《骚》适会⑫，而近世忌同，若两字俱要，则宁在相犯。故善为文者，富于万篇，贫于一字。一字非少，相避为难也。单复者，字形肥瘠者也⑬。瘠字累句⑭，则纤疏而行劣⑮；肥字积文⑯，则黯黮而篇暗⑰；善酌字者，参伍单复⑱，磊落如珠矣⑲。凡此四条，虽文不必有，而体例不无。若值而莫悟⑳，则非精解。

注释

① 缀字属篇：使用文字来写作。

② 练：通"拣"，选择。

③ 瑰：奇特。

④ 曹摅（shū）：西晋文学家。以下引诗无考。

⑤ 褊（biǎn）：狭窄。恶（wù）：厌恶。呦哝（xiōng náo）：喧哗。

⑥ 疵：缺点，此指损害。

⑦ 半字同文：指偏旁相同的字。

⑧ 施：用。常文：一般的文章，此指不是"状貌山川"的文章。

⑨ 龃龉（jǔ yǔ）：上下齿不相配合，喻不协调。瑕：玉的斑点，引申为缺点。

⑩ 不获免：不能避免。

⑪ 同字相犯：同一字重复出现。

⑫ 适会：根据情况适当运用。

⑬ 肥：指笔画多。瘠：瘦，指笔画少。

⑭ 累句：积累成句。

⑮ 纤疏：稀疏。行劣：全行不美观。

⑯ 积文：意同"累句"。

⑰ 黯黮（àn dǎn）：黑暗。

⑱ 参（sān）伍：交错搭配。

⑲ 磊落：形容错落。

⑳ 值：遇。

译文

　　因此连缀文字写文章时，必须有所选择：第一要避免诡异，第二要减少联边，第三要权衡重出，第四要协调单复。诡异，就是字体奇特怪异。曹摅的诗说："难道不愿意参加这次游玩？只是我狭小的心胸讨厌那呬呶（喧闹声）。"其中"呬呶"两个字怪异，便很大地损害了美好的篇章，何况超过两字，还能看得下去吗？联边，就是偏旁相同的字连用。描摹山川形貌的作品，古今都用联边字，但用于一般的文章，就不大协调而成了毛病，如果无法避免，可以连用三个偏旁相同的字，连用三个以上，那就成字书了。重出，就是同一字重复出现。《诗经》《离骚》根据情况而适当运用重复字，但近代写作却忌讳同字重复，如果两个字都是必要的，那么宁可重复。所以善于写作的人，才华富足可写万篇文章，却常苦于无法更换一字。不是单单缺了某个字，而是避免重复不容易。单复，就是字形笔画的多和少。笔画少的字积累成句，那就显得稀疏而字行不美观；笔画多的字堆积成文，那就显得暗黑而全篇无光；善于斟酌用字的，交错搭配笔画简单和复杂的字，这样就能错落有致、连贯如珠了。上述这四条，虽然不一定每篇作品都有，但作为用字的体例是不能没有的。如果遇到这些毛病而不知改正，那就不算精通练字。

原文

　　至于经典隐暧①，方册纷纶②，简蠹帛裂③，三写易字④，或以音讹⑤，或以文变⑥。子思弟子，"於穆不似"⑦，音讹之异也。晋之史记，"三豕渡河"者⑧，文变之谬也。《尚书大传》有"别风淮雨"⑨，《帝王世纪》云"列风淫雨"⑩，"别""列""淮""淫"，字似潜移⑪。"淫""列"义当而不奇，"淮""别"理乖而新异⑫。傅毅制诔，已用"淮雨"⑬；元长作序，亦用"别风"⑭。固知爱奇之心，古今一也。史之阙文⑮，圣人所慎，若依义弃奇，则可与正文字矣。

注释

① 隐暧：隐晦不明。

② 方册：典籍。方，书写的木板。册，编联起来的竹简。纷纶：纷乱。

③ 简：简册。帛：用作书写的丝织品。

④ 三写易字：多次传抄而成错字。

⑤ 以音讹：因读音相近而出错。讹，错。

⑥ 以文变：因字形相似而写错。

⑦ 子思弟子：指孟仲子。子思：孔子之孙孔伋的字。於（wū）：叹词。穆：美。

⑧ 史记：历史记载。

⑨ 《尚书大传》：旧题西汉伏胜撰，是解说《尚书》的书，其实为伏胜弟子所辑录的伏胜遗说。

⑩ 《帝王世纪》：西晋皇甫谧撰。列：烈，猛烈。淫：过度。

⑪ 潜移：无意中变了样。

⑫ 理乖：于理不合。

⑬ "傅毅"二句：傅毅《北海静王诔》："白日幽光，淮雨杳冥。"
⑭ 元长：南朝齐梁文学家王融的字。
⑮ 阙文：缺疑不全之文。

译文

　　至于经典隐晦深奥，典籍纷乱，竹简蛀蚀、帛书损裂，经多次传抄文字讹变，有的因音近而错讹，有的以形似而谬误。子思的弟子，把"於穆不已"说成"於穆不似"，就是字音相近造成的变异。晋国的史书，"己亥渡河"被读成"三豕渡河"，就是字形相似发生的错误。《尚书大传》中有"别风淮雨"的说法，《帝王世纪》则作"列风淫雨"，"别""列""淮""淫"，因字形相似而无意中写错了。"淫""列"两字意思恰当但不新奇，"淮""别"两字于理不通却显新奇。傅毅作诔文，已用了"淮雨"一词；王融作序文，也用了"别风"两字。可见爱好新奇的心理，古今都是一样的。对史书中的缺疑之文，圣人是持谨慎态度的，如果能依照正确的字义摒弃奇异，那么就可以参与订正文字了。

原文

　　赞曰：篆隶相熔，《苍》《雅》品训①。古今殊迹，妍蚩异分②。字靡异流，文阻难运③。声画昭精，墨采腾奋④。

注释

① 篆隶相熔：指大篆熔入小篆，小篆又熔入隶书。《苍》：《苍颉篇》。《雅》：《尔雅》。品：区分。训：解释。
② 妍：美。蚩（chī）：丑。
③ 靡：顺，指上文"世所同晓"的字。流：流行。文阻：文字艰深。运：通行。
④ 声画：指文字。昭：明。墨采：墨迹文采。

译文

　　赞词说：篆书熔化成隶书，《苍颉》《尔雅》区分字形、解释字义。古今字体不同，字形也有美丑之别。用世所通晓的字容易流行，文字艰深难以通行。文章用字明白精确，墨迹的神采才能飞腾。

隐秀 第四十

题解

　　《隐秀》的"隐"是含蓄，指文章言辞之外的另外一层意思，它是隐蔽的、潜在的；"秀"是独拔、突出，指文章中在思想或艺术方面出类拔萃的、特别富有表现力和感染力的语句。《隐秀》篇原文残缺，自"而澜表方圆"句以下，"朔风动秋草"句以前，后人仿写，补充了四百余字；而补文的真伪，亦多有争议。一种意见，认为补文即《隐秀》篇缺佚了的原文；另一种意见，则认为补文是伪托的，可资参阅，而不足为信。本篇（连同补文）意在论述文章中含蓄的隐意和独拔的秀句。从现存残文可看出，刘勰非常重视文章写作中的隐秀问题。认为"隐"和"秀"是使文章焕发光采的两种表现手段。"隐"的特点是要有文字以外的意思，让读者去体会，就是含蓄的表现手法。"秀"是篇中秀拔警策、在全篇中显得卓绝不伦的语句。"隐""秀"是构成文采的重要内容和手段，应当做到"自然会妙"。后人的补文，对隐秀的意义也有所阐发，把隐秀在文章写作中的地位和意义，表述得更为具体、明确。

原文

　　夫心术之动远矣①，文情之变深矣②。源奥而派生③，根盛而颖峻④。是以文之英蕤⑤，有秀有隐。隐也者，文外之重旨者也；秀也者，篇中之独拔者也。隐以复意为工⑥，秀以卓绝为巧，斯乃旧章之懿绩，才情之嘉会也⑦。

注释

① 心术之动：指创作时的思维活动。

② 文情：文章情思，指作品的内容。

293

③ 奥：深。派：水的分流。

④ 颖：禾芒，稻麦的穗，此指植物的枝端。峻：高。

⑤ 英蕤（ruí）：英华茂盛，指文章之精美者。蕤，花叶下垂的样子。

⑥ 复意：两重意思，指除去字面意思外，还有言外之意。

⑦ 嘉会：美好的会集。

译文

思维活动的领域极其阔远，文章情思的变化极其深微。源头深远才有分流产生，根柢壮实才能枝叶高大。因此文章的精华之作，必然有秀有隐。隐，就是文字之外的更深一层的意义；秀，就是篇章之中秀拔警策的语句。隐以有言外之意为工，秀以卓越超绝为巧，这是前人文章已有的美好成绩，是作家才情的很好体现。

原文

夫隐之为体，义生文外，秘响旁通①，伏采潜发②，譬爻象之变互体③，川渎之韫珠玉也④。故互体变爻，而化成四象；珠玉潜水，而澜表方圆。始正而末奇，内明而外润，使玩之者无穷，味之者不厌矣。

注释

① 秘响：隐秘的心声，也就是含蓄的内容。旁通：指通过从侧面表现的手法使读者对作者之意有所领会。

② 伏采：隐藏的文采。潜发：暗中展现。

③ 爻象之变互体：比喻文章未直接表达的内在含义，犹如卦爻中含有互体，需从本卦以外加以解释。

④ 渎（dú）：江，河。韫（yùn）：蕴藏。

译文

　　隐的特征，是含义见于文字之外，隐秘的心声能使人从侧面领会贯通，蕴含的文采在不知不觉中展现，就如《易经》六十四卦的爻象可以变为互体，江河之中蕴藏着珠玉一样。所以互体变化爻象，就显示出《易》的四象；珠玉潜藏水中，波澜就有方和圆的不同。上述这类文章初读起来似乎是正统化、常规化的，到了最后才领悟到它的奇妙，它内含光洁而外表又非常圆润，这就使人玩味无穷，百读不厌了。

原文

　　彼波起辞间，是谓之秀。纤手丽音，宛乎逸态①，若远山之浮烟霭，娈女之靓容华②。然烟霭天成，不劳于妆点；容华格定③，无待于裁镕④。深浅而各奇，秾纤而俱妙⑤，若挥之则有余⑥，而揽之则不足矣⑦。

注释

① 逸态：高超、飘逸的情态，此处喻指秀句之高妙。
② 娈女：美女。容华：即容颜、容貌。
③ 格定：由素质品格所决定。
④ 裁镕：按照一定模式仿造、修饰。
⑤ 秾（nóng）纤：指浓妆和淡妆。
⑥ 挥之：使之发挥。
⑦ 揽之：使之收束、受制。

译文

　　那种在文辞之间涌起的波澜，就叫作"秀"。它是纤巧的手弹出的美好的音乐，呈现着宛然飘逸的情态，好像远山上浮动着云霞，又像是美女饰容焕发着光彩。然而烟云是天然生成的，无须分神去装扮、点染；容貌是由品格素质决定的，也不必特意按照模式去修饰。远山烟云的深浅各有其独特之美，天生容貌的浓妆淡抹也会各得其妙，如果能使之发挥表现出来那就会美妙有余，如果施以人工的雕琢妆饰那就显得不如自然之美了。

原文

　　夫立意之士，务欲造奇，每驰心于玄默之表①；工辞之人，必欲臻美②，恒匿思于佳丽之乡③。呕心吐胆，不足语穷；锻岁炼年，奚能喻苦④？故能藏颖词间⑤，昏迷于庸目；露锋文外⑥，惊绝乎妙心。使酝藉者蓄隐而意愉，英锐者抱秀而心悦。譬诸裁云制霞，不让乎天工⑦；斫卉刻葩⑧，有同乎神匠矣。若篇中乏隐，等宿儒之无学⑨，或一叩而语穷；句间鲜秀，如巨室之少珍⑩，若百诘而色沮⑪，斯并不足于才思，而亦有愧于文辞矣。

注释

① 驰心：指为文用思，纵情联想和想象。玄默：静默，深沉，指沉默的深思。
② 臻（zhēn）：达到。
③ 匿思：沉溺于为文用思之中。佳丽：指华词丽藻。
④ 奚能：怎么能。
⑤ 藏颖：指"隐"。
⑥ 露锋：指"秀"。
⑦ 天工：大自然的工巧。
⑧ 斫卉刻葩（pā）：意谓雕刻、描绘花草。与"裁云制霞"都喻指使人"意愉""心悦"的美好文章。卉，草。刻，雕刻。葩，花。
⑨ 宿儒：老练博学的书生。
⑩ 巨室：巨富之家。
⑪ 百诘：一再询问、推敲。

译文

　　为文善于立意的人，都特别想创造出新奇的命意，往往畅想到极为深微玄妙之境去；工于文辞的人，一心要辞藻的运用尽善尽美，常常沉思在华辞丽藻之中。用呕吐出心肝，不足以尽言其用心的艰难；经年累月的锻炼，又哪能言明他们推敲的困苦？所以他们能把新意潜藏在文辞之中，使目光平庸的人迷惑不解；又能把锋芒借文章表露出来，让妙识文理者惊叹叫绝。喜欢蕴藉的人，因文意含蓄而心满意足，爱好明快的人，则因秀句独拔而悦目赏心。把他们比作裁制云霞，也不逊色于天然的工巧；把他们比作雕刻花卉，则可以同神奇的工匠比美。如果文章中缺乏含蓄的隐意，就跟老儒没有学问一样，一加叩问便无言以对；如果章句中缺少了精彩的秀句，犹如巨室中没有珍宝，只要多问几句就会神色沮丧，这都是由于才气和文思不足，而在文辞方面也有羞愧之色了。

原文

　　将欲征隐①，聊可指篇：《古诗》之《离别》②，《乐府》之《长城》③，词怨旨深，而复兼乎比兴。陈思之《黄雀》④，公幹之《青松》⑤，格刚才劲⑥，而并长于讽谕⑦。叔夜之《赠行》⑧，嗣宗之《咏怀》⑨，境玄思淡^⑩，而独得乎优闲。士衡之疏放^⑪，彭泽之豪逸^⑫，心密语澄^⑬，而俱适乎壮采。

注释

① 征：验证。

② 《古诗》：《古诗十九首》。《离别》：指《古诗十九首》中的《行行重行行》一诗。

③ 《乐府》之《长城》：指《乐府古辞》中的《饮马长城窟行》一诗。

④ 黄雀：指曹植的《野田黄雀行》。

⑤ 《青松》：指刘桢的《亭亭山上松》一诗。

⑥ 格刚：格调刚健。

⑦ 讽谕：婉转曲折地表达讽谏之意。讽，不正面直说。谕，明告晓知。

⑧ 叔夜：嵇康的字。

⑨ 嗣宗：阮籍的字。

⑩ 境玄：境界幽深玄妙。

⑪ 士衡：陆机的字。

⑫ 彭泽：陶潜，字渊明，东晋著名诗人，曾任彭泽县令。

⑬ 心密：用心精细绵密。语澄：语意澄澈明白。

译文

　　要验证含蓄的隐意，约可略举一些篇章：《古诗十九首》之《离别》中的"行行重行行，与君生别离"，乐府古辞中的《饮马长城窟行》，写得文辞哀怨，旨意深厚，并且兼用了比和兴的表现手法。陈思王的《野田黄雀行》，刘公幹的《亭亭山上松》，写得风格刚健，才力遒劲，而且都长于讽谕。嵇叔夜的《赠秀才入军》诗，阮嗣宗的《咏怀》诗，则写得意境深微幽玄，思想淡泊，独具悠闲的格调。陆士衡格调疏放，陶彭泽风姿豪逸，思理精密语意清澄，而都表现出了壮丽的文采。

原文

　　如欲辨秀，亦惟摘句："常恐秋节至，凉飙夺炎热"^①，意凄而词婉，此匹妇之无聊也^②。"临河濯长缨，念子怅悠悠"，志高而言壮，此丈夫之不遂也^③。"东西安所之，徘徊以旁皇"^④，心孤而情惧，此闺房之悲极也。"朔风动秋草，边马有归心"^⑤，气寒而事伤，此羁旅之怨曲也^⑥。

注释

① 飙：暴风。

② 匹妇：普通妇女。无聊：无依靠。

③ 不遂：不顺心。

④ 旁皇：即"彷徨"，游移不定。

⑤ 朔风：北风、寒风。朔，北方。

⑥ 羁旅：旅居他乡。

译文

　　要想辨识文章中的秀句，也只有摘引诗文中的句子："常恐秋节至，凉飙夺炎热"，诗意悲切而文辞委婉，它表现了一个妇人害怕失宠无依的情绪。"临河濯长缨，念子怅悠悠"，情志高洁而言语豪壮，它表达了大丈夫壮志未酬的心境。"东西安所之，徘徊以旁皇"，心情孤寂而恐惧，它表现了闺中妇女极度悲伤的感情。"朔风动秋草，边马有归心"，语气寒苦而叙事感伤，它表现了异乡旅客的哀怨心曲。

原文

　　凡文集胜篇①，不盈十一②；篇章秀句，裁可百二③。并思合而自逢④，非研虑之所课也⑤。或有晦塞为深⑥，虽奥非隐；雕削取巧⑦，虽美非秀矣。故自然会妙⑧，譬卉木之耀英华⑨；润色取美，譬缯帛之染朱绿⑩。朱绿染缯，深而繁鲜⑪；英华曜树⑫，浅而炜烨⑬。隐篇所以照文苑，秀句所以侈翰林⑭，盖以此也。

注释

① 胜篇：优秀篇章。

② 盈：满。十一：十分之一。

③ 裁：通"才"，仅仅。

④ 思合而自逢：说作者的构思和隐秀的要求正相切合，于是自然有了隐秀的效果。逢：遇。

⑤ 课：考核，此有求得之意。

⑥ 晦塞：隐晦不流畅。

⑦ 雕削：雕琢。

⑧ 会：合。

⑨ 英华：草木的花。华，即花。

⑩ 缯（zēng）帛：丝织品。缯，丝织品的总称。

⑪ 繁鲜：繁复鲜艳。刘勰此处虽不完全否定"润色取美"，但与"自然会妙"形成的隐秀之美相比，"深而繁鲜"毕竟要逊色一些。

⑫ 曜：照耀。

⑬ 炜烨：光采鲜明。

⑭ 侈：张大。

译文

　　大凡一部文集中的优秀篇章，不满十分之一；一篇作品中的警策之句，也仅约百分之二。这些都是作者的构思恰好与隐秀的要求相合而产生，不是刻意琢磨所能求得的。有的以隐晦为深，虽然深奥却不是含蓄；有的靠刻意雕琢来求得工巧，虽然美好但非警策。所以自然而然地合于美妙，就如草木的鲜花光采闪耀；有意修饰而获得的华美，就像丝织品染上红绿色彩。红绿色彩染在丝织品上，色泽深而繁复鲜艳；鲜花闪耀于草木之上，色彩浅而光采明亮。含蓄的篇章之所以照耀文坛，警策的秀句之所以光大艺苑，就是这个原因。

原文

　　赞曰：深文隐蔚，余味曲包①。辞生互体，有似变爻②。言之秀矣，万虑一交③。动心惊耳，逸响笙匏④。

注释

① 蔚：草木茂盛的样子，此指文采丰富。曲包：婉转曲折地包含。
② "辞生"二句：说文辞有言外之意，犹如卦的互体，因爻象变化而有新的含义。
③ 一交：一遇。
④ 笙匏（páo）：乐器名。

译文

　　赞词说：深厚的作品含蓄而富有文采，深隐曲折地包含着寻绎不尽的余味。文辞有言外之意，犹如卦中的互体因爻象变化而有新的含义。言辞的秀拔，千思万虑中难得一遇。它能动人心魂、醒人耳目，超逸的音响就如笙匏的演奏。

指瑕 第四十一

题解

《指瑕》的"指"是指出,"瑕"是玉石上的斑点,比喻文章写作中的毛病。"指瑕"即指出文章写作中的毛病。本篇主要论述了写作中应该避免的种种瑕疵毛病。首先讲文章写作中缺点难于避免和"指瑕"的必要。指出古来能文之士,作文常有瑕病。举出曹植、潘岳等人的文章在内容、运用词语上的不当,它们是:比尊于微,不重孝道,称卑如尊,比拟过分。其次讲古代和近代作者写作中的缺点。指责晋宋以来文人用字随便,违反本义,如把赏赐之"赏"用作赏爱。又指出近代辞人喜用比语、反音,这是人们猜忌心理的一种表现。最后讲注解中存在的问题。指摘前人注释文字中的谬误。举出薛综注《西京赋》于中黄伯等古代勇士,应劭释《周礼》"匹马"之名称,均不明真相。

原文

管仲有言:"无翼而飞者声也,无根而固者情也。"然则声不假翼①,其飞甚易;情不待根,其固匪难;以之垂文,可不慎欤?古来文才,异世争驱;或逸才以爽迅②,或精思以纤密③,而虑动难圆④,鲜无瑕病。陈思之文,群才之俊也,而《武帝诔》云"尊灵永蛰"⑤,《明帝颂》云"圣体浮轻"⑥。浮轻有似于蝴蝶,永蛰颇疑于昆虫⑦,施之尊极⑧,岂其当乎?左思《七讽》,说孝而不从,反道若斯,余不足观矣。潘岳为才,善于哀文,然悲内兄⑨,则云感口泽⑩;伤弱子⑪,则云心如疑⑫。《礼》文在尊极⑬,而施之下流⑭,辞虽足哀,义斯替矣⑮。若夫君子拟人,必于其伦⑯,而崔瑗之诔李公⑰,比行于黄虞;向秀之赋嵇生⑱,方罪于李斯⑲;与其失也,虽宁僭无滥⑳,然高厚之诗,不类甚矣㉑。凡巧言易标㉒,拙辞

难隐，斯言之玷，实深白圭^㉓，繁例难载，故略举四条。

注释

① 假：凭借。

② 爽：爽朗。迅：迅捷。

③ 纤密：细密。

④ 虑动：运思。圆：周全。

⑤《武帝诔》：曹植为其父曹操而作。武帝：魏武帝曹操。

⑥《明帝颂》：指曹植的《冬至献袜颂》。

⑦ 疑：通"拟"，比拟，类似。

⑧ 施：用。尊极：至尊，此指帝王。

⑨ 悲内兄：潘岳悲内兄文今不存。内兄，妻兄。

⑩ 口泽：口水。

⑪ 伤弱子：指潘岳《金鹿哀辞》，金鹿，潘岳幼子名。

⑫ 心如疑：孔子说为父或母送葬时，去时恋恋不舍，返回时犹疑心父母并未死。

⑬ 尊极：此指父或母。

⑭ 下流：此指晚辈，内兄对于父母而言，也是"下流"。

⑮ 斯：则。替：废。

⑯ 伦：同辈，同类。

⑰ 诔李公：诔文已佚，李公不详，与崔瑗同时的"李公"有三：即李修、李郃、李固。

⑱ 向秀：魏晋之际文学家。赋：指《思旧赋》。嵇生：嵇康。

⑲ 方：比。李斯：为赵高所杀，死前叹息再也不能牵着黄犬打猎了。

⑳ 僭（jiàn）：超越本分，此指比得过好。滥：过度，此指比得过坏。

㉑ 类：指所歌之诗恰当。

㉒ 标：显露。

㉓ 玷（diàn）：玉的斑点，指毛病。圭：即珪，一种玉器。

译文

　　管仲曾经说过："没有翅膀而能飞向四方的是声音，没有根柢而能牢固长存的是情感。"既然声音不借助翅膀，它的飞向四方十分容易；情感无须根柢，它的牢固长存也不困难；那么把声音和情感表现为文章，难道可以不慎重吗？自古以来的作家，在不同的时代中争先恐后；有的才华高超爽朗迅捷，有的思虑精深细致严密，但文思运用难以周全，很少没有一点毛病。曹植的文章，是众多才士中的杰出者，可他的《武帝诔》说"尊贵的神灵永远蛰伏"，献给魏明帝的《冬至献袜颂》说"圣上的身体轻浮地翱翔"。轻浮有点像蝴蝶，永远蛰伏很像是昆虫，这样的词语用于帝王，难道是恰当的吗？左思的《七讽》，说及孝道却不遵从，离经叛道到了这种地步，其余也就不值得去看了。潘岳的文才，善于写作哀悼之文，然而悲悼妻兄的文章，却说感伤于留下的"口泽"；哀伤幼小的儿子，却说内心"如疑"。《礼记》中的"口泽""如疑"等文字，是用于父母之丧的，现在却用于后辈之丧，文辞虽然哀伤，固有之义却丧失了。至于君子比拟人，一定要以同类之人相比拟，但崔瑗为李公所写的诔文，将他比作黄帝和虞舜；向秀悼念嵇康的《思旧赋》，把他的获罪与李斯等同。虽说同是比拟失当，宁可比得过好，不要比得过坏，但如果像高厚的歌诗那样，就不恰当得太过分了。大凡工巧的言辞容易引人注目，而拙劣的辞句也难以掩盖，这种语言上的毛病，实在要比白圭上的斑点更难磨掉，类似的例子多得无法备列，所以只略举上述四条。

原文

　　若夫立文之道①，惟字与义。字以训正②，义以理宣③，而晋末篇章，依希其旨④，始有"赏际奇至"之言，终有"抚叩酬即"之语，每单举一字，指以为情。夫"赏"训锡赉⑤，岂关心解⑥？"抚"训执握，何预情理？《雅》《颂》未闻，汉、魏莫用，悬领似可如辨⑦，课文了不成义⑧，斯实情讹之所变⑨，文浇之致弊⑩。而宋来才英，未之或改，旧染成俗⑪，非一朝也。近代辞人，率多猜忌，至乃比语求蚩⑫，反音取瑕，虽不屑于古，而有择于今焉。又制同他文，理宜删革，若掠人美辞，以为己力，宝玉大弓，终非其有⑬。全写则揭箧⑭，傍采则探囊⑮，然世远者太轻，时同者为尤矣。

注释

① 道：方法，途径。

② 训：解释。正：有确定之意。

③ 义：立意。宣：显示。

④ 依希：即依稀，模糊不清。

⑤ 锡赉（lài）：赏赐，赠送。

⑥ 心解：内心的领会理解，指心理活动。

⑦ 悬领：凭空领会，有猜测之意。辨：辨识。

⑧ 课：考核，有推求之意。

⑨ 讹：错误。

⑩ 文浇：文风浅薄。浇，薄。

⑪ 旧染：旧习。

⑫ 比语：比附谐音字。求蚩：挑毛病。蚩，同"嗤"，讥笑。

⑬ 宝玉大弓：《左传》载，季氏的家臣阳虎窃得鲁国宫中的宝玉大弓出逃，后又归还。

⑭ 揭箧（qiè）：包举整箱，指全都偷走，喻指抄袭。箧：箱子。

⑮ 傍采：即旁采，指部分地采摘。探囊：掏取口袋。

译文

　　至于写作的途径，唯在用字与立意。用字靠准确的解释来确定，立意靠事理来显示，但晋末的作品，用字意旨模糊不清，先是有"赏际奇至"的说法，后又有"抚叩酬即"的用语，常常单独用一个和感情无关的字，来表示某种情感。那个"赏"字应解释为"赏赐"，怎么会和内心的领会理解相关？那个"抚"字应解释为"持握"，和情感事理又有什么关系？《诗经》的《雅》《颂》中没有听到过这样的用法，汉魏时代也没有人这么用过，凭空猜测好像可以辨识它的意思，细究文字训诂则完全没有那种含义，这实在是情意不正导致的变化，文风浅薄造成的弊病。但宋代以来的作家，没有人能加以改正，旧有的习染形成了风俗，不是一朝一夕的事。近代作者，大多爱猜疑、讲忌讳，以至于通过谐音字来挑毛病，用字音反切来找缺点，这种做法虽然不为古人所用，但却是今人所注意讲究的。另外所作文章和他人作品相同，按理应该删改，如果抄袭他人好的文辞，当作自己的创作，那就像窃取宝玉大弓，终究不能归自己所有。全文抄袭就像扛走别人的整个箱子，部分抄袭犹如探取他人袋中财物，然而抄袭时代远的行为失之轻薄，抄袭同时代的就是罪过了。

原文

　　若夫注解为书，所以明正事理；然谬于研求，或率意而断。《西京赋》称"中黄、育、获之俦"①，而薛综谬注，谓之"阉尹"②，是不闻执雕虎之人也③。又《周礼》井赋④，旧有"匹马"，而应劭释"匹"⑤，或量首

数蹄，斯岂辨物之要哉？原夫古之正名，车"两"而马"匹"，"匹""两"称目⑥，以并耦为用⑦。盖车乘贰佐⑧，马俪骖服⑨，服乘不只⑩，故名号必双，名号一正，则虽单为匹矣。匹夫匹妇，亦配义矣。夫车马小义，而历代莫悟；辞赋近事，而千里致差；况钻灼经典⑪，能不谬哉？夫辨"匹"而数首蹄，选勇而驱阉尹，失理太甚，故举以为戒。丹青初炳而后渝，文章岁久而弥光，若能櫽括于一朝⑫，可以无惭于千载也。

注释

① 中黄：古国名，多出勇力之士。育、获：夏育、乌获，古代的勇力之士。俦（chóu）：类。
② 薛综：三国吴人，曾注《西京赋》，他的错注已不可见。阉尹：宦官之首。
③ 执雕虎之人：指《尸子》中所说的"搏雕虎"的中黄伯。
④ 井赋：按井田征收赋税。
⑤ 应劭：字仲远，东汉文人。
⑥ 两：同"辆"。
⑦ 并耦：双数。耦，同"偶"。
⑧ 车乘贰佐：按古代礼制，车有正副，贰、佐，均指副车。
⑨ 马俪骖服：驾车的马匹成双成对。俪，成双。骖，驾车的四匹马中外面的两匹。服，驾车的马中间的两匹。
⑩ 只：单。
⑪ 钻灼：古代钻灼龟甲，视其裂纹以卜吉凶，此指钻研、作注。
⑫ 櫽括：此指纠正错误。

译文

至于作注释而成书，是为了使事理明白准确；然而有的研究产生错误，或者轻率地作出判断。《西京赋》中提到中黄伯、夏育、乌获之类的勇士，薛综错误地注释，称中黄伯为宦官的首领，这是因为他没有听说过中黄伯是捉雕虎的勇士。又《周礼》中说到按井田征赋税，早有"匹马"的说法，而应劭注释"匹"字，认为或是数马头或是计马蹄，这难道是掌握辨明事物的要领了吗？推求古代的辨正名称，车称"两"而马称"匹"，用"匹""两"来称呼，是因为车乘和驾马用的都是偶数。车有贰车、佐车这样的副车与正车相配，驾车的马有两骖两服，车与马都不是单数，所以名称也必定有双的意思，名称一旦确定，即使是单数则称为匹了。匹夫匹妇，也有相配的意思。车马称呼没有什么深的含义，但历来没有人能领会；为时代较近的辞赋作注，字义还会相差千里，更何况是钻研注解深奥的经典，能不发生错误吗？辨别"匹"字而去数马头、马蹄，挑选勇士却推出了宦官首领，没有道理得太过分了，所以举出这样的例子来引以为诫。图画的色彩开始鲜明日后暗淡，而文章经历年代久远而更加鲜明，如果一朝能够纠正其中的错误，那就可以无愧于千年了。

原文

赞曰：羿氏舛射，东野败驾①。虽有俊才，谬则多谢②。斯言一玷，千载弗化。令章靡疚，亦善之亚③。

注释

① 东野：东野稷，古代传说中的善驾车者。
② 谢：惭愧。
③ 靡：没有。疚：毛病。亚：次。

译文

赞词说：善射箭的后羿也会射偏，善驾车的东野稷也有失误。即使有杰出的才能，有了差错也多有惭愧。作品一出毛病，就是千年也消除不了。文章能写得没有差错，离臻于完善也就不远了。

养气 第四十二

题解

《养气》的"养"是保护修养的意思，"气"是与人的精神密不可分的。"养气"即保护修养精神性气。本篇论述作文时应保养好精神，使思路畅通。首先说明作文的构思和运用言辞表达，都是精神的作用。所以要注意保养精神，做到率志委和，从容不迫；如果钻砺过分，神疲气衰，效果就不佳。之后指出，上古文章比较质朴，随作者胸臆自然流露，所以古人作文显得余裕；战国以后文章，竭情追求文辞新奇，所以后人作文显得紧张忙碌。其次说明神衰气伤的危害。一个人的才分有限，而精神活动的范围却无边无际，如果过分用心和追求文辞之美，便会精气内销，神志外伤。接着举前人的言行作证。最后讲"养气"的原则和方法。作文是为了抒发郁滞，故应从容不迫，适应时机，而不宜损伤精神和志气。接着指出人们写作时的思绪，有时顺利畅通，有时迟钝阻塞，这都是精神在起作用；因此要注意调养，使心境清和，志气顺畅，当心烦意乱时，即应停止构思和写作，用逍遥谈笑来消除疲劳。

原文

昔王充著述，制养气之篇①，验己而作，岂虚造哉？夫耳目鼻口，生之役也②；心虑言辞，神之用也③。率志委和④，则理融而情畅⑤；钻砺过分⑥，则神疲而气衰：此性情之数也⑦。

注释

① 养气之篇：即《论衡·自纪》所说的"养性之书"十六篇，已佚。
② "夫耳目"二句：语出《吕氏春秋·贵生》。役：所役使。
③ 神之用：精神作用的结果。

④ 率：依循。委和：有顺其自然的意思。委，托付。和，自然和顺。

⑤ 理融：思理融和。

⑥ 钻砺：钻研磨砺。

⑦ 数：定数，指规律。

译文

从前王充从事著述，写了养性的篇章，这是根据自己的体验而作的，难道是凭空编造的吗？耳目口鼻，是生理活动所役使的器官；心思言辞，是精神作用的结果。依循心志、顺乎自然，就能思理融和而情意畅通；钻研磨砺、过于劳苦，那就会精神疲惫而体气衰竭：这是人的性情的规律。

原文

　　夫三皇辞质①，心绝于道华②；帝世始文③，言贵于敷奏④；三代、春秋，虽沿世弥缛⑤，并适分胸臆⑥，非牵课才外也⑦。战代枝诈⑧，攻奇饰说⑨；汉世迄今，辞务日新，争光鬻采，虑亦竭矣。故淳言以比浇辞⑩，文质悬乎千载；率志以方竭情，劳逸差于万里；古人所以余裕，后进所以莫遑也。

注释

① 三皇：伏羲、女娲、神农。一说为伏羲、神农、黄帝。

② 绝：断绝。道华：道之虚华，《老子》"前识者，道之华而愚之始也"，此指华采。

③ 帝世：五帝之世，即少昊、颛顼、高辛、尧、舜时代，此指尧、舜时代。

④ 敷奏：陈述进言。

⑤ 沿世：随着时代的变化。弥：更加。缛：华采。

⑥ 适分胸臆：由着自己的性分心意。

⑦ 牵课：强求。

⑧ 战代：战国时代。枝：此处有繁杂之意。

⑨ 攻：攻求。

⑩ 淳：厚。浇：薄。

307

译文

　　三皇时代的文辞质朴，没有追求华采的念头；尧舜时代开始有了文采，也只是看重陈述进呈之言；夏、商、周三代至春秋，虽然随时代发展而更加有文采，但都是顺着作者的本分、个性恰当地表达心意，并没有从才性之外去强求。战国时代的文辞繁杂虚夸，攻求奇异、修饰其说；汉代至今，文辞一天比一天务求新奇，争求光艳、卖弄词采，用尽了心思。所以用淳厚的语言和浅薄的文辞相比，华采和质朴相差千年；顺着心志的自然创作和用尽心思的创作相比，劳苦和安逸相去万里；这就是古人的创作之所以悠闲从容、后人的创作之所以紧迫局促的原因了。

原文

　　凡童少鉴浅而志盛①，长艾识坚而气衰②，志盛者思锐以胜劳③，气衰者虑密以伤神。斯实中人之常资④，岁时之大较也⑤。若夫器分有限⑥，智用无涯⑦；或惭凫企鹤⑧，沥辞镌思⑨，于是精气内销，有似尾闾之波⑩；神志外伤，同乎牛山之木⑪。怛惕之盛疾⑫，亦可推矣。至如仲任置砚以综述⑬，叔通怀笔以专业⑭，既暗之以岁序⑮，又煎之以日时，是以曹公惧为文之伤命⑯，陆云叹用思之困神⑰，非虚谈也。

注释

① 童少：儿童、青年。

② 长艾：老年人。艾，五十岁。

③ 胜劳：胜任疲劳。

④ 中人：一般人。常资：普通的资质。

⑤ 岁时：指年龄。大较：大致情况。

⑥ 器分：才分。

⑦ 涯：边际。

⑧ 惭凫企鹤：这里用短腿自惭的凫（野鸭）羡慕长腿的鹤来比喻才分不够的人不切实际地勉强追求文辞之美。企：企羡。

⑨ 沥辞：硬挤辞藻。镌思：刻意苦思。镌，雕刻。

⑩ 尾闾：传说中的海水所泄处，见《庄子·秋水》。

⑪ 牛山：齐国东南的山名。

⑫ 怛（dá）：悲伤。惕：忧惧。盛：通"成"。

⑬ 仲任：王充的字。

⑭ 叔通：东汉人曹褒的字。专业：指专心于礼仪。

⑮ 暗：与下文"煎"意近。岁序：年月。

⑯ 曹公：指曹操。惧为文之伤命：曹操语无考。

⑰ 陆云：西晋文学家，陆机之弟。

译文

　　大凡年轻人见识肤浅而心志高昂；老年人识鉴力强但体气衰颓。心志高昂的人思想敏锐，经得起劳累；体气衰颓的人思虑周密，却耗伤精神。这实在是一般人的普通资质，年龄变化的大致情形。至于各人的才分有限，而智力运用无边；有的人像短腿野鸭企羡长腿鹤那样，硬挤辞藻、刻意苦思，于是精气消耗于内，有如海水从尾闾处泄漏；神志损伤于外，就像牛山上的草木之受到摧残。忧伤恐惧造成疾病，也就可想而知了。至于像王充到处放置笔砚以从事著述，曹褒怀抱笔札专心于礼仪，既长年累月地消耗，又夜以继日地煎熬，因此曹操害怕作文有伤性命，陆云感叹运思使精神困乏，都不是无稽之谈啊。

原文

　　夫学业在勤，故有锥股自厉①；志于文也，则申写郁滞②，故宜从容率情，优柔适会③。若销铄精胆④，蹙迫和气⑤，秉牍以驱龄⑥，洒翰以伐性⑦，岂圣贤之素心⑧，会文之直理哉⑨！且夫思有利钝⑩，时有通塞，沐则心覆⑪，且或反常；神之方昏，再三愈黩⑫。是以吐纳文艺⑬，务在节宣⑭，清和其心，调畅其气，烦而即舍，勿使壅滞⑮。意得则舒怀以命笔⑯，理伏则投笔以卷怀⑰，逍遥以针劳⑱，谈笑以药倦，常弄闲于才锋，贾余于文勇⑲，使刃发如新⑳，腠理无滞㉑，虽非胎息之万术㉒，斯亦卫气之一方也。

注释

① 锥股自厉：用苏秦发奋攻读的典故。厉：鞭策。
② 申：通"伸"，舒展。郁滞：郁闷。
③ 优柔：宽舒。适会：适应创作的时机。
④ 销铄：熔化，此指消耗。精胆：意即精神。
⑤ 蹙（cù）：迫促。
⑥ 秉牍：操持简牍。秉，持。驱龄：使年寿短促。
⑦ 洒：挥。翰：笔。伐性：伤害性命。
⑧ 素心：本心。
⑨ 会文：指写作。直：正。
⑩ 利钝：顺利和迟钝。
⑪ 沐则心覆：用晋文公重耳的典故。意思是说洗头时弯腰低头，心位不正，所思所想必然与正常情况相反。
⑫ 黩（dú）：昏乱。

309

⑬ 吐纳文艺：指写作。

⑭ 节：调节。宣：宣导，发抒使畅快。

⑮ 壅滞：阻塞不通。

⑯ 命笔：提笔创作。

⑰ 投笔：放下笔。卷：收起。

⑱ 逍遥：优游自得。针：用针刺来医治。

⑲ 贾（gǔ）：原意为"买"，此指"卖"。余：多余。

⑳ 刃发如新：《庄子·养生主》"刀刃若新发于硎（磨刀石）"，说刀刃像刚磨快一样。

㉑ 腠理：肌肉纹理，此喻思路。滞：阻碍不通。

㉒ 胎息：古代养生的一种气功。万术：万全之术。

译文

　　钻研学问在于勤奋，所以古代有用锥子刺股来鞭策自己的人；而有志于作文的，是要排遣内心的郁闷，所以应从容不迫地随顺情意，宽缓安舒地适应时机。假如消耗精力，使和顺之气不得舒展，拿着简牍来催命，挥动笔杆来伤身，这哪里是圣贤的本来心愿，创作的正确道理啊！况且构思有顺利和迟钝之分，思路有通畅或阻塞之时，洗头时心的位置颠倒，尚且会有反常的想法；精神正昏乱时，再三思索反而越发糊涂。因此进行创作时，务必要使精神得到调节宣导，使心境清静和顺，体气调和通畅，内心烦乱就应停止，不要使思路阻塞不通。意有所得就提笔抒写情怀，思理不畅就搁笔停止思考，优游自得以消除劳累，谈笑风生以医治疲倦，常常在悠闲中显露创作的才锋，写完之后仍有多余的精力，使文思像磨好的刀锋那样锐利，意绪顺畅不受阻碍，这虽然不是胎息之类的万全之术，却也是养气的一种方法。

原文

> 　　赞曰：纷哉万象，劳矣千想。玄神宜宝，素气资养①。水停以鉴，火静而朗②。无扰文虑，郁此精爽③。

注释

① 玄神：内在的精神。素气：元气。资：依靠。

② 鉴：照。静：指火焰不被吹动。

③ 郁：郁积，积聚。精爽：指清明的精神状态。

译文

　　赞词说：万事万物纷纭复杂，千思万虑实在劳神。内在精神应该珍惜，人的元气需要保养。水静止不动才能照影，火不被吹动才能明亮。不要扰乱创作的思虑，保持精神的清明状态。

附会 第四十三

题解

《附会》的"附"是附着，使文辞紧密附着于文意；"会"是会合，把文意会合成一个整体。"附会"就是"附辞""会义"的意思，即使文章通篇相附着而会合成一个整体。本篇主要论述创作中谋篇命意、布局结构的问题。首先讲"附会"的含义、必要性和写作构思的基本原则。"附会"是通过结构剪裁缝合，形成整篇作品。借人体为喻，提出以"情志为神明""事义为骨髓""辞采为肌肤""宫商为声气"，正确地阐述了作品思想内容和文辞形式的关系。其次说明"附会"辞义，要抓住纲领，使诸多的义理言辞材料，得到妥贴安排，通篇考虑。指出文章的表现情况各殊，作者才分不同，但一定要注意着眼全局，使全篇统绪不离中心，义脉流畅，避免纷乱偏枯之病。并以骊牡驾车为喻，认为善于附会者如同高明的驭者那样，抓住马缰绳，能把骊马的力量统一起来。最后说明善于不善于附会，效果截然不同，并举前人写作事例作证。指出文章的结尾很重要；结尾不好，文章就缺乏余味，所以要注意做到首尾呼应，使通篇生色。

原文

何谓"附会"？谓总文理①，统首尾②，定与夺③，合涯际④，弥纶一篇⑤，使杂而不越者也⑥。若筑室之须基构⑦，裁衣之待缝缉矣⑧。夫才童学文，宜正体制⑨，必以情志为神明，事义为骨髓⑩，辞采为肌肤，宫商为声气；然后品藻玄黄⑪，摛振金玉，献可替否，以裁厥中：斯缀思之恒数也。

注释

① 总：总领。文理：文章条理。

② 统：统贯。

③ 与夺：给予和剥夺，此指取舍。

④ 涯际：边际，此指文章上下相承接之处。

⑤ 弥纶：弥缝经纶，即组织经纬的意思。纶，经纶，整理丝缕。

⑥ 杂而不越：指内容文辞虽丰富复杂却不纷乱。越，超出适当的位置。

⑦ 基：基础。构：结构。

⑧ 缝缉：缝合。

⑨ 体制：包括思想内容、文辞形式和风格方面的规格要求。

⑩ 事义：作品所写的事情及其意义。

⑪ 品藻：原意为品评，此指藻饰。玄黄：色彩，此指辞采。

译文

　　什么叫作附会？就是总领文章条理，统贯首尾，决定取舍，连接文章各部分，组织成一个整体，使内容文辞虽复杂丰富但不显纷乱。就如建筑房屋须有基础和框架，裁制衣服有待缝合一样。学童学习作文，应该端正体制，一定要以自己的情志作为作品的精神，以所写的事情及意义作为作品的骨骼，以辞句的文采作为作品的肌肤，以文字的音韵声律作为作品的声气；然后留意文字的藻饰，追求音韵的谐和，选用合适的，去掉不妥的，做到恰到好处：这是为文构思不变的方法。

原文

凡大体文章①，类多枝派②，整派者依源③，理枝者循干④。是以附辞会义，务总纲领，驱万涂于同归，贞百虑于一致⑤。使众理虽繁，而无倒置之乖；群言虽多，而无棼丝之乱。扶阳而出条，顺阴而藏迹⑥，首尾周密，表里一体：此附会之术也。夫画者谨发而易貌，射者仪毫而失墙⑦，锐精细巧⑧，必疏体统⑨。故宜诎寸以信尺⑩，枉尺以直寻，弃偏善之巧，学具美之绩：此命篇之经略也。

注释

① 大体文章：指篇幅较长的文章。

② 类：大抵，都。枝：树的分枝。派：水的支流。

③ 整：整治。

④ 理：整理。

⑤ 贞：正，有调整之意。

⑥ "扶阳"二句：这里指应该明显说出的辞义，理应含而不露的意旨。

⑦ 谨发：细心地描画毫发。易：改变。仪：望。

⑧ 锐精：聚精会神。

⑨ 体统：整体。

⑩ 诎（qū）：屈。信（shēn）：通"伸"，伸直。

译文

凡是篇幅长的作品，大都有许多分支流派，整治支流要依循源头，治理分支要顺着主干。因此，要把作品的内容和文辞连缀聚合起来，务必抓住纲领，使千万条道路归总于一个目标，使众多的意念统一为一个主旨。使表达的义理虽然丰富，却没有前后颠倒的差错；通篇的文辞虽然繁多，却没有乱丝般的纷扰。该明确表达的就说得畅达，该含而不露的就说得隐约，开头至结尾都要周密，里外要一致：这就是附会的方法。绘画的人一味描画毛发整体形貌便会失真，射箭的人只见毫毛却不见整堵墙壁，聚精会神于细微之处，对整体必然有所疏忽。所以宁可屈一寸而保证一尺直，宁可屈一尺而保证一寻直，宁可放弃局部的细巧，也要学会使整体完美的功夫：这是谋篇布局的概要。

原文

夫文变无方①，意见浮杂，约则义孤②，博则辞叛③，率故多尤④，需为事贼⑤。且才分不同，思绪各异，或制首以通尾⑥，或尺接以寸附⑦，然通制者盖寡⑧，接附者甚众⑨。若统绪失宗⑩，辞味必乱，义脉不流⑪，则偏枯文体⑫。夫能悬识腠理⑬，然后节文自会⑭，如胶之粘木，石之合玉矣。是以驷牡异力，而六辔如琴⑮；并驾齐驱，而一毂统辐；驭文之法，有似于此。去留随心，修短在手，齐其步骤，总辔而已。

注释

① 方：常。
② 约：简单。孤：单薄。
③ 博：繁复。叛：乱。
④ 率：草率。尤：过失。
⑤ 需：迟疑。贼：害。
⑥ 制首以通尾：指创作时从整体着眼，从开篇贯通至结尾。
⑦ 尺接以寸附：指创作时缺乏全局考虑，一段段、一句句不连贯地写。
⑧ 通制：即"制首以通尾"。
⑨ 接附：即"尺接以寸附"。
⑩ 统绪：统领各种头绪。宗：主，指文章的纲领。
⑪ 义脉：内容的脉络。流：畅通。
⑫ 偏枯：半身不遂。
⑬ 悬识：深识。悬：远。此有高明深刻之意。腠理：肌肉的纹理，此喻文章的条理。
⑭ 节文：音韵节奏和文采。会：合。
⑮ 驷（sì）：一车所驾之四马。牡：雄兽，此指雄马。辔（pèi）：马缰绳。

译文

文章的变化没有定规，作者的想法也浮泛纷杂，简单了内容单薄，繁复了文辞杂乱，草率了过失就多，迟疑了便会坏事。况且作者才分不同，所想各异，有的能着眼全局首尾贯通，有的却分段逐句拼写毫不连贯，然而能通辖首尾的作者极少，分段逐句拼写的作者很多。如果各种头绪失去了统帅的纲领，那么文辞的意味必然杂乱，内容的脉络不会畅通，文章也就会半身不遂缺乏生气。能够深明作文的条理，然后音节文采能自然会合，就像胶能粘木，石可包玉那样。因此拉车的四马虽然各自用力，但控制六根缰绳却能像弹琴一样和谐。车子之所以进退驰驱，是因为三十辐共一毂；驾驭文章的写作方法，也与此相似。材料的取舍决定于作者的心意，是长是短全出自作者的手笔，要节制调整车马的步调，全在控制缰绳而已。

原文

故善附者异旨如肝胆①，拙会者同音如胡越②。改章难于造篇，易字艰于代句。此已然之验也。昔张汤拟奏而再却，虞松草表而屡谴，并事理之不明，而词旨之失调也。及倪宽更草③，钟会易字④，而汉武叹奇，晋景称善者⑤，乃理得而事明，心敏而辞当也。以此而观，则知附会巧拙，相去远哉！

注释

① 善附：善于附会。异旨：指不同的写作材料。肝胆：比喻联系密切。
② 拙会：拙于附会。同音：指密切相关的写作材料。胡越：胡地在北方，越地在南方，比喻相互关系疏远。
③ 倪宽：西汉大臣，时为廷尉府小吏。更：重新。
④ 钟会：三国魏大臣。
⑤ 晋景：司马师，三国魏权臣，西晋建立后被追尊为景帝。

译文

所以善于附会的人能使各种材料如肝胆那样紧密结合，不善于附会的人会把相关的材料处理得如同胡地越地那样毫不相关。改文章有时比写文章更为艰难，换一字有时比换一句更不容易。这是已经被事实证明了的。从前张汤草拟疏奏两次被退回，虞松起草章表屡遭责备，都是由于道理和事情不够明白，文辞和意旨有失协调。等到倪宽替张汤重新起草，钟会为虞松改动几字，于是汉武帝便赞叹称奇，晋景帝便称扬说好，那是因为修改后道理得当事情明白，文思敏捷措辞得体。由此可知，附会的巧妙与拙劣，结果相差极远！

原文

若夫绝笔断章，譬乘舟之振楫①；会词切理，如引辔以挥鞭。克终底绩②，寄深写送。若首唱荣华，而腾句憔悴③，则遗势郁湮④，余风不畅，此《周易》所谓"臀无肤，其行次且"也⑤。惟首尾相援，则附会之体，固亦无以加于此矣。

注释

① 振：收。楫（jí）：船桨。
② 克终：有始有终。克，能。底（zhǐ）绩：致绩，获得成绩。

③ 媵（yìng）句：指作品的结尾。媵，随嫁的人。憔悴：形容写得没有光彩。

④ 遗势：结尾的气势。郁：郁滞。湮（yān）：塞。

⑤ 次且（zī jū）：同"趑趄"，行走困难。

译文

至于一篇文章的结尾，一章的结句，就像乘船的收拾船桨；连缀文辞切合事理，则像是骑马要拉缰挥鞭。有始有终才能获得成功，寄托深意要有含蓄不尽之势。如果开端写得很有光彩，而结尾缺乏生气，那么最后文势受阻，文气不畅，这就像《周易》中所说的"臀部没有肌肤，走路就很困难"了。只有首尾呼应，那么附会的作用，确实没有什么能够超过它的了。

原文

赞曰：篇统间关，情数稠叠①。原始要终，疏条布叶②。道味相附，悬绪自接③。如乐之和，心声克协④。

注释

① 篇统：指全篇文辞内容的统筹安排。间关：此指艰难。情数：内容情理。稠叠：繁多复杂。

② 原始要终：犹从头至尾。疏条布叶：比喻有条理地安排内容文辞。疏，分。

③ 道：道理，指内容。味：意味。附：相合。悬绪：悬隔的头绪。悬，远，指不连贯。

④ 心声：指作品的语言文辞。克：能。

译文

赞词说：统筹安排全篇文章非常艰难，因为文章的内容情理复杂繁多。要自始至终有条理地安排内容文辞，就像枝条扶疏树叶舒展。文章的内容和意味互相结合，不连贯的头绪自会连接。就像音乐必须和谐，文章的言辞也要能够协调。

总术 第四十四

题解

《总术》的"总"，是"总合""总会"或"汇总"，即综合概括的意思；"术"，是指文章的大体、大要、纲领之要，即文学创作的原则和方法。"总术"即关于写作之术的总论。本篇论述掌握作文之术的重要性。首先讲"文"和"笔"之分。文章区分为有韵之文、无韵之笔，始于近代（指晋宋）。接着引颜延年的意见而予以批驳。颜延年认为经书质朴少文，是言而非笔，刘勰认为经书也有文采，口头语才叫言，不能用言、笔来区分经、传。其次讲"研术"的重要意义。指出陆机《文赋》讨论虽称详尽，但有"实体未该"之失。文苑之中，有些作者写得好，有些作者却存在种种毛病，所以一定要注意掌握作文之大体。最后讲"执术"即掌握写作方法的必要。认为掌握了术，犹如善于弈棋的人，有一定的方法，可以"因时乘机，动不失正"，不像博塞者靠侥幸取胜。后面又指出文体之术多种多样，要注意把全篇弥缝组合得好，不要因个别局部处理不当而致全文解体。

原文

今之常言，有"文"有"笔"，以为无韵者"笔"也，有韵者"文"也。夫文以足言，理兼《诗》《书》①，别目两名②，自近代耳③。颜延年以为④："笔"之为体，言之"文"也；经典则"言"而非"笔"，传记则笔而非言⑤。请夺彼矛，还攻其盾矣⑥。何者？《易》之《文言》⑦，岂非"言"文？若"笔"果言"文"，不得云经典非"笔"矣。将以立论，未见其论立也。予以为：发口为"言"，属翰曰"笔"⑧，常道曰经，述经曰传。经传之体，出"言"入"笔"，"笔"为"言"使，可强可弱。六经以典奥为不刊⑨，非以"言""笔"为优劣也。昔陆氏《文赋》⑩，号为曲尽；然泛论纤悉，而实体未该。故知九变之贯匪穷⑪，知言之选难备矣。

注释

① 《诗》《书》：《诗经》和《尚书》，前者为韵文，后者为无韵之文。

② 别目两名：分为文和笔两种名称。目：名称。

③ 近代：指晋宋。

④ 颜延年：晋宋间文学家颜延之，字延年。以下引文已佚。

⑤ 传记：指注解阐发经典的著作。

⑥ "请夺"二句：即《韩非子·难一》中自相矛盾典故。此谓颜延之不能自圆其说。

⑦ 《文言》：《周易》"十翼"中的一篇，相传"十翼"为孔子阐述《易经》而作。

⑧ 属翰：用笔写出来。

⑨ 不刊：不可删改。

⑩ 陆氏：陆机，西晋文学家。

⑪ 九变之贯：谓文章变化多端。九，指多。贯，一贯，指不变之"术"。匪，通"非"。

译文

今人常说，文章有文和笔两种，认为无韵的是笔，有韵的是文。文本来是用以补充和修饰语言的，按理应包括有韵的《诗经》和无韵的《尚书》在内，因有韵和无韵之不同而分文和笔两种名称，是从近代开始的。颜延之认为：笔这种文体，是有文采的言；经典是言而不是笔，传记是笔而不是言。让我用他的矛，反过来攻他的盾吧。为什么这么说呢？《周易》中的《文言》，难道不是有文采的言？假如笔果真是有文采的言，便不能说经典不是笔了。要用经典是言、传记是笔来立论，看不出这个论点能够成立。我认为：说出口的是言，写下来的是笔，讲述恒久不变之道的是经典，阐述经典的是传。经传的体裁，已不是言而是笔，笔将语言记录下来，文采可多可少。六经因为典正深奥而成为不可删改的著作，不是用言或笔来区分优劣的。从前陆机的《文赋》，论述号称委曲详尽；然而泛泛而论，只对细微问题作了详尽的阐述，但对各种文体及其基本要求谈得却不周全。所以知道不彻底通晓变化万端中有不变的作文方法，要精通文章写作的道理也就难了。

原文

凡精虑造文，各竞新丽，多欲练辞，莫肯研术。落落之石，或乱乎玉；碌碌之玉，时似乎石①。精者要约②，匮者亦鲜③；博者该赡④，芜者亦繁；辩者昭晰⑤，浅者亦露；奥者复隐⑥，诡者亦曲⑦。或义华而声悴⑧，或理拙而文泽⑨。知夫调钟未易⑩，张琴实难⑪。伶人告和⑫，不必尽窕槬之中⑬；动角挥羽，何必穷初终之韵⑭？魏文比篇章于音乐⑮，盖有征矣。夫不截盘根，无以验利器；不剖文奥，无以辨通才。才之能通，必资晓术。自非圆鉴区域⑯，大判条例，岂能控引情源，制胜文苑哉！

注释

① 落落：形容鄙贱、众多。碌碌：即琭琭，形容珍贵、稀少。
② 要约：扼要简约。
③ 匮：贫乏。
④ 该：完备。赡：富足。
⑤ 昭晰：明白。
⑥ 复隐：复杂含蓄。
⑦ 诡：怪异。
⑧ 义华：意义美好。声悴：声情欠缺。
⑨ 理拙：情理拙劣。文泽：文辞光彩。
⑩ 调钟未易：编钟铸造好后须调整音律，若音律不调，就得重铸。
⑪ 张琴：在琴上张弦定音。
⑫ 伶人：乐工。
⑬ 窕槬（tiǎo huà）之中：语出《左传·昭公二十一年》。据杜预注，窕是音细，槬是音大。
中：适中。
⑭ 动、挥：指弹琴。角、羽：指五音。穷：尽，此有完全合乎之意。
⑮ 魏文：魏文帝曹丕。
⑯ 圆：全面。鉴：明察。区域：指各种文体的区别和特色。

译文

凡是精心构思作文的，都竞相追求新颖绮丽，大多注意文辞的选择，不肯钻研作文的要领。许多平凡的玉，常与石头混杂；有些珍稀的石头，又时常被当作玉。文章精炼的写得扼要简约，贫乏的也写得篇幅短小；广博的写得完备丰富，芜杂的也写得文辞繁多；善辩的写得清楚明白，肤浅的也写得辞义显露；深奥的写得复杂含蓄，怪异的也写得曲折晦涩。有的意义美好而声情不足，有的情理拙劣而文辞光彩。于此可知调节钟的声律并不容易，理好琴弦确实困难。乐工说声音调好了，不一定大小高低都恰到好处；弹奏出的各种音调，怎能从头至尾都必定合律？魏文帝曹丕把文章比音乐，是有根据的啊。不截断盘曲的树根，就无从检验斧锯的锋利；不剖析文章的奥妙，就不能辨别写作才能的精通。写作才能的精通，一定要靠通晓作文的要领。如果不能全面地明察各体文章的区别和特色，彻底剖析各体文章的体制特色和规格要求，又怎能驾驭情感的抒发，在文坛上取得成功呢！

原文

是以执术驭篇，似善弈之穷数①；弃术任心，如博塞之邀遇②。故博塞之文，借巧傥来③，虽前驱有功，而后援难继；少既无以相接，多亦不知所删，乃多少之并惑，何妍蚩之能别乎④？若夫善弈之文，则术有恒数，按部整伍，以待情会⑤。因时顺机，动不失正。数逢其极，机入其巧，则义味腾跃而生，辞气丛杂而至。视之则锦绘，听之则丝簧⑥，味之则甘腴⑦，佩之则芬芳。断章之功⑧，于斯盛矣。

注释

① 弈：围棋。穷：精通。数：技巧。
② 博塞：古代赌胜负的游戏。邀遇：碰运气。
③ 傥（tǎng）来：意外得来。
④ 妍蚩（chī）：好坏。制：控制，掌握。
⑤ 情会：情感兴会。
⑥ 丝簧：指美妙的音乐。丝，弦乐器。簧，管乐器。
⑦ 甘腴：味美的食物。甘，甜。腴，肥。
⑧ 断章：指写作。

译文

因此掌握要领来驾驭写作，就像善于下棋的人讲究技巧；抛弃要领任意创作，犹如赌胜负的游戏那样凭运气。所以像赌胜负的游戏那样写作，只是凭运气偶然写得好，即使前面写得好，后面也难以为继；写得少了固然无法继续增加，多了也不知如何删节，不管写多写少都感到困惑，又怎么能够掌握写作的好坏呢？至于像善于下棋那样的写作，掌握要领有一定的技巧，按部就班地作好准备，以等待情感兴会。顺应时宜抓住机会，每个步骤都不背离正道。技巧运用到极熟练的地步，机会又掌握得极其巧妙，那么作品的意味就会奔腾踊跃而生，文辞气势也将纷至沓来。看上去如锦绣彩绘那样美丽，听起来像弦管合奏那样和谐，品尝起来味道甘美，玩赏起来情意芬芳。写作的功效，达到这种程度就完足了。

原文

　　夫骥足虽骏，缰牵忌长，以万分一累，且废千里①。况文体多术，共相弥纶②，一物携贰③，莫不解体④。所以列在一篇⑤，备总情变⑥，譬三十之辐，共成一毂⑦。虽未足观，亦鄙夫之见也⑧。

注释

① 骥：骏马。骏：迅速。缰牵：缰绳。累：妨碍。

② 弥纶：综合组成。

③ 携贰：怀有二心，此指与其他方面不协调。

④ 解体：破坏整体。

⑤ 列在一篇：指作《总术》一篇。

⑥ 备总情变：全面总领文情的变化。

⑦ 毂（gǔ）：车轮中心的圆木，外围与车辐相接，中心有圆孔插车轴。

⑧ 鄙夫：刘勰自谦之词。

译文

　　骏马跑得虽快，缰绳却不能过长，缰绳过长相对说来只是小小的不足，尚且会阻碍千里之行。何况文章写作有多种方法，互相综合，共同组成文章，其中一个方面与其他方面配合不协调，文章就不能成为一个整体。所以集中在这一篇里讲文章写作的要领，以此来全面总述文情变化，犹如车轮上的三十根条辐，共同汇聚于车轮的中心。虽然不值一看，也是鄙陋者的一得之见。

原文

　　赞曰：文场笔苑，有术有门。务先大体，鉴必穷源①。乘一总万，举要治繁②。思无定契，理有恒存③。

注释

① 大体：指文章的体制和基本规格要求。鉴：审察。穷源：追溯至源头。

② 乘一总万：掌握最基本的方法以总领一切变化。要：要领。繁：复杂纷繁的情况。

③ 契：规则。

译文

　　赞词说：在文章写作的领域中，是有方法有门径的。一定要先注意文章的体制和基本规格要求，彻底明白最基本的写作方法。掌握基本的方法以总领一切，抓住要领来处理纷繁的情况。文思没有一定的法则，文理却有固定的规律。

时序 第四十五

题解

《时序》的"时"是时代，"序"是顺序。"时序"即时代发展。本篇依据时间先后次序论述历代文学的发展，探讨文学与社会现实的密切关系。首先指出，各时代的文风，有时偏于质朴，有时偏于文华，常有变化。接着指出唐、虞、夏、商、周、西汉、东汉、魏、晋、宋、齐十代诗文特点时，突出地强调不同时代文学在内容、风格、表现形式等方面都各具特色，其根本原因在于特定历史阶段的"世情"和"时序"。如说屈原、宋玉辞赋的文采光艳，是出自当时诸子游说著书、纵横驰骋的风气；西汉文风，主要接受楚辞影响；东汉儒学隆盛，文风趋于华实并重；汉末魏初，社会动荡，文人"志深笔长"，文风"梗概多气"；曹魏后期，玄学抬头，"篇体轻澹"；西晋文风崇尚艳丽，至东晋则玄学昌盛，作品"辞意夷泰"，出语必称老庄。这些都是颇为精当深入的见解，常为后人所称引。于宋齐两代文学，有所回避，故仅作笼统赞美，不予具体评价。

原文

时运交移，质文代变，古今情理，如可言乎！昔在陶唐①，德盛化钧②，野老吐"何力"之谈，郊童含"不识"之歌。有虞继作③，政阜民暇④。"薰风"诗于元后⑤，"烂云"歌于列臣，尽其美者何？乃心乐而声泰也。至大禹敷土，九序咏功，成汤圣敬，"猗欤"作颂。逮姬文之德盛⑥，《周南》勤而不怨⑦；大王之化淳⑧，《邠风》乐而不淫⑨。幽、厉昏而《板》《荡》怒⑩，平王微而《黍离》哀⑪。故知歌谣文理，与世推移，风动于上，而波震于下者也。

注释

① 陶唐：唐尧。

② 化：教化。钧：同"均"。

③ 有虞：虞舜。作：起。

④ 阜（fù）：盛。暇：空闲。

⑤ 薰：温和。元后：元首，指舜。

⑥ 姬文：周文王，姬是姓。

⑦ 《周南》：《诗经》十五《国风》之一。

⑧ 大王：太王，周文王之祖。化：教化。

⑨ 《邠（bīn）风》：即《豳（bīn）风》，《诗经》十五《国风》之一。

⑩ 幽：周幽王。厉：周厉王。《板》《荡》：《诗经·大雅》中的讽刺诗，据《诗序》说，都是讽刺周厉王的，幽王是连类而及。

⑪ 平王：周平王。微：衰微。《黍离》：《诗经·王风》中的篇名，据《诗序》说，是周大夫行役过西周京城，见过去宗庙宫室长满禾黍，哀伤作诗。

译文

时代运数交替变化，文风质朴繁华也代有更迭，古今文风变化的情形和道理，好像是可以谈论的吧！从前在唐尧时代，道德隆盛、教化普及，乡野老人有"尧何力于我"的说法，郊外儿童唱着"不识不知"的歌谣。虞舜继之而起，政治昌盛、人民安闲。虞舜唱了"南风之薰兮"的诗歌，群臣百工也和着唱起了"卿云烂兮"的诗歌，为什么这些作品非常完美呢？是因为心情愉快歌声平和。到大禹分布治理国土，九项政事有条不紊、功德受到歌颂，商汤圣明敬慎，因而有了"猗欤那欤"的颂歌。到周文王时功德盛大，《周南》的诗歌便勤劳而无怨言；周太王的教化淳厚，《邠风》的诗歌就欢乐而不过分。幽王、厉王昏乱，《板》《荡》之诗就蕴含愤怒，平王时周室衰微，《黍离》诗就有了哀伤的情调。所以可知歌谣的内容和风格，是随着时代政治的变化而变化的，犹如风行水上，水面便会兴起波澜。

原文

春秋以后，角战英雄[1]，六经泥蟠[2]，百家飙骇[3]。方是时也，韩、魏力政[4]，燕、赵任权[5]，五蠹、六虱[6]，严于秦令，唯齐、楚两国，颇有文学。齐开庄衢之第[7]，楚广兰台之宫[8]，孟轲宾馆[9]，荀卿宰邑[10]，故稷下扇其清风[11]，兰陵郁其茂俗[12]，邹子以谈天飞誉[13]，驺奭以雕龙驰响[14]，屈平联藻于日月，宋玉交彩于风云。观其艳说，则笼罩《雅》《颂》。故知炜烨之奇意，出乎纵横之诡俗也。

注释

① 角战：角逐。角，较量。

② 泥蟠：龙盘曲伏于泥中，此喻不为人所重。

③ 飙（biāo）：暴风。骇：起。

④ 力政：力征，武力征伐。

⑤ 任权：任用权谋。

⑥ 五蠹（dù）：五种蛀虫，语出《韩非子·五蠹》。六虱：语出《商君书·去强》及《商君书·靳令》。

⑦ 庄衢：大路。第：大住宅。

⑧ 广：扩建。兰台：战国楚国台名。

⑨ 宾馆：作为宾客而住在宾馆中。馆，接待宾客的房舍。

⑩ 荀卿：荀子，名况。战国思想家。宰：主宰。邑：城邑，指兰陵。

⑪ 稷下：齐都城稷门之下，一说齐国稷山之下。扇：扬。

⑫ 兰陵：楚地名，荀子曾任兰陵令。郁：积。茂：美。

⑬ 邹子：邹衍（一作驺衍），战国学者。

⑭ 驺奭（shì）：战国学者。

译文

　　春秋以后，列国争雄，儒家的六经便被埋没，诸子百家如暴风骤起。在这个时期，韩国、魏国崇尚武力征伐，燕国、赵国任用权谋诈术，所谓五种蛀虫、六类虱子，在秦国的法令中被严格禁止，只有齐、楚两国，还有些文化学术。齐国在大路旁为学者修建高门大宅，楚国扩建了兰台宫，孟轲作为贵宾住在齐国的宾馆中，荀况做了楚国的兰陵令，所以齐国的稷下扬起了清新的学风，楚国的兰陵形成了美好的习俗，邹衍因喜欢谈天说地而驰誉当代，驺奭以善于雕镂文采而天下扬名，屈原的作品可与日月争光，宋玉的文采体现于风云的描写。看他们艳丽的文辞，遮盖了《雅》《颂》的光芒。可知那种光彩闪耀的奇妙文思，出于纵横变化的诡异风气。

原文

　　爰至有汉，运接燔书①，高祖尚武②，戏儒简学。虽礼律草创，《诗》《书》未遑③，然《大风》《鸿鹄》之歌④，亦天纵之英作也。施及孝惠⑤，迄于文、景⑥，经术颇兴，而辞人勿用；贾谊抑而邹、枚沈⑦，亦可知已。逮孝武崇儒，润色鸿业，礼乐争辉，辞藻竞骛：柏梁展朝宴之诗⑧，金堤制恤民之咏⑨，征枚乘以蒲轮⑩，申主父以鼎食⑪，擢公孙之对策⑫，叹倪宽之拟奏⑬，买臣负薪而衣锦⑭，相如涤器而被绣。于是史迁、寿王之徒⑮，严、终、枚皋之属⑯，应对固无方，篇章亦不匮，遗风余采，莫与比盛。越昭及宣⑰，实继武绩，驰骋石渠⑱，暇豫文会，集雕篆之轶材⑲，发绮縠之高喻⑳。于是王褒之伦㉑，底禄待诏㉒。自元暨成㉓，降意图籍，美玉屑之谈，清金马之路㉔，子云锐思于千首㉕，子政雠校于六艺㉖，亦已美矣。爰自汉室，迄至成、哀㉗，虽世渐百龄，辞人九变，而大抵所归，祖述《楚辞》㉘，灵均余影㉙，于是乎在。

注释

① 燔（fán）书：指秦始皇焚书。燔，烧。

② 高祖：汉高祖刘邦。

③ 《诗》《书》：《诗经》《尚书》。遑：空闲。

④ 《大风》：《大风歌》，载于《史记·高祖本纪》。《鸿鹄》：《鸿鹄歌》，载于《史记·留侯世家》。

⑤ 施（yì）：延。孝惠：汉惠帝。

⑥ 迄：到。文：汉文帝。景：汉景帝。

⑦ 邹：邹阳，西汉文学家。枚：枚乘，西汉文学家。沈：同"沉"。

⑧ "柏梁"句：传说汉元封三年，武帝与群臣在柏梁台上宴饮，君臣联句成诗，即《柏梁台诗》。

325

⑨ 金堤：黄河堤名，黄河在瓠子口（河南濮阳南）决口时筑。恤：忧。

⑩ 征：征召。蒲轮：用蒲草裹车轮，以减轻颠簸。

⑪ 申：通"伸"，此有提升之意。主父：主父偃，西汉大臣。鼎食：列鼎而食，指豪侈的生活。古代礼制，诸侯列五鼎而食。

⑫ 擢（zhuó）：提拔。对策：即公孙弘的《举贤良对策》。

⑬ 倪宽：汉武帝时廷尉张汤的僚属，替张汤草拟奏文。拟：草拟。

⑭ 买臣：朱买臣，他曾以打柴为生，武帝任他作会稽太守，衣锦还乡。负薪：背着柴草。衣：穿。

⑮ 寿王：吾丘寿王，西汉文学家。

⑯ 严：严助，西汉文学家。终：终军，西汉大臣。枚皋：西汉文学家。属：类。

⑰ 昭：汉昭帝。宣：汉宣帝。

⑱ 石渠：石渠阁，汉宫中藏书处。汉宣帝曾召集学者在此讨论经学。

⑲ 雕篆：指辞赋写作，扬雄《法言·吾子》称辞赋为"童子雕虫篆刻"。轶材：过人之才。轶，超越。

⑳ 绮：有花纹的丝织品。縠（hú）：薄纱。

㉑ 王褒：西汉文学家。伦：辈。

㉒ 底禄：致禄，即得到俸禄做官。待诏：等候诏书，即伺应召对之意。

㉓ 元：汉元帝。暨：到，至。成：汉成帝。

㉔ 金马：金马门，汉官署门，旁边有铜马，征士特别优异者在此待诏。

㉕ 子云：西汉文学家扬雄的字。千首：指赋。

㉖ 子政：西汉学者刘向的字。六艺：六经，这里代指典籍。

㉗ 成：汉成帝。哀：汉哀帝。

㉘ 祖述：继承。

㉙ 灵均：屈原的小字。

译文

　　到了汉代，世运紧接着秦始皇的焚书，汉高祖崇尚武功，戏弄儒生轻视学术。虽然礼仪法律刚开始创立，无暇顾及《诗》《书》等典籍的研究，然而汉高祖的《大风歌》《鸿鹄歌》，也可算是出于自然的杰作了。传到孝惠帝，直至文帝、景帝，经学逐渐兴起，但辞章之士仍不被重用；贾谊受压制，邹阳、枚乘地位低下，也可知一斑了。到武帝尊崇儒学，用文辞修饰汉代大业，这时礼乐制度竞相辉映，文采辞藻争相华丽：柏梁台上君臣饮宴联句成诗，金堤边天子创作了忧民的歌咏，用安车蒲轮去征召枚乘，以高官厚禄来提升主父偃，特例提拔公孙弘应诏的对策，由衷赞叹倪宽草拟的奏章，朱买臣由背柴贩卖到衣锦还乡，司马相如从洗酒器卖酒到穿上绣衣做官。这时期司马迁、吾丘寿王等人，严助、终军和枚皋之辈，口头上固然善于应对，写作的

文章也不少，他们遗留下文采风流，后代没有比这个时期更兴盛的了。经过昭帝到宣帝时代，确实继承了武帝的业绩，文士们在石渠阁纵论经学，闲暇时聚会论文，集中了辞赋写作的杰出人才，发表了辞赋比有花纹的薄纱更有用的高妙比喻。这时候王褒之类的文人，都在等候召对时获得了俸禄。从元帝到成帝，都留心典籍，崇尚议论文章的美妙言谈，扫清金马门前的通道来延揽文士，扬雄锐意构思创作辞赋，刘向奉诏整理皇家图书，也美盛一时了。从汉朝兴起，到成帝、哀帝，虽说时代已过了百年，文学家有很多变化，然而创作的大体趋向，无不继承《楚辞》的传统，屈原留下的影子，这时始终存在。

原文

自哀、平陵替①，光武中兴②，深怀图谶，颇略文华。然杜笃献诔以免刑③，班彪参奏以补令④；虽非旁求，亦不遐弃。及明、章叠耀⑤，崇爱儒术，肆礼璧堂⑥，讲文虎观⑦。孟坚珥笔于国史⑧，贾逵给札于瑞颂⑨，东平擅其懿文⑩，沛王振其通论⑪；帝则藩仪⑫，辉光相照矣。自和、安以下⑬，迄至顺、桓⑭，则有班、傅、三崔⑮，王、马、张、蔡⑯，磊落鸿儒，才不时乏。而文章之选，存而不论。然中兴之后，群才稍改前辙⑰，华实所附，斟酌经辞，盖历政讲聚，故渐靡儒风者也。降及灵帝⑱，时好辞制⑲，造皇羲之书⑳，开鸿都之赋㉑，而乐松之徒，招集浅陋㉒，故杨赐号为驩兜㉓，蔡邕比之俳优㉔，其余风遗文，盖蔑如也。

注释

① 陵替：纪纲废弛，此指衰落。

② 中兴：指光武帝建立东汉政权。

③ 杜笃：字季雅，东汉文学家。诔：哀悼死者的文章。

④ 班彪，字叔皮，东汉文学家。参：参与。令：县令。

⑤ 明：汉明帝。章：汉章帝。

⑥ 肄（yì）：学习。璧：指璧雍（又作辟雍），古代大学。堂：指明堂，古代帝王宣明政教的地方。

⑦ 虎观：白虎观，汉章帝曾在此召集学者讲论经学。

⑧ 孟坚：班固的字。珥笔：古代史官入朝时插笔于冠侧，以便随时记录。珥，插。国史：指班固《汉书》。

⑨ 贾逵：东汉学者、文学家。瑞颂：指《神雀颂》。

⑩ 东平：指东汉东平王刘苍，谥宪。懿：美。

⑪ 沛王：东汉沛王刘辅，谥献。通论：指刘辅的《五经论》，当时有《沛王通论》之称。

⑫ 帝则：皇帝作出法则。藩仪：诸侯藩王作出表率。

⑬ 和：汉和帝。安：汉安帝。

⑭ 顺：汉顺帝。桓：汉桓帝。

⑮ 班：班固。傅：傅毅。三崔：崔骃、崔瑗、崔寔。

⑯ 王：王延寿。马：马融。张：张衡。蔡：蔡邕。

⑰ 辙：车轮留下的痕迹，喻文章的写作风格。

⑱ 灵帝：汉灵帝。

⑲ 时好辞制：当时爱好文章辞赋。

⑳ 造皇羲之书：《后汉书·灵帝纪》载："帝好学，自造《皇羲篇》五十章。"

㉑ 鸿都：鸿都门，汉代藏书和讲学之处。

㉒ 浅陋：指无行趋势，喜陈方俗闾里小事之徒。

㉓ 杨赐：东汉大臣。驩（huān）兜：唐尧时恶人，与共工一起作恶，被舜放逐。

㉔ 蔡邕：东汉文学家。俳优：以乐舞谐戏的艺人。

译文

自从哀帝、平帝时汉朝急剧衰落，到光武帝时才得以中兴，他非常看重符命占验之类的东西，对文章辞采有所忽略。然而杜笃因献诔文得以免刑，班彪替窦融起草奏文被补任为县令；虽说没有多方搜求文士，也并不疏远抛弃他们。到明帝、章帝先后重视文章学术，他们尊崇喜爱儒学，明帝在辟雍、明堂习礼，章帝在白虎观讲论经学。这时班固从事国史的著述，贾逵奉命作《神雀颂》，东平王刘苍擅长写美好的文章，沛献王刘辅发表了《五经论》；皇帝树立法则，藩王作出表率，光辉互相照耀映现。从和帝、安帝以下，到顺帝、桓帝，其间有班固、傅毅、崔骃、崔瑗、崔寔，还有王延寿、马融、张衡、蔡邕，众多的大儒，每一时期都不乏人才。至于他们的具体作品，这里就不再加以选列评论了。然而光武帝建立东汉以后，文人们稍稍改变了前代的文风，作品无论华丽朴实都有所据，他们参酌采用儒家经典中的文辞，那是因为经历过帝王召集讲论经学之后，文风因此渐渐受到了儒学的影响。到了灵帝时代，他

当时喜欢辞赋文章，自己作了《皇羲篇》，大开鸿都门以延揽辞赋作者，而乐松等人，又招来一批浅薄无学之人，所以杨赐称他们为骡兜，蔡邕把他们比作调笑取乐的艺人，他们遗留的风气和写出的作品，实在不足称道了。

原文

　　自献帝播迁①，文学蓬转②，建安之末③，区宇方辑④。魏武以相王之尊⑤，雅爱诗章⑥；文帝以副君之重⑦，妙善辞赋；陈思以公子之豪⑧，下笔琳琅⑧；并体貌英逸⑨，故俊才云蒸⑩。仲宣委质于汉南⑪，孔璋归命于河北⑫，伟长从宦于青土⑬，公幹徇禄于海隅⑭，德琏综其斐然之思⑮，元瑜展其翩翩之乐⑯。文蔚、休伯之俦⑰，子叔、德祖之侣⑱，傲雅觞豆之前⑲，雍容衽席之上⑳，洒笔以成酣歌㉑，和墨以藉谈笑㉒。观其时文，雅好慷慨，良由世积乱离㉓，风衰俗怨，并志深而笔长㉔，故梗概而多气也㉕。至明帝纂戎㉖，制诗度曲㉗；征篇章之士，置崇文之观㉘；何、刘群才㉙，迭相照耀。少主相仍㉚，唯高贵英雅㉛，顾盼含章㉜，动言成论。于时正始余风㉝，篇体轻澹㉞，而嵇、阮、应、缪㉟，并驰文路矣。

注释

① 献帝：汉献帝，东汉最后一个皇帝。播迁：流离迁徙，指献帝先为董卓所逼，由洛阳迁都长安，后又为曹操挟持，迁都许昌。

② 文学：指文学之士。蓬转：如蓬草般飘转，指文人们四处避难，无所依归。

③ 建安：汉献帝年号。

④ 区宇：国内，指曹操控制的北方。辑：安定。

⑤ 相王：曹操生前为汉献帝丞相，封魏王。

⑥ 雅：一向。

⑦ 副君：指太子，曹丕为魏王太子。

⑧ 琳琅：喻美好。琳，美玉。琅，琅玕（gān），美石。

⑨ 体貌：礼遇。英逸：杰出的文士。

⑩ 云蒸：像云气升腾般地不断涌现。

⑪ 仲宣：王粲的字。委质：意为归顺。汉南：指荆州，因荆州在汉水之南。

⑫ 孔璋：陈琳的字。归命：归顺。

⑬ 伟长：徐幹的字。从宦：做官。青土：青州，指北海。

⑭ 徇质：意同"委质"。海隅：海边，指刘桢原籍东平，东平近海。

⑮ 德琏：应玚的字。综：有运用之意。斐然：有文采的样子。

⑯ 元瑜：阮瑀的字。翩翩：美好的样子。

⑰ 文蔚：路粹的字。休伯：繁（pó）钦的字。俦：辈，类。

⑱ 子叔：邯郸淳的字。德祖：杨修的字。侣：意同"俦"。

329

⑲ 傲雅：傲岸风雅。觞豆：盛酒和盛肉的器具，此指宴饮。觞，盛酒器。豆，盛肉器。

⑳ 雍容：从容大方。衽（rèn）席：指坐席。衽，床席。

㉑ 洒笔：挥笔。酣：畅快。

㉒ 藉：助。

㉓ 良：实在。

㉔ 笔长：长于写作。

㉕ 梗概：大概，即不纤密之意。多气：气盛。

㉖ 明帝：魏明帝。纂戎：即缵戎，继承父祖的大业。纂，通"缵"，继承。戎，大。

㉗ 度曲：作曲。

㉘ 崇文之观：《三国志·魏书·明帝纪》载，魏明帝时，置崇文观，纳善文者。

㉙ 何：何晏，三国魏学者。刘：刘劭，三国魏文学家。

㉚ 少主：指魏明帝以后相继即位的年轻君主：曹芳、曹髦以及曹奂等。

㉛ 高贵：指高贵乡公曹髦。

㉜ 顾盼：看。含章：含有文采。

㉝ 正始余风：指正始年间玄学风气的影响。正始，齐王曹芳的年号。

㉞ 体：风格。轻：浮浅。澹：恬淡。

㉟ 嵇：嵇康。阮：阮籍。应：应璩（qú）。缪（miào）：缪袭。四人都是三国魏文学家。

译文

　　自从汉献帝流离迁徙，文人便像蓬草那样到处飘转，建安末年，天下才得以安定。魏武帝曹操以丞相和魏王的高位，向来喜爱诗章；魏文帝曹丕以魏王太子的重要地位，善于写作辞赋；陈思王曹植以魏王公子的豪气，落笔美不胜收；他们都礼遇杰出的文人，所以有才华的作家纷纷汇聚在他们周围。王粲从汉南来归顺，陈琳从河北来归降，徐幹从青州来做官，刘桢从海边来归附，应场运用他富于藻采的文思，阮瑀展现他优美文采带来的乐趣。路粹、繁钦之类，邯郸淳、杨修等人，也都傲岸风雅于杯酒之前，从容大度于坐席之上，纵笔挥洒成酣畅的诗歌，舞文弄墨为谈笑助兴。观看这个时期的作品，都非常喜欢激昂慷慨，实在由于经历了长期的动乱离散，风教衰微，时俗哀怨，作家们都情志深沉，擅长写作，所以写得概括简要、气势旺盛。到明帝继承父祖的大业，自己写诗作曲；招集能文之士，设立崇文观加以安置；何晏、刘劭等大批有才华的文人，文采交相辉映。明帝以后年轻的皇帝们相继即位，只有高贵乡公英俊风雅，举目便能成文，出口即可为论。这时正始文风的影响仍在，作品风格浮浅轻淡，而嵇康、阮籍、应璩、缪袭，都在当时的文坛上并驾齐驱。

原文

　　逮晋宣始基①，景、文克构②；并迹沈儒雅③，而务深方术④。至武帝惟新⑤，承平受命⑥；而胶序篇章⑦，弗简皇虑⑧。降及怀、愍⑨，缀旒而

已^⑩。然晋虽不文，人才实盛：茂先摇笔而散珠^⑪，太冲动墨而横锦^⑫，岳、湛曜联璧之华^⑬，机、云标二俊之采^⑭，应、傅、三张之徒^⑮，孙、挚、成公之属^⑯，并结藻清英^⑰，流韵绮靡^⑱。前史以为运涉季世^⑲，人未尽才，诚哉斯谈，可为叹息。

注释

① 晋宣：指司马懿，三国魏权臣，他的孙子晋武帝司马炎建立晋朝后，追谥他为晋宣帝。基：指为晋朝的建立奠定基础。

② 景：指司马师，三国魏末权臣，晋朝建立后被追谥为晋景帝。文：指司马昭，三国魏末权臣，晋朝建立后，被追谥为晋文帝。克：能。构：构造，指子承父业，加以扩大。

③ 迹：事迹。沈：同"沉"，沉没，有使其沉沦之意。

④ 务深方术：指倾全力玩弄权术。

⑤ 武帝：晋武帝。惟新：指建立西晋王朝。

⑥ 承平：承继太平。受命：受天命，指代魏称帝，建立西晋王朝。

⑦ 胶序：学校。篇章：辞章。

⑧ 弗简皇虑：指皇帝不加考虑。简：检阅，留意。

⑨ 怀：晋怀帝。愍（mǐn）：晋愍帝。

⑩ 缀旒（liú）：即赘旒，旌旗上缀系的装饰物，喻君主为大臣所挟持，如旗旒为人执持。

⑪ 茂先：张华的字。散珠：比喻作品如珠玉般美好。

⑫ 太冲：左思的字。横锦：比喻文采美如锦绣。

⑬ 岳：潘岳。湛（zhàn）：夏侯湛。联璧：夏侯湛与潘岳友善，两人经常同车出行，连席而坐，"京都谓之连璧"。

⑭ 机：陆机。云：陆云，陆机之弟。标：显示。俊：才子。

⑮ 应：应贞。傅：傅玄。三张：张载、张协、张亢。

⑯ 孙：孙楚。挚：挚虞。成公：成公绥。

⑰ 藻：辞藻。清英：清美。

⑱ 韵：声韵。绮靡：柔美。

⑲ 前史：指前人所著的晋史。季世：末世。

译文

　　到晋宣帝开始奠定晋朝的基业，景帝、文帝能够继承并加以光大；他们都不涉儒雅，而只致力于玩弄权术。到武帝建立新朝，承继太平接受天命，但学校和辞章，却还未被考虑。到了怀帝和愍帝，就像旗旒徒有虚名。然而晋朝虽然不重文，人才却实在很多：张华下笔如珠四散，左思动墨似锦横陈，潘岳、夏侯湛闪耀着双璧的光华，陆机、陆云显示出二位才子的杰出文采，应贞、傅玄、张载、张协、张亢等人，孙楚、挚虞、成公绥之辈，都辞藻清丽，声韵柔美。前代史书认为当时运至末世，这些人都未能充分发挥才华，这话确实有道理，真可令人为之叹息。

原文

　　元皇中兴①，披文建学②，刘、刁礼吏而宠荣③，景纯文敏而优擢④。逮明帝秉哲⑤，雅好文会⑥，升储御极⑦，孳孳讲艺⑧，练情于诰策⑨，振采于辞赋⑩。庾以笔才逾亲⑪，温以文思益厚⑫，揄扬风流⑬，亦彼时之汉武也⑭。及成、康促龄⑮，穆、哀短祚⑯，简文勃兴⑰，渊乎清峻⑱，微言精理，函满玄席⑲，澹思醲采⑳，时洒文囿㉑。至孝武不嗣㉒，安、恭已矣㉓。其文史则有袁、殷之曹㉔，孙、干之辈㉕，虽才或浅深，珪璋足用㉖。自中朝贵玄㉗，江左弥盛㉘，因谈余气㉙，流成文体㉚。是以世极迍邅㉛，而辞意夷泰㉜，诗必柱下之旨归㉝，赋乃漆园之义疏㉞。故知文变染乎世情，兴废系乎时序，原始以要终，虽百世可知也。

注释

① 元皇：晋元帝，东晋第一个皇帝。中兴：指晋元帝建立东晋王朝。

② 披文：翻阅文籍。披，翻阅。建学：指元帝建立太学。

③ 刘：刘隗（wěi）。刁：刁协。礼吏：精通礼法的官吏。

④ 景纯：郭璞的字。擢（zhuó）：提拔。

⑤ 秉哲：具有智慧。秉，持。哲，聪明。

⑥ 雅好文会：《晋书·明帝纪》载，晋明帝天性聪颖，一向喜欢以文会友。

⑦ 储：储君，太子。御极：登极，即帝位。

⑧ 孳孳（zī）：同"孜孜"，不懈怠。艺：六艺，儒家经典。

⑨ 练：熟悉。诰：上对下的文告。

⑩ 振采：发挥文采，指从事创作。

⑪ 庾：庾亮。笔才：指庾亮写表奏一类文章的才能。笔，即表奏之类的无韵之文。逾：通"愈"，更加。

⑫ 温：温峤。益：更加。厚：厚遇。

⑬ 揄扬：宣扬，有提倡之意。揄，引，挥。风流：风雅，指文章学术。

⑭ 彼时：那时，指晋代。

⑮ 成：晋成帝。康：晋康帝。促龄：年寿短促。促，短暂。

⑯ 穆：晋穆帝。哀：晋哀帝。短祚（zuò）：在位时间短。祚，帝位。

⑰ 简文：晋简文帝。

⑱ 渊：深。清峻：清远高峻。

⑲ 亟：屡屡。玄席：谈玄之席。

⑳ 澹思：恬淡的文思。

㉑ 文囿（yòu）：文坛。

㉒ 孝武：晋孝武帝。不嗣：说孝武帝不能继承简文帝的气度风范。

㉓ 安：晋安帝。恭：晋恭帝。已矣：完了。安帝、恭帝都被刘裕所杀。

㉔ 袁：袁宏。殷：殷仲文。曹：辈。

㉕ 孙：孙盛。干：干宝。

㉖ 珪（guī）璋：珍贵的玉器，喻才学。

㉗ 中朝：指西晋。玄：玄学。

㉘ 江左：长江下游以东地区，此指东晋，因东晋建都建康（今南京）。弥：更。

㉙ 因：因循。谈：玄谈。余气：余风。

㉚ 流成：逐渐形成。体：风格。

㉛ 迍邅（zhūn zhān）：艰难。

㉜ 夷泰：平和。

㉝ 柱下：柱下史，周朝官名，相当于后来的御史，因所掌及侍立常在柱下而得名，此指老子，相传他曾为周朝柱下史。旨归：宗旨。

㉞ 漆园：指庄子，曾做过漆园吏。义疏：注解。

译文

　　晋元帝使晋朝中兴，他披阅文籍、建立太学，刘隗、刁协作为精于礼法的大臣而受到尊宠，郭璞因为文思敏捷而得到优待提拔。到了明帝天资聪慧，素来爱好与文士交往聚会，他被立为太子、登上帝位，孜孜不倦地讲论经义，熟谙文诰诏策的写作，创作辞赋标举文采；庾亮因擅长无韵之文而备受亲近，温峤因有为文的情思而更受厚待，明帝的倡导风雅，也可称是那时的汉武帝了。到成帝、康帝享年短促，穆帝、哀帝在位不长，简文帝勃然兴起，才学渊深、清远高峻，微妙的言谈和精深的道理，屡屡充满于玄谈的坐席，恬淡的思致和浓郁的文采，时时挥洒于当时的文坛。到孝武帝时这种风雅已不被继承，安帝、恭帝时东晋也就结束了。论这时的文史，则有袁宏、殷仲文之辈，孙盛、干宝等人，虽说才学有浅有深，也可称得上是珪璋一类的可贵之才了。自从西晋崇尚玄学，到东晋风气更盛，顺着谈玄的余习，逐渐地形成了新的文风。因此当时的时势极其艰难，而文章辞意却显得平和，诗歌必定以老子、庄子为宗旨，辞赋也成了老子、庄子思想的注解。所以知道文风的变化受人情世故的感染，文章的盛衰与时代的兴废息息相关，推原起始、归结终了，即使是百世也可以知晓了。

原文

　　自宋武爱文①，文帝彬雅②，秉文之德③；孝武多才④，英采云构⑤。自明帝以下⑥，文理替矣⑦。尔其缙绅之林⑧，霞蔚而飙起⑨；王、袁联宗以龙章⑩，颜、谢重叶以凤采⑪，何、范、张、沈之徒⑫，亦不可胜数也。盖闻之于世，故略举大较。

注释

① 宋武：宋武帝刘裕，南朝宋王朝的开创者。

② 文帝：宋文帝。

③ 秉：持。文：崇尚文雅。

④ 孝武：宋孝武帝。

⑤ 英采：美好的辞采。云构：形容众多。

⑥ 明帝：宋明帝。以下：指宋后废帝、宋顺帝。

⑦ 文理：此指崇尚文雅的风气。替：衰废。

⑧ 尔其：语词。缙（jìn）绅：指士大夫。

⑨ 蔚：盛。飙：暴风。

⑩ 联宗：家族承传。宗，家族。龙章：龙的文采，喻文采美盛。

⑪ 重叶：几代。凤采：意同"龙章"，喻文采丰富。

⑫ 何：指何长瑜、何承天、何尚之等。范：指范泰、范晔父子。张：指张敷、张永等。沈：指沈达文、沈达远兄弟。

译文

自宋武帝爱好文章，文帝风流儒雅文质彬彬，秉承了崇尚文雅的德行；孝武帝多才多艺，美好的辞采极其丰富。自明帝以后，崇尚文雅的风气就衰废了。宋代士大夫中，文人如云霞涌聚、大风骤起；王、袁两家族中接连产生文章高手，颜、谢两族也几代文人秀士辈出，何长瑜、何承天、范泰、范晔、张敷、张永、沈达文、沈达远等人，也不胜枚举。这些作家都著名于当世，所以约略地举其大概。

原文

暨皇齐驭宝，运集休明。太祖以圣武膺箓①，世祖以睿文纂业②，文帝以贰离含章③，高宗以上哲兴运④：并文明自天，缉熙景祚⑤。今圣历方兴⑥，文思光被；海岳降神，才英秀发；驭飞龙于天衢⑦，驾骐骥于万里⑧。经典礼章，跨周轹汉⑨，唐、虞之文，其鼎盛乎！鸿风懿采，短笔敢陈？飏言赞时⑩，请寄明哲。

注释

① 太祖：齐高帝。膺：受。箓：帝王自称其所谓天赐的符命之书。
② 世祖：齐武帝。睿（ruì）：聪明。纂：继承。
③ 文帝：齐文惠太子萧长懋，死后追尊文帝。贰离：指太子。章：美。
④ 高宗：齐明帝。哲：聪明。
⑤ 缉熙：光明。景祚：洪大的国运。景，大。
⑥ 圣历：指当时在位的皇帝，可能是东昏侯或齐和帝。
⑦ 驭：驾驭。天衢：天街。
⑧ 骐骥：骏马。
⑨ 轹（lì）：超过。
⑩ 飏（yáng）言：大声疾言。

译文

到了大齐掌握国政，国运美好清明。太祖高帝因圣明神武而受天命，世祖武帝因聪明文雅而承大业，文帝身为太子而富有文采，高宗明帝凭超人的智慧使国运兴盛：他们都天生文雅英明，光辉照耀、国运昌隆。现在圣上刚登帝位，文德就广泛遍布；大海高山有神灵降临，杰出的文人才士不断出现；他们像驾驭着飞龙高翔在天街，控引着骏马驰骋万里。礼乐制度和经籍辞章，超越了周朝、汉代，如唐尧虞舜时的文章，兴盛至极了！如此鸿大美好的风采，我的拙劣文笔岂敢陈说？高声赞美这个时代，只好期待高明的人了。

原文

赞曰：蔚映十代，辞采九变^①。枢中所动，环流无倦^②。质文沿时，崇替在选^③。终古虽远，暧焉如面^④。

注释

① 蔚：形容文采华美。十代：指唐尧、虞舜、夏、商、周、汉、魏、晋、宋、齐。九：指多。

② 枢中：中心、关键。枢：门枢，门户的转轴。无倦：无穷。

③ 沿：遵循。崇替：兴废。选（xuǎn）：齐整，意谓合拍。

④ 终古：远古。暧：通"僾"，仿佛。

译文

赞词说：十代文章交相辉映，文辞风貌屡经变化。在时代社会变化的带动下，文风的发展演变流转无穷。质朴或华丽随时而变，盛衰兴废合于社会变化。上古的时代虽然遥远，那时的文风仿佛就在面前。

文心雕龙

物色 第四十六

题解

　　《物色》的"物"是指景物、与人相对的外物；"色"指色彩、声响、状貌、景象。"物色"即外物的声色，即自然景色。本篇首先说明一年四季的气候景物各有不同，人们的感情也随之变化，并以文辞表现出来。其次指出《诗经》作者仔细观察物象，精心运用文辞加以表现，认为它们能做到以简约的词语充分地表现丰富的物色。而《离骚》等楚辞作品，写景词语趋向繁复；司马相如等汉赋家，则更喜欢用一连串的词语来描写山水景物，形成了扬雄所说"辞人之赋丽以淫"的状况。最后总结晋宋以来"文贵形似"的新趋势，提出了一些具体的写作要求：密切结合物象、能抓住物色的要点、继承前人加以创新，到自然中去汲取营养。认为山水风景是启发文思的府库，要人们对此予以重视。

原文

　　春秋代序①，阴阳惨舒②；物色之动，心亦摇焉③。盖阳气萌而玄驹步④，阴律凝而丹鸟羞⑤，微虫犹或入感⑥，四时之动物深矣⑦。若夫珪璋挺其惠心⑧，英华秀其清气⑨，物色相召，人谁获安？是以献岁发春⑩，悦豫之情畅⑪；滔滔孟夏⑫，郁陶之心凝⑬；天高气清，阴沈之志远⑭；霰雪无垠⑮，矜肃之虑深⑯。岁有其物⑰，物有其容⑱；情以物迁⑲，辞以情发。一叶且或迎意⑳，虫声有足引心㉑，况清风与明月同夜，白日与春林共朝哉！

注释

① 春秋：代指四季。代：更替。序：次序。

② 阴阳惨舒：即阴惨阳舒，秋冬阴气肃杀，春夏阳气舒展。

③ 摇：动，指由外在景物引发的心理活动。

④ 萌：萌生。玄驹：蚂蚁。步：走动。

⑤ 阴律：此指阴气，古人用律管辨别气候。律，乐律，有十二律，阳律六，阴律六。丹鸟：也称丹良，萤虫。羞：进，此指捕捉以备食用。

⑥ 入感：感受到。

⑦ 动：感，影响。

⑧ 珪璋：名贵的玉器。挺：突出。惠：通"慧"。

⑨ 英华：美好的花。华，同"花"。秀：开花，此有发出之意。

⑩ 献岁：进入新年。

⑪ 悦豫：悦乐。

⑫ 滔滔：形容阳气盛。孟夏：初夏。

⑬ 郁陶：忧郁。

⑭ 阴沈：阴沉。沈，同"沉"。志：情志。

⑮ 霰（xiàn）：雪珠。垠（yín）：边际。

⑯ 矜肃：庄重严肃。虑：思虑。

⑰ 岁：一年四季。物：景物。

⑱ 容：形貌。

⑲ 迁：改变。

⑳ 迎意：引起感想。

㉑ 引心：触动心思。

译文

　　春夏秋冬依次交替，阴气沉郁阳气舒展；四季景物的变化，使人心情也随之波动。春天阳气萌发，蚂蚁开始活动，秋天阴气凝聚，萤虫准备冬食；微小的昆虫尚且感到气候的变化，四季对万物的影响真是深刻。至于作为有美玉般聪慧心灵、鲜花般清明气质的人，对于景物色彩的感召，谁能无动于衷？因此新年春气萌发，愉悦的心情欢快舒畅；初夏阳气转盛，忧郁的心境烦闷凝结；秋日天高气爽，阴沉的情志广阔辽远；冬天飞雪无边，庄重的思虑严肃深沉。四季有不同的景物，不同的景物有不同的形貌；人的情志随景物变化，文辞则因情志而抒发。一片落叶尚且能引发感触，昆虫鸣声也足以打动人心，何况是清风明月的夜晚，旭日春林的早晨呢！

原文

　　是以《诗》人感物，联类不穷①；流连万象之际②，沈吟视听之区③。写气图貌，既随物以宛转④；属采附声⑤，亦与心而徘徊⑥。故"灼灼"状桃花之鲜⑦，"依依"尽杨柳之貌⑧，"杲杲"为出日之容⑨，"瀌瀌"拟雨雪之状⑩，"喈喈"逐黄鸟之声⑪，"喓喓"学草虫之韵⑫。"皎日""嘒星"⑬，一言穷理⑭；"参差""沃若"⑮，两字连形⑯：并以少总多⑰，情貌无遗矣⑱。虽复思经千载，将何易夺⑲？及《离骚》代兴⑳，触类而长㉑，物貌难尽，故重沓舒状㉒，于是"嵯峨"之类聚，"葳蕤"之群积矣㉓。及长卿之徒㉔，诡势瑰声，模山范水㉕，字必鱼贯㉖，所谓《诗》人丽则而约言，辞人丽淫而繁句也㉗。至如《雅》咏棠华，"或黄或白"㉘，《骚》述秋兰，"绿叶""紫茎"㉙；凡摛表五色㉚，贵在时见，凡青黄屡出，则繁而不珍。

注释

① 联类：联想到类似的事物。

② 流连：依恋不忍离去。万象：万物。

③ 沈吟：沉吟，沉思吟味。沈，同"沉"。

④ 宛转：宛曲随顺，此有随物变化之意。

⑤ 属：连缀。附：附会。

⑥ 徘徊：来回走动，此指反复思考。

⑦ 灼灼：花盛开的样子。

⑧ 依依：枝条柔弱的样子。

⑨ 杲（gǎo）：光明。容：形貌。

⑩ 瀌瀌（biāo）：雪下得大的样子。雨雪：下雪。雨作动词。

⑪ 喈喈（jiē）：众鸟和鸣声。逐：追逐，有模仿之意。黄鸟：黄鹂。

⑫ 喓喓（yāo）：虫鸣声。学：模仿。韵：指虫鸣声。

⑬ 皎：即皦，明亮。嚖（huì）：微小。

⑭ 一言：一字，指上句中的"皎""嚖"。理：事理，此指特点。

⑮ 参差（cēn cī）：长短不齐。沃若：茂密润泽。

⑯ 两字连形：连用两字来形容。

⑰ 总：概括。

⑱ 遗：遗漏。

⑲ 易：更换。夺：除去。

⑳ 代兴：代替《诗经》兴起。

㉑ 触类而长：此指扩大了对事物的描写。触，遇。类，事类。长，增加。

㉒ 重沓：重复繁多。舒：舒展，此指铺陈描写。

㉓ 葳蕤（wēi ruí）：草木繁盛的样子。

㉔ 诡势瑰声：奇异瑰丽的声势。诡，奇异。

㉕ 模、范：依样描绘。

㉖ 鱼贯：如游鱼那样前后相连。指汉赋作品常用一连串字来刻画景物。

㉗ 则：典则。约：简约。辞人：指辞赋家。淫：过分。

㉘ 《雅》：指《小雅》。棠华：指《裳裳者华》。裳，鲜明。华，花。

㉙ 《骚》：此指《楚辞·九歌·少司命》。

㉚ 摛（chī）表：此指描绘。五色：指五种本色。

译文

因此《诗经》的作者为外物所感，便无穷尽地联想到类似的事物；在万象纷呈中流连忘返，对目及耳闻沉思吟味。描写气韵，刻画形貌，既要与外在景物相一致；描绘色彩，模拟声响，也要在内心反复权衡斟酌。所以用"灼灼"来形容桃花的鲜艳，用"依依"来尽现杨柳的形态，"杲杲"是太阳出来的样子，"瀌瀌"模拟大雪纷飞的形状，"嘒嘒"模仿黄鹂宛转的叫声，"喓喓"模仿草虫幽幽的鸣叫。"皎日""嘒星"，是分别用一字来充分表现事物的特性；"参差""沃若"，是连用两字来形容景物的形象：都是用极少的文字来总括丰富的内容，使景物的情状形貌毕现无遗。即使再经千年的思考，又能用什么来加以更换？到《离骚》继《诗经》之后出现，对景物的描写有了增加，景物的形貌难以被完全刻画出来，所以就重复铺陈景物的状貌，这样"嵯峨"之类描写山势的词语大量出现，"葳蕤"之类表现草木的词语也堆积起来了。到了司马相如等人，为追求奇异瑰丽的声势，刻意描摹山水的形貌，拟容状物的词语一个接一个，这就是扬雄所说的诗人的作品美丽典正、用词简约，辞赋家的作品华丽过度、辞句繁芜了。至于《小雅》歌咏盛开的鲜花，说"有的色黄，有的色白"，《离骚》描述秋兰，说到"绿色的叶子""紫色的茎"；凡描摹色彩的字，贵在适当的时候出现，如果青、黄等字屡屡出现，那就繁复而不稀奇了。

原文

自近代以来①，文贵形似。窥情风景之上②，钻貌草木之中③；吟咏所发，志惟深远；体物为妙④，功在密附⑤。故巧言切状⑥，如印之印

泥⑦，不加雕削，而曲写毫芥⑧。故能瞻言而见貌⑨，即字而知时也⑩。然物有恒姿，而思无定检⑪，或率尔造极⑫，或精思愈疏⑬。且《诗》《骚》所标⑭，并据要害，故后进锐笔⑮，怯于争锋⑯。莫不因方以借巧⑰，即势以会奇⑱，善于适要⑲，则虽旧弥新矣⑳。是以四序纷回㉑，而入兴贵闲㉒；物色虽繁，而析辞尚简㉓；使味飘飘而轻举，情晔晔而更新㉔。古来辞人，异代接武㉕，莫不参伍以相变㉖，因革以为功㉗，物色尽而情有余者，晓会通也㉘。若乃山林皋壤㉙，实文思之奥府㉚；略语则阙㉛，详说则繁㉜。然屈平所以能洞监《风》《骚》之情者㉝，抑亦江山之助乎！

注释

① 近代：指晋、宋。

② 窥：观察。

③ 钻：钻研。

④ 体物：描写外物。

⑤ 密附：密合，即文字描写与实际形貌相吻合。

⑥ 切：切合。状：景物的状貌。

⑦ 印之印泥：古人用泥来封住书信，然后在泥上盖印。

⑧ 曲：委曲详尽。毫芥（jiè）：形容极细微处。毫，细毛。芥，小草。

⑨ 瞻：看。

⑩ 即：就。

⑪ 检：法式。

⑫ 率尔：随意，不经心。造：达到。极：极致。

⑬ 精思：精心构思。疏：与"密附"相反，指所写与实际不切合。

⑭ 标：指《诗经》《楚辞》中描写景物的文字。

⑮ 锐笔：文思敏捷者。

⑯ 争锋：比高低。

⑰ 因方：指沿袭《诗经》《楚辞》描写景物的方法。借巧：获得巧妙。

⑱ 即势会奇：顺着文势得到新奇。势，文体之势。会：适逢，有自然得到之意。

⑲ 适要：恰当地抓住要害。

⑳ 弥：更。

㉑ 四序：四季。纷回：循环交替。

㉒ 入兴：引起情感兴致。闲：静，指内心虚静。

㉓ 析辞：指用辞。

㉔ 晔晔：光盛的样子。

㉕ 接武：相继。武，足迹。

㉖ 参（sān）伍：错综。

㉗ 因：沿袭。革：变化。

㉘ 会通：融会贯通。

㉙ 皋壤：沼泽边的洼地，此指原野。
㉚ 奥府：蕴藏深厚的府库。
㉛ 略语则阙：描写简略则不完备。阙，缺。
㉜ 详说则繁：描绘过详则繁冗芜杂。
㉝ 洞监：深察。《风》《骚》：此代指诗歌。

译文

从近代以来，文章重视景物描写的形貌逼真。作者们关注风光景物的情态，钻研花草树木的状貌；发出的吟咏文辞，情志只求深远；描绘外物极尽其妙，全归功于文字贴切。所以工巧的言辞切合景物的状貌，就如印章印在封泥上，不必加以雕削，就能细致入微，丝毫不差。所以能见到文辞就像看到了景物，根据文字就知道所写的季节。然而景物有一定的姿态，而文思则没有定规，有时随意写来却达到了极致，有时精心构思反而更加疏远。《诗经》《离骚》写景都能抓住要害，所以后世文思敏捷的人，都不敢和其一比高低。他们无不依循《诗经》《离骚》的成例以从中取巧，顺着文章的态势来得到新奇，善于恰当地抓住要害，那么即使是前人写过的也能推陈出新。因此，四时景物虽然循环往复纷繁变化，但作者情感兴会的触发却贵在闲静；自然景色虽然丰富繁杂，但措词用语贵在简练；这样就能使文辞的韵味飘飘地油然而生，情采光艳鲜明更显新颖。自古以来的作家，历代相继，无不错综变化，由因袭变革而获得成功，景物有尽而情韵无穷，是由于懂得融会变通。至于山林原野，实在是为文构思的丰富宝库；写得过简则有所欠缺，描绘太详又失之繁芜。然而屈原之所以能深切体察诗歌的情韵，大概也是因为得到了自然山川的帮助吧！

原文

> 赞曰：山沓水匝，树杂云合①。目既往还，心亦吐纳②。春日迟迟，秋风飒飒③。情往似赠，兴来如答。

注释

① 沓：重复。匝（zā）：环绕。
② 吐纳：吸纳，倾吐。
③ 迟迟：和舒的样子。飒飒（sà）：风声。

译文

赞词说：青山重迭，绿水环绕，树木错杂，云气聚合。目光既在景物间流连顾盼，心灵也在其感发下有所倾吐。春天的阳光温暖和舒，秋天的西风飒飒萧瑟。倾注情感就如馈赠，文思涌来好像酬答。

才略 第四十七

题解

《才略》的"才"指才能，"略"指识略。"才略"指作家的才能识略。本篇主要是从文学才略上论历代作家的才能、才华。首先评述虞、夏、商、周时代的作家的才略。如"皋陶六德""夔序八音"以及《五子之歌》等，而《尚书》《诗经》许多作品作者不明，仅作简述。对春秋时代列国外交活动中的一些言辞，因其富有文采，举了若干例子。于战国，除诸子、《楚辞》外，也举了若干游说、上书的例。接着讲两汉作家三十三人，建安、曹魏作家十八人，两晋作家二十五人，既肯定其长处，也指出其短处。说明对于刘宋作家，以其世近，不作具体评述。最后根据以上的评述概括小结，主要说明文人成就的大小和他所处的时代有关。如西汉元封年间、汉末建安年间，由于汉武帝、曹操父子提倡文学，招纳文人，形成"崇文之盛世"，为后人所企羡。

原文

九代之文①，富矣盛矣；其辞令华采，可略而详也②。虞、夏文章③，则有皋陶六德④，夔序八音⑤，益则有赞⑥，五子作歌⑦，辞义温雅，万代之仪表也。商、周之世，则仲虺垂《诰》⑧，伊尹敷《训》⑨，吉甫之徒，并述诗颂⑩，义固为经，文亦足师矣。

注释

① 九代：此指虞、夏、商、西周、春秋、战国、汉、魏、晋九代。

② 略：大要。详：审议。

③ 虞：虞舜。

④ 皋陶（yáo）：虞舜的大臣。

⑤ 夔（kuí）：虞舜时的乐官。序：排次序，引申为掌管。八音：八类乐器：金、石、丝、竹、匏、土、革、木。

⑥ 益：虞舜的大臣。赞：辅佐。

⑦ 五子作歌：《史记·夏本纪》载："帝太康失国，昆弟五人，须于洛汭，作《五子之歌》。"

⑧ 仲虺（huǐ）：商汤的大臣。诰：训戒勉励的文告。

⑨ 伊尹：商汤的大臣。敷：陈说。训：教训。

⑩ 吉甫：尹吉甫，周宣王的大臣。

译文

　　九代的文章，丰富而繁盛；这期间的言辞文采，可以大概地加以评议。虞舜和夏代的文章，有皋陶所说的六德，夔所职掌的八音，益辅佐禹的赞辞，太康五兄弟的《五子之歌》，文辞温和、意义雅正，是后代万世的典范。商、周时代，仲虺传下告诫之辞，伊尹陈说教训之文，尹吉甫等人，都作歌颂功德之诗，这些作品的内容含义固然属于经典，文辞也值得师从。

原文

　　及乎春秋大夫，则修辞聘会①，磊落如琅玕之圃②，焜耀似缛锦之肆③。蒍敖择楚国之令典④，随会讲晋国之礼法⑤，赵衰以文胜从飨⑥，国侨以修辞捍郑⑦，子太叔美秀而文⑧，公孙挥善于辞令⑨，皆文名之标者也。

注释

① 修辞：修饰辞令。聘会：聘问和集会。聘，国与国之间遣使访问。会，诸侯间的集会。

② 磊落：形容众多。琅玕（láng gān）：似珠玉的美石。圃：园圃。

③ 焜（kūn）耀：照耀。缛：文采繁密。肆：商店。

④ 蒍（wěi）敖：即蒍敖，春秋楚国令尹。择：择用。令：善。典：礼，法。

⑤ 随会：即士会，春秋晋国大夫。

⑥ 从飨：随从赴宴。

⑦ 国侨：春秋郑国大夫公孙侨，字子产。

⑧ 子太叔：即游吉，春秋郑国大夫。美：貌美。秀：才秀。

⑨ 公孙挥：春秋郑国大夫。

译文

到了春秋时代的大夫们，在聘问和集会时都修饰辞令，美好的言辞如美石聚集的园圃，光采照耀就像锦绣陈列的店铺。蒨敖选用楚国好的法典，随会讲求晋国的礼法，赵衰因更有文采修养而随从赴宴，子产凭修饰辞令捍卫了郑国，子太叔貌美才秀而有文采，公孙挥善于言辞，他们都是以文采著称的杰出者。

原文

战代任武，而文士不绝：诸子以道术取资①，屈、宋以《楚辞》发采②，乐毅报书辨以义③，范雎上书密而至④，苏秦历说壮而中⑤，李斯自奏丽而动⑥，若在文世⑦，则扬、班俦矣⑧。荀况学宗⑨，而象物名赋⑩，文质相称，固巨儒之情也。

才略 第四十七

注释

① 道术：指各家学说。资：地位、声望等。

② 屈、宋：屈原和宋玉，战国楚国文学家。

③ 乐毅：战国燕国上将军。

④ 范雎：战国时魏人，入秦为昭王相。密而至：意旨隐密而深切。

⑤ 苏秦：战国纵横家。历说：指游说之辞。中：切中。

⑥ 自奏：指李斯的《谏逐客书》。动：动人。

⑦ 文世：崇文之世。

⑧ 俦（chóu）：同辈。

⑨ 荀况：荀子，战国思想家。学宗：学界宗师。

⑩ 象物名赋：《荀子·赋篇》有《礼》《知》《云》《蚕》《箴》五篇，是最早以赋为名的作品。象物：描写物象。

译文

战国时代崇尚武力，而文士也不断出现：诸子以其学术思想取得声誉地位，屈原、宋玉凭借《楚辞》闪烁光采，乐毅给燕王的回信明辨而立论合理，范雎给秦王的上书含蓄而深切，苏秦的说辞雄辩而切中时事，李斯的上书华丽而打动人心，如果在崇尚文章的时代，这些人都会成为扬雄、班固那样的文学大家了。荀况为学界的宗师，又描绘事物命名为赋，有文有质，确实是大儒的情怀。

原文

汉室陆贾①，首发奇采，赋《孟春》而选典诰②，其辩之富矣。贾谊才颖③，陵轶飞兔，议惬而赋清，岂虚至哉？枚乘之《七发》④，邹阳之上书⑤，膏润于笔⑥，气形于言矣。仲舒专儒⑦，子长纯史⑧，而丽缛成文⑨，亦《诗》人之告哀焉⑩。相如好书⑪，师范屈、宋，洞入夸艳，致名辞宗⑫。然覆蔽精意，理不胜辞，故扬子以为"文丽用寡者长卿"⑬，诚哉是言也。王褒构采⑭，以密巧为致，附声测貌，泠然可观⑮。子云属意⑯，辞义最深，观其涯度幽远，搜选诡丽，而竭才以钻思，故能理赡而辞坚矣。

注释

① 陆贾：汉初大臣。
② 典诰：指经典中的言辞。
③ 颖：指突出。
④ 《七发》：枚乘作品名，为"七"体的首创之作。
⑤ 上书：指邹阳的《上吴王书》和《狱中上梁王书》。
⑥ 膏：油脂，比喻文采。
⑦ 仲舒：董仲舒，西汉学者。
⑧ 子长：西汉史学家司马迁的字。
⑨ 丽缛：繁复的文采。成文：董仲舒有《士不遇赋》，司马迁有《悲士不遇赋》。
⑩ 《诗》人之告哀：《诗经·小雅·四月》有"君子作歌，维以告哀"之句。
⑪ 相如：司马相如，西汉文学家。好书：《汉书·司马相如传》中说他"少时好读书"。
⑫ 辞宗：班固《汉书·叙传》称司马相如"蔚为辞宗，赋颂之首"。
⑬ 用寡：用处不多。长卿：司马相如的字。
⑭ 王褒：西汉文学家。构：造，指创作。
⑮ 泠（líng）然：轻妙的样子。
⑯ 属意：指创作。

译文

汉代的陆贾，首先有了奇特的文采，在撰写《孟春赋》时，选用了经典中的言辞，辩说的文辞非常丰富。贾谊才华出众，文思敏捷超过了骏马，议论恰当、辞赋清新，难道是凭空达到的吗？枚乘的《七发》，邹阳的上书，笔下文采丰润，言辞充满气势。董仲舒是儒学专家，司马迁是纯粹的史家，但都写了辞采繁盛的文章，也是《诗经》作者抒发哀思之类的作品。司马相如爱好读书，效法屈原、宋玉的作品，极擅夸张艳丽，从而获得了辞赋宗师的名声。然而考核取验他作品中的精妙含意，理念比不上辞采，所以扬雄认为"文采华丽而用处不多的是司马相如"，这话确实不错。王褒创造文采，以细密精巧为情致，形容声音、描摹状貌，轻盈飘逸蔚然可观。扬雄

构思作文，文意最为深刻，看他的作品含义深广，选词用字追求奇丽，又竭尽才力钻研思索，所以能内容丰富而文辞确切。

原文

　　桓谭著论^①，富号猗顿^②，宋弘称荐^③，爰比扬雄，而《集灵》诸赋^④，偏浅无才，故知长于讽论，不及丽文也。敬通雅好辞说^⑤，而坎壈盛世^⑥，《显志》自序^⑦，亦蚌病成珠矣^⑧。二班、两刘^⑨，奕叶继采^⑩，旧说以为固文优彪，歆学精向^⑪，然《王命》清辩^⑫，《新序》该练^⑬，璇璧产于昆冈^⑭，亦难得而逾本矣^⑮。傅毅、崔骃^⑯，光采比肩，瑗、寔踵武^⑰，能世厥风者矣。杜笃、贾逵^⑱，亦有声于文，迹其为才，崔、傅之末流也。李尤赋铭^⑲，志慕鸿裁^⑳，而才力沈腿^㉑，垂翼不飞。马融鸿儒^㉒，思洽登高^㉓，吐纳经范^㉔，华实相扶。王逸博识有功^㉕，而绚采无力。延寿继志^㉖，瑰颖独标，其善图物写貌，岂枚乘之遗术欤？张衡通赡^㉗，蔡邕精雅^㉘，文史彬彬^㉙，隔世相望^㉚。是则竹柏异心而同贞，金玉殊质而皆宝也。刘向之奏议，旨切而调缓；赵壹之辞赋^㉛，意繁而体疏^㉜；孔融气盛于为笔，祢衡思锐于为文，有偏美焉。潘勖凭经以骋才^㉝，故绝群于《锡命》^㉞；王朗发愤以托志，亦致美于序铭^㉟。然自卿、渊已前^㊱，多役才而不课学；雄、向以后^㊲，颇引书以助文：此取与之大际，其分不可乱者也。

注释

① 桓谭：东汉文学家。著论：桓谭有《新论》，今不全。

② 猗顿：春秋时鲁国的富人。

③ 宋弘：东汉大臣。

④《集灵》：指桓谭的《集灵宫赋》（一名《仙赋》）。

⑤ 敬通：东汉文学家冯衍的字。

⑥ 坎壈（lǎn）：困顿，不得志。

⑦《显志》：指冯衍的《显志赋》。

⑧ 蚌病成珠：这里借喻冯衍的不得志正促成了他文章上的成就。

⑨ 二班：班彪、班固父子。两刘：刘向、刘歆父子。

⑩ 奕（yì）叶：即奕世，累世，一代接一代。

⑪ "旧说"二句：说旧说认为班固文章优于班彪，刘歆的学问精于刘向。

⑫《王命》：指班彪的《王命论》。辩：通"辨"。

⑬《新序》：刘向所作。该：完备。练：精练。

⑭ 璇（xuán）璧：美玉制成的璧。璧，平圆形正中有圆孔的玉器。

⑮ 难得：很难能够。逾：超过。

⑯ 傅毅：东汉文学家。崔骃（yīn）：东汉文学家。

⑰ 瑗（yuàn）：崔瑗，崔骃之子。寔（shí）：崔寔，崔骃之孙。踵武：紧随其后。

⑱ 杜笃：东汉文学家。贾逵：东汉文学家。

⑲ 李尤：东汉文学家。

⑳ 鸿裁：宏篇巨制。鸿，大。裁，制，作品。

㉑ 沈腄（zhuì）：即沉腄，形容才力低下。沈，湿疾。腄，足肿。

㉒ 马融：东汉学者、文学家。

㉓ 洽：广博。登高：指作赋。

㉔ 吐纳：指创作。经范：合于经书的规范。

㉕ 王逸：东汉文学家。有功：指王逸著有《楚辞章句》。

㉖ 延寿：王延寿，王逸之子。

㉗ 通赡：博学贯通。

㉘ 精雅：精深雅正。

㉙ 文史彬彬：文学、史学均有成就。

㉚ 隔世相望：隔代并称。张衡生活的年代早于蔡邕数十年。

㉛ 赵壹：东汉文学家。

㉜ 意繁：文意繁复。体疏：体制粗疏，如他的《刺世疾邪赋》，篇末系诗歌二首，文体不纯。

㉝ 潘勖（xù）：汉末文学家。凭经：依据儒家经书。

㉞ 绝群：超群。《锡命》：指潘勖的《册魏公九锡文》。

㉟ 王朗：王朗有《武铭》等作，有名于时。

㊱ 卿：指司马相如，相如字长卿。渊：指王褒，褒字子渊。

㊲ 雄：扬雄。向：刘向。

译文

　　桓谭著述的论文，丰富得号称比得上犄顿的财富，宋弘称许并推荐他，把他比作扬雄，但他的《集灵宫赋》等作，取义偏狭浅陋且缺乏才气，所以可知他长于讽谕论说，却不善写辞赋之类需要文采的作品。冯衍向来喜好辞赋说辞，但不得志于盛世，他的《显志赋》自述心志，就像蚌生了病后才形成的明珠。班彪、班固父子，刘向、刘歆父子，两代人文采相继，过去有种说法认为班固文采优于班彪，刘歆学问精于刘向，然而班彪的《王命论》清晰明辨，刘向的《新序》完备精练，就如玉璧由产于昆山的美玉制成，但美质难以超越原有的本质。傅毅、崔骃，文采相当；崔瑗、崔寔，紧随其后，能世代继承作文的家风。杜笃、贾逵，在写作上也有声名，但考查他们的才能，只能算是崔氏、傅氏的末流。李尤赋铭一类的作品，志在追求宏篇巨制，但因才力不足，难以振翅高飞。马融是东汉大儒，情思广博登高作赋，合于经书的规范，文采和内容相得益彰。王逸学识渊博有所成就，但无力写作华丽的辞采。王延寿继承父志，有奇丽突出的才能，他善于描绘事物的形貌，恐怕是枚乘传下来的技巧吧？张衡博学贯通，蔡邕学识精深雅正，他们都兼长文章与史学，两人隔代齐名。这真是竹子、柏树品性各异却同样坚贞，黄金、美玉性质不同而都是宝物。刘向的奏议，旨意深切而格调平缓；赵壹的辞赋，文意丰富但体制粗疏；孔融撰写书表类文体气势旺盛，祢衡创作诗赋类作品文思敏捷，都各有所长。潘勖依据经典驰骋才华，所以《册魏公九锡文》超群拔俗；王朗发愤著文以寄托情志，也在序和铭的写作中卓然有成。然而在司马相如、王褒以前，作家大多驱使才气而不讲究学问；扬雄、刘向以后，则多引用古书以助写作：这种创作的取舍不同之处，它们的区别是不能混淆的。

原文

　　魏文之才，洋洋清绮[1]，旧谈抑之，谓去植千里[2]。然子建思捷而才俊，诗丽而表逸，子桓虑详而力缓，故不竟于先鸣[3]；而乐府清越，《典论》辩要[4]；迭用短长[5]，亦无懵焉。但俗情抑扬，雷同一响，遂令文帝以位尊减才，思王以势窘益价[6]，未为笃论也。仲宣溢才，捷而能密，文多兼善，辞少瑕累，摘其诗赋，则七子之冠冕乎[7]！琳、瑀以符檄擅声[8]，徐幹以赋论标美[9]，刘桢情高以会采[10]，应场学优以得文，路粹、杨修[11]，颇怀笔记之工；丁仪、邯郸[12]，亦含论述之美[13]，有足算焉[14]。刘劭《赵都》[15]，能攀于前修[16]；何晏《景福》[17]，克光于后进[18]；休琏风情[19]，则《百壹》标其志[20]；吉甫文理[21]，则《临丹》成其采[22]，嵇康师心以遣论[23]，阮籍使气以命诗[24]，殊声而合响，异翮而同飞。

注释

① 洋洋：美盛的样子。清绮：清丽。

② 去：离开，相差。植：曹植，曹丕之弟，三国魏文学家。

③ 不竞于先鸣：不强于争先。竞，强。

④ 《典论》：曹丕所著，今不全。辩：通"辨"。

⑤ 迭用短长：说曹丕与曹植互有所长与所短。迭，交互。

⑥ 思王：曹植封陈王，谥思。势窘：处境困窘。益：增。

⑦ 七子：指建安时代孔融、陈琳、王粲、徐幹、阮瑀、应玚、刘桢七位文学家。

⑧ 琳、瑀：陈琳和阮瑀，三国魏文学家。擅声：著称。

⑨ 徐幹：三国魏文学家。标：显示。

⑩ 会采：会合文采。

⑪ 路粹：三国魏文学家。杨修：三国魏文学家。

⑫ 丁仪：三国魏文学家。邯郸：邯郸淳，三国魏文学家。

⑬ 论述之美：指丁仪有《刑礼论》，邯郸淳有《受命述》。

⑭ 足算：值得一提。

⑮ 刘劭：三国魏文学家。《赵都》：《赵都赋》。

⑯ 攀：攀附，追援。前修：前贤，前代优秀文学家。

⑰ 何晏：三国魏文学家、学者。《景福》：《景福殿赋》。

⑱ 克：能。后进：后代文学家。

⑲ 休琏：三国魏文学家应璩的字。

⑳ 《百壹》：《百壹诗》。

㉑ 吉甫：魏晋之际文学家应贞的字。文理：为文有条理。

㉒ 《临丹》：《临丹赋》。

㉓ 师心：顺着自己的心意。遣论：发表议论。

㉔ 使气：纵任意气。命诗：作诗。

译文

　　魏文帝曹丕的文才，美盛而清丽，过去的评论贬低他，说比起曹植来相距千里。然而曹植文思敏捷才气俊秀，诗歌绮丽章表出众，曹丕思虑周详笔力迟缓，所以抢先争胜不占优势；但他的乐府诗清新激越，《典论》辨析扼要；看到两人各有短长，也就不会有无知的评论了。只是时俗世情的褒贬，往往人云亦云地雷同，于是使曹丕因地位尊贵而减了文才，曹植因处境困窘而增了声价，这不是确当的评论。王粲才华横溢，文思敏捷而又细密，作文兼长各体，文辞少有毛病，选出他的优秀诗赋来看，该是建安七子中成就最高的了！陈琳、阮瑀以善写符檄而声名远扬，徐幹以擅长赋论而显示美名，刘桢情志高妙又结合文采，应场学识优异而得文名，路粹、杨修，很有笔札书记的写作工巧；丁仪、邯郸淳，也具有论说著述的美好才干，这些都是值得一提的。刘劭的《赵都赋》，能够攀附上前代的名家；何晏的《景福殿赋》，能够光采照耀后代作者；应璩的风尚情怀，有《百壹诗》显示他的志趣；应贞的创作条理，有《临丹赋》构成他的文采，嵇康自出心裁发表议论，阮籍纵任意气创作诗篇，不同的声音产生了共同的影响，各自展翅一起飞翔。

原文

　　张华短章①，奕奕清畅②，其《鹪鹩》寓意③，即韩非之《说难》也④。左思奇才⑤，业深覃思⑥，尽锐于《三都》⑦，拔萃于《咏史》⑧，无遗力矣。潘岳敏给⑨，辞旨和畅，钟美于《西征》⑩，贾余于哀诔⑪，非自外也⑫。陆机才欲窥深⑬，辞务索广，故思能入巧，而不制繁。士龙朗练⑭，以识检乱，故能布采鲜净，敏于短篇。孙楚缀思⑮，每直置以疏通；挚虞述怀⑯，必循规以温雅；其品藻《流别》⑰，有条理焉。傅玄篇章⑱，义多规镜；长虞笔奏⑲，世执刚中⑳，并桢干之实才㉑，非群华之韡萼也㉒。成公子安选赋而时美㉓，夏侯孝若具体而皆微㉔，曹摅清靡于长篇㉕，季鹰辨切于短韵㉖，各其善也。孟阳、景阳㉗，才绮而相埒㉘，可谓鲁、卫之政㉙，兄弟之文也。刘琨雅壮而多风㉚，卢谌情发而理昭㉛，亦遇之于时势也。

注释

① 张华：西晋文学家。

② 奕奕：美盛的样子。

③ 《鹪鹩（jiāo liáo）》：《鹪鹩赋》。

④ 《说难》：《韩非子》中有《说难》篇。韩非：战国末年思想家。

⑤ 左思：西晋文学家。

⑥ 业深覃（tán）思：写作时用思极深。业，事业，指创作。覃，深。

⑦ 《三都》：《三都赋》。

⑧ 拔萃：出众。《咏史》：左思有《咏史诗》八首。

⑨ 潘岳：西晋文学家。敏给：敏捷。

⑩ 钟：聚集。《西征》：《西征赋》。

⑪ 贾（gǔ）余：出售多余的能力，指才力有余。

⑫ 非自外：意谓不假外求。

⑬ 窥：看，此指显示，让人看到。

⑭ 士龙：西晋文学家陆云的字。

⑮ 孙楚：西晋文学家。缀思：构思写作。

⑯ 挚虞：西晋文学家。

⑰ 品藻：品评。《流别》：指挚虞的《文章流别论》，论述文体源流演变，已不全。

⑱ 傅玄：西晋文学家。

⑲ 长虞：傅玄之子傅咸的字。笔奏：指奏议一类作品。

⑳ 世：世代，此指父子两代人。执：持。刚中：刚毅中正。

㉑ 桢干：筑墙所用的木柱，此指支柱、骨干。

㉒ 铧（wěi）蕚（biè）：有光采的花蕚。铧，有光采的样子。

㉓ 成公子安：西晋文学家成公绥，字子安。选：通"撰"。时美：时有美篇。

㉔ 夏侯孝若：西晋文学家夏侯湛，字孝若。

㉕ 曹摅（shū）：西晋文学家。

㉖ 季鹰：张翰的字。辨切：辨明切实。短韵：代指短篇。

㉗ 孟阳：张载的字。景阳：张协的字。

㉘ 埒（liè）：等，等于。

㉙ 鲁、卫之政：这里比喻张载、张协才情差不多。

㉚ 刘琨：西晋诗人。多风：富于风力。

㉛ 卢谌：东晋诗人。理昭：说理明白。

译文

张华的短小篇章，美好而清新流畅，他的《鹪鹩赋》的寓意，就是《韩非子·说难》的意思。左思有奇妙的文才，从事写作深于用思，《三都赋》尽显锐气，《咏史诗》出类拔萃，创作是不遗余力了。潘岳敏捷，文辞自然和顺通畅，文采之美集中于《西征赋》，多余的才力表现在哀诔文中，这些都出自内质不假外求。陆机逞才想要显示渊深的学问，辞藻力求广博丰富，所以文思能入巧，却不能控制繁芜。陆云明朗精练，凭他的识见约束繁杂，所以能鲜明省净地运用文采，善于写作短篇作品。孙楚构思为文，常常陈辞直率而疏通畅达；挚虞叙述情怀，必定循规蹈矩温文尔雅；他的品评文体源流，是很有条理的。傅玄的作品，内容多含规劝鉴诫；傅咸的奏议，秉承了父亲的刚毅中正，他们都是国家的栋梁之才，而不是百花光彩的花萼。成公绥写作辞赋时有佳作，夏侯湛模仿经典体制具备而规模都小，曹摅的长篇清丽华靡，张翰的短章明辨切要，各有各的长处。张载、张协，绮丽之才相差无几，可以说是鲁国卫国的政治，兄弟伯仲的文章了。刘琨作品雅正雄壮富有风力，卢谌作品情感显露说理明朗，也都是由时势遭遇造成的。

原文

景纯艳逸①，足冠中兴②，《郊赋》既穆穆以大观③，《仙诗》亦飘飘而凌云矣④。庾元规之表奏⑤，靡密以闲畅⑥；温太真之笔记⑦，循理而清通：亦笔端之良工也。孙盛、干宝⑧，文胜为史⑨，准的所拟⑩，志乎典训⑪；户牖虽异⑫，而笔彩略同。袁宏发轸以高骧⑬，故卓出而多偏⑭；孙绰规旋以矩步⑮，故伦序而寡壮⑯。殷仲文之《孤兴》⑰，谢叔源之《闲情》⑱，并解散辞体，缥渺浮音；虽滔滔风流，而大浇文意。

注释

① 景纯：东晋文学家郭璞的字。

② 中兴：指东晋。

③ 《郊赋》：《南郊赋》。穆穆：美好庄严。

④ 《仙诗》：郭璞有《游仙诗》十四首。

⑤ 庾元规：东晋文学家庾亮，字元规。

⑥ 靡：细。

⑦ 温太真：东晋文学家温峤，字太真。

⑧ 孙盛：东晋史学家、文学家。干宝：东晋史学家、文学家。

⑨ 文胜为史：以文采见长而任史官。

⑩ 准的：标准。拟：追求。

⑪ 典训：指经典。

353

⑫ 户牖（yǒu）：门窗，此指途径。

⑬ 袁宏：东晋文学家、史学家。发轸（zhěn）：发车，出发，指创作。轸，车。骧（xiāng）：举。

⑭ 卓出：卓越。偏：偏差。

⑮ 孙绰：东晋文学家。规旋以矩步：指循规蹈矩。

⑯ 伦序：有次序，有条理。

⑰ 殷仲文：东晋文学家。孤兴：孤高的兴致。

⑱ 谢叔源：东晋文学家谢混，字叔源。

译文

郭璞的作品艳丽高超，堪称东晋第一，《南郊赋》既庄严美好、蔚为大观，《游仙诗》也飘飘然有凌云之气。庾亮的表奏，文思细密安闲和畅；温峤的笔札，遵循事理清新通达：也都是运用文笔的能工巧匠了。孙盛、干宝，以文才见长而为史官，他们追求的写作标准，在于以经籍为典范；门径虽然不一，辞采却大致相同。袁宏的创作才情高昂，所以卓越突出多有偏差；孙绰为文循规蹈矩，所以条理有序少有描摹。殷仲文的《孤卜》，谢混的《闲情》，都破坏了文辞体制，风格轻靡浮华；虽然流为盛行的风尚，但文意大为淡薄。

原文

> 宋代逸才①，辞翰鳞萃②，世近易明，无劳甄序③。观夫后汉才林，可参西京④；晋世文苑，足俪邺都⑤；然而魏时话言⑥，必以元封为称首⑦；宋来美谈，亦以建安为口实⑧。何也？岂非崇文之盛世，招才之嘉会哉⑨？嗟夫，此古人所以贵乎时也！

注释

① 逸才：卓越的文才。

② 鳞萃：如鳞片一般聚集。萃，聚。

③ 甄：甄别。

④ 参：相比。西京：指西汉。西汉都长安，东汉迁都洛阳，长安在洛阳西，故称西京。

⑤ 俪：并，配。邺都：指三国魏国。魏定都于邺。

⑥ 话言：议论。

⑦ 元封：汉武帝时的年号，此指西汉元封年间的文学。

⑧ 建安：汉献帝的年号，此指汉末建安时期的文学。口实：谈论的话题。

⑨ 嘉：善，美。会：时机。

译文

宋代高超的文士，作品多如鳞片聚集，因时代较近容易辨明，也就无须鉴别评定了。看东汉的作家们，可以和西汉相比；晋代的文坛，足以和魏代相配；然而魏代人谈论文学，必定首推西汉元封年间；宋以来称美创作，也以汉末建安时期为议论的话题。为什么呢？难道不是因为这两个时期都是崇尚文章的盛世、招集文才的好时代吗？唉，这就是古人所以看重时代的原因啊！

原文

　　赞曰：才难然乎，性各异禀①。一朝综文，千年凝锦②。余采徘徊，遗风籍甚③。无曰纷杂，皎然可品④。

注释

① 禀：禀赋。

② 综文：组织成文章。凝：凝结。

③ 徘徊：往返回旋。此指长久传播。籍甚：盛大。

④ 皎然：明白清楚的样子。

译文

赞词说：人才难得，人们的禀性各不相同。一旦写成了好文章，就能成为千古长存的锦绣。洋溢的文采长久传播，遗留的影响更加显著。不要说作家作品纷繁复杂，作家的才华还是可以明白地品评的。

知音 第四十八

　　《知音》的"知"是懂得的意思，"音"指音乐。"知音"即懂得音乐，原指对音乐艺术的深入认识和理解，此指文学也如音乐一样需要"知音"的评论和鉴赏。首先讲"知实难逢"。刘勰列举了秦始皇、汉武帝、班固、曹植等人为例，说明古来文学批评"贵古贱今"，好的文学批评家难于逢遇。指出由于人们存在着贵古贱今、崇己抑人、信伪迷真等缺点，因而对文章不能进行正确的评价。之后又说明在形器方面，人们对麟凤与麏雉，珠玉与砾石，也产生过误谬，何况情况复杂的文章，其优劣就更难区分了。其次讲"音实难知"。因为文学作品本身的抽象复杂，以及评论家见识有限又各有偏好，所以做好文学批评确实存在一定的困难。为此必须博观大量作品，了解它们复杂多变的种种形态，排除个人偏见，才能取得公正合理的评价。接着讲文学批评鉴赏的方法，主张从这六个评价的角度出发来考察其作品。最后提出文学批评的理论根据。

原文

　　知音其难哉！音实难知，知实难逢，逢其知音，千载其一乎！夫古来知音，多贱同而思古，所谓"日进前而不御，遥闻声而相思"也。昔《储说》始出①，《子虚》初成②，秦皇、汉武，恨不同时；既同时矣，则韩囚而马轻。岂不明鉴同时之贱哉？至于班固、傅毅③，文在伯仲④，而固嗤毅云："下笔不能自休。"及陈思论才，亦深排孔璋，敬礼请润色，叹以为美谈⑤，季绪好诋诃，方之于田巴⑥，意亦见矣。故魏文称"文人相轻"⑦，非虚谈也。至如君卿唇舌⑧，而谬欲论文，乃称"史迁著书，谘东方朔"⑨，于是桓谭之徒⑩，相顾嗤笑。彼实博徒⑪，轻言负诮⑫，况

乎文士，可妄谈哉。故鉴照洞明，而贵古贱今者，二主是也⑬；才实鸿懿，而崇己抑人者，班、曹是也⑭；学不逮文，而信伪迷真者，楼护是也。酱瓿之议⑮，岂多叹哉？

注释

① 《储说》：战国思想家韩非的《韩非子》中有《内储说》《外储说》。
② 《子虚》：指西汉文学家司马相如的《子虚赋》。
③ 班固：东汉史学家、文学家。傅毅：东汉文学家。
④ 伯仲：兄弟，喻不相上下。
⑤ 敬礼：汉末文学家丁廙（yì）的字。美谈：佳话。
⑥ 季绪：汉末文学家刘修的字。诋诃（dǐ hē）：诽谤，诬蔑。田巴：战国时善辩之士。
⑦ 文人相轻：语出曹丕《典论·论文》。
⑧ 君卿：西汉人楼护的字，楼护以口才见称于时。唇舌：指口才好。
⑨ 谘：同"咨"，征询，商量。东方朔：西汉文学家。
⑩ 桓谭：东汉文学家。
⑪ 彼：指楼护。博徒：赌徒，此谓楼护是低贱的人。
⑫ 轻：轻率。负诮（qiào）：被讥嘲。
⑬ 二主：指秦始皇、汉武帝。
⑭ 班：指班固。曹：指曹植。
⑮ 瓿（bù）：一种陶制容器。

译文

　　知音真是困难啊！音乐确实难以深入理解，能够深入理解的人难以遇到，遇到能深入理解的知音，千年只有一次吧！从古以来的知音，大多轻视同时代人而思慕古人，所谓"每天在面前的不予任用，遥远的听见名声就产生思慕之心"。从前韩非的内外《储说》开始传播，司马相如的《子虚赋》刚写成时，秦始皇、汉武帝感叹不与他们同时；可是等见到他们后，韩非被囚禁、司马相如也未被重用。不是可以很明显地看出对同时代人的轻贱吗？至于班固和傅毅，文章成就差不多，但班固讥笑傅毅说："写起文章来收不住。"曹植评论文才，也极力贬低陈琳，而丁廙请他修饰改定文章，他就赞叹地称作文坛佳话，刘修喜好批评别人的文章，他就把刘修比作古代乱说话的田巴，曹植偏颇的意向也是很明显的。所以魏文帝曹丕说"文人相轻"，并不是没有根据的话。至于像楼护

知音·第四十八

357

只是口才好，却荒谬地要评论文章，说什么"司马迁著书，曾向东方朔请教"，桓谭等人因而对之加以讥笑。楼护其实不过是个轻贱的人，随便乱说也会被人讥笑，何况是文人，怎么能妄加议论呢？所以观照鉴别得深透明晰，却又推崇古人而轻视今人的，秦始皇和汉武帝便是；自己文才确实鸿大深美，却抬高自己贬低他人的，班固、曹植便是；学识不足以论文，却把假的当作真的，楼护就是那样的人。刘歆担心扬雄的著作会被后人用来盖酱坛，这难道是多余的感叹吗？

原文

> 　　夫麟凤与麏雉悬绝[1]，珠玉与砾石超殊[2]，白日垂其照，青眸写其形[3]。然鲁臣以麟为麏[4]，楚人以雉为凤[5]，魏民以夜光为怪石[6]，宋客以燕砾为宝珠[7]。形器易征，谬乃若是；文情难鉴，谁曰易分？

注释

① 麟：麒麟。麏（jūn）：獐，似鹿而小。雉（zhì）：野鸡。悬绝：相差悬殊。

② 砾（lì）石：碎石。超殊：意同"悬绝"。

③ 青眸：黑眼珠。写：观察。

④ 鲁臣：冉有为鲁国贵族季氏的家臣，故云。

⑤ "楚人"句：《尹文子·大道上》说楚国有人挑着野鸡，路人问他是什么鸟，他欺骗说是凤凰，路人便出高价把它买下了。

⑥ "魏民"句：《尹文子·大道上》说魏国有农民在田间得到夜光宝玉，邻人欺骗他说是怪石，农民于是丢弃了它，结果为邻人所得。

⑦ "宋客"句：《阙子》说宋国有愚人拾到燕国的碎石，像宝贝似的珍藏起来，有客见了笑道："此特燕石也，其与瓦甓不殊。"

译文

　　麒麟、凤凰和獐子、野鸡相差甚远，珠玉和碎石也完全不同，光天化日之下，眼睛能够看清它们的形状。然而鲁国家臣把麒麟当作獐子，楚国有人将野鸡认作凤凰，魏国农夫视夜光宝玉为怪石，宋国旅客把燕国碎石当成宝珠。有形之器容易验明，还发生这样的错误；文章的情形难以鉴别，谁说容易分清优劣？

原文

> 　　夫篇章杂沓，质文交加，知多偏好，人莫圆该。慷慨者逆声而击节，酝藉者见密而高蹈[1]，浮慧者观绮而跃心[2]，爱奇者闻诡而惊听。会己则

嗟讽，异我则沮弃，各执一隅之解，欲拟万端之变。所谓"东向而望，不见西墙"也③。

注释

① 酝藉：同"蕴藉"，含蓄。高蹈：举足顿地，表示高兴。

② 浮慧：浮华而聪明。绮：绮丽。跃心：动心。

③ "所谓"二句：《吕氏春秋·去宥》有"东面望者，不见西墙"句。

译文

　　文章纷繁复杂，质朴和华丽的风貌各异，欣赏、评论的人大多各有偏爱，很少有人能全面完备地作出评价。性情慷慨的人听到激昂的声调就击节叹赏，性情含蓄的人看见深密的作品就手舞足蹈，浮华聪慧的人看到绮丽的文章会怦然心动，爱好新奇的人听到奇异的言辞会鼓舞振奋。合于自己爱好的便称赏讽诵，不合欣赏口味的就摒弃不取，各人都持一种片面的见解，去衡量变化万端的文章。这真是"向东而望，见不到西面的墙"了。

原文

　　凡操千曲而后晓声，观千剑而后识器；故圆照之象，务先博观。阅乔岳以形培塿①，酌沧波以喻畎浍②。无私于轻重③，不偏于憎爱，然后能平理若衡④，照辞如镜矣。是以将阅文情，先标六观⑤：一观位体⑥，二观置辞，三观通变，四观奇正，五观事义⑦，六观宫商。斯术既形，则优劣见矣。

注释

① 乔岳：高山。形：显出。培塿（pǒu lǒu）：小土山。

② 酌：酌取，此指亲自经历过。喻：明白。畎浍（quǎn kuài）：田间小沟。

③ 无私：没有私心。轻重：指评价的高低。

④ 平理：公平地论文说理。衡：秤。

⑤ 先标六观：先从六个方面观察。标，举。

⑥ 位：安排。体：体制。

⑦ 事义：即事类，文中引用的成语典故。

译文

　　大凡弹奏过上千个曲子然后才能通晓音乐，观察过上千把宝剑然后才能识别兵器；所以全面观察和认识的方法，务必先要广泛阅读。看过高大的山岳，才知道土冈的矮小；汲取过沧海之水，更加明白田间小沟的浅窄。评价高低不存任何私心，憎爱态度不带一点偏见，然后才能像天平那样公平说理，像镜子那样明察文辞。因此要审视作品的文辞情理，首先要从六个方面观察：一要看通篇体制的安排，二要看辞采的运用，三要看对前人作品的因袭和变革，四要看作品风貌是奇是正，五要看事类成语的引用，六要看语言的音律。有了这些观察的方法，作品的优劣也就显示出来了。

原文

　　夫缀文者情动而辞发，观文者辞以入情，沿波讨源，虽幽必显。世远莫见其面，觇文辄见其心①。岂成篇之足深②，患识照之自浅耳③。夫志在山水，琴表其情④，况形之笔端，理将焉匿？故心之照理，譬目之照形，目瞭则形无不分，心敏则理无不达。然而俗鉴之迷者，深废浅售，此庄周所以笑《折杨》⑤，宋玉所以伤《白雪》也⑥。昔屈平有言："文质疏内，众不知余之异采。"⑦见异唯知音耳。扬雄自称："心好沈博绝丽之文"⑧，其不事浮浅，亦可知矣。夫唯深识鉴奥，必欢然内怿⑨，譬春台之熙众人⑩，乐饵之止过客⑪。盖闻兰为国香，服媚弥芬⑫；书亦国华⑬，玩绎方美。知音君子，其垂意焉。

注释

① 觇（chān）：窥视。
② 成篇：作品。足深：太深奥。
③ 患：担心。识照：识鉴。
④ "夫志在"二句：《吕氏春秋·本味》载，伯牙弹琴，想到了泰山，钟子期就从琴声中听出了伯牙"志在泰山"；伯牙想到了流水，钟子期就在琴声中听出了他"志在流水"。
⑤ 《折杨》：一种俗曲。
⑥ 《白雪》：一种高雅的歌曲。
⑦ 疏：意为迂阔。内（nà）：同"讷"，木讷。
⑧ 沈：深沉。博：渊博。
⑨ 怿（yì）：喜悦。
⑩ 熙：乐。
⑪ 乐饵之止过客：《老子》"乐与饵，过客止"。乐，音乐。饵，食物。
⑫ 国香：国内最香的花。服：佩。媚：爱。弥：更加。
⑬ 国华：国内最美的花。

译文

　　文章作者为情所动然后发而为文辞，文章的读者由阅读文辞进而了解作者的情志，沿着外在形式风貌去探究内在的情志，这样即使是幽深的思想内容也定能显露出

360

来。世代久远的作者，不能看见他们的面貌，但观察他们的作品往往就能了解他们的内心。未必是前人的作品太深奥，只怕自己的识鉴太浅陋。弹琴的人心中想着山水，其情便在琴声中表现了出来，何况将心思形诸笔端，其中的情理如何隐藏得了？所以读者用心去理解文章的情理，就如用眼睛去观察物形，只要眼睛明亮，物形便无不分明，只要读者心思敏慧，文章的情理就无不明白。然而辨别不清的世俗鉴赏者，往往不接受深刻的作品而赞赏浅薄之作，这就是庄周要讥笑浅俗的《折杨》大受欢迎，宋玉要伤叹高雅的《白雪》无人欣赏的原因了。从前屈原说过："为文质朴疏阔而不善表达，众人因此不知道我有与众不同的才华。"看得见与众不同的只有知音了。扬雄曾经自称："我心里喜欢深沉渊博而又绝美的文章"，他不追求浮浅，也由此可知了。只要对作品的理解深入、鉴赏精微，阅读时就必然产生由衷的欢快，就像春天登台能使众人欢乐，音乐和美食可让过客止步。听说兰花是国中最香的花，喜爱的人佩在身上更加芬芳；文章著作也是国中最美的花，玩赏体味才知其无比美好。要深入认识和理解作品的君子们，希望留意这些问题。

原文

　　赞曰：洪钟万钧，夔、旷所定[①]。良书盈箧，妙鉴乃订[②]。流郑淫人，无或失听[③]。独有此律，不谬蹊径[④]。

注释

① 洪：大。钧：古代重量单位，三十斤为一钧。旷：师旷，春秋晋国乐师。
② 盈：满。箧（qiè）：箱子。订：校定。
③ 流郑：流荡的郑声，指淫靡之音。淫人：使人惑乱。失听：听错，指理解有误。
④ 律：法则。指知音遵循的规则，如"六观"等。谬：错。蹊（xī）径：道路。

译文

　　赞词说：上万斤重的大钟，应由夔和师旷来定音。满箱子的好书，要有高妙的鉴赏才能评定。流荡的靡靡之音使人迷乱，不要因此失去正确的音乐鉴别力。只有遵循知音的规则，才不致于走错道路。

程器 第四十九

题解

　　《程器》的"程"是衡量、考核的意思；"器"是材器，指具有品德修养和政治见识的人才。"程器"就是衡量作家的品德修养和政治见识。本篇主要论述了作家的道德品质修养等问题。首先讲文人应品德和文采并重。指出近代文人，因为务华弃实，在品德、行为方面常多疵病，因而招致评论者的讥议。其次讲对人才不能求全和历代对文人的不平待遇，为文人鸣不平。最后提出作家不仅要注意道德品质，还要通晓军政大事。指出文人因职位卑下，其瑕病易受讥诮，情况与将相大臣不同，这是客观条件造成的。认为士人担任官职后，应注意实际事务。像司马相如、扬雄那样的人，有文才而缺少实际办事能力，所以政治地位升不高。而像庾亮、郗縠、孙武等人，能文能武，所以成为将相大臣。因此，文士应当培养优良的品质和政治军事才能，有事时能担负起国家的重任，不得志时能写出有价值的著作、文章，垂名后世。

原文

　　《周书》论士①，方之梓材②，盖贵器用而兼文采也③。是以朴斫成而丹腠施④，垣墉立而雕杇附⑤。而近代辞人⑥，务华弃实。故魏文以为"古今文人，类不护细行"⑦。韦诞所评，又历诋群才⑧。后人雷同⑨，混之一贯⑩。吁，可悲矣！

注释

① 《周书》：《尚书》中的一部分，此指《尚书·梓材》。
② 方：比。梓（zǐ）材：木匠把木料制成器具。梓，木匠。
③ 器用：器物的实际用处。

④ 朴：未经加工的木材。斫（zhuó）：砍削。丹雘（huò）：红色的涂漆。施：用。

⑤ 垣（yuán）：低墙。墉（yōng）：高墙。雕杇（wū）：粉刷墙壁的涂料。附：附着。

⑥ 近代：《文心雕龙》全书用"近代"一词，一般是指晋、宋以来。

⑦ 魏文：魏文帝曹丕。类：大多。护：维护。细行：小节。

⑧ 韦诞：三国时书法家。诋（dǐ）：诋毁。

⑨ 雷同：人云亦云。

⑩ 一贯：一样。

译文

　　《尚书·梓材》论士人，把他们比作木匠做木器，是既重视实用又兼顾文采。因此木材加工成器后施以红漆，墙壁筑好后再加粉刷。可是近代作家，一味追求华采而不顾实用。所以魏文帝曹丕认为"古今文人，大多不注意小节"。韦诞所作的评论，又一一诋毁了许多作家。后人随声附和，认为文人都一个样。唉，真是可悲啊！

原文

　　略观文士之疵①：相如窃妻而受金②，扬雄嗜酒而少算③，敬通之不循廉隅④，杜笃之请求无厌⑤，班固谄窦以作威⑥，马融党梁而黩货⑦，文举傲诞以速诛⑧，正平狂憨以致戮⑨，仲宣轻脱以躁竞⑩，孔璋偬恫以粗疏⑪，丁仪贪婪以乞贷⑫，路粹餔啜而无耻⑬，潘岳诡祷于愍怀⑭，陆机倾仄于贾、郭⑮，傅玄刚隘而詈台⑯，孙楚很愎而讼府⑰，诸如此类，并文士之瑕累⑱。

注释

① 疵：缺点，过失。

② 相如窃妻：据《史记·司马相如列传》载，司马相如在临邛富商卓王孙家以弹琴引诱其新寡的女儿卓文君，最后和她一起逃往成都。后相如曾奉命使蜀，接受他人贿赂，为人告发而丢官。

③ 少算：指政治上失算。此指扬雄写《剧秦美新》，美化王莽新朝。

④ 敬通：冯衍之字。循：遵守。廉隅：喻品行端正。

⑤ 杜笃：字季雅。厌：满足。

⑥ 谄：谄媚。窦：大将军窦宪。

⑦ 党：阿附，成为党羽。梁：指大将军梁冀。黩（dú）货：贪污。

⑧ 文举：孔融之字，孔融因言行傲慢放诞而为曹操所杀。傲诞：狂傲任诞。速：招致。

⑨ 正平：祢衡之字，祢衡因出言不逊而被江夏太守黄祖杀害。憨（hān）：傻。戮：杀。

⑩ 轻脱：轻佻，不稳重。躁竞：急于与人争高低。

⑪ 偬恫（zǒng dòng）：卤莽，草率。

⑪ 丁仪：三国魏文学家。

⑬ 路粹：东汉末作家。曹操要路粹奏孔融之罪，路粹便承旨多次罗致孔融的罪名，导致孔融被杀。馋啜（chuò）：饮食，此指贪恋禄位。馋，吃。啜，饮。无耻：指陷害孔融事。

⑭ 潘岳：字安仁，西晋文学家，曾与贾后合谋陷害晋惠帝太子愍怀。诡：欺诈。祷：指祷神文。愍怀：晋惠帝太子。

⑮ 倾仄：依附。贾、郭：贾谧、郭彰，二人都是贾后的亲信。

⑯ 傅玄：字休奕，西晋文学家。隘：狭隘，不能容人。詈（lì）：骂。台：指尚书台。

⑰ 孙楚：字子荆，西晋文学家。愎（bì）：刚愎，强硬固执。讼府：与军府争讼。

⑱ 瑕：玉的斑点，喻缺点。累：过失。

译文

　　大略地观察一下文学家们的毛病：司马相如诱拐卓文君为妻又接受贿赂，扬雄贪酒并缺乏政治远见，冯衍品行不端，杜笃向人请托不知满足，班固谄媚窦宪而作威作福，马融巴结梁冀又贪污受贿，孔融高傲任诞遭到诛杀，祢衡狂放愚憨导致杀戮，王粲轻佻浮躁争强好胜，陈琳行事草率粗疏，丁仪求贷贪得无厌，路粹为保俸禄而不顾廉耻，潘岳伪造祷文陷害愍怀太子，陆机依附权贵贾谧、郭彰，傅玄强硬狭隘谩骂尚书，孙楚刚愎难处与军府争讼，所有这些，都是文人的毛病过失。

原文

　　文既有之，武亦宜然。古之将相，疵咎实多：至如管仲之盗窃①，吴起之贪淫②，陈平之污点③，绛、灌之谗嫉④。沿兹以下，不可胜数。孔光负衡据鼎，而仄媚董贤⑤；况班、马之贱职⑥，潘岳之下位哉⑦？王戎开国上秩，而鬻官嚣俗⑧，况马、杜之磬悬⑨，丁、路之贫薄哉⑩？然子夏无亏于名儒⑪，浚冲不尘乎"竹林"者⑫，名崇而讥减也。若夫屈、贾之

文 心 雕 龙

忠贞⑬，邹、枚之机觉⑭，黄香之淳孝⑮，徐幹之沈默⑯，岂曰文士，必其玷欤？

注释

① 管仲：春秋齐国大夫。

② 吴起：春秋魏国军事家。

③ 陈平：汉初大臣。

④ 绛：西汉大臣周勃，封绛侯。灌：灌婴，西汉大臣。谗：谗言，说别人坏话。嫉：嫉妒。

⑤ 孔光：西汉大臣。负衡据鼎：指任丞相，位居三公。衡，宰衡，指宰相。鼎，鼎司，指三公。佞媚：倾媚，讨好取媚。董贤：汉哀帝宠信的佞臣。

⑥ 班：班固。马：马融。贱职：班固曾任兰台令史、窦宪中护军；马融曾任武都太守、议郎，官位都不高。

⑦ 下位：潘岳仅官至太傅主簿。

⑧ 王戎：西晋大臣。开国：指封侯。上秩：上等俸禄。鬻（yù）：卖。嚣俗：为世俗所怨尤。

⑨ 马：指司马相如。杜：指杜笃。罄悬：形容室内空空，仅有梁柱，别无家产。

⑩ 丁：指丁仪。路：指路粹。

⑪ 子夏：孔光的字。名儒：《汉书·王莽传》中说"光为旧相名儒，天下所信"。

⑫ 浚冲：王戎的字。竹林：王戎与阮籍、嵇康等七人有竹林之游，人称"竹林七贤"。

⑬ 屈：屈原。贾：贾谊。

⑭ 邹：邹阳。枚：枚乘。机觉：机警，有先见。《汉书·邹阳传》载，邹阳、枚乘都曾为吴王刘濞客，见吴王有谋反之意且不听劝告，便都离开了吴国，免遭牵连。

⑮ 黄香：东汉大臣。

⑯ 徐幹：三国魏文学家。沈默：沉默，不求富贵甘于淡泊。

译文

　　文人是这样，武将也如此。古代的将相，毛病确实很多：如管仲的偷盗，吴起的贪财好色，陈平的行为不检点，周勃、灌婴的诽谤妒嫉。由此而下，例子多得不胜枚举。孔光身为宰相位居三公，尚且献媚讨好于董贤；何况班固、马融职位卑贱，潘岳官位不高呢？王戎因功封侯身居高位，尚且卖官鬻爵为世所讥，何况司马相如、杜笃家徒四壁，丁仪、路粹一贫如洗呢？然而孔光并不因此损害他的名儒声誉，王戎也不失其竹林名士的身份，那是因名位高而讥评也就自然减少了。至于屈原、贾谊的忠诚正直，邹阳、枚乘的机敏警觉，黄香的淳厚至孝，徐幹的沉静淡泊，怎能说文人品行一定会染上种种污点呢？

原文

　　盖人禀五材①，修短殊用②；自非上哲③，难以求备。然将相以位隆特达④，文士以职卑多诮⑤；此江河所以腾涌⑥，涓流所以寸折者也⑦。名之抑扬，既其然矣；位之通塞，亦有以焉。盖士之登庸，以成务为用。鲁之敬姜，妇人之聪明耳；然推其机综，以方治国⑧。安有丈夫学文，而不达于政事哉？彼扬、马之徒，有文无质，所以终乎下位也。昔庾元规才华清英⑨，勋庸有声⑩，故文艺不称；若非台岳⑪，则正以文采也。文武之术，左右惟宜。郤縠敦书，故举为元帅⑫，岂以好文而不练武哉？孙武《兵经》⑬，辞如珠玉，岂以习武而不晓文也？

注释

① 禀：受之天然。五材：指金、木、水、火、土五行，古人认为人的性情与五行也有关。

② 修：长。殊：不同。

③ 上哲：圣人。

④ 隆：高。特达：特别显达，此指易被宽容。

⑤ 卑：低。诮（qiào）：讥嘲。

⑥ 腾涌：水势奔腾难以阻挡，喻官位高权势大因而不易受讥评。

⑦ 涓流：细小的水流。寸折：多阻折，喻地位低下因而易遭批评。

⑧ 敬姜：春秋鲁相文伯之母。推：推论。机综：用织机使经纬线交织。方：比。

⑨ 庾元规：东晋大臣庾亮的字。

⑩ 勋庸：功勋。

⑪ 台岳：三台四岳，即三公及四方诸侯之长，此指高官。

⑫ 郤縠（xì hú）：春秋晋国将领。敦：勉力。书：指《诗》《书》之类典籍。

⑬ 孙武：春秋时军事家。《兵经》：指《孙子兵法》。

译文

　　人禀受五行而形成各种品德，互有长短，各不相同；既然不是圣哲，自然难以求全责备。然而将相以位高受到宽容，文人因位卑多被讥嘲；这就是江河水大难以阻挡，细流水小曲折易阻的原因。名声的高低，既然如此；职位的高低，也是有原因的。士人的被任用，是要来干事的。鲁国的敬姜，不过是个聪明的女人；然而能推论织机的经纬交织，以此比拟治国的道理。哪有大丈夫学习文章，却不通政事的呢？像那扬雄、司马相如等人，有文才而无实际的政治才能，所以终生处于低下的地位。从前庾亮富有才华，文采清丽，因为功勋卓著而有声誉，所以不以文章之才著称；如果不是身居高位，那么正当以文采出名吧。文武两方面的才能，应该都具备而互相辅助。郤縠勉力于典籍，所以被推举为元帅，难道会因为爱好文事就不熟悉武略了吗？孙武的《兵法》，文辞美如珠玉，难道会因为习晓武略就不懂文章吗？

原文

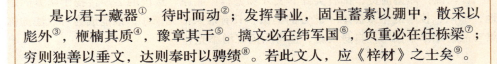

　　是以君子藏器[①]，待时而动[②]；发挥事业，固宜蓄素以弸中，散采以彪外[③]，梗楠其质[④]，豫章其干[⑤]。摛文必在纬军国[⑥]，负重必在任栋梁[⑦]；穷则独善以垂文，达则奉时以骋绩[⑧]。若此文人，应《梓材》之士矣[⑨]。

注释

① 器：指实际的政治才能。
② 时：时机。
③ 素：质素，此指优良的品质才干。弸（péng）：充满。彪：虎的斑纹，引申为有文采。
④ 梗（pián）：黄梗木。楠：楠木。质：木质。
⑤ 豫章：樟木类大木。干：树干。
⑥ 摛（chī）文：写作文章。纬：经纬，规划治理。
⑦ 负重：担负重任。
⑧ 穷：政治上失意，仕途不得志。垂：留下。达：政治上得志，仕途通达。奉时：意为即时。
　　骋绩：建功立业。
⑨ 梓材之士：《尚书·梓材》中所说的士人。指既有文采、又具良好品德和实际才干的人。

译文

　　因此君子具备了政治上的实际才能，就应等待合适的时机采取行动；要成就一番事业，本来就应培养内在的优良品质和政治才能，发为文采以形成外在的美，既有梗木楠木那样优良的质地，又有樟木那样高大的树干。写作文章必定是策划军国大事，担负重任一定要成为栋梁之才；不得志时便修养品德以文传世，仕途通达就须抓住机会建功立业。像这样的文人，才是既有文采又能实干的人。

原文

> 赞曰：瞻彼前修，有懿文德①。声昭楚南，采动梁北②。雕而不器，贞干谁则③？岂无华身，亦有光国④。

注释

① 瞻：望。前修：前贤。懿：美好。文：文才。德：德行。

② 昭：明。楚南：南方的楚国，这里就屈原、贾谊而言。梁北：北方的梁国，这里就邹阳、枚乘而言。邹阳、枚乘离开吴国后都去了梁国，游于梁孝王门下。

③ 雕而不器：指有雕饰的文采而无品行和实际才干。贞干：即桢干，原是筑墙时用的木柱，此指骨干。则：效法。

④ 华身：使自身光彩。光国：使国家有光彩。

译文

赞词说：仰望前贤，都有美好的文才和德行。屈原、贾谊的名声传扬于南方的楚地，邹阳、枚乘的华采震动了北方的梁国。只有雕采而无德才，谁能成为可效法的栋梁？品德才干不仅可使自身荣耀，也可为国家增添光彩。

序志 第五十

题解

　　《序志》的"序"是叙述；"志"是心志、情志。"序志"即叙述作者写作《文心雕龙》的想法。本篇首先说明书名的含义和写作该书的原因。"文心雕龙"意思是仔细地研讨写作文章之道，指出人为万物之灵，如想垂名不朽，要依赖立言著作。其次讲为什么写作该书，主要是意图阐发儒家经典来纠正当时文坛上追逐浮华新奇的不良风气。之后介绍《文心雕龙》的主要内容和结构安排：先指出《原道》至《辨骚》五篇是"文之枢纽"，是全书的"总论"，是指导写作的总原则；接着说明《明诗》以下二十篇为"论文叙笔"，分文、笔两大类论述各体文章的体制和规格要求，这二十篇与前五篇是全书的"纲领"；然后说明自《神思》至《程器》二十四篇为"剖情析采"，论述文章风格和篇章字句等，是全书的"毛目"；最后表明自己评论作家作品和阐述文学理论的态度，指出自己的见解与前此有同有异，均非出于苟且，而是经过仔细考虑，"唯务折中"，力求做到全面妥贴。

原文

　　夫"文心"者，言为文之用心也。昔涓子《琴心》①，王孙《巧心》②，心哉美矣，故用之焉。古来文章，以雕缛成体③，岂取驺奭之群言"雕龙"也④？夫宇宙绵邈⑤，黎献纷杂⑥，拔萃出类⑦，智术而已。岁月飘忽，性灵不居⑧，腾声飞实⑨，制作而已⑩。夫肖貌天地，禀性五才，拟耳目于日月，方声气乎风雷，其超出万物，亦已灵矣。形同草木之脆，名逾金石之坚，是以君子处世，树德建言。岂好辩哉？不得已也！

注释

① 涓子：亦作蜎子，即环渊，楚人，老子弟子。《琴心》：《文选》卷一八嵇康《琴赋》李善注引《列仙传》说涓子"其《琴心》三篇有条理焉"。

② 王孙《巧心》：《汉书·艺文志》儒家类著录《王孙子》一篇，并注："一曰《巧心》。"

③ 雕：雕饰。缛：文采繁盛。

④ 驺奭（shì）：战国齐国学者，善修饰文辞，时称"雕龙"。

⑤ 绵邈：悠远，长远。

⑥ 黎献：众多贤能的人。

⑦ 拔萃出类：超出一般。萃，群、类。

⑧ 性灵：性情和智慧。居：停留。

⑨ 声：名声。实：成就。

⑩ 制作：写作文章。

译文

书名叫"文心"，是说作文时的用心。从前涓子写过《琴心》，王孙子写过《巧心》，心真是美妙啊，所以用为书名。自古以来的文章，都是靠雕饰文采组成的，以"雕龙"为名，不仅仅是因为古代称邹奭为"雕龙奭"。宇宙无穷无尽，贤人层出不穷，他们所以能超越常人的，无非智慧罢了。岁月不断流逝，人的心智不会长久存在，要使声名传播、业绩留传，只有靠著述写作了。人的形貌取象于天地，性情受之于五行，耳目好比是日月，声气就像是风雷，人超出于万物之上，已经很灵异了。然而人的形体如同草木那样脆弱，可是名声能比金石还要坚固，因此君子在世，一定要立德立言。难道这是喜欢论辩吗？实在是不得已啊！

原文

予生七龄①，乃梦彩云若锦，则攀而采之。齿在逾立②，则尝夜梦执丹漆之礼器③，随仲尼而南行④；旦而寤⑤，乃怡然而喜⑥。大哉圣人之难见也，乃小子之垂梦欤。自生人以来⑦，未有如夫子者也⑧。敷赞圣旨⑨，莫若注经，而马、郑诸儒⑩，弘之已精，就有深解，未足立家。唯文章之用，实经典枝条，五礼资之以成，六典因之致用，君臣所以炳焕，军国所以昭明。详其本源，莫非经典。而去圣久远，文体解散，辞人爱奇，言贵浮诡，饰羽尚画，文绣鞶帨⑪，离本弥甚⑫，将遂讹滥⑬。盖《周书》论辞，贵乎体要⑭；尼父陈训，恶乎异端⑮。辞训之异⑯，宜体于要。于是搦笔和墨⑰，乃始论文。

注释

① 七龄：七岁。

② 齿：年龄。立：而立，《论语·为政》中载孔子说"三十而立"，因以指三十岁。

③ 礼器：祭祀用的祭器，如笾、豆等。

④ 仲尼：孔子的字。

⑤ 旦：早晨。寤（wù）：醒。

⑥ 怡然：快乐的样子。

⑦ 生人：生民，人。

⑧ 夫子：指孔子。

⑨ 敷：陈述。赞：明。圣旨：圣人的旨意。

⑩ 马：指马融，东汉学者。郑：郑玄，马融的学生，东汉学者。

⑪ 文绣鞶帨（pán shuì）：指不必要的文饰。鞶，皮制的束衣带。帨，佩巾。

⑫ 弥：更加。

⑬ 讹（é）：错误。滥：过度。

⑭ 《周书》：《尚书》的一部分，这里指《毕命》。

⑮ 尼父：对孔子的尊称。恶（wù）：憎恨。异端：此指非儒家的思想，学说。

⑯ 异：刘永济《文心雕龙校释》疑为"奥"字之误。

⑰ 搦（nuò）：持，握。

译文

我七岁的时候，曾梦见像锦绣般的彩云，于是便攀上去摘采。过了三十岁，又在夜间梦见捧着红漆的祭器，随着孔子向南而行；早上醒来，便感到很高兴。伟大的圣人真是难得一见，可竟然降临我这样的后辈小子的梦中。自有人类以来，从没有像孔子那样的圣人。要阐明圣人的思想，没有比注释经书更好的了，但是马融、郑玄等学者，在这方面已经阐发得很精辟了，即使我有更深入的见解，也不足以自成一家。只是文章的功用，实在是经典派生的枝条，五种礼仪靠它来形之成文，六种法典靠它来发挥作用，君臣的关系得以明确，军国大事因此更加分明。推究它的本源，无非来自经典。可是因为距离圣人的时代太遥远了，文章的体制受到了破坏，后世作者爱好新奇，文辞崇尚浮华奇异，就像在美丽的羽毛上再加文饰，在已有修饰的衣带和佩巾上绣花，离开根本越来越远，最终发展到谬误浮滥的地步。《尚书》论述文辞，强调贵在切实扼要；孔子陈说教训，憎恨异端害人。《尚书》和孔子的深意，应该是主张切实扼要。因此，我握笔磨墨，开始论述作文之道。

原文

　　详观近代之论文者多矣：至于魏文述典①，陈思序书②，应玚《文论》③，陆机《文赋》④，仲治《流别》⑤，弘范《翰林》⑥，各照隅隙⑦，鲜观衢路⑧；或臧否当时之才⑨，或铨品前修之文⑩，或泛举雅俗之旨⑪，或撮题篇章之意⑫。魏典密而不周，陈书辩而无当，应论华而疏略，陆赋巧而碎乱，《流别》精而少功，《翰林》浅而寡要。又君山、公幹之徒⑬，吉甫、士龙之辈⑭，泛议文意，往往间出⑮，并未能振叶以寻根，观澜而索源。不述先哲之诰⑯，无益后生之虑。

注释

① 述典：指曹丕的《典论》，今不全，其中《论文》一篇专论文章，此即指这一篇。

② 序书：指曹植的《与杨德祖书》。

③ 《文论》：可能指应玚的《文质论》，论文与质的关系，今不全。

④ 《文赋》：陆机专门论文章创作的赋作。

⑤ 仲治：西晋文学家挚虞的字。《流

别》：《文章流别论》的简称，论述各体文章，今不全。

⑥ 弘范：东晋文学家李充的字。《翰林》：《翰林论》，今不全。

⑦ 隅：角落。隙：缝隙。

⑧ 鲜（xiǎn）：少。衢：大路。

⑨ 臧否（pǐ）：褒贬。

⑩ 铨品：衡量品评。前修：前贤，此处指前代文学家。

⑪ 旨：旨趣。

⑫ 撮题：摘举。

⑬ 君山：东汉文学家桓谭的字。公幹：三国魏文学家刘桢的字。

⑭ 吉甫：西晋文学家应贞的字。士龙：西晋文学家陆云的字。

⑮ 往往间出：交替更迭地出现，此指他们偶有论文之语，散见在文章之中。

⑯ 先哲之诰：指上述《尚书·毕命》《论语·为政》中的话。诰，教训。

译文

遍读近代以来论文章的著作，数量是很多的：如魏文帝曹丕的《典论·论文》，陈思王曹植的《与杨德祖书》，应玚的《文质论》，陆机的《文赋》，挚虞的《文章流别论》，李充的《翰林论》，都分别看到了某些局部，很少有从大处着眼全面论述的；他们有的褒贬当代作家，有的品评前代作品，有的一般性地举出雅或俗的旨趣，有的概括举出文章的意旨。曹丕的《典论》，细密但不完备；曹植的书信，善辩但有失允当；应玚的论说，有华采却嫌粗略；陆机的赋，细巧而碎乱；《文章流别论》精湛但不切实用；《翰林论》肤浅而不得要领。另外像桓谭、刘桢等人，应贞、陆云之流，也泛论过文章写作等问题，他们的话散见于各自的文章中，都未能顺着枝叶去探寻根本，沿着波澜去追溯源头。不阐述圣人和经书的教导，对后人研讨文章是没有益处的。

原文

盖《文心》之作也，本乎道，师乎圣，体乎经，酌乎纬，变乎骚，文之枢纽①，亦云极矣。若乃论文叙笔②，则囿别区分③，原始以表末，释名以章义，选文以定篇，敷理以举统，上篇以上，纲领明矣。至于剖情析采，笼圈条贯，摛《神》《性》，图《风》《势》，苞《会》《通》，阅《声》《字》，崇替于《时序》，褒贬于《才略》，怊怅于《知音》④，耿介于《程器》⑤，长怀《序志》，以驭群篇，下篇以下，毛目显矣⑥。位理定名⑦，彰乎《大易》之数⑧，其为文用，四十九篇而已。

注释

① 枢纽：关键。

② 论文叙笔：文，有韵之文。笔，无韵之文。

③ 囿（yòu）：园地，此指文体分类范围。区：也指文体类别。

④ 怊怅（chāo chàng）：惆怅失意貌。

⑤ 耿介：刚正不阿，愤懑不平。此有感慨之意。

⑥ 毛目：细目。

⑦ 位理：安排条理，意即按条理安排篇目。定名：确定篇名。

⑧ 彰：明。《大易》之数：《易·系辞上》："大衍之数五十，其用四十有九。"《文心雕龙》全书五十篇，直接论述文章的是除去《序志》以外的四十九篇。

译文

《文心雕龙》的写作，以道为根本，以圣人为师，宗法经书，酌取纬书的辞采，学习楚辞的变化创新。文章的关键，也莫过于此了。至于论述有韵之文和无韵之文，按照文体分门别类，追溯它的起源以说明流变，解释文体的名称并揭示含义，选出各体文章的代表作加以评定，陈述写作的道理且举出各文体的体制和规格要求。本书的上篇就是讲的这些，以明确写作的总纲和要领。至于分析情理和辞采，加以概括理清条理，表述了"神思""体性"的问题，阐明了"风骨""定势"的问题，包举了"附会""通变"等问题，研讨了"声律""练字"等具体问题，在《时序》中论述文章与时代的兴废，《才略》中褒贬历代作家，《知音》中寄托惆怅之情，《程器》中发出不平的感慨，《序志》中抒写远大的抱负，并用以驾驭各篇。本书的下篇就是讲的这些，这样，写作的各种细节也就清楚了。我如此安排内容、确定篇名，（最后一共写了五十篇，）恰好符合《周易》的大衍五十之数，其中研讨写作本身的，是前四十九篇。

原文

夫铨序一文为易①，弥纶群言为难②。虽复轻采毛发③，深极骨髓④，或有曲意密源⑤，似近而远，辞所不载⑥，亦不胜数矣。及其品列成文，有同乎旧谈者，非雷同也，势自不可异也。有异乎前论者，非苟异也，理自不可同也。同之与异，不屑古今⑦，擘肌分理⑧，唯务折衷⑨。按辔文雅之场⑩，环络藻绘之府⑪，亦几乎备矣。但言不尽意⑫，圣人所难；识在瓶管⑬，何能矩矱⑭？茫茫往代⑮，既沈予闻⑯；眇眇来世⑰，倘尘彼观也⑱。

注释

① 铨序：此指评定。铨，衡量。序，排次序。

② 弥纶：意谓综合组织，系统评述。

③ 毛发：喻写作中的枝节问题。

④ 骨髓：喻写作中的根本问题。

⑤ 曲意密源：曲折的意旨，隐秘的根源。

⑥ 辞所不载：指书中未能加以论述。

⑦ 不屑：不管，不顾。

⑧ 擘（bò）肌分理：深入细致地加以分析。擘，剖，分开。理，肌肉的纹理。

⑨ 折衷：持论中正，无所偏颇。

⑩ 按辔（pèi）：扣紧马缰，使马缓行。

⑪ 环络：拉着马笼头环行。络，马笼头。府：府库。

⑫ 言不尽意：语出《易·系辞上》"书不尽言，言不尽意"，意为语言不能完全表达意思。

⑬ 瓶管：小瓶，细管，喻指见识狭窄，是谦逊之词。

⑭ 矩矱（huò）：规矩，法度。

⑮ 往代：前代。

⑯ 既沈予闻：使自己沉陷于无尽的见闻之中。沈，同"沉"。闻，指所闻见前人的观点。

⑰ 眇眇（miǎo）：原意为细小、看不见，此喻指未来的渺茫。

⑱ 倘：或许。尘：污，意为脏了别人的眼睛。这里是刘勰自谦。彼：指后人。

译文

　　衡量评定一篇作品较为容易，而要综合系统地评价许多作品就较困难了。虽然涉及了写作的枝节方面，又深入研究了写作的根本问题，但仍有一些曲折隐微的意思，

看似浅近，实际很深奥，本书中没有加以论述，这种情况也多不胜数。至于品评论列的内容，有的和以往的观点相同，那不是有意雷同，实在是不能不同。有的和前人的论点相异，也不是随意标新立异，实在是按道理无法与之相同。无论是相同还是相异，都不在乎是古人还是今人的观点，只求深入分析，得出稳妥无偏的结论。巡视创作的领域，考察文章的园地，所论述的也几乎完备了。但是语言不能全部表达心中的意思，连圣人对此也感到困难；何况我的见识狭隘，怎能创立写作的法度呢？回溯悠远的往古，已经使我沉浸于前人著述中而获益匪浅；想望遥远的未来，这部书也许能够留存并供人一阅吧。

原文

> 赞曰：生也有涯，无涯惟智。逐物实难，凭性良易[1]。傲岸泉石，咀嚼文义[2]。文果载心，余心有寄。

注释

① 逐物：追逐外物。凭性：凭任天性。良：确实。
② 傲岸：高傲，不附俗。咀嚼：仔细品味。

译文

赞词说：人的生命有限，而知识却是无穷的。追求外物实在困难，凭着天性去做就较容易。高傲地隐居在泉石之间，细致地去体会文章的意义。文章如果真能表现内心，我的心也就有所寄托了。